Anja Langrock wurde 1980 in Trier geboren und lebt heute mit ihrem Mann und zwei Kindern in Bayern. Seit ihrer Kindheit hat sie große Freude daran sich Geschichten auszudenken und sich in Träumen zu verlieren. Sie liebt es, bei einer Tasse Cappuccino und guter Musik, ihren Gedanken und Emotionen freien Lauf zu lassen.

2019 hat sie ihren Debütroman veröffentlicht und mittlerweile sind zahlreiche Romane dazugekommen.

ANJA
LANGROCK

MILLIONAIRE'S
Crush

HEIMLICHES VERLANGEN

Millionaire's Crush - Heimliches Verlangen

ISBN 978-3-98998-167-6
E-Book-ISBN 978-3-98778-975-5

Covergestaltung: Herzkontur – Buchcover & Mediendesign
Umschlaggestaltung: ARTC.ore Design
Unter Verwendung von Abbildungen von
shutterstock.com: © Wongsakorn Dulyavit, © Wisiel,
© LayerAce.com, © Phatthanit
Korrektorat: Katharina Pomorski
Satz: dp DIGITAL PUBLISHERS GmbH
Druck und Bindung: Books on Demand GmbH, Norderstedt

Prolog

Endlich war das Glück ihr hold! Mit ihrem Ferienjob während der Semesterferien hatte Melanie einen Volltreffer gelandet. Sie hatte es ihrer Freundin Luise zu verdanken, bei Familie Reinhardt als Nanny arbeiten zu dürfen, statt wieder mitten in der Nacht auf dem Großmarkt Ware auszupacken.

Während sie den Blick gedankenverloren durch den beeindruckenden Raum mit den imposanten Kronleuchtern schweifen ließ, musste sie schmunzeln. Als sie vor zwei Wochen das imposante Gebäude das erste Mal betreten hatte, war sie vor Ehrfurcht fast erstarrt. Allein die Eingangshalle war wahrscheinlich größer als die Wohnung ihrer Eltern. Sie hatte sich eisern beherrschen müssen, nicht auf dem Absatz wieder kehrtzumachen. Niemals hätte sie gedacht, den Anforderungen der Familie gerecht zu werden. Und dann war alles ganz anders gekommen.

Familie Reinhardt hatte sich als herzlicher und offener Arbeitgeber entpuppt, was sie schnell vergessen ließ, dass sie lediglich als Angestellte fungierte.

Michael und Ariane hatten ihr schon zu Beginn das Du angeboten und die beiden Kinder Magdalena und Franziska waren entzückende Geschöpfe, die sie von Anfang an ins Herz geschlossen hatten.

Gerade befand Melanie, die von fast allen nur Meli genannt wurde, sich auf dem Weg ins Spielzimmer der beiden, um sie zum gemeinsamen Abendessen zu holen. Darauf legte die Hausherrin größten Wert. Sie war vor Kurzem nach Hause gekommen und auch Michael würde bald eintreffen. Beide arbeiteten im familieneigenen Unternehmen.

Nachdem Meli sich kurz Zeit genommen hatte, das Rollenspiel der Mädchen anzusehen, forderte sie die beiden Kinder auf: „Räumt ihr dann bitte noch auf? Es gibt gleich Abendessen." Ohne zu diskutieren folgten sie ihrer Anweisung, was Meli immer wieder verblüffte. Ihre eigenen Geschwister waren nicht halb so folgsam.

Kurz darauf saß die ganze Familie am Tisch und auch Meli nahm Platz. Anfänglich hatte sie sich dagegen gesträubt. Sie wusste ja nicht mal das Besteck in der richtigen Reihenfolge zu benutzen. Ariane und Michael hatten ihre Proteste einfach im Keim erstickt und gemeint, dass sie eine Freundin von Luise garantiert nicht in der Küche essen lassen würden.

Mittlerweile hatte Meli sich damit arrangiert, aber an den Luxus, beim Essen bedient zu werden, würde sie sich wohl niemals gewöhnen. Der Aufenthalt bei Familie Reinhardt kam ihr mehr wie ein Urlaub als Arbeit vor, was ein schlechtes Gewissen in ihr hervorrief, da sie überdurchschnittlich gut bezahlt wurde.

Die Kinder waren pflegeleicht und Melis Aufgaben beschränkten sich nur auf die Betreuung der Kleinen. Somit waren ihre Tage nicht allzu anstrengend und sie konnte den weitläufigen Park für Spaziergänge nutzen und nebenbei für ihr Studium lernen. Da ihr ein wunderschönes Zimmer zur Verfügung gestellt worden war, fiel auch die Fahrtzeit von über einer Stunde zwischen ihrem Arbeitsplatz und ihrem Zuhause weg. Meli würde es niemals offen zugeben, aber sie genoss es, ein paar Wochen abseits ihrer Familie zu leben. Ihre Mutter hatte sie nur ungern gehen lassen, wollte ihr die Chance aber nicht kaputtmachen. Mit fünf jüngeren Geschwistern war die Mutter regelmäßig auf Melis Hilfe angewiesen und Meli musste oftmals im Haushalt und bei der Kinderbetreuung einspringen. Zeit für ihre eigenen Bedürfnisse fand sie selten und war ihrer Mutter dankbar, dass sie diese Chance nutzen durfte. Immerhin verdiente Meli in den vier Wochen bedeutend mehr Geld, als ihre Mutter im Friseursalon erhielt.

Nachdem das Essen serviert worden war, erkundigte sich Ariane nach den Erlebnissen der Kinder. Während sie den aufgeregten Schilderungen ihrer Töchter lauschte, warf sie Meli einen dankbaren Blick zu. Meli hatte schnell erkannt, dass Ariane permanent ein schlechtes Gewissen gegenüber ihren Kindern hatte, weil sie sich beruflich nicht einschränken wollte. Ihre Arbeitgeberin hatte ihr in einem vertraulichen Moment gestanden, dass sie zu Hause bei den Kindern nicht glücklich wäre, auch wenn Michael sich das anfänglich gewünscht hatte.

Meli nahm das delikate Fischgericht in kleinen Happen zu sich, weil sie Angst hatte, eine Gräte zu übersehen und sich ganz undamenhaft zu verschlucken.

Plötzlich öffnete sich die große Flügeltür und ein junger Mann betrat das Esszimmer.

„Sorry, ich weiß, dass ich wieder mal zu spät bin. Ariane, verzeih mir bitte meinen Fauxpas, aber diesmal bin ich wirklich unschuldig. Unser Flug hatte wetterbedingt Verspätung.“

Meli wäre fast die Gabel aus der Hand gerutscht, als sie den fröhlichen Kerl näher betrachtete, der so selbstverständlich den Raum betreten hatte. Ihr Herz machte einen raschen Hüpfer und sie musste tief durchatmen. Himmel, sah der Typ gut aus. Sie schätzte ihn auf ihr Alter, Mitte bis Ende zwanzig, blondes Haar, das er relativ kurz trug, nur vorne fiel es etwas länger aus und war sehr akkurat gestylt. Wie lange er wohl vor dem Spiegel zubrachte, um so auszusehen? Seine Gesichtszüge waren wie in Stein gemeißelt. Sein sympathisches Lächeln verhinderte, dass Meli aus Angst vor seiner optischen Perfektion in Ohnmacht fiel. Dennoch musste sie sich eindringlich zurechtweisen, ihren Mund zu schließen, als sie seinen belustigten Blick bemerkte, der auf ihr ruhte und sie sofort gefangen nahm.

„Elias, dir kann ich doch nie böse sein. Irgendwie schaffst du es immer, meinen Unmut mit deinem Charme auszulöschen.“

Ariane lächelte ihn an und er trat auf sie zu, um sie mit Wangenküsschen zu begrüßen. Michael hingegen klopfte er respektlos auf die Schulter.

Wieder fixierte er Meli, während er zu dem Paar sagte: „Wenn ich gewusst hätte, dass ihr Besuch habt, hätte ich euch natürlich Bescheid gegeben, dass ich mich verspäte.“

Meli rutschte unter seinem eindringlichen Blick nervös auf dem Stuhl herum. Ihr Herz pochte heftig und sie befürchtete, dass sie gleich knallrot wurde.

Jetzt wandte sich ihr auch noch Michael zu und erklärte: „Darf ich vorstellen? Das ist Melanie, eine Freundin von Luise Andersen, sie passt auf die Zwerge auf."

„Wir sind keine Zwerge, Papa", empörte sich die kleine Franzi, ehe Meli antworten konnte.

Elias lachte und wuschelte ihr durchs Haar. „Und was seid ihr dann?", fragte er sie schließlich ganz ernsthaft.

„Kinder", gab sie verständnislos zurück. „Was denn sonst?" Ihr Tonfall implizierte, dass sie ihn für ziemlich beschränkt hielt.

Alle am Tisch lachten und die Kleine sah beleidigt von einem zum anderen.

Meli hatte Mitleid mit ihr. „Erwachsene sind manchmal komisch. Natürlich hast du recht, Süße."

Nun sah Franzi alle Anwesenden der Reihe nach Beifall heischend an, was Meli lächeln ließ. Wieder spürte sie Elias' forschenden Blick auf sich ruhen, aber sie wagte es nicht, ihn zu erwidern, sondern trank hastig einen großen Schluck Wasser.

„Melanie, darf ich dir meinen jüngsten Bruder vorstellen? Elias", klärte Michael sie nach der Unterbrechung endlich auf.

Nun sah sie ihn doch an und erkannte leichte Ähnlichkeit zwischen den Geschwistern. Obwohl Michael einige Jahre älter und etliche Kilogramm schwerer war, waren beide gut aussehende Männer.

Unter Elias' charmantem Lächeln schmolz sie fast dahin. Mittlerweile hatte er ihr gegenüber Platz genommen und Meli hatte keine Ahnung, wie sie in seiner Anwesenheit auch nur einen einzigen weiteren Bissen herunterbekommen sollte. Da sie noch nie gut im

Small Talk gewesen war, beschränkte sie sich darauf, ihm ein kurzes Lächeln zu schenken.

„Ich freue mich, dich kennenzulernen."

Sein freundlicher Blick schien ehrlich gemeint zu sein. Dennoch war sich Meli sicher, dass er das aus reiner Höflichkeit sagte. Was sollte er auch sonst sagen? Sie war bestimmt nicht die Sorte Mädchen, mit der er sich normalerweise abgab. Auch wenn sie sich beileibe nicht hässlich fand, war sie realistisch genug, um einschätzen zu können, dass Elias in einer anderen Klasse spielte. Er bewegte sich in der Bundesliga und sie war allenfalls Kreisliga. Außerdem stammte er aus einer alteingesessenen Hamburger Familie und sie war nur eine unbedeutende Angestellte seines Bruders.

Wieder brachte sie kein vernünftiges Wort über die Lippen. Verdammt, sie musste sich endlich zusammenreißen. Wenn sie schon optisch nicht punkten konnte, sollte er sie nicht auch noch für debil halten. Wieder kam ihr Elias zuvor.

„Ich hoffe, meine bezaubernden Nichten halten dich nicht allzu sehr auf Trab. Arbeitest du mit Kindern?" Elias schob sich hungrig eine übervolle Gabel in den Mund, während er sie eingehend betrachtete, als ob ihn ihre Antwort tatsächlich interessieren würde.

Dankbar ergriff sie den Strohhalm. Seine simple Frage verhalf ihr zu etwas Sicherheit und sie antwortete: „Nein, eigentlich studiere ich, aber in den Semesterferien habe ich Zeit." Sie lächelte den Kindern zu und ergänzte rasch: „Franzi und Lena sind wirklich bezaubernd. Ich wohne gern hier und passe auf die beiden auf."

Elias sah sie ein wenig nachdenklich und fast kritisch an. „Mich wundert nur, dass mein Bruder dich ohne pädagogische Kenntnisse eingestellt hat."

Michael räusperte sich lautstark. „Jetzt übertreib doch nicht immer so maßlos."

Seine Aussage bemüßigte Meli zu erklären: „Ich habe fünf jüngere Geschwister, ich bin wahrscheinlich kompetenter als jede Fachkraft."

Elias entglitten seine Gesichtszüge. „Dann seid ihr zu sechst zu Hause? Ich habe zwei ältere Brüder, das hat mir voll und ganz gereicht. Du Ärmste. Mein Mitleid hast du." Das sagte er mit solcher Inbrunst, dass Meli endgültig ihre Scheu verlor.

„Du hast anscheinend nicht richtig zugehört. Ich bin die Älteste, also sind die anderen zu bedauern."

„Ach, so ist das. Du bist also die Tyrannin. So hätte ich dich gar nicht eingeschätzt."

Diesmal wurde sie rot unter seinem Blick, der sie abschätzend scannte. Sie spürte, wie ihr heiß wurde und am liebsten hätte sie sich Luft zugefächelt.

Ariane legte ihr einen Arm um die Schulter. „Meli ist die sanfteste und liebevollste Person, die ich kenne. Nicht wahr, Michael?"

Ihr Mann nickte zustimmend und Meli wäre vor Scham am liebsten im Erdboden versunken. Mit Lob konnte sie noch nie gut umgehen.

Elias legte das Besteck zur Seite, stützte die Ellenbogen auf dem Tisch ab, als ob er ihr näherkommen wollte und grinste plötzlich breit. „Was anderes hätte ich bei deinem liebreizenden Anblick auch nicht vermutet."

Meli starrte das Tischtuch an und verdammte sich für ihre Unfähigkeit, schlagfertig zu antworten. Machte er sich über sie lustig oder hatte er das ernst gemeint?

Zum Glück rettete sie die kleine Lena aus der Bredouille. „Liest du mir vorm Schlafengehen noch die Geschichte vom kleinen Eisbären vor? Bitte, liebe Meli?" Sie klimperte gekonnt mit den Wimpern.

„Schätzchen, Meli isst doch noch. Ich kann dir später eine Gutenachtgeschichte vorlesen." Ariane rügte ihre Tochter freundlich, aber bestimmt.

Lenas Augen füllten sich mit Tränen, aber sie sagte nichts.

„Ich habe sowieso keinen Hunger mehr. Das Dessert kann ich mir doch für morgen aufheben." Lächelnd erhob sich Meli und das Leuchten in den Augen des Kindes erfüllte sie mit reinem Glück.

Elias stand ebenfalls auf, um sie zu verabschieden und meinte augenzwinkernd: „Schade, ich hätte gerne noch ein wenig mit dir gequatscht, damit du mir mehr von deinen Abenteuern als älteste Schwester erzählen kannst. Aber das holen wir nach."

Wieder lächelte sie ihm nur unsicher zu und während sie mit den Kindern das Zimmer verließ, bereute sie es ein wenig, Lenas Wunsch nachgegeben zu haben. Andererseits hatte er das bestimmt nur so daher gesagt. Immerhin bestand nicht die Gefahr, dass sie sein Angebot annahm, nachdem sie Lena schon versprochen hatte, ihr das Buch vorzulesen. Bevor sie die Tür hinter sich schloss, konnte sie sehen, wie Elias eine angeregte Unterhaltung mit seinem Bruder begonnen hatte. Anscheinend hatte er sie schon vergessen.

Sie sollte zusehen, dass sie diesen Schönling schleunigst von ihrer Festplatte löschte, auch wenn das bei seinem charmanten Auftreten ein schwieriges Unterfangen darstellen würde. Aber sie sollte sich ins Bewusstsein rufen, dass er lediglich zuvorkommend zu ihr war, mehr nicht. Und ehe sie sich versah, würde er ihr unglücklich den Kopf verdrehen.

1

Elias

Ein halbes Jahr später

„Jetzt komm schon. Wach auf! Du bist ja völlig hinüber, hör endlich mit dem Scheiß auf."

Die eindringliche Stimme gelangte ganz langsam in seine Wahrnehmung und marterte seinen dröhnenden Kopf empfindlich. Noch weigerte sich sein Körper, dem Befehl nachzugeben. Am liebsten würde er wieder in den gnädigen Zustand des kompletten Black-Outs sinken. Aber wie es aussah, war jemand dagegen. Eine Person, deren Penetranz Elias zunehmend nervte.

Der Störenfried begnügte sich nicht, ihn mit Worten zu belästigen und ihm mit der Hand ins Gesicht zu klatschen. Nachdem er erneut weggedämmert war, packten ihn zwei Arme unter den Achseln und rissen ihn zurück in die Wirklichkeit. Laut schnaufend zerrte ihn jemand durch die Wohnung. Er wehrte sich, wollte einfach in Ruhe gelassen werden, aber im fast bewusstlosen Zustand blieb seine Gegenwehr erfolglos.

Als Elias ein kalter Wasserschwall mitten ins Gesicht traf, entfuhr ihm ein Aufschrei und er riss die Augen auf. Wieder wollte er die Hände abwehren, die ihn piesackten, aber jede Sekunde, die sein wehrloser Körper gequält wurde, ließ seinen Geist reger werden.

Endlich schaffte er es, dem Widersacher den Duschkopf aus der Hand zu schlagen. Daraufhin stellte Michael rasch das Wasser ab, um nicht das gesamte Badezimmer zu überfluten.

„Was soll der Scheiß? Spinnst du jetzt vollkommen?", schrie Elias seinen Bruder wutentbrannt an, nachdem er ihn endlich in seinem desolaten Zustand identifiziert hatte.

Michael warf ihm wortlos ein Handtuch zu, das er reflexartig auffing, da ihm mittlerweile das Wasser aus den Haaren ins Gesicht tropfte. Während Elias sich notdürftig abtrocknete, was bei seinen nassen Klamotten ein hoffnungsloses Unterfangen darstellte, antwortete sein Bruder mit ruhiger Stimme: „Die Frage ist, ob du nicht derjenige bist, der spinnt. Du hast dich fast ins Koma gesoffen oder hast du etwa noch anderes Zeug eingeworfen?"

Elias ließ von dem Versuch ab, sein Haar trocken zu rubbeln und kniff die Augen zusammen, während er seinen revoltierenden Magen zu beruhigen versuchte. Wenn er seinem Bruder jetzt vor die Füße kotzte, würde es Michael nur in seinem negativen Bild über ihn bestärken.

„Was geht's dich an?", zischte er gefährlich leise.

„Was es mich angeht?" Jetzt schwoll auch Michaels Stimme an und von seiner Zurückhaltung blieb nicht mehr viel übrig.

Währenddessen kauerte Elias auf dem Boden und lehnte sich an der Badewanne an, da sich das Zimmer

immer noch im Kreis drehte. Er hatte Schwierigkeiten, seinen Bruder deutlich zu sehen, der sich gerade bedrohlich vor ihm aufbaute. Auch ein mehrmaliges Zwinkern verhalf ihm nicht zu mehr Seeschärfe, deshalb gab er es auf und schloss die Augen.

„Seit Wochen bist du völlig neben der Spur. Elias, ich erkenne dich einfach nicht wieder. Und ganz sicher sehe ich nicht dabei zu, wie du dich umbringst.“

Er sah bei Michaels Worten auf. Verachtung spiegelte sich in Elias' dunklen Augen, die im krassen Kontrast zu seinem hellblonden Haar standen.

„Ich kann mich nicht erinnern, dich darum gebeten zu haben.“ Mühsam rappelte er sich auf, verlor das Gleichgewicht und stützte sich reflexartig auf dem ausgestreckten Arm seines Bruders ab. Für einen kurzen Moment gestattete er sich, Michael in die Augen zu sehen. Der besorgte Ausdruck darin gab ihm fast den Rest. Kurzzeitig überfiel ihn Ekel vor sich selbst und sein Magen drehte sich nicht nur aufgrund der Alkoholmenge fast um. Er riss seine Hand zurück, als hätte er sich an Michaels Arm verbrannt und taumelte ins Schlafzimmer, um sich neue Klamotten zu holen. Dabei stolperte er über den Wäscheberg am Boden und wieder war es Michael zu verdanken, dass er nicht hinfiel.

„Lass mich los.“ Rüde wehrte Elias ihn ab und durchforstete seinen Kleiderschrank nach frischen Klamotten. Vergebens. Augenblicklich ging ihm auf, dass es ein Fehler gewesen war, ins Schlafzimmer zu gehen und Michael somit auf das offensichtliche Chaos in seinem Leben zu stoßen. Grummelnd hob er eine schon benutzte Hose und ein halbwegs sauberes T-Shirt vom

Boden auf und zog sich umständlich die nassen Klamotten aus.

Sein Bruder sah ihm fassungslos dabei zu und ließ anschließend den Blick durch den Raum schweifen. „Du lebst wie ein Penner. Du hast nicht einmal was zum Anziehen." Dabei schüttelte er immer wieder den Kopf, als könne er einfach nicht glauben, was er unbarmherzig vor Augen geführt bekam.

„Hau doch einfach ab", knurrte Elias, „und vergiss nicht, deinen Schlüssel dazulassen. Auf einen weiteren Überraschungsbesuch verzichte ich dankend."

Michael schwieg und sah ihn so lange an, dass ihm unwohl wurde. Er hatte ein enges Verhältnis zu seinem ältesten Bruder gehabt, trotz des Altersunterschieds. Michael war als Kind ein Vorbild gewesen, zu dem er aufgesehen hatte. Was dachte sein Bruder nun über ihn? Sein Geist war so verwirrt, er war so durcheinander, wie sollte er bei diesem Kuddelmuddel, das in seinem Kopf herrschte, einen klaren Gedanken fassen? Elias rieb sich mit der Hand über die Stirn.

„Was ist los mit dir? Jetzt rede doch endlich mit mir. Du hast dich komplett verändert. Von einem auf den anderen Tag. Dafür muss es doch einen Grund geben." Michael sah ihn flehentlich an.

Elias wollte einfach nur seine Ruhe haben. „Verpiss dich doch einfach und kümmere dich um deinen eigenen Scheiß. Wenn dir dein Leben zu langweilig ist, dann such dir doch eine heiße Affäre. Das hält dich davon ab, mich zu nerven."

Die wütenden Blicke, die ihm sein Bruder mit zusammengekniffenen Augen zuwarf, ignorierte Elias gekonnt, genauso wie jedes noch so kleine Quäntchen Gefühl in sich.

„Du hast sie doch nicht mehr alle. Wage es ja nicht, meine Familie mit Dreck zu bewerfen. Wie tief bist du eigentlich gesunken? Am liebsten würde ich dich hier in deiner eigenen Kotze liegen lassen, aber hast du auch nur einmal an unsere Mutter gedacht? Die heult sich die Augen aus, weil du dich so egoistisch aufführst und ihr so viel Kummer bereitest. Denk doch einmal nicht nur an dich. Und dann nimmt sie dich auch noch in Schutz. Keine Ahnung, womit du das verdient hast. Wahrscheinlich wurde das kleine Nesthäkchen viel zu sehr von ihr verwöhnt." Michaels höhnische Stimme überschlug sich fast, während er wild gestikulierte. Wahrscheinlich fehlte nicht viel, dann würde er ihm in seinem Zorn eine verpassen.

Elias ließ es einfach über sich ergehen. Er würde seinem Bruder nicht sagen, was der Grund für seinen Absturz war. Niemals. Genauso wie er niemals die Kraft besitzen würde, sich wieder aus dem Sumpf zu ziehen. Wozu auch? Es gab für ihn keinen einzigen Grund mehr zu kämpfen. Aus und vorbei!

Elias ließ sich bäuchlings aufs Bett sinken und alle Versuche seines Bruders, zu ihm durchzudringen, prallten einfach wie Geschosse an einer Eisenmauer ab.

Irgendwann herrschte wohltuende Stille. Michael hatte wohl aufgegeben. Elias war zu fertig, um nachzusehen. Er hoffte es einfach.

Er war wohl eingeschlafen, denn kurze Zeit später schreckte er mit wild pochendem Herzen auf, weil ihn ein Geräusch geweckt hatte. Da nahm er eine Gestalt neben sich wahr.

„Du bist ja immer noch da", brummte er, als er endlich wieder Luft bekam.

Wortlos stellte Michael ein Tablett mit zwei belegten Broten, einer Tasse Kaffee und einem Blister mit Kopfschmerztabletten auf seinem Nachttisch ab.

„Falls du jemanden zum Reden brauchst, ich bin für dich da. Und iss was, du bist ja bald nur noch Haut und Knochen." Michael warf ihm einen letzten eindringlichen Blick zu, bevor er sich verabschiedete.

Als er weg war, musste Elias sich mühsam einen Anflug von Schuldgefühlen verkneifen, die ihn unvermittelt marterten und es schafften, für einen kurzen Moment den großen Schmerz, der in ihm tobte, zu durchbrechen.

2

Meli

Meli schürzte ein wenig abfällig die Lippen, während sie sich im Spiegel betrachtete. Sie sah so unglaublich langweilig aus. Nullachtfünfzehn. Absoluter Durchschnitt. Nicht, dass sie ein besonderer Makel auszeichnen würde. Denn das würde sie gleich wieder interessant erscheinen lassen. Nein, ihr Gesicht war einfach so alltäglich, dass kaum jemand einen weiteren Blick riskierte. Okay, das war jetzt auch wieder übertrieben, aber sie war es gewohnt, in der breiten Masse zu verschwinden. Sie beugte sich nach vorne, um ihren Teint zu begutachten, der rein und rosig aussah.

„Dann werden wir mal sehen, was sich herausholen lässt", sagte sie zu ihrem Spiegelbild und musterte es weiterhin kritisch. Gedankenverloren kämmte sie ihr dichtes, braunes Haar, das zwar einen langweiligen Farbton hatte, aber immerhin schön glänzte und weit über ihre Schultern reichte.

Sie öffnete eine Schublade und holte ihr Schminkzeug heraus. Viele Auswahlmöglichkeiten besaß sie nicht. Wimperntusche, einen Kajalstift und einen Lipgloss, das war es auch schon. Sie hatte weder Talent noch die nötige Geduld, sich zu schminken. Praktisch war wohl das treffendste Wort, das sie passend beschrieb. Dennoch fühlte sie sich anschließend besser. Ihre Augen wurden eindrucksvoll betont und sie war jedes Mal überrascht, wie sehr sie sich veränderten. Ihre großen mandelförmigen Augen waren auch das einzig Sehenswerte an ihr. Sie lebte einfach im falschen Land. Unter einer Burka versteckt würden sich die Männer um sie reißen. Meli schüttelte belustigt den Kopf. Sie sollte aufhören, so wirres Zeug zu denken.

„Meli. Hilf mir", kreischte es lautstark durch die Wohnung und Tumult war zu hören. Sie schrak zusammen und schon riss ihre kleine Schwester die Badezimmertür auf.

„Sven will mich hauen, weil ich sein Flugzeug kaputtgemacht habe", heulte Johanna lautstark.

Meli bückte sich, um die Kleine zu trösten. Ihre Eltern waren noch nicht zu Hause. Ihr Vater hatte zwei Jobs, um die Familie über Wasser zu halten und ihre Mutter war noch im Friseursalon.

„Wie ist das denn passiert?"

Die Siebenjährige sah sie schuldbewusst an und biss sich auf die Unterlippe. „Ich wollte es mir nur ansehen. Dann hat Sven losgebrüllt und ich habe es fallenlassen."

Innerlich rollte Meli mit den Augen, dem geliebten Lego Technik ihres Bruders durfte man nicht zu nahekommen.

„Wo ist denn Jürgen? Er soll doch auf euch aufpassen", sagte Meli misstrauisch. Sie wollte sich in einer halben Stunde mit Luise treffen und ihr Bruder sollte bei den jüngeren Kindern bleiben, bis ihre Mutter nach Hause kam.

„Der ist nicht da." Johanna hob kurz die Schultern und heulte anschließend wieder los, als sie ihren aufgebrachten Bruder erblickte, der sich auf sie stürzen wollte. „Sag ihm, dass ich das nicht wollte."

„Sven, hör auf. Sie hat es nicht mit Absicht getan. Du kannst das doch ratzfatz wieder zusammenbauen." Sie nickte ihm aufmunternd zu und der Zehnjährige zog murrend ab.

In ihrem Inneren brodelte es, auch wenn sie sich bemüht hatte, es die Kleinen nicht spüren zu lassen. Warum war Jürgen nicht zu Hause? Sie verstand, dass er mit seinen knapp achtzehn Jahren Besseres vorhatte, als auf kleine Kinder aufzupassen, aber er konnte doch wohl einmal für sie einspringen.

Abwesend beruhigte sie die immer noch jammernde Johanna und schickte sie zurück zum Spielen. Kurz darauf betrat sie ihr Zimmer und holte ihr Handy, um Jürgen anzurufen. Angespannt wartete sie ab. Als ihr klar war, dass er nicht drangehen würde, sprach sie ihm eine harsche Ansage aufs Band. Frustriert warf sie ihr Handy aufs Bett, nur um es anschließend wieder an sich zu nehmen, um Luise Bescheid zu geben.

Als sie auch Luise nicht erreichen konnte, schickte sie ihr eine Nachricht und hoffte, dass sich die Freundin noch nicht auf den Weg gemacht hatte.

Wieder einmal verzweifelte sie an ihrer Unfähigkeit, Nein zu sagen. Sonst wäre sie schon vor Jahren ausgezogen. Aber ihre Mutter wäre aufgeschmissen ohne ihre Hilfe. Sie beneidete ihre jüngere Schwester.

Sandra hatte es richtiggemacht. Als sie ihre Ausbildung zur Hotelfachfrau begonnen hatte, war sie direkt ins Hotel gezogen und wohnte dort auch heute noch. Sandra hatte den Absprung geschafft und lebte ihr eigenes Leben, während Meli die Befürchtung hegte, noch bis in alle Ewigkeit zu Hause zu wohnen.

Frustriert bereitete sie das Abendessen vor. Der Klingelton ihres Handys riss sie aus den Gedanken.

„Sorry, ich habe gerade erst deine Nachricht gelesen. Hast du deinen Bruder zwischenzeitlich erreicht?", fragte Luise.

Meli schüttelte genervt den Kopf, bis ihr einfiel, dass Luise sie nicht sehen konnte. „Nein, das macht er doch mit Absicht. Der bekommt was zu hören, wenn er nach Hause kommt", schimpfte Meli.

„Wir können uns gerne später treffen", schlug Luise vor.

Meli seufzte. „Die Schicht meiner Mutter endet heute erst um 21 Uhr, dann muss sie noch aufräumen und mein Vater hat Nachtschicht. Bis ich dann loskomme, wird es wohl zu spät werden. Lass es uns lieber verschieben." Sie konnte nicht verhindern, dass sie geknickt klang.

Anscheinend hatte es auch ihre feinfühlige Freundin wahrgenommen, denn sie erwiderte: „Dann komme ich einfach bei dir vorbei."

Im ersten Moment wusste Meli nicht, was sie antworten sollte. Es war ihr peinlich, Luise in diesem Chaos zu empfangen. Das Wohnzimmer sah aus, als hätte eine Bombe eingeschlagen und die Küche, als wäre sie sechs Wochen nicht mehr aufgeräumt worden. Was sollte Luise nur denken? Dann schlug sie ihre Bedenken in den Wind. Es war ihr wichtig, ihre Freundin zu sehen, ihr eigenes Zimmer war akkurat aufgeräumt, der Rest war doch egal. Schließlich war sie nicht die persönliche Putzfrau ihrer Eltern.

„Gern. Aber bitte setz deine Brille nicht auf."

„Was denn für eine Brille? Ich trage doch gar keine", meinte Luise verwirrt.

Meli lachte und erklärte: „Die Bude meiner Eltern strahlt nicht gerade im reinsten Glanz, wenn du verstehst, was ich meine."

„Das stört mich nicht", winkte Luise ab.

Als ihre beiden jüngsten Geschwister im Bett waren, legte sich Meli auf ihr Bett und schloss die Augen. Ihre Freundin würde erst in einer halben Stunde auftauchen, bis dahin wollte sie sich kurz ausruhen. Erschöpft ließ sie ihre Gedanken fließen. Fast wäre sie eingeschlafen, als eine Erinnerung sie ruckartig die Augen aufreißen ließ.

Überraschend hatte gestern Ariane angerufen und gefragt, ob sie als Babysitter einspringen könnte. Die Nanny war krank geworden und sie benötigten dringend Ersatz. Sofort war ihr Elias wieder in den Sinn gekommen, obwohl sie ihn seit Monaten nicht gesehen hatte. Melis Herz hatte wie verrückt geklopft, denn es war zweifelhaft, ob sie ihn überhaupt sehen würde und eigentlich hatte sie gar keine Zeit. Die Semesterferien endeten bald und ihre kleinen Geschwister hatten zudem gerade Osterferien, aber sie wollte Ariane nicht im Stich lassen und würde zusehen, es neben dem Studium zu organisieren. Nächste Woche begann die Schule wieder, dann waren Arianes Kinder vormittags sowieso im Kindergarten und ihre Geschwister in der

Schule betreut, die nachmittäglichen Kurse könnte sie notfalls auch mal schwänzen. Allerdings hatte sie es ihrer Mutter noch nicht beigebracht und der Gedanke ließ auch Elias in den Hintergrund treten. Meli ärgerte sich über sich selbst. Warum konnte sie ihr schlechtes Gewissen nicht einmal ausschalten? Warum konnte sie nie zuerst an sich denken? Sie hoffte inständig, dass die Aussicht auf das leichtverdiente Geld ihre Mutter besänftigen würde. Immerhin trat Meli einen Großteil davon an die Haushaltskasse ab.

Sie spannte sich an, ballte ihre Hände zu Fäusten und erstmals spürte sie, dass sie Kampfgeist entwickelte. Falls ihre Eltern etwas dagegen hätten, würde sie sie mit schlagkräftigen Argumenten davon überzeugen, dass es unvernünftig wäre, Familie Reinhardt zu verärgern. Am Ende wäre es das letzte Mal, dass sie so eine Chance erhielt. Sie musste ihnen ja nicht auf die Nase binden, dass Ariane schon Verständnis geäußert hatte, falls sie so kurzfristig keine Zeit fände. Aber Meli wollte unbedingt Elias wiedersehen. Und die einzige Chance, ihm zu begegnen, war bei seinem Bruder, den er häufig besuchte.

Was bin ich nur für eine hoffnungslose Romantikerin? Als ob Elias ernsthaftes Interesse an mir hat. Wem will ich da etwas vormachen? Wir sind nicht bei Aschenputtel. Aus mir macht auch ein wunderschönes Kleid keine Prinzessin.

Ihr Magen krampfte sich unangenehm zusammen, als Meli sich ausmalte, wie sie sich vor Elias blamieren würde. Bestimmt hatte er schon bei ihrer ersten Begegnung gemerkt, wie beeindruckt sie von ihm war.

Obwohl sie wusste, dass es unvernünftig war, ihn wiederzusehen, hoffte sie es inständig. Sie wollte herausfinden, ob er wirklich nur höflich gewesen war oder doch hinter ihre Fassade geblickt hatte. *Und was genau soll er da entdecken? Meli, hör doch endlich auf herumzuspinnen!*

Die Türklingel riss sie aus den wirren Gedanken und sie sprang erleichtert auf. Ein wenig Ablenkung würde ihr guttun. Wobei sie schon jetzt wusste, dass sie Luise von dem Angebot erzählen würde. Sie brannte förmlich darauf, ihrer Freundin die Neuigkeiten mitzuteilen.

3

Elias

Gott, war ihm schlecht. Wieder einmal hatte er zu tief ins Glas geschaut. Vorsichtig versuchte er die Augen zu öffnen. Ein kurzer Blick genügte, um zu erkennen, dass er es nicht einmal in sein Bett geschafft hatte. Seine Kehle fühlte sich vollkommen ausgedörrt an, was eigentlich ein Witz war, wenn er bedachte, wie viel er gestern getrunken hatte. Aber im Augenblick sehnte er sich nach einem Schluck Wasser. Als er erneut einen Blick riskierte, stellte er verblüfft fest, dass er sich überhaupt nicht in seiner Wohnung befand. Momentan befand er sich auf irgendeiner fremden Couch. Er tastete mit der Hand neben sich und hielt sogleich inne, als er warme Haut spürte.

Fuck, was war gestern passiert? Er konnte sich an rein gar nichts mehr erinnern.

Seit dem demütigenden Erlebnis mit seinem Bruder bemühte sich Elias, sein Leben in den Griff zu bekommen. Zumindest um nach aßen dieses Bild zu vermitteln. Tief in ihm sah es noch genauso düster aus wie an jenem Tag, an dem er sich an seinem persönlichen Tiefpunkt befunden hatte. Damals war es ihm völlig gleichgültig gewesen, dass Michael ihn so erlebt hatte. Zwar fühlte er sich immer noch genauso desorientiert und verzweifelt, aber etwas hatte sich geändert. In ihm war der Wunsch aufgekeimt, die anderen nicht merken zu lassen, wie es in ihm aussah. Er wollte nicht darüber reden, seine Familie sollte ihn in Ruhe lassen und das war nur möglich, wenn er sie durch ein falsches Bild beruhigte. Ansonsten würden sie ihn permanent mit ihrer Fragerei nerven und das wollte er unter allen Umständen vermeiden. Elias konnte nicht über etwas sprechen, das er selbst erst realisieren musste. Er hatte keine Ahnung, was diese Erkenntnisse für sein zukünftiges Leben bedeuteten.

Verächtlich lachte Elias auf. *Zukünftiges Leben, das ich nicht lache. Was soll das denn noch für ein Leben sein?*

Ganz vorsichtig riskierte er einen Seitenblick und war erleichtert, dass neben ihm eine halbwegs attraktive Frau lag, soweit er das in seinem desolaten Zustand beurteilen konnte. Leise, um sie bloß nicht aufzuwecken, stand er auf und sammelte seine Klamotten ein, die überall im Zimmer und Hausflur verteilt lagen. Anscheinend hatten sie es ziemlich wild getrieben. Angewidert hob er ein benutztes Kondom auf und warf es in den Abfall. Auf der einen Seite erleichterte es ihn, dass sie im Eifer des Gefechts daran gedacht hatten, zugleich überfiel ihn der gewohnt zynische Gedanke, dass es sowieso keine Rolle mehr spielte. Er schlug sich mit der Handfläche gegen die Stirn, aber auch das half seinem Erinnerungsvermögen nicht auf die Sprünge.

Er wusste einfach nicht weiter. Anvertrauen konnte er sich niemandem. Nicht einmal seinen besten Freund hatte er bisher eingeweiht. Der einzige Weg, den er momentan sah, war das gnädige Vergessen im Drogen- und Alkoholrausch. Völliges Vernebeln der Sinne. Nichts mehr spüren und keine Ängste mehr ertragen müssen. Aber es war eine Gratwanderung, diesen Weg zu verfolgen, ohne die anderen misstrauisch zu machen.

Endlich hatte er es geschafft, sich anzuziehen und strich sich gedankenverloren durchs Haar.

Seit er sich wieder halbwegs zivilisiert verhielt, hatte auch Michael akzeptiert, dass er nicht darüber reden wollte. Es schien ihn zwar wahnsinnig zu machen, dass sein kleiner Bruder sich nicht helfen ließ, aber Michael begriff eben nicht, dass er damit nichts bewirkte. Helfen konnte ihm niemand. Er wollte keine ratlosen oder gar mitleidigen Blicke. Er wollte einfach nur vergessen. Diesen gottverdammten Tag vergessen, der sein Leben zerstört hatte. Benommen griff er ins Leere, als er sich an der Wand festhalten wollte. Er stolperte zwei Schritte vorwärts und landete mit der Schulter am Türstock. Endlich konnte er sein Gleichgewicht wiedererlangen.

Seit jenem verhängnisvollen Moment hatte er keinen Tag mehr nüchtern zugebracht. Er hatte keine Ahnung, welche Auswirkungen das hatte, aber es war ihm auch egal. Das Einzige, was er momentan empfand, war Wut. Grenzenlose Wut! Und die ließ sich am besten mit Drogen und Alkohol einsam und alleine aushalten. Mittlerweile war er vermehrt dazu übergegangen, Gute-Laune-Pillen einzuwerfen und Joints zu rauchen, das fiel weniger auf, als wenn er mit Dauerfahne herumlief. Am liebsten würde er zu härteren Mitteln greifen, aber eine letzte Restvernunft hielt ihn davon ab.

Gestern hatte er seine aufgestellten Regeln gebrochen und sich wieder einmal vollkommen abgeschossen.

Bevor er die Wohnung verließ, musste er etwas trinken, sonst würde er sterben. Zum Glück war die Wohnung übersichtlich und er fand rasch die Küche. Durstig trank er zwei Gläser und schaffte es anschließend tatsächlich unbemerkt aus dem Haus.

Eigentlich fand er diesen benebelten Zustand bisher ganz angenehm, aber auf die negativen Begleiterscheinungen wie Übelkeit und Kopfschmerz könnte er gut und gerne verzichten. Außerdem war ihm gerade schlagartig eingefallen, dass er seinem Bruder versprochen hatte, sich mit ihm zu treffen. Verdammt! Rasch warf er einen Blick auf die Uhr. Noch drei Stunden. Bis dahin musste er wieder einen halbwegs passablen Zustand erreichen.

Jetzt musste er erst mal herausfinden, wo er sich überhaupt befand. Umständlich zog er sein Handy aus der Hosentasche und ortete sich über Google Maps. Auf dem Weg zur Haltestelle suchte er das nächstbeste Café auf, weil er dringend ein paar Liter Kaffee benötigte, um wieder halbwegs bei Verstand zu sein. Das Koffein in seinen Adern würde hoffentlich die Lethargie und Benommenheit vertreiben. Während er Platz nahm, schnüffelte er möglichst unauffällig an seinen Klamotten, aber die rochen zu seiner Erleichterung lediglich nach Rauch. Langsam kehrten auch seine Erinnerungen wieder zurück. Gestern Abend war ihm die Decke auf den Kopf gefallen. Er hatte es zu Hause nicht mehr ausgehalten. Zudem war ihm der Stoff ausgegangen. Eigentlich hatte er vorgehabt, lediglich für Nachschub zu sorgen, aber dann war er im Klub hängen geblieben und die Kleine hatte ihn mit nach Hause genommen. Ein Hauch schlechten Gewissens überfiel ihn, als ihm einfiel, wie verliebt das Mädel gewirkt hatte. Sie hatte ihn ziemlich angehimmelt und ihr Vorschlag, mit zu ihr zu gehen, hatte ihn kurz aus der Bahn geworfen, weil er ihr so viel Forschheit gar nicht zugetraut hatte.

Aber was erwartete sie denn, wenn sie sich ihm so an den Hals warf? Wohl kaum die große Liebe. Elias schnaubte sarkastisch. Aber dennoch war es nicht die feine Art gewesen, am Morgen heimlich zu verschwinden. Aber eine Szene wäre das Letzte gewesen, was er mit seinem Kater vertragen hätte.

Elias trank einen großen Schluck von dem gerade gebrachten Kaffee und bestellte eine Portion Rührei und Speck. Die Kleine würde schon drüber hinwegkommen. Er konnte nicht mehr zählen, wie viele Frauen er in den letzten Wochen abgeschleppt hatte. Unverbindlicher Sex war ein weiteres willkommenes Mittel, um zu vergessen.

Elias wusste um seine Wirkung auf Frauen, aber seit er anscheinend diese Verruchtheit ausstrahlte, war er noch beliebter als zuvor. Die Mädels rissen sich um seine Aufmerksamkeit, obwohl er sich nicht sonderlich viel Mühe gab, nett zu ihnen zu sein. Sogar die Bedienung hatte es gerade nicht unterlassen, mit ihm zu flirten.

Er schüttelte den Kopf, als würde ihn diese Tatsache immer noch erstaunen. Vielmehr wunderte er sich immer noch über sein kaltes und hartes Auftreten den Frauen gegenüber.

In seinem alten Leben war Elias ein Charmeur gewesen, der den Frauen gerne Komplimente machte. Ein aufmerksamer Zuhörer, der den Mädels das Gefühl gab, der Mittelpunkt des Geschehens zu sein.

Elias war nie der typische Aufreißer gewesen. One-Night-Stands gab es bei ihm selten. Zwei längere Beziehungen hatte er hinter sich. In Singlezeiten führte er lieber lose Affären, als jede Nacht eine neue Frau zu beglücken.

Und dann war da Meli, die er unverhofft vor einigen Wochen bei seinem Bruder getroffen hatte. Irgendwie hatte es ihm das schüchterne Mädel gleich angetan. Sie war keine Modelschönheit, aber Perfektion empfand Elias sowieso als langweilig. Meli hatte unheimlich eindrucksvolle Augen und er hatte noch nie so lange Wimpern gesehen. Als sie gelächelt hatte, war das ganze Zimmer erstrahlt. Auch wenn er es sich nicht hatte anmerken lassen, sie hatte ihn ziemlich beeindruckt und er hätte sich gewünscht, noch öfter der Grund für ihr Strahlen zu sein. Er hatte sich fest vorgenommen, sie wiederzusehen. Aber dazu war es nicht mehr gekommen. Nun war er erleichtert, dass es in seinem unsteten Leben als Pilot untergegangen war. Dennoch hatte sich die Frau mit den wunderschönen Augen wiederholt in seine Gedanken geschlichen. Er hatte vorgehabt, Michael nach ihrer Handynummer zu fragen, aber irgendetwas war immer dazwischengekommen. Und dann war der Tag gekommen, der den Beginn seines persönlichen Albraumes eingeläutet hatte. Da war er froh gewesen, es nie geschafft zu haben. Er hatte die leise Ahnung, dass es schwierig geworden wäre, Meli etwas vorzuspielen. Sie hätte in die Tiefe gebohrt, an Stellen, die schmerzten, die ihn hätten aggressiv werden lassen. Und nichts lag ihm ferner, als sie zu verletzen. Deshalb zog er es lieber vor, fremde Frauen zu benutzen und anschließend wie minderwertige Ware abzulegen.

Als er die Wohnungstür aufsperrte, stockte er einen Augenblick. Was war das für ein Geruch? Er hob den Kopf und schnüffelte ein paar Mal. Nein, er hatte sich nicht getäuscht. In seiner Bude roch es wie in einer Wäscherei. Normalerweise erschlug ihn jedes Mal das abgestandene, muffige Aroma, gegen das er wie eine Wand rannte, sobald er seine Wohnung betrat.

Er warf die Tür ins Schloss. Das konnte doch nicht wahr sein. Seine Mutter hatte es anscheinend wieder einmal nicht unterlassen können, ihm eine Putzfrau vorbeizuschicken. Oder sie hatte selbst die Putzfee gespielt, das würde er ihr glatt noch zutrauen. Er hätte nicht nur seinem Bruder, sondern auch seiner Mutter den Ersatzschlüssel abnehmen sollen. Aber da er als Pilot häufig unterwegs war, hatte er einige Schlüssel verteilt, damit die Leute entweder nach dem Rechten sahen oder die Wohnung als Übernachtungsmöglichkeit anbieten konnten, bevor sie ständig leer stand. Außerdem wusste er genau, dass er es nicht übers Herz brachte, diesen Schritt zu gehen, denn sie meinte es schließlich nur gut. Immerhin waren seinen Eltern die einzigen Menschen, die eingeweiht waren. Wenn auch unfreiwillig.

Elias' Blutdruck schoss in beängstigende Regionen, wenn er an den Verrat dachte, der sein Geheimnis ans Licht gebracht hatte. Diesmal war sein Vater zu weit gegangen. Sorge hin oder her. Damit hatte er eine Grenze überschritten, die er ihm so schnell nicht verzeihen konnte.

Trotzdem würde er seine Aggressionen nicht an seiner Mutter auslassen. Das hatte sie nicht verdient, auch wenn sie ihm mit ihrer Übergriffigkeit ziemlich auf den Sack ging.

Ein kurzer Blick in den Kühlschrank sagte ihm, dass er die nächsten Tage nicht verhungern würde. Auch die Waschmaschine lief munter vor sich hin. Er sollte froh sein, sich darum nicht kümmern zu müssen. Seufzend ging er ins Badezimmer, um noch rasch zu duschen und sich umzuziehen, bevor er sich mit Michael traf. Als das Wasser wohltuend über seinen Kopf floss, fiel ihm ein, dass er mit ihm zum Tennis spielen verabredet war. Verdammt, wie hatte er das vergessen können? Tennis! Sport! Das waren Wörter, die momentan in seinem Sprachgebrauch keine Verwendung fanden. Jetzt war es zu spät, um abzusagen. Elias knirschte mit den Zähnen, während ihn das kalte Wasser munter machte. Das Duschen hätte er sich somit auch sparen können. Das erste Mal seit Wochen verflog die gesamte Last für einen Moment und er musste grinsen. Nur ein Idiot würde vor dem Sport duschen. Das durfte er seinem Bruder nicht erzählen, ansonsten hielt er ihn endgültig für verrückt.

Nachdem er endlich unter zahlreichen Flüchen seinen Schläger gefunden hatte, verließ er die Wohnung, um zu seinem Auto zu gehen. Kurz hielt er inne, bevor er den Schlüssel ins Schloss steckte und zögerte, den Motor zu starten, dann vertrieb er die Bedenken. Das kurze Stück würde er schon schaffen. Wie er allerdings das Match überstehen sollte, wusste er noch nicht. Vielleicht sollte er beginnen, wieder mehr auf seine Fitness zu achten. Manchmal konnte er die höhnische Stimme nicht ganz unterdrücken, die ihm zuraunte, sich verdammt noch mal zusammenzureißen und endlich aufzuhören, sich so gehen zu lassen. Aber meistens schaffte er es schnell, sie wieder verschwinden zu lassen.

„Hätten wir uns nicht auf einen Kaffee treffen können?", murrte Elias, als er seinen Bruder mit Handschlag begrüßt hatte.

„Sagt derjenige, der mich früher regelmäßig vom Platz gefegt und kein Erbarmen mit einem alten Mann gezeigt hat."

Michaels eindringlicher Blick sagte ihm, dass es die falsche Frage gewesen war. Jetzt hatte er ihn erneut misstrauisch gestimmt. Normalerweise trieb es Elias mit seinem sportlichen Ehrgeiz zu weit und kannte kein Pardon.

Gerade hatte er wieder bewiesen, dass er nicht der Alte war.

Er winkte eilig ab. „War doch nur Spaß. Ich war heute Nacht unterwegs und bin nicht alleine aufgewacht." Er grinste seinen Bruder an und zwinkerte ihm zu. Zwar fühlte es sich unglaublich falsch an, Michael weiszumachen, dass er eine Menge Spaß gehabt hatte, aber zu seiner Erleichterung konnte er ihn täuschen.

Michael schlug ihm auf die Schulter. „Ich werde kein Mitleid mit dir haben. Selbst schuld."

Nachdem sie ein paar Bälle hin und her gespielt hatten, stellte Elias fest, dass es um seine Koordinationsfähigkeit besser bestellt war als gedacht. Wider Erwarten bereitete ihm das Spiel richtig Spaß und trotz seiner schlechten Verfassung hatte sein älterer Bruder keine Chance gegen ihn. Elias spürte, wie gut ihm der Sport tat. Er fühlte sich normal. Sorglos. Unbesiegbar.

Bis er ans Netz rannte, um einen fiesen Stoppball aus dem Lauf heraus zu erreichen. Er stolperte über seine eigenen Füße und stürzte. Er hatte so viel Schwung drauf, dass er sich einmal um die eigene Achse drehte. Kurz blieb er auf den Rücken liegen, weniger, weil er sich verletzt hatte, als vielmehr aus dem Grund, dass ihm gerade der Schock den Atem raubte. Sein Herz raste so schnell, wie es das gesamte Match nicht hatte arbeiten müssen. Michael sprang über das Netz und kam auf ihn zu. Er reichte ihm die Hand und als Elias nach einem kurzen Zögern auf die Beine sprang, fragte er verblüfft: „Was war das denn? Du musst gestern ja einiges gebechert haben, wenn du gleich über deine Füße fliegst."

Elias wurde wieder einmal vor Augen geführt, dass sein Hochgefühl eine Momentaufnahme war, die nicht der Realität entsprach oder zukünftig nicht der Realität entsprechen würde.

Während Elias um seine Fassung rang, musterte Michael ihn so intensiv, dass er sich völlig entblößt fühlte.

Er musste zusehen, dass er sich wieder in den Griff bekam. Und zwar schleunigst. Aber sein Puls raste und er fühlte sich wie im freien Fall. Panik drohte ihn zu überrollen. Ihn einzulullen und ihn nie wieder aus ihren eisernen Fängen zu entlassen. Er zwang sich, zur Bank zu laufen, um eine Trinkflasche aus seiner Tasche zu holen. Durch diese profane Tätigkeit würde er hoffentlich seine Fassung zurückerlangen.

Tatsächlich ging es ihm langsam besser, während das Wasser seine Kehle hinabfloss. Kraftlos ließ er sich auf die Bank fallen. „Sorry, ich bin wohl doch etwas ausgeknockt. Lass uns ein anderes Mal weiterspielen."

Michael öffnete den Mund, sagte aber nichts. Wahrscheinlich kannte er seinen Bruder besser als gedacht. Ihm war klar, dass Elias ihm keine bessere Erklärung liefern würde.

„Okay", war schließlich alles, was er entgegnete.

Während sie zur Umkleidekabine liefen, brach Michael plötzlich das Schweigen. „Hast du dich verletzt?"

Elias zuckte zusammen und erst jetzt bemerkte er, dass er das rechte Bein ein wenig hinterherzog. Er war so sehr in seinen Gedanken gefangen gewesen, dass es ihm gar nicht aufgefallen war.

„Ein wenig, aber halb so schlimm", wiegelte er schnell ab. Jedes einzelne Wort wollte ihm kaum über die Lippen, sosehr schockierte ihn gerade die Tatsache, dass sein Bein wie eingeschlafen zu sein schien.

Michaels Vorschlag, noch auf ein Getränk zusammenzusitzen, lehnte er ab. Er wollte einfach nach Hause, um sich dort zu vergraben. Jetzt musste er nur noch irgendwie die Autofahrt hinter sich bringen.

4

Meli

„Meli, ich freue mich so, dass es geklappt hat." Ariane umarmte sie erleichtert, kaum dass sie das Wohnzimmer betreten hatte. Frau Melchior, die nette Hausangestellte, hatte sie zu ihr und den Kindern geführt. Die Mädchen saßen schon an der gedeckten Kaffeetafel und Ariane erklärte entschuldigend: „Eigentlich wollten wir auf dich warten, aber die Kinder waren so hungrig und haben es nicht mehr ausgehalten."

Sie verdrehte die Augen und Meli verkniff sich ein Lachen. Schließlich wusste sie, wie wichtig Ariane gemeinsame Essenszeiten waren.

„Kein Problem, das macht doch nichts. Kennt ihr mich noch?", wandte sie sich an die Kleinen, als sie an den Tisch trat, wo die beiden sie mit schokoladenverschmierten Mündern ansahen.

„Natürlich, du warst schon mal unsere Nanny", gab Franzi, die Ältere, ein wenig altklug von sich. Lena hingegen sprang ihr entgegen und schlang ihre pummeligen Arme um ihre Taille.

„Lena, du machst Meli ganz schmutzig“, rügte Ariane ihre Tochter. Meli fing einen entschuldigenden Blick von ihr ein.

„Ich habe doch Wechselsachen dabei. Zwar muss ich ein- oder zweimal in den kommenden Wochen auf meine kleinen Geschwister aufpassen, aber ansonsten werde ich hier sein.“ Sie strich der Kleinen liebevoll über den Rücken und versprach, gleich nachher mit ihr zu spielen.

Während Ariane ihr einen Platz anbot und Frau Melchior ihr einen frisch zubereiteten Cappuccino und ein Stück Kuchen brachte, sagte ihre Arbeitgeberin dankbar: „Zum Glück konnte dich deine Mutter entbehren. Es wäre sonst schwierig geworden. Ich muss geschäftlich für einige Tage verreisen und Michael kann auch nicht kürzertreten.“ Sie verstummte kurz, um an ihrem Wasser zu nippen, dann fügte sie hinzu: „Und die Großeltern sind leider überfordert mit der Betreuung der Kinder.“

„Meine Großeltern haben uns nie zu sich genommen“, warf Meli ein, um Ariane aufzuzeigen, dass sie damit nicht allein war. „Meine Eltern mussten schon immer alles alleine hinbekommen.“ Den Zusatz *und das ganz ohne Nanny* konnte sie sich gerade noch rechtzeitig verkneifen. Es wäre Ariane gegenüber ungerecht, ihr ihren Wohlstand vorzuhalten. Und Meli war ihr unglaublich dankbar für die Chance, die sie ihr bot. Nicht jeder würde einer ungelernten Kraft die eigenen Kinder anvertrauen. Ariane sprach weiter und riss sie aus ihren Gedanken.

„Ein Tag nehmen sie sie gern, aber für einen längeren Zeitraum möchte ich sie nur im äußersten Notfall bitten. Wenn Elias sie ein wenig unterstützen würde, sähe es anders aus, aber er ist gerade einfach zu unzuverlässig."

Meli war dabei, sich ein Stück Kuchen in den Mund zu schieben. Jetzt ließ sie die Gabel achtlos wieder sinken und starrte Ariane an. Ihre Arbeitgeberin sah ein wenig schuldbewusst aus, als wäre ihr etwas über die Lippen gekommen, was sie lieber hätte verschweigen sollen.

Sollte sie darauf reagieren? War es unverschämt nachzufragen, was sie damit meinte? Oder wirkte es uninteressiert, wenn sie es nicht täte? Solche Situationen waren Meli zuwider. Momente, in denen sie nicht wusste, wie sie sich verhalten sollte, machten sie linkisch und unsicher.

Zum Glück nahm Ariane ihr die Entscheidung ab, indem sie sich vorbeugte und vertraulich flüsterte: „Das ist mir so rausgerutscht. Bitte vergiss, was ich gesagt habe."

Eine klare Ansage, mit der Meli umzugehen wusste. Zwar hatte dieser eine Satz nun in ihrem Kopf ein unerbittliches Gedankenkarussell in Gang gesetzt, aber sie respektierte natürlich den Wunsch und nickte zustimmend. Ariane fragte sie ein wenig über die letzten Monate aus, denn auch wenn sie sich gut verstanden, ging der Kontakt nicht über ein Arbeitsverhältnis hinaus.

Meli berichtete von ihrem kommenden Semester und wieder betonte Ariane ihre Dankbarkeit. Natürlich konnte Meli ihr nicht ins Gesicht sagen, dass ihre Mutter das leicht verdiente Geld gelockt hatte, denn es würde ein falsches Bild vermitteln. Ihre Eltern taten alles, damit sie ihren Kindern ein gutes Leben ermöglichen konnten. Aber Ariane wäre bestimmt entsetzt, wenn sie erfuhr, dass Meli zwei Drittel ihres Lohnes an ihre Eltern abtrat, die sowieso kaum über die Runden kamen. Sie wollte nicht, dass ihre Arbeitgeberin dachte, ihre Eltern beuteten sie aus. Denn wozu benötigte sie so viel Geld? Sie wohnte noch zu Hause und natürlich unterstützte sie ihre Eltern, indem sie Miete bezahlte.

Ariane und Michael waren herzensgute Menschen, die ihr gegenüber keinerlei Ressentiments gezeigt hatten, aber sie kamen aus gänzlich unterschiedlichen Lebensmodellen, da konnte sie nicht erwarten, dass Ariane Verständnis aufbringen würde.

Sie verbannte die Gedanken an ihre Familie und beschloss, sich nun voll und ganz auf die Kinder zu konzentrieren, die unbedingt eine Fahrradtour mit ihr machen wollten. Meli wechselte einen Blick mit deren Mutter, und als Ariane nickte, stimmte sie lächelnd zu.

Verdammt, sie war spät dran. Aber ihre Mutter war wieder einmal unpünktlich aus dem Friseursalon gekommen, obwohl sie heute schon mittags Feierabend hatte und Meli hatte zu Hause wie auf glühenden Kohlen gesessen. Ursprünglich wollte sie den restlichen Tag zum Lernen nutzen, aber dann hatte Ariane panisch angerufen, dass für heute ein wichtiges Meeting einberufen worden war, bei dem sie nicht fehlen durfte und sich somit nicht um die Kinder kümmern konnte.

Nun hatte sie die Kinder bei ihrer Haushälterin gelassen, die aber mit der Kinderbetreuung hoffnungslos überfordert war.

Meli rannte die letzten Meter von der Bushaltestelle bis zum Anwesen der Reinhardts. Völlig außer Puste bat sie am Tor um Einlass, während sie ihre Haare im Nacken anhob, damit die frische Luft ihn kühlen konnte. Sie wischte sich über die verschwitzte Stirn und befahl sich zum hundertsten Mal, endlich mal wieder Sport zu treiben. Aber irgendwie siegte der innere Schweinehund immer.

Sie lief durch den Park, um zum Haupteingang zu gelangen. Ariane hatte sie gerügt, als sie das erste Mal den Lieferanteneingang benutzen wollte, um die Kinder in Empfang zu nehmen. Lautes Kreischen stoppte ihren Weg und sie wäre beinah gestolpert, als sie das Bild wahrnahm, das sich ihr bot. Die Mädchen rannten schreiend durch den Garten und für einen winzigen Moment war Meli irritiert. Sollte Michael nicht das Meeting leiten? Dann sah sie genauer hin und bemerkte, dass sie sich getäuscht hatte. Der Mann war zwar ebenfalls blond und groß gewachsen, aber viel schlaksiger. Melis Herz stoppte für eine Sekunde. Elias! Was tat er hier? Warum hatte Ariane sie nicht vorgewarnt? Hastig strich sie sich eine Haarsträhne aus dem Gesicht und warf einen Blick an sich herunter. Ein entsetztes Stöhnen konnte sie nicht ganz unterdrücken, als ihr aufging, wie sie aussah. Aber wie konnte sie auch ahnen, dass *er* heute hier wäre? Am liebsten hätte sie sich in Luft aufgelöst, so peinlich war Meli ihr Aufzug. Sie trug eine bequeme, ausgeleierte Leggins, die ihrer Figur nicht gerade schmeichelte, darüber ein übergroßes Sweatshirt ihres Bruders, da sie durch das intensive Lernen und die Betreuung der Kinder einfach nicht zum Wäschewaschen gekommen war. Darüber hatte sie sich einen Parka geworfen, der die besten Jahre hinter sich hatte. Ihre neue Softshelljacke hatte sie bei den Reinhardts vergessen.

Vielleicht schaffte sie es, sich unbemerkt vorbei zu schleichen, um sich umzuziehen. Wie erleichtert war sie nun, dass sie schon einen Koffer bei Familie Reinhardt deponiert hatte. Zwar war Meli alles andere als eitel, aber in diesem Aufzug konnte sie doch unmöglich Elias gegenübertreten. Elias, der bestaussehende Mann, den sie jemals getroffen hatte. Sogar auf die Entfernung konnte sie erkennen, dass er auch heute topgestylt aussah.

Sie zwang sich, ihren Blick loszureißen und endlich loszulaufen. Leise und möglichst unauffällig schlich sie sich zum Eingang.

Erleichtert sprang sie die Stufen hinauf, als sie eine Stimme aufhielt.

„Meli, wir sind im Garten. Spielst du mit uns fangen?"

Prima, Franzi hatte sie erwischt. Ganz langsam drehte sie sich um, in der Hoffnung, dass Elias eine Fata Morgana gewesen war und winkte den Kindern zu. Schon tauchte Elias hinter einer Hecke auf und kam auf sie zu.

Wieder strich sich Meli hektisch eine Haarsträhne weg, die ihr der auffrischende Wind ins Gesicht gepustet hatte.

„Wo willst du denn hin? Gib's zu, du wolltest dich drücken. Das ist unfair. Ich musste auch schon unter sämtliche Büsche kriechen." Elias lächelte sie an und sofort stob eine Horde Schmetterlinge in ihrem Bauch auseinander und brachte sie gehörig durcheinander.

„Was machst du hier?", fragte sie nicht besonders geistreich, als ihr bewusst wurde, dass sie ihn nicht ewig anstarren konnte, auch wenn sie nichts lieber als das täte.

„Michael hatte mich angerufen, da es einen Notfall in der Firma gab und da ich zufällig nichts zu tun hatte, bin ich eingesprungen."

„Elias, wo bist du? Du sollst mich suchen", hörten sie Lenas jammernde Stimme, die beide wohl ganz vergessen hatten.

Während sie sich aufmachten, das Mädchen zu suchen, antwortete Meli: „Mich hat Ariane angerufen, anscheinend haben die beiden sich nicht abgestimmt." Sie lächelte schüchtern, und als sich ihr Blick mit seinem traf, sah sie rasch zu Boden. Sie war froh, dass sie einer Beschäftigung nachgehen konnte, indem sie die Kleine suchte, ansonsten würde ihre Verlegenheit bestimmt noch viel mehr auffallen. Sie entfernte sich von Elias und bemerkte erst jetzt, wie sehr sie seine Nähe aus dem Konzept gebracht hatte.

„Hab dich", rief sie ausgelassen, als sie Lena endlich fand. Das Mädchen kreischte und wollte noch eine Runde spielen. Meli wandte sich an Elias: „Du kannst jetzt gerne gehen. Ich übernehme, schließlich werde ich dafür bezahlt."

Na prima, wie klang das denn jetzt? Als ob sie nur des Geldes wegen auf die Kinder aufpasste. *Warum bin ich nur so unfassbar spröde?*

Unter seinem eindringlichen Blick wurde sie natürlich rot, was ihm ein amüsiertes Lachen entlockte. Meli wurde sich ihrer Unzulänglichkeit wieder voll bewusst, als sie diese geballte Ladung Selbstbewusstsein abbekam. Gerade wünschte sie sich nichts sehnlicher, als dass er ihrer Aufforderung nachkam und verschwand.

„Willst du mich etwas loswerden?", erdreistete er sich auch noch zu fragen.

Meli atmete hörbar ein und aus. „Nein, das hast du falsch verstanden. Ich dachte nur, falls du noch was vorhast ..."

Elias fuhr sich durch die Haare, was ihn noch unwiderstehlicher aussehen ließ und Meli konnte sich nur mit Mühe davon abhalten, ihn anzufassen. Ihm durch sein Haar zu streichen, seine Hand zu nehmen, ihn zu küssen ...

Sie war gerade dabei, ihren Verstand zu verlieren. Himmel, wie konnte er nur so eine umwerfende Wirkung auf sie haben und wie konnte sie so unfassbar dumm sein, es auch noch zuzulassen?

„Ich habe nichts Wichtiges vor und da ich dachte, dass ich meine Nichten noch ein paar Stunden betreuen muss, habe ich mir nichts vorgenommen. Ich spiele gern mit euch noch eine Runde Verstecken." Er zwinkerte ihr zu und wandte sich an die Mädels. „Was haltet ihr davon, wenn wir nun gemeinsam Meli suchen?"

Zwei Stunden später war Elias immer noch da und tollte ausgelassen mit den Kindern durch den Garten. Wenn Meli nicht schon vorher für ihn geschwärmt hätte, dann spätestens jetzt. Es sah zu süß aus, wie er mit den Kindern fangen spielte. Gerade hatte er sich von den Mädchen zu Boden reißen lassen und ließ sich durchkitzeln. Völlig hingerissen beobachtete sie die heimelige Szene. Erst als sie seine Rufe wahrnahm, riss sie sich zusammen.

„Meli, rette mich vor den gefährlichen Monstern. Bitte!"

Lachend trat sie auf ihn zu und nach kurzem Zögern griff sie nach seiner ausgestreckten Hand und zog ihn nach oben. Wie gut sich das anfühlte, so vertraut, als hätte sie ihn schon unzählige Male berührt. Er stand so dicht vor ihr, dass sie das Glitzern in seinen Augen sehen konnte. Erst jetzt erkannte sie, dass er braune Augen hatte, die in diesem Moment fast schwarz wirkten, was im krassen Kontrast zu seinen blonden Haaren stand. Ihr Herz sprach gerade zwei Sprachen, die im vollkommenen Widerspruch zueinanderstanden. Am liebsten hätte sie die Welt stillstehen lassen, damit dieser magische Moment niemals enden würde, und gleichzeitig musste sie sich beherrschen, nicht davonzurennen, um seiner Aura, seinem Charisma zu entfliehen. Wenn sie sich seinem Einfluss auch nur eine Sekunde länger aussetzen würde, dann wäre es endgültig um sie geschehen. Das musste sie verhindern. Egal wie. Sonst wäre sie rettungslos verloren. Sie hatte doch schon bei ihrem ersten Aufeinandertreffen erkannt, dass er in einer anderen Liga spielte. Er wollte nur nett sein, mehr nicht. Aber warum zum Teufel ließ er eigentlich nicht endlich ihre Hand los?

Elias beugte sich etwas vor und Melis Herz raste. So schnell, dass es gleich zu einer Kollision kam. Herz gegen Kopf.

„Einen Penny für deinen Gedanken."

„Was?" Entgeistert schreckte sie zusammen.

Elias lachte und sie fühlte sich augenblicklich wieder einmal wie der letzte Trottel.

„Du fixierst mich nun schon seit einer gefühlten Ewigkeit und mich würde interessieren, was du gerade denkst."

Melis Gedanken drehten sich im Kreis und sie konnte nach ein paar Atemzügen nach einem greifen und stieß hervor: „Und warum lässt du eigentlich meine Hand nicht los?"

Wieder blitzte es in seinen Augen und Meli schwante Böses.

„Vielleicht, weil ich den Eindruck hatte, dass es dir gefällt?"

„Mir ist kalt, können wir einen Kakao trinken?"

Danke, danke, danke, Franzi, du bist die Beste. Erleichtert wandte sie sich den Kindern zu und entzog dabei Elias möglichst unauffällig ihre Hand.

„Klar, lasst uns reingehen. Magst du auch eine Tasse?", brachte sie hervor, als sie sich zu Elias umsah, der im Garten stehen geblieben war.

„Sorry, aber ich muss los."

Seine Miene sah ein wenig bedauernd aus, aber das bildete sie sich sicherlich nur ein.

„Ariane und dein Bruder sind bestimmt gleich da. Magst du nicht wenigstens so lange noch bleiben?" Meli staunte selbst über ihre verwegene Frage. Was war denn nur in sie gefahren? Anscheinend wollte sie Elias mit allen Mitteln dazu bewegen, noch einen Moment dazubleiben.

Obwohl sie mittlerweile ein paar Meter trennten, erkannte sie, wie er die Stirn runzelte und die Augen zusammenkniff. Ihr Magen hob sich und der Druck trug nicht gerade dazu bei, dass sie sich wohlfühlte.

„Nein, danke. Ich muss jetzt wirklich los. Habe schon viel zu viel Zeit vertrödelt", brummte er in seinen nicht vorhandenen Bart. „Mädels, wir sehen uns. Ich komme bald mal wieder vorbei." Nun verzog sich sein Mund zu einem Lächeln und er sah wieder nahbarer aus. Dann drehte er sich einfach um und ging ohne ein weiteres Wort des Abschieds. Meli starrte ihm für einige Sekunden nach, bis sie Lenas Hand spürte, die ihre auffordernd drückte.

Sie schüttelte ungläubig den Kopf und ging dann mit den Mädels hinein, um ihnen den gewünschten Kakao zuzubereiten.

Was bitte war das gerade gewesen? Erst tollte er stundenlang ausgelassen mit ihnen durch den Garten, behauptete, nichts anderes vorzuhaben und dann tat er so, als hätte er lediglich eine lästige Pflicht erfüllt und müsste dringend gehen. Vielleicht war er gar nicht wegen ihr geblieben, sondern wollte das Versprechen nicht brechen, das er Michael gegeben hatte. Vehement schüttelte sie den Kopf, sodass ihre Haare wild flogen. Sie würde Elias aus ihrem Gehirn verbannen. Die Betreuung der Mädchen war alles, was zählte. Nur deshalb war sie hier.

Michael ließ sich beim Essen entschuldigen, da er immer noch in der Firma war und Ariane hatte ein wenig säuerlich dreingeblickt, als sie Meli erklärte, dass sie ohne ihn beginnen würden.

Natürlich würde sich Meli nicht anmaßen nachzufragen, um welches Problem es sich handelte, dafür befand sie sich eindeutig nicht in der entsprechenden Position. Manchmal musste sie sich daran erinnern, dass sie lediglich eine Angestellte und nicht eine Freundin der Familie war, so herzlich verhielten sich die Eltern der Mädchen ihr gegenüber. Dennoch hegte sie die untrügliche Befürchtung, dass Ariane es als aufdringlich empfinden würde. Ihre Arbeitgeberin sah müde und angespannt aus, deshalb bot sie an, die Kinder ins Bett zu bringen.

Ariane winkte hastig ab. „Nein, das mache ich selbst. Ich bin dir von Herzen dankbar, dass du die Kinder heute Nachmittag übernommen hast. Du musst jetzt bestimmt lernen. Ich habe ein ganz schlechtes Gewissen, dich davon abzuhalten."

„Du weißt doch, wie viel Freude es mir bereitet, die beiden sind so unglaublich lieb und gut erzogen." Sie zog Franzi leicht an ihrem Zopf und grinste sie an. Bevor Ariane etwas entgegnen konnte, fuhr sie fort. „Aber du hättest mich heute gar nicht gebraucht. Als ich hierherkam, war Elias da und hat mit den Mädchen gespielt."

Ariane sah sie dermaßen perplex an, dass sie dachte, etwas Falsches gesagt zu haben. Oder hing ihr etwas zwischen den Zähnen? Warum sah Ariane sie an, als hätte sie gerade erzählt, dass Elias beschlossen hatte, auf den Mars zu ziehen?

„Elias?", wiederholte sie so skeptisch, dass Meli kurzzeitig an ihrem Verstand zweifelte, ob er wirklich so hieß. Sie hatte doch nur ein Glas Wein zum Abendessen getrunken.

„Elias soll morgen wiederkommen, er findet die besten Verstecke. Meli und Elias sollen mit uns spielen."

Nun wandte sich Ariane an ihre Tochter und fragte nach: „Dein Onkel war heute da?"

„Ja, und es war total lustig. Er hat sich auf dem Boden gewälzt und wir durften ihn kitzeln."

Melis Herz weitete sich, als sie das glückliche Kinderlachen hörte und sich selbst an die Situation erinnerte. Ein Augenblick, der so bedeutungslos schien und doch ein Augenblick für die Ewigkeit war.

„Elias meinte, dass ihn sein Bruder angerufen hätte und sehr verzweifelt klang", erklärte Meli.

„Typisch Michael, er hat bestimmt in der Hektik vergessen, mir Bescheid zu geben. Das tut mir jetzt wirklich sehr leid, ich zahle dir den doppelten Stundenlohn für deinen Einsatz."

„Auf gar keinen Fall." Meli hob abwehrend die Hände. „Du bezahlst mich doch sowieso schon unglaublich gut. Und es war ein toller Nachmittag. Mir hat es Spaß gemacht."

Ariane musterte sie eindringlich und bestimmt blieben ihrer Chefin ihre rosigen Wangen nicht verborgen. *Warum bin ich nur so verdammt durchschaubar?* Meli sah verlegen auf ihren Teller und hoffte, dass Ariane das Thema ruhen ließ.

Wahrscheinlich wäre sie trotz ihrer Offenheit nicht begeistert, wenn ihr Schwager mit dem Personal anbandeln würde. Dieser Gedanke trieb Meli die Schamesröte ins Gesicht und entsetzt stellte sie fest, dass ihre Augen brannten. Sie benahm sich vollkommen kindisch. Elias würde niemals etwas von ihr wollen, da konnte Ariane ganz unbesorgt sein. Gerade wusste sie nicht, was mehr schmerzte. Dieser Gedanke oder doch die Tatsache, dass Ariane in ihr niemals die passende Frau an Elias' Seite sehen würde.

„Meli, alles in Ordnung mit dir? Du siehst so bedrückt aus. Machst du dir doch Sorgen wegen deiner Prüfung?"

Ariane sah sie beunruhigt und zugleich schuldbewusst an.

„Nein, ich bin gut vorbereitet. Ich bringe gern die Kinder ins Bett", bot sie nochmals an und diesmal nahm Ariane das Angebot an, da sie noch arbeiten musste, wie sie zerknirscht zugab.

5

Elias

Wütend kickte er einen Stein auf der Hofeinfahrt weg, der gegen sein Auto prallte. Ungerührt fuhr er mit den Fingerspitzen über die kleine Delle, die seine Fahrertür zierte. Früher hätte er sich über seinen Fauxpas geärgert. Sein Audi xr war sein Herzstück gewesen, heute war es ihm völlig gleichgültig, dass er gerade sein zweihunderttausend Euro teures Auto beschädigt hatte. Hatte er wirklich Glück verspürt, als er das erste Mal in sein Traumauto gestiegen war? Damals dachte er, er wäre glücklich gewesen, heute wusste er, dass es ein Trugschluss war, dem er in seiner Kleingeistigkeit erlegen war. Was nutzten ihm nun all die schönen materiellen Dinge noch?

Er dachte an die vergangenen Stunden zurück. Vorhin war er glücklich gewesen, als er mit seinen Nichten unbeschwert Zeit verbracht hatte. Das und Melis Gesellschaft hatten ihn aus seiner leblosen Starre erwachen lassen. Sie hatte etwas an sich, das ihn verzauberte. Er konnte nicht einmal benennen, was es war, aber er fühlte sich zu ihr hingezogen. In ihrer Gesellschaft war er aufgeblüht wie eine welke Blume kurz vorm Umkippen, die gerade noch rechtzeitig Wasser erhalten hatte.

Deshalb hatte er sich über sein Verhalten geärgert. Warum hatte er sich beim Abschied so ruppig verhalten? Meli hatte ihm nichts getan, sie wollte nur freundlich sein. Aber als sie ihn gefragt hatte, ob er auch einen Kakao haben möchte, war es ihm, als sei er aus einem schönen Traum aufgewacht. Als hätte er einen kurzen Einblick in seine unbeschwerte Kindheit erhalten, die er mit dem heißen tröstlichen Kakao verband. Eine Zeit, die lange vorüber war, einer fernen Vergangenheit angehörte und niemals zurückkehren würde. Er konnte Meli nichts bieten. Er konnte ihr nichts geben. Außer Schmerz und Kummer. Und Wut. Nicht nur einen Rucksack voll. Nein, in ihm war so viel Wut, dass es ausreichen würde, um ein ganzes Atomkraftwerk zu befeuern. Das hatte sie nicht verdient und er würde alles daransetzen, sie nicht in den Strudel seiner Dunkelheit zu ziehen. Dort war er seit dem verhängnisvollen Tag eingezogen und dort würde er bis an sein Lebensende wohnen bleiben.

Er gab zu viel Gas und der Kies spritzte auf, als er einen Raketenstart hinlegte. Diese dumme Flamme, die Meli in ihm entzündet hatte, würde er schnellstmöglich im Keim ersticken müssen. Auch wenn es ihn alle Kraft kosten würde, den ersten Hoffnungsschimmer seit gefühlten Ewigkeiten zu töten, war er es ihr schuldig. Nun war er ihr zweimal begegnet und es war ihm nicht verborgen geblieben, welche Wirkung er auf sie ausübte. Von nun an würde er sich zurückhalten und nur noch zu Besuch kommen, wenn sie nicht bei seinem Bruder arbeitete. Auch wenn Michael und Ariane es sicherlich komisch fanden, durfte er nicht riskieren, ihr bei weiteren Gelegenheiten den Kopf zu verdrehen.

Ein Radfahrer schoss, ohne zu gucken, auf die Straße. Elias trat heftig auf die Bremse und mit quietschenden Reifen kam er zum Stehen. Dieser Idiot hatte ihm einfach die Vorfahrt genommen. Sein Herz schlug heftig, er sollte sich besser konzentrieren. Auch wenn ihn keine Schuld traf, wollte er nicht verantwortlich dafür sein, jemanden über den Haufen zu fahren.

Der Radfahrer fuhr einfach weiter, ohne sich um ihn zu kümmern. Kopfschüttelnd sah er ihm nach und gab selbst wieder Gas. Die restliche Fahrt widmete er dem Verkehr mehr Aufmerksamkeit als seinen düsteren Gedanken.

Sein erster Gang zu Hause führte ihn zum Kühlschrank mit dem festen Vorsatz, es heute bei einem Bier zu belassen. Er warf sich mit der Flasche auf die Couch und trank sie mit einem Zug fast aus. Der kleine Lichtblick heute hatte ihn aus der Bahn geworfen. Nicht, dass er besonders fest im Sattel saß, aber heute war ein guter Tag gewesen, nur deshalb hatte er Michael zugesagt. Niemals hätte er auf seine Nichten aufgepasst, wenn er zugedröhnt gewesen wäre. Aber jetzt sehnte er sich nach einem Joint. Am besten warf er sich zusätzlich noch einen kleinen Muntermacher ein. Während er sich einen Joint anzündete, dann tief inhalierte, fühlte er, wie dieser die Leere in ihm füllte. Die Leere, die nach dem heutigen Nachmittag noch größer geworden war. Solche Momente wie heute waren ein Trugschluss, die Realität seines Bruders war nicht seine eigene. Sein Leben sah solche unbeschwerten, liebevollen Momente nicht vor. Nicht mehr. War es da nicht besser, sie gleich zu unterbinden, gar nicht erst an die rettende Oberfläche zu lassen? Seine Gedanken verloren sich, wurden freier, er entspannte sich und schloss die Augen.

Mehrmals haute er neben sich, um den blöden Wecker abzuschalten. Aber scheinbar verfehlte er ihn jedes Mal. Irgendwann hörte das nervtötende Geräusch auf und er schlummerte erleichtert wieder ein. Bis es ihn erneut aus dem Schlaf riss. Diesmal realisierte er, dass es gar nicht der Wecker, sondern sein Handy war, was ihn da permanent marterte. Für einen winzigen Moment hatte er sich wieder in seinem alten Leben befunden, nun fühlte er sich ernüchtert. *Einen Wecker werde ich in diesem Scheißleben wohl kaum mehr brauchen.*

Als er aufstand, geriet er ins Taumeln und musste sich an der gegenüberliegenden Wand festhalten, um sein Gleichgewicht wiederzuerlangen. Kurz schloss er die Augen und versuchte, den Knoten in seinem Hals zu ignorieren.

„Warum klingelt das Scheißteil eigentlich immer noch?", knurrte er, während er sich endlich auf die Suche machen konnte. Zwischendurch war es kurz verstummt, nur um eine Minute später erneut für Furore zu sorgen.

Michael. Wer sonst! Kurz war er versucht, es auszuschalten und den Stecker vom Festnetz zu ziehen, aber sein Bruder würde es fertigbringen und kurze Zeit später hier auf der Matte stehen.

„Was gibt's?", brummte er ein wenig heiser in den Hörer.

„Wir wollten dich zum Essen einladen. Hast du heute Abend Zeit? Wir würden uns freuen."

Warum kann der alte Sack mich nicht einfach in Ruhe lassen?

„Wer kommt denn alles?", fragte er argwöhnisch. Falls seine Eltern da sein sollten, dann streikte er. Ihre mitleidigen Blicke ertrug er nicht und schon gar nicht wollte er, dass Michael oder Ariane misstrauisch wurden. Sobald sein Bruder Lunte roch, würde er nicht lockerlassen, bis er ihrer Mutter das Geheimnis entlockt hätte.

„Sebi ist da, ansonsten nur wir."

„Ich wusste gar nicht, dass er in Deutschland ist. Bei mir hat er sich nicht gemeldet." Elias merkte selbst, dass er gerade wie ein bockiges Kind klang, weil sein Bruder ihn übergangen hatte.

Michaels sarkastisches Lachen schmeckte ihm nicht.

„Komisch, mir hat er erzählt, dass er dich nicht erreicht hat. Kann es nicht vielmehr sein, dass du einfach nicht drangegangen bist?"

Elias fühlte Scham in sich aufsteigen, da hatte er sich wohl selbst ins Abseits manövriert. Um abzulenken, antwortete er schnell: „Okay, ich komme. Um wie viel Uhr soll ich da sein?"

„Komm nicht zu spät, dann sehen dich die Kinder noch. Seit deinem letzten Besuch fragen sie ständig nach dir."

Michaels Stimme war frei von jeder Wertung, dennoch fühlte er leise Schuldgefühle. An die Kinder hatte er in den letzten Tagen keinen Gedanken verschwendet.

Erst als er aufgelegt hatte, fiel ihm ein, dass er sich gar nicht erkundigt hatte, ob Melis Job bei ihnen schon beendet war. Zählte Michael sie schon zu seiner Familie und hatte sie deshalb nicht erwähnt oder war sie wirklich nicht da?

Er schlug mit der Faust gegen die Wand, ignorierte den Schmerz und fluchte vor sich hin. Nachdem er zugesagt hatte, konnte er jetzt keinen Rückzieher mehr machen. Es blieb nur zu hoffen, dass er Meli nicht begegnete. Vielmehr sollte er sich auf seinen Bruder freuen, denn seit Sebi vor zwei Jahren nach Kanada ausgewandert war, sahen sie sich viel zu selten.

Warum polterte sein verfluchtes Herz eigentlich so heftig, je näher er Michaels Zuhause kam? Er schlug sich mit der Hand ein paar Mal gegen den Brustkorb, als könnte er es dadurch zur Einsicht bringen, sich wieder zu beruhigen. So schlimm würde es schon nicht werden. Er würde ein paar Stunden im Kreis seiner Familie schon unbeschadet überstehen. Elias wollte sich nicht einmal selbst eingestehen, dass er seine Nervosität wegen Meli nicht in den Griff bekam. Hoffentlich war sie heute nicht da. Angewidert von sich selbst presste er den Kiefer zusammen. Wem log er da gerade etwas vor? Ja, dann gab er es eben zu. Er würde sie gern wiedersehen, aber das durfte einfach nicht sein. Er zog doch sowieso schon sein egoistisches Ding durch, da durfte er sie nicht auch noch kurzzeitig benutzen, nur um sich besser zu fühlen und um sie anschließend in den Dreck zu stoßen, den sie nicht verdiente.

Unvermittelt trat ihr Bild vor sein geistiges Auge. Sie hatte so unfassbar süß ausgesehen in ihrem lässigen Look. Der panische Ausdruck in ihren Augen hatte ihn vermuten lassen, dass ihr der Auftritt vor ihm peinlich gewesen war, und in seinem früheren Leben hätte er ihre Verlegenheit durch einen charmanten Spruch verfliegen lassen. Aber immerhin hatte er sich ihr gegenüber bis auf seinen Abgang vorbildlich verhalten.

Kurz blieb er noch im Auto sitzen, bis er sich in der Lage sah auszusteigen. Als er an der Tür läutete, öffnete ihm sein Bruder. Sie fielen sich in die Arme und Sebi klopfte ihm so fest aufs Schulterblatt, dass er beinah zusammenbrach.

„Hey, Kleiner, schön, dich zu sehen." Sebastian grinste ihn frech an, was er umgehend erwiderte. Sein Bruder war schon immer der Sonnyboy der Familie gewesen, der lange Zeit ein unbeschwertes, freies Leben geführt hatte. Auch wenn er in den Augen seiner Eltern als leichtsinnig galt, kam Elias nicht umhin, seinen Mut zu bewundern.

Sebi hatte in Kanada eine kleine Ranch übernommen, die mitten im Nirgendwo lag. Er hatte es schon immer vortrefflich verstanden, mit wenig auszukommen und es hatte für ihn von vornherein festgestanden, dass er keinen Posten im familieneigenen Unternehmen übernehmen wollte. In dieser Hinsicht war Elias ihm ähnlich, aber er hatte bis vor Kurzem sehr wohl ein Auge für die schönen, kostspieligen Dinge im Leben gehabt.

Nachdem sie Platz genommen hatten, übernahm Sebi das Reden und erzählte ein paar Anekdoten aus seinem

Leben in Kanada. Elias hielt sich raus und hörte lediglich zu. Gerade fühlte er sich für seine Verhältnisse mit sich im Reinen. Sebis sorgloses Auftreten tat ihm gut und seine positive Stimmung färbte etwas auf ihn ab. Sein Bruder war schon als Kind neben Michael sein großes Vorbild gewesen. Mit seinen dreiunddreißig Jahren war er zwar fünf Jahre älter, dennoch hatten sie schon immer mehr Gemeinsamkeiten als mit ihrem ältesten Bruder, der schon als Kind ernst und überaus korrekt gewesen war. Trotzdem hatte Elias immer zu beiden Brüdern aufgesehen.

„Vielleicht sollte ich dich mal besuchen kommen", meinte Elias mit vollem Mund, während das Gespräch verstummte. Warum sahen ihn nun alle an, als wäre er ein Alien?

„Ich finde es eine schöne Idee." Ariane lächelte. Elias entspannte sich ein wenig und hoffte, dass Sebi ihn nicht über seine Probleme ausfragte. Michael hatte bestimmt gepetzt und es würde ihn nicht wundern, falls Sebi genau aus diesem Grund zu Besuch gekommen war.

„Wann hast du denn deinen nächsten Urlaub? Ich bin meistens auf der Farm anzufinden, da bin ich flexibel."

Die Stille wurde unerträglich und Elias hörte das Blut in seinen Ohren rauschen. Das Klappern seines Bestecks erklang unerhört laut. Die Luft war viel zu stickig und er ging zum Fenster, um es zu öffnen. Als er sich umdrehte, hatte er sich wieder gefangen und entgegnete: „Ich sehe zu Hause nach, habe gerade meinen Urlaubsplan nicht im Kopf, ich schreibe dir."

Sebis skeptischer Blick sagte ihm, dass er ihm kein Wort glaubte. „Du weißt nicht, wann du Urlaub hast?"

„Ein Kollege wollte tauschen, deshalb steht es noch nicht endgültig fest", wiegelte er ab und setzte sich wieder.

Sebi öffnete den Mund, aber Michael schnitt ihm das Wort ab. „Warst du schon bei unseren Eltern? Wir könnten uns doch am Wochenende alle treffen oder was meint ihr?"

Wieder wandte sich Sebastian an ihn. „Musst du am Wochenende fliegen?"

Dieser kleine Scheißer wusste irgendetwas. Elias brannte vor Wut. Wahrscheinlich hatte seine Mutter sich verplappert. Die würde was zu hören bekommen. Sobald seine Brüder begriffen, dass er nicht mehr arbeitete, würden sie ihn ins Kreuzverhör nehmen. Bei Michael war er sich nicht sicher, inwieweit er ihn hatte täuschen können, dass er wieder in Ordnung war.

Schließlich war beiden die Tatsache bewusst, dass das Fliegen seine Passion, sein Leben war. Er zwinkerte ein paarmal, da ihn die immense Wut nicht mehr hatte klarsehen lassen.

„Nein", brachte er mühsam hervor, während er versuchte, seinen Bruder zu fixieren. Aber plötzlich sah er ihn nur noch verschwommen und erneut kniff er mehrmals die Augen hektisch zusammen, um ihn wieder scharf zu bekommen. Aber die Sehstörung blieb und stürzte ihn in einen tiefen Abgrund, dessen Boden er nicht sehen konnte. Aber der Aufprall würde hart werden. Schmerzhaft und kaum zu ertragen. Denn genau dieses Symptom hatte ihn doch erst misstrauisch gemacht. Ihn darauf gestoßen, dass etwas mit ihm nicht stimmte.

Wieder hatte er das Gefühl, keine Luft zu bekommen. Er zerrte am Kragen seines Poloshirts und sprang so hastig auf, dass sein Stuhl zu Boden krachte.

„Bin gleich wieder da", quetschte er hervor, bevor er hastig den Raum verließ.

Er hörte Michael seinen Namen rufen, doch jeglichen besorgten Nachfragen entging er, indem er die Tür hinter sich schloss. Er musste an die frische Luft und er benötigte einen Moment, um seine Angst in den Griff zu bekommen, die ihn gerade überrollte. Die jede Faser seines Ichs in Beschlag nahm, sodass von Elias nichts mehr übrig blieb, außer einer leeren Hülle, die ihn aber nicht vor seinem Schicksal beschützen konnte, die sich nicht einmal selbst beschützen konnte. Denn auch diese unversehrte Hülle würde irgendwann zu Staub werden. Kümmerlich und bemitleidenswert zugrunde gehen.

Immer noch erkannte er nur schemenhafte Umrisse, die ihn erst gegen einen Garderobenständer taumeln ließen, und schließlich stürzte er zu Boden, als er auf einem Spielzeug ausrutschte, was wahrscheinlich eins der Kinder liegen gelassen hatte.

„Elias", hörte er wie durch Watte eine Stimme, die er sofort erkannte. Ausgerechnet *sie* musste seinen schmachvollen Auftritt mitbekommen. Was machte sie überhaupt hier? Warum war sie nicht bei den anderen beim Dinner?

Er hörte, wie Meli die Treppe hinuntereilte, um kurz darauf neben ihm niederzuknien. „Hast du dich verletzt?" Ihre warme Stimme klang besorgt.

Wahrscheinlich dachte sie, er wäre stockbesoffen, warum sonst sollte er so herumtorkeln?

Immer noch ließ ihn seine Sehfähigkeit im Stich. So lange hatte ein Schub noch nie angehalten. Er rieb sich einige Male hektisch über die Augen und schüttelte anschließend rüde Melis Hand ab, die sie fürsorglich auf seinen Arm gelegt hatte.

„Du gehst mir auf den Sack. Lass mich einfach in Ruhe und hör auf, mich ständig anzubaggern. Geh einfach zu den anderen. Da drin ist noch ein Bruder, der Single ist, vielleicht will der dich ja."

Er hörte Meli nach Luft schnappen, was ihm einen Dolch, dessen unsäglichen Schmerz er verdient hatte, ins Herz rammte. Wie konnte er nur so fies zu ihr sein? Sie hatte ihm nichts getan, dennoch wollte er sie in seinem Elend einfach nur loswerden.

Anstatt ihn als Arschloch zu betiteln oder einfach zu verschwinden, sagte sie leise: „Ich mache mir Sorgen. Was ist los mit dir?" Wieder versuchte er, sie anzuvisieren und endlich konnte er mehr als nur ein schemenhaftes Gesicht erkennen. Die Erleichterung darüber überforderte ihn gerade maßlos. Sein Puls raste, als hätte er eine stundenlange sportliche Betätigung hinter sich. Meli kniete immer noch neben ihm und er spielte es rasch herunter. „Ich bin nur betrunken, das ist alles."

Wieder spürte er ihre warme Hand auf seiner Schulter und das war mehr, als er ertragen konnte. Sie sollte endlich aufhören, ihn ständig anzufassen.

„Ich glaube dir nicht. Du sahst gerade völlig panisch aus."

Natürlich glaubte sie ihm nicht. Er selbst war sich doch schon nach nur einer Begegnung sicher gewesen, dass Meli nicht lockerlassen würde, bis sie die Wahrheit erfuhr.

„Glaub doch, was du willst. Ich denke aber, du dramatisierst das Ganze, damit du mir nahe sein kannst. Denkst du etwa, ich habe nicht gemerkt, wie verknallt du in mich bist? Das nervt mich. Lass mich einfach in Ruhe.“

„Elias! Reiß dich gefälligst zusammen“, ertönte plötzlich Arianes autoritäre Stimme, die ihn heftig zusammenzucken ließ. Er hatte sie nicht kommen hören und sie schien wütend auf ihn zu sein, was er gerade überhaupt nicht gebrauchen konnte. Wenn auch zurecht, wie ihm Melis schmerzerfüllte Miene bewies, die rasch aufsprang, als sie seinen Blick auffing und die Treppe nach oben rannte.

„Spinnst du jetzt komplett?“, fauchte Ariane ihn lautstark an, sodass er sie verblüfft ansah. So unbeherrscht kannte er seine Schwägerin gar nicht.

Mühsam erhob er sich, bemüht, sich seine Schwäche nicht anmerken zu lassen.

„Meli kann nichts für deine Launen. Sie hat dir nichts getan und egal, welches Problem du hast, es gibt dir nicht das Recht, andere so herablassend zu behandeln. Das war entwürdigend für Meli. Bekomme dein Leben wieder in den Griff, Elias. Sonst haben wir beide ein großes Problem miteinander.“

„Du kannst ruhig sagen, wenn du mich hier nicht mehr sehen möchtest“, höhnte er, unfähig, ihre Worte auf sich wirken zu lassen.

„Das bist doch nicht mehr du. Der Elias, den ich kannte, hätte niemals ein Mädchen derart schlecht behandelt.“

Schockiert nahm er wahr, dass Ariane den Tränen nahe war. Von ihrer aufgebrachten Stimme angelockt traten nun auch Sebi und Michael hinzu.

„Was ist denn hier los?", fragte ihr Mann etwas perplex.

„Deine Frau hat mich gerade rausgeschmissen und mir klar gemacht, dass ich in eurem Haus unerwünscht bin."

Michael riss die Augen auf und wandte sich ungläubig an Ariane: „Sag, dass das nicht wahr ist."

Ariane brach in Tränen aus und sie war kaum zu verstehen. „Genau das meine ich. Das bist nicht mehr du."

Dann drehte sie sich weg und ließ die drei Brüder in der Eingangshalle stehen.

Michael sah ihn finster an. „Du schuldest mir eine Erklärung. Und zwar eine verdammt gute."

Sein Fluchtgedanke wurde gerade übermächtig, aber der letzte Rest Anstand hielt in an Ort und Stelle.

„Ich habe übertrieben. Ariane hat mich völlig zurecht auf etwas hingewiesen und ich bin ausgetickt. Sie hat nichts falsch gemacht. Besser, ich gehe jetzt."

Kurz bevor er sein Auto erreichte, hörte er hinter sich Schritte auf dem Kies knirschen.

„Elias, warte."

Er verdrehte die Augen, bevor er sich umdrehte und die Arme abwehrend vor der Brust verschränkte.

„Was ist denn?"

„Was ist los mit dir? Ich erkenne dich kaum wieder. Wo hast du meinen kleinen lebenslustigen Bruder versteckt?"

„Sebi, sei mir bitte nicht böse. Aber ich bin komplett durch. Aber bevor du nach Hause fliegst, würde ich dich gerne noch mal sehen."

Sebi schluckte ein paar Mal, dann schlug er ihm spielerisch gegen die Brust. „Aber vergiss es nicht. Denn das würde ich dir wirklich übel nehmen."

Elias versuchte zu lachen, was ihm gründlich misslang. „Geht klar." Er hob die Hand zum Gruß und ließ sich kraftlos auf den Autositz fallen. Den prüfenden Blick seines Bruders konnte er noch lange im Nacken spüren.

6

Meli

Was glaubte dieses Arschloch eigentlich, wer er war? Meli ließ sich weinend aufs Bett fallen. Auf dem Weg nach oben hatte sie sich krampfhaft zusammengerissen, doch nun brach alles über ihr zusammen.

Vielleicht war sie nicht die Hübscheste und Geistreichste, aber das gab ihm nicht das Recht, sie derart entwürdigend zu behandeln und sich über ihre Gefühle lustig machen. Es war schlimm genug, dass er dachte, sie wäre in ihn verliebt, aber dass er sie deswegen verhöhnte, war unerträglich. Zumal diese unerhörte Unterstellung gar nicht der Wahrheit entsprach. Ja, sie mochte ihn, hatte ihn gemocht, korrigierte sie sich in Gedanken, aber sie war nicht verliebt in ihn. Sie kannte ihn doch kaum. Wie kam er nur darauf? Meli seufzte. So unsicher, wie sie sich ihm gegenüber verhalten hatte, war es ja kein Wunder, dass er es auf ihre Verliebtheit zurückführte. Und ganz unrecht hatte er nicht, sie hatte ihn toll gefunden, er hatte sie aus dem Konzept gebracht und sie hätte sich sicherlich irgendwann in ihn verlieben können. Damit war nun Schluss.

Falls sie ihn jemals wiedersah, würde sie ihn einfach mit Nichtachtung strafen. Aber er würde es hoffentlich nicht wagen, nach diesem Auftritt so bald wieder hier aufzutauchen.

Meli schrak zusammen, als es an der Tür klopfte. Halbherzig versuchte sie, sich zusammenzunehmen, konnte die Schluchzer aber nur kläglich unterdrücken.

„Herein", sagte sie aus reiner Höflichkeit. Obwohl sie lieber allein gewesen wäre, traute sie sich nicht, Ariane vor den Kopf zu stoßen.

Vorsichtig trat die Hausherrin ins Zimmer und ihr mitleidiger Blick beschämte Meli. Was sie sich nun wohl alles zusammenreimte? Wahrscheinlich tat ihr das unscheinbare Mädchen leid, das sich völlig ungerechtfertigte Hoffnungen gemacht hatte. Um sich abzulenken, holte sie aus dem Nachtkästchen ein Taschentuch hervor und wischte sich die Tränen weg.

Ergeben saß sie auf der Bettkante, starrte zu Boden und wartete auf Arianes liebevolle Rüge. Scheinbar wusste die ältere Frau nicht, ob sie sich zu ihr setzen sollte, denn sie blieb einen Moment ratlos vor ihr stehen. Meli schenkte ihr ein ganz kurzes Lächeln und schließlich ließ sie sich mit einem fragenden Blick neben Meli nieder.

„Es tut mir leid, dass ich euch einfach im Flur habe stehenlassen."

„Meli, du hattest jedes Recht zu verschwinden. Elias hat sich unmöglich benommen und ich an deiner Stelle wäre im Erdboden versunken."

Meli wurde knallrot, als sie Arianes unbeholfene Worte hörte, ihr war so eine schmachvolle Abfuhr bestimmt nie zuteilgeworden. Wahrscheinlich war jeder

Mann im Umkreis von hundert Kilometern in sie verliebt gewesen. Wieder bohrte sich ein Stachel in die schlechtverheilte Wunde, die sich durch Melis Minderwertigkeitskomplexe nie verschlossen hatte. Schon in ihrer Kindheit hatte sie nie zu den beliebten Mädchen gehört, dafür war sie weder hübsch noch selbstbewusst genug gewesen. Ein plötzlicher Würgreflex ließ sie in Panik geraten und nur mühsam konnte sie sich beherrschen, nicht die Hand vor den Mund zu schlagen. Während sie versuchte, ruhig weiter zu atmen, konnte sie an Arianes Lippenbewegung erkennen, dass sie wohl weitergesprochen hatte, aber die Erinnerungen an ihre Kindheit hatten jegliche Hirnfunktion ausgeschaltet und sie tief abtauchen lassen. Hastig schüttelte sie den Kopf, um sich wieder auf ihre Arbeitgeberin zu konzentrieren, die sie verwirrt musterte.

Wahrscheinlich hatte sie ihr irrer Gesichtsausdruck geängstigt. Aber gerade wusste sie nicht, wohin mit ihrem Gefühlschaos. Sie presste die Handflächen zwischen ihre Knie und zog die Schultern hoch.

„Du möchtest Elias nicht aus dem Weg gehen?", fragte Ariane verblüfft.

Mist, anscheinend hatte Ariane ihr Kopfschütteln auf ihre Frage bezogen, die sie gar nicht gehört hatte. Aber das konnte sie nun schlecht zugeben, ohne als geisteskrank dazustehen.

„Es wäre wirklich kein Problem, dafür zu sorgen, dass ihr euch nicht mehr seht."

Wieder standen ihre Wangen in Flammen, aber sie wollte nicht als feige gelten.

„Elias ist Michaels Bruder, ihr könnt ihm doch nicht verbieten hierherzukommen, solange ich da bin", warf sie zögerlich ein.

„Ich möchte aber weder dafür verantwortlich sein, dass er dich erneut so verletzt wie vorhin noch, dass du deinen Job hinwirfst." Den zweiten Teil des Satzes entschärfte sie, indem sie Meli anlächelte. Sie konnte gar nicht anders als in Arianes warmherziges Lachen einfallen. Wie glücklich sie sich doch schätzen konnte, so eine verständnisvolle Chefin zu haben. Das wollte sie keinesfalls aufs Spiel setzen.

„Ich weiß gar nicht, wie Elias darauf kommt. Ja, ich fand ihn gleich sympathisch, aber ich kenne ihn doch gar nicht, wie kann ich mich da in ihn verlieben?" Ratlos zuckte sie mit den Schultern, aber Arianes skeptischer Blick fuhr ihr schon wieder in alle Glieder. Sie konnte gerade noch einen Seufzer unterdrücken. Egal was sie sagte, alle dachten, sie wäre in Elias verliebt. Damit musste sie leben, weitere Erklärungsversuche würden es nur noch schlimmer machen.

„Er ist es gewohnt, dass die Mädchen reihenweise hinter ihm herlaufen. Ein Fingerschnipp reicht aus, damit sie hoffnungsfroh heranspringen. Lass dich von ihm nicht runterziehen. Es hat nichts mit dir zu tun", erklärte Ariane.

Meli versuchte herauszufinden, ob Ariane es ernst gemeint hatte. Trotz seines guten Aussehens hatte sie ihn nicht für einen oberflächlichen Aufreißer gehalten. Aber ihrer Menschenkenntnis traute sie nach seinem Auftritt sowieso nicht mehr so recht über den Weg.

„Danke für deine lieben Worte, ich weiß das sehr zu schätzen." Melis Ton sollte signalisieren, dass das

Thema für sie beendet war und Ariane schien es zu verstehen.

„Magst du jetzt was essen? Geht es dir wieder besser?"

Ariane musterte sie besorgt und ihre Schuldgefühle stiegen gerade ins Unermessliche. Es fehlte gerade noch, dass ihre Arbeitgeberin ihr etwas zu essen brachte. Vorhin hatten sie fürchterliche Kopfschmerzen geplagt, allerdings hatte sie auch nicht gewusst, dass Elias eingeladen war. Sonst hätte sie ihre Schüchternheit vielleicht ihm zuliebe überwunden. Aber sie hatte sie nicht imstande gesehen, mit Sebastian ungezwungene Konversation zu treiben. Das überforderte sie schon in guter Verfassung, mit einem dröhnenden Schädel hätte sie sich bestimmt von ihrer schlechtesten Seite präsentiert. Deshalb hatte sie es vorgezogen, in ihrem Zimmer zu bleiben.

„Mir geht es wieder besser, aber ich habe keinen Hunger. Vielen Dank", schwindelte sie.

„Frau Melchior soll dir etwas aufs Zimmer bringen."

Meli unterließ es, sie davon abzuhalten, denn ihr Magen knurrte schon lautstark, sobald sie über das Wort Essen näher nachdachte.

„Nimm es dir nicht allzu sehr zu Herzen. Ich weiß nicht, was gerade mit Elias los ist. So kenne ich ihn nicht. Normalerweise ist er der größte Charmeur auf Erden."

Anscheinend war er das bei jeder Frau außer ihr. Melis innerlicher Seufzer breitete sich in jedem Winkel ihres Herzens aus und führte dazu, dass es erneut zu schmerzen begann.

Ariane nickte ihr noch einmal aufmunternd zu und ließ sie frustriert und zugleich wütend zurück.

Kurze Zeit später löffelte sie mechanisch die Suppe, die ihr die freundliche Hausangestellte gebracht hatte, bevor sie es sich mit einem guten Buch gemütlich machte. An Schlafen war momentan sowieso nicht zu denken. Aber sie musste aufhören, sich über Elias' seltsames Verhalten den Kopf zu zerbrechen.

7

Elias

Sein Leben war ihm einmal wie eine Wundertüte vorgekommen. Voller Überraschungen, spannender Abenteuer, unvorhersehbarer Wendungen. Kurzum, ein Leben auf der Überholspur, um das ihn alle beneidet hatten. Wenn er gefragt worden wäre, hätte er reinen Gewissens zugeben können, wunschlos glücklich zu sein. Wer konnte das schon von sich behaupten? Nicht vielen wurde so ein Glück zuteil. Nur war er in seinem grenzenlosen jugendlichen Leichtsinn niemals auf die Idee gekommen, dass es nur eine zeitlich begrenzte Leihgabe war. Dass niemand das Recht hatte, dieses reine Glück für immer für sich beanspruchen zu dürfen. Nun schämte er sich für seine kindliche Naivität, sein Gottvertrauen, dass er bis an sein Lebensende zufrieden sein würde. Warum sah man das Glück als selbstverständlich an? Warum hatte man nur einen Blick für die schlechten Dinge, für Rückschläge, die die guten Momente lediglich schemenhaft schimmern ließen? Sie ins letzte Eck des Unterbewusstseins drängten, um das Schlechte gewinnen zu lassen?

Elias starrte zum Fenster raus, von seiner Couch hatte er eine gute Aussicht in den angrenzenden Park. Aber sein entrückter Blick fing nicht die verliebten Pärchen ein, sah nicht das kleine Eichhörnchen, das gerade naseweis seinen Balkon eroberte, denn er war ausschließlich nach innen gerichtet.

Ihm wurde schlecht, wenn er zurückdachte, über welch profane Dinge er sich aufgeregt hatte. Ein ungeplanter Dienst, der ihm nicht in den Kram gepasst hatte, unangenehme Widerworte, Frauen, die sich nicht abwimmeln ließen. Er lachte sarkastisch auf. Jetzt würde er sich freuen, überhaupt noch eine abzubekommen. Noch sahen sie seine Attraktivität, seinen Status, aber all das würde bald verwelken, vermodern, bis sie sich von dem Gestank, der von ihm ausging, naserümpfend abwenden würden.

Und die Einzige, der er ansatzweise zutraute, Verständnis und nicht nur Mitleid aufzubringen, hatte er ja gekonnt vergrault. Was war er nur für ein Schwächling. Denn nichts anderes war er. Er war schwach. Ansonsten würde er sich seinen Brüdern anvertrauen. Hoffentlich hielten seine Eltern dicht, aber da das Verhältnis sowieso schon angespannt war, betete er inständig, dass sie sich herausreden würden, falls Michael oder Sebi sie auf sein Verhalten ansprachen.

Wenn er nur etwas Stärke besäße, würde er nach Melis ausgestreckter Hand greifen und sie nie mehr loslassen. Da konnte er sich noch so sehr einreden, dass er sie nicht belasten wollte, Fakt war, er traute sich einfach nicht. Und er war zu feige, mit seinen Brüdern zu sprechen, lieber riskierte er, sie durch sein unmögliches Verhalten dazu zu bringen, sich von ihm abzuwenden.

Immer noch starrte er mit leerem Blick nach draußen und saß reglos da.

Elias erkannte, dass ihn seine ständig kreisenden Gedanken irgendwann in den Wahnsinn treiben würden. Entweder erstickte er sie mit Drogen und Alkohol oder er suchte sich endlich eine Beschäftigung, um auf andere Gedanken zu kommen. Seinen Job war er schon los. Seine liebsten Hobbys konnte er nicht mehr ausüben. Das letzte Tennismatch hatte ihm gereicht und klettern sollte er in seinem Zustand besser auch nicht. Neulich hatte er in seiner Verzweiflung nach seiner Gitarre gegriffen, um endlich etwas Sinnvolles zu tun, aber auch das hatte nicht richtig funktioniert. Entweder war er vor Angst zu blockiert oder seine Finger waren wirklich zu steif zum Spielen gewesen. Es hatte fürchterlich geklungen, obwohl er die Griffe normalerweise im Schlaf beherrschte, da er schon seit vielen Jahren spielte. Jeder Versuch, zu irgendeiner Form von Normalität zurückzufinden, endete im Desaster. Der Grund lag in einer inneren Blockade, denn ganz rational betrachtet wusste er, dass diese Symptome reine Einbildung waren. Aber seine Angst war der Zeit voraus und katapultierte ihn in eine Zukunft, der er nicht entfliehen konnte. Eine unabänderliche Zukunft, die schon vorbestimmt war.

Aber er wollte dagegen ankämpfen, sich nicht ergeben, ohne sich bis zum bitteren Ende gewehrt zu haben. Aber woher er die Kraft dazu nehmen sollte, war ihm gerade noch schleierhaft. Dennoch wollte er sich sammeln und sich eine Betätigung suchen, die ihm irgendetwas schenkte, die ihn aus dem Hamsterrad an Ängsten und Hoffnungslosigkeit herausholen würde. Auch wenn es sich nur um kleine Momente handeln würde, er durfte die kostbaren Sekunden, Minuten und Stunden der guten Tage seines Lebens nicht verschenken.

Elias lachte zynisch und war froh, dass ihn niemand hören konnte, denn sogar in seinen eigenen Ohren klang der Laut seelenlos. Irgendwann müsste er sich auch mit seiner beruflichen Zukunft auseinandersetzen. Aber das hatte noch Zeit. Das Fliegen war schon immer sein Traum gewesen, den er sich endlich erfüllt hatte. Und jetzt war er ihm für immer genommen worden. Das war so unfassbar brutal, fühlte sich an, als wäre ihm eine Extremität gegen seinen Willen amputiert worden. Diese Schmerzen waren unerträglich und auch wenn jeder Arzt ihm zu erklären versuchte, dass es sich lediglich um Phantomschmerzen handelte, machte dieses Wissen nichts besser. Natürlich war ihm klar, dass die Zeit, die auf der einen Seite gegen ihn arbeitete, ihm zeitgleich helfen würde, damit abzuschließen. Aber dieser Gedanke war momentan noch unvorstellbar für ihn.

Müde erhob er sich und schlurfte wie ein alter Mann ins Bad, um sich unter eine eiskalte Dusche zu stellen. Ein Blick auf sein Handy sagte ihm, dass er sich beeilen musste, wenn er Sebi noch einmal sehen wollte. Er spürte, wie sich ein winzig kleiner Funke in ihm regte, der bezeugte, dass er doch noch etwas anderes außer Wut, Schmerz und Angst spürte, wenn er sich bemühte. Ein kleiner Hauch Wärme breitete sich in ihm aus, in dem Wissen, gleich seinen Lieblingsbruder zu treffen. Diese Erkenntnis hatte ihn abgehalten, sich schon am frühen Nachmittag die Kante zu geben. Niemals hätte er es sich verziehen, wenn er das Treffen verpasst hätte, weil er sich mal wieder bewusstlos gesoffen hatte.

In seinem Kleiderschrank sah es gewohnt übersichtlich aus. Ein Berg Schmutzwäsche hatte sich im Bad angesammelt. Immerhin hatte er sich vorhin überwunden, die Klamotten endlich in die Nähe der Waschmaschine zu befördern und nicht einfach auf dem Schlafzimmerboden an Ort und Stelle liegen zu lassen, wo er sich entkleidet hatte.

Er fand noch ein ziemlich altes T-Shirt, das er sich kurzerhand anzog. Ihm schoss der Gedanke durch den Kopf, dass er sich in so einem verwaschenen Teil noch vor Kurzem niemals aus dem Haus gewagt hätte. Wie unwichtig waren doch solche kleinen Eitelkeiten geworden. Banal. Bedeutungslos. Aber dennoch standen sie sinnbildlich für sein altes Leben, das er liebend gern zurückhätte. Während er sich die Hose vom Vortag anzog, rang er ein paar Sekunden mit sich und nahm sich dann doch die Zeit, einen Teil des Wäscheberges in die Maschine zu stopfen und sie anzuschalten. Irgendwo musste er mit dem Alltag beginnen und da bot sich diese profane Tätigkeit doch an.

„Scheiße." Elias schlug sich frustriert auf den Oberschenkel, als die U-Bahn ihm vor der Nase wegfuhr. *Das war so klar, da mache ich einmal was Sinnvolles und bekomme gleich die Quittung dafür.* Natürlich wusste er, dass der Gedanke lächerlich war, er hatte einfach die Zeit aus den Augen verloren. Aber gerade fühlte es sich wieder einmal so an, als würde ihm ein Straßenköter ans Bein pissen, um ihn anschließend schadenfroh anzugrinsen, in dem Wissen, ich habe es dir doch gleich gesagt, bleib einfach in der Gosse liegen.

Endlich kam die nächste Bahn und er stieg hastig ein. Zu seiner Erleichterung ergatterte er wenigstens einen Sitzplatz, auch wenn ihm das den bösen Blick einer älteren Dame einhandelte, der er zuvorgekommen war.

Die Zeiten der Rücksichtnahme waren vorüber. Er setzte sich Kopfhörer auf, drehte die Musik voll auf und schloss die Augen. Aber seine Gedanken hielten nicht still, konnten dem Zauber der Melodie nicht erliegen. Sein Herz konnte die Musik und die transportierten Emotionen nicht fühlen. Wie auch, da es doch schon seit geraumer Zeit am Versteinern war und der Prozess unaufhaltsam schien.

Er öffnete die Augen und ließ den Blick träge über die anderen Fahrgäste schweifen. Kurz hielt er inne, als er der Dame in die Augen blickte, deren Platz er geklaut hatte. Sie sah ihn finster an und er wäre fast in Gelächter ausgebrochen. Gott, jetzt drehte er langsam vollkommen durch. Dass er seine Hand gerade noch davon abhalten konnte, ihr den Mittelfinger zu zeigen, war schon alles.

Endlich war er an seiner Haltestation angekommen. Als er aussteigen wollte, verhedderten sich seine Beine und er wäre beinah auf den Bahnsteig gestürzt. Eine Hand stützte ihn am Arm. Es war dieselbe Frau aus der Bahn. Innerlich rollte er mit den Augen, bedankte sich aber brav bei ihr. Sie fixierte ihn mit einem seltsamen Blick und gerade kam es ihm so vor, als würde sie ihm von der Stirn ablesen, was ihn belastete. Sie sagte nichts, schenkte ihm aber ein kurzes Lächeln, das ihn

erneut taumeln ließ. Weg hier. Egal wohin. Er sog tief
Luft ein und hatte dennoch das Gefühl, dass kein einziges Molekül Sauerstoff in seiner Lunge ankam. Wieder
schnappte er nach Luft und kam sich gerade wie ein
Aussätziger vor, so schräg sahen ihn die anderen Leute
an.

Endlich hatte er den unterirdischen Gang verlassen.
Im Tageslicht ging es ihm besser und sein rasender Puls
beruhigte sich langsam wieder. Ob er jemals wieder zur
Normalität zurückfinden würde, war dahingestellt.

Als er endlich im Café ankam, war er total durchge-
schwitzt und hätte sich am liebsten einfach zu Hause
verkrochen. Er war ein Freak. Ein durchgeknallter, ab-
stoßender Freak.

„Ich dachte schon, du kommst nicht mehr." Sebis
Feststellung war frei von jeder Wertung.

„Danke, dass du gewartet hast. Mir ist die U-Bahn vor
der Nase weggefahren." Elias ließ sich ermattet auf den
Stuhl sinken und griff nach der Speisekarte, die sich
Sebi schon hatte geben lassen. Seine Hand zitterte, als
Elias sie ausstreckte, aber er versuchte, die Angst nicht
gewinnen zu lassen. Vorsichtig nahm er sie auf und
seine Hand ließ ihn nicht im Stich und griff zu.

„Du siehst total gestresst aus. Warum hast du nicht
einfach angerufen, um Bescheid zu geben, dass du später kommst?"

Elias sah auf und der neugierige Blick seines Bruders
ging ihm tief unter die Haut, grub sich in Schichten, die
ihn schmerzten. Die ihm definitiv nicht guttaten.

„Könnte ich bitte einen Cappuccino bekommen?", rief
er einer Angestellten zu, die gerade an ihrem Tisch vor-
beilief.

Leider hatte Sebi über seine Bestellung nicht seine Frage vergessen und fixierte ihn weiterhin viel zu intensiv.

„Ich habe einfach nicht dran gedacht, okay?"

Sein Tonfall machte deutlich, dass sein Bruder aufhören sollte, weiter zu bohren. Kurz schien es, als hätte er es begriffen, aber er wartete nur höflich ab, bis sich die Bedienung wieder entfernt hatte, nachdem sie Sebis Getränk gebracht hatte.

„Was ist los mit dir? Ich weiß, du möchtest nicht darüber reden. Aber alles in sich rein zu fressen und mit sich selbst auszumachen, wird dich auf Dauer kaputtmachen. Du kennst mich doch, was du mir anvertraust, bleibt unter uns, solange du nicht möchtest, dass ich darüber rede."

Sebis ernster und zugleich eindringlicher Blick rührte ihn und er konnte sich einfach nicht vor dem Feingespür seines Bruders verschließen. Er würde gern mit ihm sprechen, denn Sebi hatte recht. Dieses Geheimnis hatte schon so viele Löcher in ihn gefressen, dass sein Inneres bald vollständig ausgehöhlt wäre. Sebi und Markus, sein bester Freund seit Kindheitstagen, waren diejenigen Menschen, die ihm in seinem Leben am nächsten standen. Denen er bisher alles anvertraut hatte. Aber diesmal ging es nicht. Denn das würde bedeuten, dass es zur Realität wurde. Und noch war er nicht bereit, dieses neue, bittere Leben zu akzeptieren. Da er Sebi dennoch eine Erklärung schuldete und ihn nicht anlügen wollte, machte er ihm dasselbe Zugeständnis wie Markus.

Die Bedienung brachte seinen Kaffee und er rührte Zucker hinein. Ließ sich Zeit dabei und überlegte sich, was er Sebi sagen wollte.

„Ich habe meinen Job verloren. Bitte frag nicht, warum, das kann ich dir nicht sagen. Zumindest im Moment nicht, aber ich möchte dich nicht belügen. Das Fliegen war alles für mich, dafür habe ich gelebt, geatmet, gebrannt und nun wurde es mir genommen." Abrupt stoppte er sich, bevor er im Überschwang der Gefühle doch mehr preisgab, als er wollte.

„Hast du Mist gebaut? Das tut mir wirklich sehr leid für dich und ich kann gut verstehen, dass dich das vollkommen aus der Bahn wirft. Aber was heißt, du darfst nicht mehr fliegen? Momentan oder für immer?"

Elias knirschte mit den Zähnen und runzelte die Stirn. *Sebi, hör einfach auf zu labern, sonst muss ich dir deine Fresse polieren.*

„Lass es bitte einfach gut sein, okay? Du bekommst eine Erklärung, aber nicht heute."

Sebastian öffnete den Mund und schloss ihn wieder. Stattdessen griff er nach seinem Getränk und trank einen Schluck, wahrscheinlich, um etwas Zeit zu schinden.

„Danke, dass du es mir gesagt hast und ich werde es natürlich für mich behalten. Aber versprich mir, dass du mich anrufst, wenn es dir beschissen geht. Und ich befürchte, das geht es dir momentan fast immer."

„Mach ich und mein Vorschlag, dich bald mal zu besuchen, war ernst gemeint. Ich habe ja jetzt Zeit."

Sein Lachen fiel etwas gequält aus, dennoch fiel Sebi ein und meinte: „Mich würde es freuen."

Eine Stunde später hatte er sich von seinem Bruder verabschiedet und fühlte, wie sich für einen Augenblick sein Herz ein wenig leichter anfühlte. Es war die richtige Entscheidung gewesen, Sebi einzuweihen, denn im Gegenzug zu Michael respektierte er seinen Wunsch, nicht nachzufragen. Michael hätte nicht aufgehört zu nerven, bis er erfahren würde, warum er seinen Job verloren hatte.

Sebi wusste genau, wie er tickte und wann es besser wäre, die Klappe zu halten. Irgendwann musste er ihm genauso wie dem Rest die Wahrheit sagen. Aber heute war der falsche Zeitpunkt gewesen.

8

Meli

Seit ihrer letzten Begegnung mit Elias waren Wochen vergangen und obwohl das Sommersemester sie voll und ganz in Beschlag nahm, schaffte sie es einfach nicht, ihn aus dem Kopf zu bekommen. Sie wäre so gern wütend auf ihn, denn damit würde sie es sich einfach machen. Indem sie den Zorn auf seine borniertе Art mit ihr umzugehen aufrechterhielt, würde sie es irgendwann schaffen, ihn abzuhaken. Dann wäre er es einfach nicht wert, sich über ihn Gedanken zu machen. Meli lachte sarkastisch auf und wurde rot, als sie sich einen überraschten Blick ihrer Mutter einhandelte. Sie hatte vollkommen vergessen, wo sie sich gerade befand. Nicht nur das, sie hatte anscheinend auch vergessen weiterzuarbeiten. Hastig senkte sie ihren Kopf, damit ihre Mutter die glühenden Wangen nicht bemerkte, während sie mit dem Wäschezusammenlegen weitermachte, die sie im gesamten Wohnzimmer ausgebreitet hatten.

„Alles klar? Du wirkst so abwesend", fragte ihre Mutter schon.

Meli winkte hastig ab. „Nein, ich habe nur an einen nervigen Kommilitonen gedacht."

Ihre Mutter lachte erheitert und ihre verhärmten Züge veränderten sich für einen Augenblick und brachten ein attraktives Gesicht zum Vorschein.

„Das klingt fast so, als bedeutet dir dieser nervige Student etwas."

Meli schüttelte vehement den Kopf. „Ganz sicher nicht." Es fehlte gerade noch, dass sie ihrer Mutter ihr Herz ausschüttete.

„Deine Trennung von Marc ist doch schon fast ein Jahr her. Ich würde mich freuen, wenn du dich wieder verliebst."

Meli ließ das T-Shirt ihres Bruders sinken und warf ihrer Mutter einen langen Blick zu. Mehrmals schluckte Meli bitter, um sie nicht zu fragen, was sie täte, wenn ihre Tochter mit ihrem neuen Partner zusammenziehen würde.

Sie vermutete, dass ihre Mutter insgeheim erleichtert über die Trennung gewesen war. Immerhin war sie mit Marc sechs Jahre liiert und es wäre nur noch eine Frage der Zeit gewesen, wann sie zusammengezogen wären. Eine kleine Katastrophe für ihre Mutter, die sowohl mit der Erziehung der drei jüngsten Kinder als auch mit dem Haushalt neben ihrem Vollzeitjob vollkommen überfordert war.

„Meine Süße, ich bin dir wirklich dankbar, dass du mir so eine große Hilfe bist, aber du musst dich nicht verpflichtet fühlen, für deine Familie da zu sein. Lebe dein eigenes Leben. Schau dir Sandra an, sie hatte keine Skrupel und macht ihr eigenes Ding."

Meli schoss erneut Hitze in den Kopf, aber diesmal aus Zorn und nicht aus Scham. All die Jahre hatte ihre Mutter ihr zwischen den Zeilen ein schlechtes Gewissen eingeredet, wenn sie sich ihren eigenen Freiraum gestattete. Ständig hatte sie sich bei ihr ausgeheult, wenn es ihr psychisch schlecht ging. Manchmal hatte Meli das Gefühl verspürt, als hätten sie die Rollen getauscht. Und jetzt stellte ihre Mutter es so dar, als hätte sie schon immer eine Wahl gehabt. Als wäre sie selbst schuld, weil sie nicht so egoistisch wie Sandra gehandelt hatte.

„Und was würdest du ohne mich machen?", krächzte Meli, deren Stimmbänder gerade eingerostet schienen.

„Natürlich wird es schwer, aber du bist jetzt siebenundzwanzig, ich kann nicht erwarten, dass du ewig hier wohnen bleibst. Und deine Geschwister werden älter, dann wird vieles leichter."

Unvermittelt beugte sich Beate vor und streichelte ihrer Tochter zärtlich über die Wange.

„Es tut mir leid, dass ich dich so vereinnahmt habe. Das war nie meine Absicht." Beate sah sich kurz um, anscheinend um sich zu vergewissern, dass die Kinder in ihren Kinderzimmern spielten und fuhr dann leise fort: „Versprich mir bitte, dass es unter uns bleibt, aber Johanna war nicht mehr geplant und diese Schwangerschaft war so unglaublich beschwerlich und ich habe das Gefühl, mich davon nie erholt zu haben. Ständig fühle ich mich ausgelaugt und erschöpft, aber dennoch war es nicht in Ordnung, dass ich dir so viel aufgebürdet habe."

Schuldbewusst sah ihre Mutter sie an und Meli erkannte, dass sie den Tränen nahe war.

Meli umarmte ihre Mutter und murmelte mitfühlend: „Du hättest dir wirklich mal einen Entspannungsurlaub verdient. Wenn ich mal als Juristin gutes Geld verdiene, lade ich dich zu einem Wellnessurlaub ein."

Beate seufzte und drückte sie ebenfalls fest an sich. „Ach, Meli, genau das meine ich. Du denkst wieder zuerst an mich, anstatt an dich selbst. Du bist ein liebes Kind. Aber ich habe deine Gutmütigkeit viel zu lang ausgenutzt."

„Mama, was ist denn los mit dir?", fragte Meli leicht beunruhigt.

„Ich beobachte dich schon eine Weile und finde, du bist in letzter Zeit noch zurückhaltender als sonst. Du erzählst sowieso kaum etwas von dir und nun ziehst du dich total zurück."

Meli zuckte zusammen und sog lautstark Luft ein. War es wirklich so offensichtlich, dass sie mit ihrem derzeitigen Leben haderte und gern ausbrechen würde? Nur einmal nicht die vernünftige und brave Melanie sein? Nur einmal etwas Spannendes erleben und nicht ihre besten Jahre im Alltagstrott zu vergeuden?

„Die letzte Zeit war anstrengend. Die Doppelbelastung mit dem Job bei den Reinhardts und dem Lernen fürs Studium, dann noch der Haushalt, das hat mich doch etwas geschlaucht. Aber jetzt kann ich mich wieder voll und ganz aufs Studium konzentrieren." Meli lächelte beruhigend, damit ihre Mutter aufhörte, sich Sorgen zu machen.

„Vielleicht solltest du das nächste Mal bei den Reinhardts ablehnen."

„Ich werde es mir überlegen", gab sie vage zurück, weil sie eigentlich nicht vorhatte, darauf zu verzichten. Diese kleine Flucht vor ihrem Zuhause hatte ihr so gutgetan. Obwohl sie gearbeitet hatte, war es ihr wie ein gut bezahlter Urlaub vorgekommen. Sie hatte es genossen, in dem hübschen Anwesen zu wohnen, sich bedienen zu lassen und ihren Arbeitgebern auf Augenhöhe zu begegnen. Aber sie würde sich hüten, es ihrer Mutter zu erklären. Die würde es nur komplett in den falschen Hals bekommen und denken, dass Meli sich von den wohlhabenden Reinhardts beeinflussen ließ und ihre eigenen Wertvorstellungen verlor. Ihre Mutter glaubte ihr nicht, dass Ariane und Michael gutherzige Menschen waren, die sie wie ihresgleichen behandelten. Sie hegte der sogenannten Oberschicht schon immer ein gewisses Misstrauen gegenüber. Meli hatte es aufgegeben, sie von ihren festgefahrenen Ansichten zu kurieren.

Beate mochte Luise, aber Meli hatte ihr auch nie erzählt, wer ihre beste Freundin in Wirklichkeit war. Irgendwie hatte die Angst sie davon abgehalten, dass ihre Mutter Luise nicht mögen würde, alleine aufgrund der Tatsache, dass sie aus einem sehr wohlhabenden Elternhaus stammte. Vielleicht wäre es jetzt eine Gelegenheit, ihr zu gestehen, dass Luise die Tochter des Reedereibesitzers Andersen war. Wahrscheinlich würde ihre Mutter in Ohnmacht fallen. Sie beschloss, es auf ein anderes Mal zu vertagen, denn der Gedanke an ihre beste Freundin erinnerte sie daran, dass sie verabredet waren.

„Kann ich dich damit allein lassen?" Meli wies auf die restlichen Wäschekörbe und schob ihr schlechtes Gewissen resolut in die letzte Ecke ihres Gehirns.

„Natürlich, Schatz. Hast du noch was vor?"

„Ich treffe mich mit Luise und noch einer Freundin."

„Ich wünsche euch viel Spaß." Ihre Mutter winkte ihr kurz zu, bevor sie sich seufzend der Wäsche widmete.

Wieder war Meli versucht, ihrer Mutter Hilfe anzubieten, aber dann zwang sie sich, egoistisch zu sein. Es war nicht ihre Aufgabe, auch wenn ihr Beate leidtat. Sie sah müde und abgekämpft aus. Sie arbeitete jeden Tag acht bis zehn Stunden im Friseursalon und dann warteten abends noch die Haushaltspflichten auf sie.

Es ist nicht deine Aufgabe. Sie haben sich für eine große Familie entschieden. Ich muss das nicht ausbaden.

„Jetzt geh schon", scheuchte ihre Mutter sie aus dem Raum.

Endlich setzten sich ihre Füße in Bewegung und sie ging in den Flur, um sich Ballerinas anzuziehen. Zeit, um sich schick zu machen, blieb ihr nicht mehr. Jeans und T-Shirt mussten ausreichen. Aber sie hatte schließlich kein Date, sondern traf sich mit Freundinnen.

Als sie die Tür öffnete, begegnete sie im Gang ihrem Vater, der gerade von seinem Nebenjob nach Hause kam und seine gebeugten Schultern bezeugten seine Erschöpfung.

Nachdem sie sich kurz begrüßt hatten, machte sich Meli endlich auf den Weg. Nein, so wie ihre Eltern wollte sie nicht leben. Ihre Zukunft wollte sie anders gestalten. Natürlich hätte sie gern Kinder, aber zwei oder drei sollten ausreichen. Niemals würde sie sich bis zur Erschöpfung aufreiben wollen. Sie zollte ihren Eltern ehrlichen Respekt, dass sie trotz ihres harten Alltags mit ihren Kindern immer herzlich und liebevoll umgingen.

Aber Meli wollte mehr vom Leben. Sie würde gern reisen. Bisher hatte sie noch nicht viel von der Welt gesehen. Einmal war sie mit der Schule in London gewesen, was sie nur ihrem damaligen Nebenjob zu verdanken hatte. So gern ihre Eltern ihr diesen Wunsch erfüllt hätten, solche Extras waren finanziell einfach nicht drin.

Seit ihre beiden kleinen Geschwister auf der Welt waren, blieben sie in den Ferien zu Hause. Früher, als es nur sie und Sandra gegeben hatte, waren sie einmal am Meer in Italien gewesen. Eine ferne Erinnerung, nach der sie sich sehnte. Nun sparte sie jeden Cent, der ihr noch übrig blieb und legte ihn zur Seite. Es gab so unendlich viele Länder, die sie gern bereisen würde. Aber vor allem zog es sie nach Kanada. Sobald sie etwas Geld übrighatte, investierte sie es in Bildbände über dieses Land. Dennoch war ihr klar, dass sie erst einmal mit Europa beginnen sollte, denn eine Reise nach Kanada wäre vermutlich finanziell noch lange nicht drin. Sich mit einem kleinen Schritt in die große unbekannte Welt wagen dagegen schon eher.

Fast hätte sie über ihr Fernweh vergessen, an der richtigen U-Bahnstation auszusteigen. Gerade noch rechtzeitig hastete sie zur Tür, um die Bahn zu verlassen.

Bevor sie sich in Träumereien verlor, musste sie erst einmal zusehen, dass sie ihr Studium halbwegs erfolgreich abschloss. Es war schließlich kein Geheimnis, dass ihr das Lernen schwerfiel. Wenn Luise ihr nicht regelmäßig helfen würde, sähe es bestimmt schlecht bestellt um sie aus. Meli grinste, als sie an ihre Freundin dachte. Wer hätte gedacht, dass diese bildhübsche, gut situierte Frau mit einem unglaublich klugen Kopf ausgestattet und zudem auch noch das entzückendste Geschöpf war, welches ihr jemals begegnet war. Luise war derart perfekt, dass man sie eigentlich schon alleine aufgrund dieser Tatsache hassen müsste. Aber das war unmöglich. Keiner konnte sich ihrem Charisma entziehen. Jeder liebte Luise und anstatt Neid zu empfinden, war sie einfach nur dankbar, dass dieses reizende Mädchen mit ihr befreundet sein wollte. Sie, die während der Schulzeit keine Freundinnen gehabt hatte. Bevor sie sich in negativen Erinnerungen verlieren konnte, sah sie Luise und Sophie vor dem Treffpunkt beisammenstehen.

„Sorry, bin mal wieder spät dran. Ich musste meiner Mutter noch helfen", entschuldigte sie sich außer Atem. Die Strecke ab der Haltestelle hatte sie im Eilschritt zurückgelegt.

„Kein Problem, wir sind auch gerade erst gekommen. Ich habe mit Sophie geschimpft, weil sie schon wieder Rad fährt."

Sophie verdrehte die Augen und sah Meli hilfesuchend an. „Erklär du ihr doch bitte mal, dass ich auf mich selbst aufpassen kann." Sophie hatte vor einigen Monaten einen Fahrradunfall erlitten, bei dem sie sich schwere Rückenverletzungen zugezogen hatte.

„Um sportliche Betätigung schönzureden, bin ich wohl die Falsche." Meli lächelte etwas verschämt, während Luise triumphierend ausrief: „Endlich jemand, der einsieht, dass Sport überbewertet ist."

„Wenn ich so aussehen würde wie du, würde ich auch darauf verzichten", brummte Sophie, während Luise sie lachend als Lügnerin betitelte. Sogar Meli war bekannt, wie gern Sophie Sport trieb.

„Sophie, magst du nicht mal versuchen, einem Bewegungsmuffel wie mir Sport schmackhaft zu machen? Ich bin dermaßen unfit, ich hätte es echt nötig", sagte Meli ein wenig schüchtern. Zwar hatte sie Sophie schon einige Male getroffen, aber befreundet waren sie nicht.

Ihre Sorge, aufdringlich zu sein, war unbegründet, Sophie strahlte sie wie ein kleines Kind an und klatschte begeistert in die Hände.

„Von mir aus können wir gleich morgen damit beginnen."

Luise stöhnte. „Weißt du, was du dir da antust?" Während Meli lachte, stieß Sophie ihr den Ellenbogen in die Seite.

„Morgen? Ich dachte eher an übernächste Woche oder nächsten Monat", gab Meli frech zurück.

„Was seid ihr beiden nur für Couch-Potatoes?" Sophie schüttelte desillusioniert den Kopf.

„Meine Lust hält sich in Grenzen, aber mir würde es halt nicht schaden." Meli sah ein wenig frustriert an sich herunter. Zwar war sie nicht dick, aber sie hatte eben keine Traumfigur. Sophie war ebenfalls nicht superschlank, aber man sah ihr an, dass ihr Körper trainiert war, da gab es keine Speckrollen. Meli seufzte und meinte: „Deinen Körper hätte ich gern, aber bitte ohne die Qualen."

Sophie starrte sie verblüfft an. „Ich glaube, das hat noch nie jemand zu mir gesagt."

„Jetzt lasst uns reingehen und uns über Kalorien keine Gedanken machen. Mädels, die erste Runde Cocktails geht auf mich", rief Luise vergnügt, während sie auf die Tür zulief.

Kaum dass sie Platz genommen hatten, wurde Sophie über ihre Versöhnung mit ihrem Freund ausgequetscht. Liam war Luises Cousin, was diese aber erst über viele Umwege erfahren hatte. Endlich waren alle Missverständnisse und Schwierigkeiten ausgeräumt. Obwohl sich Liam einiges hatte zuschulden kommen lassen, hatte Luises Vater ihm verziehen, da Liam gewichtige Gründe für sein Verhalten gehabt hatte.

Sophie schien eine harte Zeit hinter sich zu haben und Meli war in diesem Augenblick froh, Single zu sein. Sie hätte nicht gewusst, ob sie Liam hätte verzeihen können, aber vielleicht hatte sie auch noch nie so innig geliebt, wie es Sophie tat.

„Meli, wie sieht es eigentlich bei dir aus? Du warst doch neulich bei den Reinhardts, hast du Elias wiedergesehen?", wechselte Luise plötzlich das Thema.

Meli seufzte traurig und sackte ein wenig in sich zusammen. „Ja, wir haben uns gesehen. Aber irgendwie war es total komisch."

Luise betrachtete sie neugierig. „Wie meinst du das?"

„Er hat auf die Kinder aufgepasst und als ich dazu kam, hatten wir eine total lustige Zeit und alberten zusammen mit Franzi und Lena herum. Aber beim Abschied hat er sich schon seltsam und abweisend verhalten, dass ich dachte, ich hätte etwas falsch gemacht. Und beim nächsten Mal ..."

Meli stoppte, weil sie plötzlich einen Kloß im Hals verspürte, als sie an die beschämende Situation dachte. Hätte sie doch gar nicht erst damit angefangen.

Luise legte ihr den Arm um die Schultern, anscheinend war ihr Melis unglücklicher Gesichtsausdruck nicht verborgen geblieben.

„Da hat er mich richtig herablassend und beleidigend behandelt. Ich habe ihn überhaupt nicht wiedererkannt. Vielleicht habe ich mich komplett in ihm getäuscht", schloss sie ein wenig unglücklich.

„Bestimmt hatte er einfach einen schlechten Tag", versuchte ihre süße Freundin sie aufzumuntern. Aber Luise wusste ja nicht, was er zu ihr gesagt hatte. Das behielt sie lieber für sich.

„Am besten, du triffst ihn möglichst bald wieder, um es auszuräumen. Vielleicht war es ja nur ein blödes Missverständnis."

Bevor Meli Gelegenheit bekam zu antworten, fuhr Luise zunehmend begeistert fort: „Raphael hat bald Geburtstag. Seinen Fünfunddreißigsten will er groß feiern. Er ist mit Michael befreundet, ich konnte ihn überzeugen, Elias ebenfalls einzuladen."

„Dein Bruder möchte bestimmt nicht, dass ich Gast auf seiner Party bin", versuchte Meli entsetzt abzuwehren.

„So ein Quatsch, du stehst schon auf der Gästeliste."

Luise und Sophie brachen in lautstarkes Gelächter aus, als sie Melis fassungslosen Blick sahen.

„Was soll ich denn da? Da falle ich doch auf wie ein bunter Paradiesvogel und das im negativen Sinn. Ich weiß doch gar nicht, wie ich mich in solchen Kreisen angemessen verhalten soll." Melis Stimme wurde immer kleinlauter.

„Ach Quatsch", riefen die beiden wie aus einem Mund. Die Mädels sprachen ihr Mut zu und sie wurde etwas zuversichtlicher. Immerhin kannte sie Henry, Luises Freund, und natürlich war sie Raphael schon mal begegnet. Und zu guter Letzt waren Sophie und Luise auch noch da. Was sollte da schon schiefgehen? Meli hoffte, dass sie den Mut finden würde, an der Party teilzunehmen. Sie mochte keine großen Menschenansammlungen und war selten in einem Klub anzutreffen. Aber ihr Bedürfnis herauszufinden, wer wirklich hinter der Person Elias steckte, war zu groß, um ihre Angst siegen zu lassen. So eine Chance bekam sie vielleicht nie wieder.

9

Elias

Noch immer hangelte er sich mehr schlecht als recht von einem Tag zum anderen. Nur wenn er seiner Familie begegnete, riss er sich zusammen. Bei Michael tat er es, um keinen Argwohn zu wecken, seine Eltern hingegen wollte er in Sicherheit wiegen, dass er sich wieder gefangen hatte. Elias hatte seinen Vater sogar angelogen und behauptet, mit der Therapie begonnen zu haben. Obwohl ihm sein Verstand sagte, dass es für ihn besser wäre, so früh wie möglich damit zu beginnen, konnte er sich einfach nicht überwinden, überhaupt einen Termin zu vereinbaren. Denn auch das würde bedeuten, der bitteren Realität gegenübertreten zu müssen. War es da nicht leichter, sie einfach zu verdrängen? Zu vergessen, bis nichts mehr davon übrig blieb, als ein leiser Schrecken, der sich im Nachhinein nur als Schatten eines fernen Grauens herausstellen würde, das es so gar nicht gab?

Aber damit belog er nicht nur seine Eltern, sondern vor allem sich selbst. Mit seiner Abwehrhaltung riskierte er seine Gesundheit. Dennoch musste er den

Weg in seinem Tempo gehen. Und seine Schritte waren momentan noch winzig klein oder gingen wieder zurück in den tiefen Strudel aus Drogen und Alkohol. Jeder Schritt in die entgegengesetzte Richtung konnte fatale Auswirkungen haben, was ihn nicht davon abhielt, an der nächsten Abzweigung erneut falsch abzubiegen. Der Sog war einfach zu groß, als dass er der Verlockung widerstehen konnte.

Seine Laune war am Gefrierpunkt und der Tag hatte noch nicht einmal richtig begonnen. Er warf einen müden Blick auf den Wecker. Fast zwölf Uhr mittags. Mittlerweile war es ihm zur Gewohnheit geworden, erst mittags oder noch später aufzustehen. Murrend quälte er sich aus dem Bett und schlurfte Richtung Küche. Heute Abend fand Raphaels Geburtstagsfeier statt und er wusste bis jetzt nicht, was ihn geritten hatte zuzusagen. Er hätte doch einfach behaupten können, an dem Abend beruflich unterwegs zu sein, das hätte ihm doch jeder abgekauft. Aber Raphael hatte ihn mit der Einladung überrumpelt und tief in sich vergraben, gab es unter vielen Schutzschichten wohl doch noch einen leisen Hauch Sehnsucht nach Sozialkontakten. Vielleicht würde es ihm guttun, mal wieder rauszukommen. Einfach mit Freunden abhängen und Spaß haben. Nicht komplett abzustürzen und am nächsten Morgen neben irgendeiner Unbekannten aufzuwachen, was ihm in letzter Zeit zu häufig passiert war. Zumeist blieb er sowieso daheim und schoss sich dort ab. Das war bequemer, sicherer. Zynisch prustete er los, während er sich an der Kaffeemaschine zu schaffen machte. Es war doch purer Hohn, genau dieses Wort zu verwenden. Sicherheit. Die gab es nicht mehr. Hatte es nie gegeben, das hatte er jetzt auch endlich begriffen.

Endlich war der Kaffee durchgelaufen und Elias trank genüsslich einen Schluck. Er schloss die Augen und für den Bruchteil einer Sekunde besiegte das wohlige Gefühl, was der vertraute Kaffeeduft in ihm weckte, die Grübeleien.

Kaffee war sein Lebenselixier, was würde er nur ohne dieses Wundergetränk machen?

Um die Zeit bis abends irgendwie rumzubekommen, hatte er sich endlich mal wieder mit Markus verabredet. Er wollte unter allen Umständen vermeiden, schon zugedröhnt auf der Party zu erscheinen und Markus war er lange genug aus dem Weg gegangen. Kein Wunder, dass sein bester Freund sich zunehmend besorgt zeigte. Heute würde er sich von dessen Fröhlichkeit und Unbekümmertheit ablenken lassen und endlich mal wieder eine unbeschwerte Zeit verbringen.

„Hey, da bist du ja endlich", rief sein Freund ihm gut gelaunt zu und Elias schlug in seine ausgestreckte Hand ein. Markus hatte ihn überredet, mit ihm eine Runde Fahrrad zu fahren. Erst hatte Elias versucht, ihn zu überzeugen, einfach mit ihm zu Hause abzuhängen, aber Markus wollte das schöne Sommerwetter ausnutzen. Als er verwundert gefragt hatte, was mit ihm los sei, hatte Elias eingelenkt. Er wollte ihn nicht noch misstrauischer machen, denn schließlich wusste sein bester Kumpel, dass Elias normalerweise selten still sitzen konnte und in seiner Freizeit ständig beim Sport anzutreffen war.

Um dem prüfenden Blick auszuweichen, schwang er sich erneut aufs Rad und warf Markus einen Blick über die Schulter zu. „Wollen wir gleich los?"

Sie hatten sich am Fischmarkt getroffen und beschlossen, an der Elbe entlang zu radeln. Der ebene Weg sollte auch in seinem momentanen Zustand gut zu bewältigen sein. Hoffte Elias zumindest.

Nachdem sie eine Weile schweigend nebeneinander her geradelt waren, warf ihm Markus wieder einen seiner berühmten enervierenden Blicke zu, die ihm bald ein Magengeschwür verpassen würden, weil er sich darüber so sehr ärgerte.

Elias hatte ihm gerade von der bevorstehenden Party erzählt, aber es war ihm so vorgekommen, als hörte sein Freund nur mit halbem Ohr zu.

„Willst du mir eigentlich nicht endlich mal sagen, was mit dir los ist?", fragte Markus ihn so direkt, dass Elias vor Schreck den Lenker verriss. Damit hätte er eigentlich rechnen müssen, denn Markus würde sich nicht ewig hinhalten lassen.

„Ich darf nicht mehr fliegen, das ist alles", gab er defensiv zurück, nachdem er sein Fahrrad wieder unter Kontrolle gebracht hatte.

„Aber warum sagst du mir nicht einfach den Grund?"

Elias seufzte. „Mein Augenlicht hat sich drastisch verschlechtert und du weißt genau, was das bedeutet."

Markus sah ihn ein wenig verwirrt an. „Aber es ist doch nicht ausgeschlossen, mit Brille zu fliegen?"

Elias presste die Lippen zusammen. „Und genau das ist mein Problem. Ich habe eine Krankheit, die das nicht gewährleisten kann." Mist, nun hatte er doch mehr preisgegeben als gewollt.

Erst jetzt fiel ihm auf, dass sein Freund angehalten hatte. Murrend bremste er ebenfalls und wartete ungeduldig, bis Markus wieder zu ihm aufschloss.

„Was für eine Krankheit?"

Elias fühlte, wie ihm das Blut in den Kopf stieg, er war gerade komplett überfordert mit der Situation und wäre am liebsten einfach auf und davon gefahren. Hätte am liebsten so lange in die Pedale getreten, bis er vor Erschöpfung vom Rad gefallen wäre. Aber das hätte nur noch mehr Rätsel aufgeworfen. Markus wäre bestimmt ganz erpicht darauf, sie zu lösen.

„Keine Ahnung, habe ich vergessen, frag doch meinen Augenarzt", knurrte er patziger als beabsichtigt.

„Scheiße, Elias, das tut mir leid." Markus sah ihn betroffen an und Elias spürte, dass sein Freund nicht wusste, wie er reagieren sollte. Seine Hände umklammerten krampfhaft den Lenker, als müsste er sich daran festhalten. Elias sah zu Boden, unfähig, irgendetwas zu erwidern. Sein Herz raste und er spürte, wie der Kloß in seinem Hals übermächtig wurde. Verdammt, er würde jetzt sicherlich nicht in Tränen ausbrechen.

„Aber du wirst nicht blind, oder?", fragte Markus zögerlich.

„Nein, so schlimm wird es nicht werden", beruhigte er ihn mit mehr Zuversicht, als er tatsächlich verspürte. *Welche gottverdammte Zuversicht? Was bitte soll das sein? Scheiße, ich wusste doch, dass es keine gute Idee war, etwas zu erzählen.*

„Das heißt, du darfst nie wieder fliegen? Nicht mal hobbymäßig?"

„Markus, tu mir bitte einen Gefallen und halt deine Klappe. Sonst kann ich gerade für nichts garantieren", presste er mühsam beherrscht hervor. Wenn sein Freund nicht sofort aufhörte, seinen Finger in die klaffende Wunde zu bohren, dann würde er ihm eine verpassen. Irgendwie musste er diese immense Anspannung loswerden, die ihm gerade die Luft zum Atmen nahm.

Markus riss die Augen auf und wollte eine Antwort geben, die dann doch im Nichts verpuffte. Wie erstarrt stand er da und sein Blick hatte sich in der Umgebung verloren, die er bestimmt gar nicht wahrnahm. Plötzlich schmiss Markus sein Fahrrad zu Boden und lief aufgebracht den Weg auf und ab. Als ein paar Fahrradfahrer entgegenkamen und klingelten, weil sein Bike mitten im Weg lag, fuhr er die unschuldigen Radler wütend an, während er es zur Seite räumte.

Elias hatte die Szene wortlos verfolgt. Immer noch hatte er das Gefühl, keine Luft zu bekommen, niemals mehr in der Lage zu sein, auch nur ein Wort herauszupressen.

Er schluckte hart, als Markus sich ihm näherte und erst stehen blieb, als er dicht vor ihm stand. Zum Glück stand sein Fahrrad wie ein Schutzschild zwischen ihnen, das er nicht gedachte, aufzugeben.

Markus fuhr sich durchs Haar und sagte schließlich angespannt. „Es tut mir leid. Ich wollte nicht taktlos sein. Aber ich habe keine Ahnung, was ich sagen soll. Ist echt eine Scheißsituation."

Plötzlich empfand er Mitleid mit seinem Kumpel. Er konnte für seine verfahrene Situation nichts und umgekehrt würde es ihm doch genauso ergehen.

Endlich schaffte er es, das Fahrrad loszulassen und winkte mit der Hand ab. „Ich habe überreagiert. Du kannst ja nichts dafür. Aber die Vorstellung, nie mehr fliegen zu dürfen, ist unerträglich. Das war schon immer mein Traum, alles, worauf ich hingearbeitet habe, mir dafür in der Schule den Arsch aufgerissen habe, um ein halbwegs passables Abi zu erreichen. Und dann kommt so eine läppische Untersuchung und es heißt, es tut uns leid, aber fliegen werden Sie nicht mehr dürfen. Einfach so!"

Entsetzt spürte er, wie seine Augen feucht wurden. Mit aller Macht unterdrückte er die sich anbahnenden Tränen. Wenn er jetzt anfing zu heulen, würde er nicht mehr aufhören können und Markus alles erzählen.

„Im Flugzeug, in der Luft, da bin ich glücklich. Ich liebe es so sehr. Und jetzt wurde mir dieses unbeschreibliche Gefühl einfach weggenommen. Es sind nur Worte, aber die haben eine gewaltigere Macht als alle Folterinstrumente dieser Welt." Elias wurde immer leiser, bis seine Stimme brach.

Markus legte ihm die Hand auf die Schulter und meinte tröstend: „Mir würde es ganz genauso gehen. Aber irgendwann wirst du etwas finden, das dieses Gefühl ersetzt, das die Leere in dir wieder füllt. Vielleicht wäre Fallschirmspringen oder Paragliden was für dich."

Elias zuckte mit den Schultern und meinte nur unverbindlich: „Vielleicht." Er fühlte sich gerade komplett leer, er hatte nicht mal mehr die Kraft, ihm zu erklären, dass es nur ein minderwertiger Ersatz wäre. Stattdessen bedankte er sich bei Markus und bat ihn weiterhin um Stillschweigen. Eine Erklärung dafür gab er ihm nicht.

Schweigend stiegen sie wieder aufs Rad und fuhren weiter. Die Stimmung blieb gedrückt, weil keiner der beiden wusste, wie er das Thema wechseln sollte.

10

Meli

Entsetzt starrte Meli auf ihr neues Kleid, das sie sich zur Feier des Tages gegönnt hatte. Gemeinsam mit Luise war sie shoppen gewesen, damit sie sich wenigstens sicher sein konnte, halbwegs angemessen auf Raphaels Party gekleidet zu sein.

Nein, nein, nein, das darf nicht wahr sein. Scheiße, was mache ich denn jetzt?

Ihr Blick irrte zwischen den Flecken auf ihrem Kleid und ihrer kleinen Schwester hin und her.

Sogar Johanna hatte mit ihren sieben Jahren kapiert, dass Meli vollkommen fassungslos war.

„Das war doch nicht mit Absicht", plapperte Johanna, während ihre Lippen bedenklich zitterten.

Meli strich ihr kurz übers Haar und meinte beruhigend: „Das weiß ich doch. Aber bitte pass das nächste Mal besser auf, wenn du mit einem Glas Saft durch die Gegend läufst. Jetzt habe ich mich extra schick gemacht und dann so was. Die Flecken bekomme ich doch nie raus." Typisch, dass sie ausgerechnet im Flur mit ihrer Schwester kollidieren musste, die so plötzlich aus der

Küche aufgetaucht war, dass sie ihr nicht mehr hatte ausweichen können.

Johanna holte schnell ein Küchenhandtuch und reichte es fürsorglich ihrer großen Schwester.

„Das wird leider nicht helfen", gab Meli traurig zurück, was dazu führte, dass Johanna ihre dicklichen Arme um sie schlang, in dem Bemühen, sie zu trösten.

Schlagartig wurde sie ruhiger. Das war schließlich nur ein blödes Kleid. Dann zog sie eben doch eine Jeans an. Raphael würde sie schon nicht rauswerfen, nur weil sie ein wenig zu leger gekleidet war.

Sie gab Johanna ein Küsschen auf den Kopf, löste sich von ihr und zwang sich zu lächeln.

„Ich zieh mich einfach um. Du musst nicht traurig sein."

„Aber du siehst so schön aus in dem Kleid. Wie eine Prinzessin."

Jetzt musste Meli doch lachen. Als Prinzessin hatte sie noch nie jemand bezeichnet, aber sie musste ihrer Schwester recht geben. Kleider machten Leute und dieses Kleid hatte das Beste aus ihr herausgeholt, dank des stilsicheren Händchens von Luise. Egal, abhaken und Krönchen richten, darin war sie doch Weltmeisterin. Sie drückte die Schultern durch und eilte in ihr Zimmer. Als sie allerdings vor ihrem Kleiderschrank stand, war sie versucht abzusagen. Sie würde sich sowieso vollkommen fehl am Platz fühlen, zwischen all den Schönen und Reichen und jetzt hatte sie nicht einmal etwas Anständiges zum Anziehen. Meli sank auf die Bettkante und war den Tränen nahe.

„Du wirst jetzt nicht flennen, dann ist auch noch dein Make-up hinüber." Meli schloss die Augen und atmete tief ein und aus, wedelte hektisch mit den Händen vor ihrem Gesicht herum und versuchte, die Fassung wiederzuerlangen.

Endlich ließ der Druck in ihren Augen nach. Sie öffnete sie vorsichtig und zwang sich aufzustehen.

Wenigstens war ihre Lieblingsjeans, die ihre Beine länger machte und durch den hohen Bund ihrer Taille schmeichelte, frischgewaschen. Als sie auch noch ein hübsches, mit Pailletten verziertes Oberteil herauskramte, war sie wieder halbwegs versöhnt. Natürlich konnte das Outfit nicht mit dem eleganten Kleid mithalten, aber sie sah zumindest halbwegs passabel aus. Dazu würden die neuen silbernen Sandaletten mit Absatz auch passen. So schummelte sie sich immerhin ein paar Zentimeter längere Beine hinzu.

Jetzt musste sie nur noch ihre Haare machen, dann konnte sie sich sehen lassen.

„Meli, du siehst super aus, aber wo ist denn dein Kleid?", fragte Luise überrascht, als sie sich aus der Umarmung gelöst hatte. Luise war so vorausschauend gewesen, sich mit ihr an einem Treffpunkt zu verabreden, damit Meli nicht allein zur Party gehen musste.

„Frag nicht", seufzte Meli immer noch enttäuscht darüber, dass sie dieses zauberhafte Kleid nicht tragen konnte.

Luise stupste sie an und fragte noch mal nach.

„Meine kleine Schwester hat Saft drüber gekippt."

„Scheiße."

„Das kannst du laut sagen." Meli lachte, als sie Luises betroffenen Ausdruck sah. Allerdings wurde sie schnell wieder ernst und fragte vorsichtig: „Darf ich so überhaupt mit?" Sogar Luise, die ansonsten auch eher in Hosen anzutreffen war, trug heute ausnahmsweise ein bezauberndes Kleid.

„Wie kommst du denn auf so einen Quatsch? Raphael ist es total egal, was du anhast und mir auch. Du siehst auch so toll aus, aber das Kleid war wie für dich gemacht."

„Hoffentlich bekomme ich irgendwann noch mal eine Gelegenheit, es zu tragen", murmelte Meli geknickt.

„Meine Geburtstagsfeier würde sich dazu eignen", entgegnete Luise grinsend und zwinkerte ihr zu.

Meli gab ihr ein dankbares Küsschen. „Gut, dass ich dich habe. Du verstehst es, mich aufzubauen."

Trotzdem konnte sie nicht verhindern, dass mit jedem Schritt, den sie sich der Location näherten, ihre Nervosität hoffnungslos in die Höhe schnellte.

„Wie viele Gäste hat dein Bruder eigentlich eingeladen?", fragte sie, nachdem ihr Luise gerade von ihrer kleinen Nichte vorgeschwärmt hatte, die heute bei ihren Eltern übernachtete, damit Raphael mit seiner Frau Emilia feiern konnte. Er hatte einen Klub gemietet, der alles für ihn organisierte. Luises Bruder leitete eine der weltweit größten Reedereien und war beruflich sehr eingespannt.

„Ich weiß es nicht genau, aber es werden schon einige sein. Ich denke mal so um die hundert bis hundertfünfzig."

Meli sagte nichts. Ihr Puls ging so schnell, dass sie Angst hatte, ins Schwitzen zu geraten. Das würde ihr gerade noch fehlen. Sie holte tief Luft und lief ein wenig langsamer, um ihre Kurzatmigkeit in den Griff zu bekommen.

Andererseits bot sich durch die zahlreichen Gäste auch die Gelegenheit, mit der Masse mitzuschwimmen, darin unterzutauchen. Sie straffte die Schultern und nahm sich vor, den Abend zu genießen. Es würde bestimmt lustig werden. Im Augenblick war noch nicht allzu viel los. Der geräumige Raum war stilvoll eingerichtet. Eine große Tanzfläche, eine Sitzlounge, in die man sich etwas abgeschirmt zurückziehen konnte, wahrscheinlich normalerweise nur den VIPs vorbehalten und eine überdimensionale Bar, die sich über mehrere Meter hinzog. Die Musik klang ganz nach ihrem Geschmack und sie freute sich schon aufs Tanzen.

Schon hatte Luise ihre Freundin untergehakt und zog sie zu verschiedenen Personen. Raphael, Sophie und deren Freund Liam hatten sie schon begrüßt, nun war Luise auf der Suche nach ihrem Freund, der Raphael bei den letzten Vorbereitungen geholfen hatte und deshalb schon längst vor Ort war.

Meli wollte es nicht zugeben, aber Henry jagte ihr immer ein wenig Angst ein. Laut Luise war er vollkommen harmlos, aber auf Meli wirkte er immer extrem unnahbar und finster. Besonders oft hatte sie ihn noch nicht getroffen, aber bisher hatte er es jedes Mal geschafft, dass sie in seiner Gesellschaft kaum ein Wort herausgebracht hatte.

„Da ist er ja", rief Luise aufgeregt und wies mit dem Finger in Richtung Bar, wo sich eine kleine Gruppe versammelt hatte. „Hätte ich mir ja denken können, dass ich ihn in Nähe der Drinks finde."

Luise hatte sie losgelassen und eilte Henry entgegen, als würde er sie magisch anziehen. Meli blieb ein wenig zurück und beobachtete, wie sich Henrys harte Gesichtszüge erhellten, als er seine Freundin erblickte und Meli glaubte, ihn das erste Mal lächeln zu sehen. Er zog Luise ein wenig besitzergreifend zu sich heran und nahm anschließend erstaunlich sanft ihr Gesicht zwischen die Hände und küsste sie. Ihr ging das Herz auf, als sie sah, wie glücklich ihre Freundin war. Das wollte sie auch haben. Erst als er Luise wieder losließ, traute sich Meli näherzukommen. Sie wollte die beiden nicht stören, wusste aber nicht, was sie sonst mit sich anfangen sollte.

„Hallo Meli, schön, dich zu sehen.“

Meli drehte sich zur Seite, überrascht, dass jemand sie kannte und ansprach. Es war Emilia, die sie freundlich anlächelte.

„Ich freue mich auch. Vor allem endlich ein bekanntes Gesicht außer Luise zu sehen und die möchte ich gerade ungern stören“, gab sie ein wenig beschämt zu, während sie sich zu Emilia beugte, damit diese sie über die laute Musik verstehen konnte.

Emilia folgte ihrem Blick und entdeckte ihre Schwägerin, die sich gerade in Henrys Arme kuschelte.

„Die beiden sind echt unzertrennlich. Ich gebe zu, anfangs konnte ich mir das bei Henry nicht wirklich vorstellen. Immerhin kenne ich ihn schon einige Jahre und er hat es ziemlich wild getrieben. Allerdings war Raphael auch nicht viel besser und nun sind wir schon seit bald vier Jahren glücklich.“ Emilias Augen schimmerten verdächtig, als könnte sie ihr Glück nach all der Zeit immer noch kaum fassen.

„Das wusste ich gar nicht", bekannte Meli eher verlegen als neugierig.

Emilia schlug ebenfalls die Augen nieder, als wäre es ihr peinlich, derart vertraulich geplaudert zu haben. Schließlich sah sie Meli wieder an und fragte zögerlich: „Du fühlst dich also bei so großen Menschenansammlungen auch nicht wohl?"

Was hieß denn hier auch? Sie konnte sich kaum vorstellen, dass die souveräne Emilia damit ein Problem hatte. Sie starrte sie aus großen Augen an und nickte nur, da sie nicht wusste, wie sie Emilia so direkt danach fragen konnte.

„Früher habe ich es gehasst, mittlerweile habe ich gelernt, damit umzugehen", verriet Emilia ohne Nachfrage. „Zwar hält Raphael seine Familie weitgehend aus den Medien fern, aber ganz funktioniert das nicht. Im Laufe der Zeit wurde ich selbstbewusster oder schaffte es zumindest, es so darzustellen."

„Das hätte ich nie gedacht. Du wirkst, als wäre das deine Welt", erwiderte Meli und starrte Emilia ungläubig an. „Du hast für jeden ein nettes Wort übrig, bewegst dich wie selbstverständlich zwischen den Leuten und hältst Small Talk und gerade hast du erkannt, wie froh ich bin, dass du dich ein wenig um mich kümmerst."

„Im Gegensatz zu Luise und ihrer Freundin Sophie bin ich nicht in dieser Welt groß geworden. Ich habe Raphael durch gemeinsame Freunde kennengelernt und habe früher als Grundschullehrerin gearbeitet. Anfangs war ich von seiner Welt komplett überfordert und wenn ich nicht Luise gehabt hätte, die mich an die

Hand genommen hat, wäre ich rettungslos untergegangen." Emilia schüttelte den Kopf, als könne sie immer noch nicht glauben, wie sehr sich ihr Leben verändert hatte.

„Wow, das hat Luise mir nie erzählt. Das klingt ja wie im Märchen", schwärmte Meli, während sie sich kurz im Raum umsah, um vorsichtig herauszufinden, ob Elias schon gekommen war. Durch das interessante Gespräch mit Emilia hatte sie vollkommen vergessen, warum sie hier war und schlagartig wurde das Bauchgrummeln wieder in Gang gesetzt.

„Darf ich dich kurz allein lassen? Ich würde gern eine Freundin begrüßen. Miri, durch sie habe ich Raphael kennengelernt." Sie wies auf ein Paar, das neben ihrem Mann stand.

„Ich komme klar, ich hole mir einen Drink", beruhigte sie Emilia, die daraufhin auch schon ihrer Freundin entgegeneilte. Gedankenverloren sah sie ihr nach. Emilia war wirklich sehr nett. Dann wandte sie sich um, hob ihr Kinn, um wenigstens so zu tun, als wäre es für sie völlig normal, hier zu sein und ging rüber zur Bar. Mit einem Drink in der Hand hätte sie wenigstens etwas, woran sie sich festhalten könnte.

11

Elias

Da stand sie nur ein paar Meter von ihm entfernt. Erst hatte er sie gar nicht erkannt. Noch nie hatte er sie mit offenen Haaren gesehen. Anscheinend hatte sie ihre Mähne geglättet, denn sonst war ihr Pferdeschwanz nie so akkurat gewesen und hatte eher zerzaust ausgesehen. Außerdem hatte er nicht damit gerechnet, sie hier zu sehen. Obwohl er doch wusste, dass sie mit Luise befreundet war, hatte er keinen Gedanken daran verschwendet, dass Raphael sie eingeladen haben könnte. Mit seinem Blick scannte er sie von oben bis unten. Sie sah hübsch aus, eine erfrischende Abwechslung zu all den aufgebrezelten Schickimickitussis. Okay, das klang vielleicht ein wenig hart, aber ihm gefiel es, dass sie nie versuchte, das Beste aus sich herauszuholen. *Elias, du solltest heute lieber die Klappe halten, da würde doch eh nur Bullshit rauskommen.*

Schließlich war Meli nicht Aschenputtel. Aber ihm gefiel ihre Natürlichkeit. Sie war vielleicht keine klassische Schönheit, aber sie hatte etwas an sich, was ihn faszinierte. Ihre wunderschönen braunen Augen hatten es nicht nötig, durch Schminke hervorgehoben zu werden und ihm ging ihr wacher Blick jedes Mal nah. Zu nah. Zu tief.

Er blieb etwas abseits stehen und nahm sich die Zeit, Meli noch ein wenig zu beobachten. Gerade versuchte sie in dem Gedränge vergeblich, die Aufmerksamkeit des Barkeepers auf sich zu ziehen, der sie entweder wirklich nicht sah oder ignorierte. Als er zum dritten Mal einem anderen weiblichen Gast den Vorzug gab, setzte sich Elias wider besseres Wissen in Bewegung. Er drängelte sich an die Theke, was ihm einige unfreundliche Bemerkungen einhandelte, die ihm egal waren und rief lautstark: „Hey, Kumpel, die Dame hier wartet schon seit Ewigkeiten auf einen Drink. Du scheinst sie übersehen zu haben." Dabei deutete Elias auf Meli, die noch ein Stück entfernt stand. Er sah, dass der Barkeeper wütend die Augen zusammenkniff, aber dann wandte er sich doch an Meli, die Elias gerade mit offenem Mund anstarrte.

„Was darf es sein? Sorry, Süße, ich habe dich nicht absichtlich übersehen. Ruf das nächste Mal einfach lauter. Ich bin übrigens Gerome. Einmal meinen Namen gerufen und zack, dein Drink ist dir sicher." Nun zwinkerte er der komplett verwirrt aussehenden Meli auch noch dreist zu und Elias schäumte vor Wut und zwar so sehr, dass sie ihm sicherlich bald bei den Ohren herauskäme. Das machte der Wichser doch absichtlich. Gerome hatte sein edles Kavaliersgehabe wahrscheinlich dahingehend interpretiert, dass er scharf auf Meli war und wollte ihn nun provozieren. So ein kompletter

Blödsinn. Er mochte sie und ja, sie war süß. Aber mehr nicht!

Er hatte ihre Bestellung nicht mitbekommen, aber wie versprochen stand wie durch Zauberhand kurz darauf ein Cocktail vor ihr. Der Barkeeper beugte sich vor und sah Meli tief in die Augen. Elias konnte nicht verstehen, was er sagte, aber Melis verschämte Reaktion zeigte ihm deutlich, dass der Kerl sie schamlos anbaggerte.

Jetzt reichte es! Zwischen ihm und Meli stand noch ein Pärchen, an dem er sich rücksichtslos vorbeiquetschte. Dann packte er den Barkeeper am Kragen und zog ihn von Meli weg, die er schon halb ansabberte.

„Finger weg! Ich sag dir das jetzt nur einmal, mein Freund."

„Und was tust du, wenn ich nicht auf dich höre? Du halbe Portion hast doch keine Chance gegen mich", höhnte Gerome, der zugegebenermaßen ein ziemliches Muskelpaket war.

Elias ließ ihn angewidert los und zischte: „Wenn du weiterhin Interesse an deinem Job hast, dann solltest du dich dran halten."

„Du bist doch nur selbst scharf auf die Kleine", verspottete Gerome ihn.

„Und du baggerst sie doch nur an, weil du genau das denkst. Du warst angepisst, weil ich dich so blöd von der Seite angemacht habe."

Elias sah Meli neben sich zusammenzucken und kurz durchfuhr ihn ein schlechtes Gewissen. Das hatte jetzt wirklich nicht sehr nett geklungen, aber er hatte es doch gar nicht böse gemeint. Ohne ein Wort an ihn oder Gerome zu richten, schnappte sich Meli ihr Glas, drehte sich einfach um und verschwand so schnell, als wäre ihre Gesellschaft das Furchtbarste, was sie sich vorstellen könnte.

Gerome prustete amüsiert und Elias unterdrückte den Wunsch, ihm die arrogante Visage zu polieren und versuchte stattdessen, Meli einzuholen.

„Meli, warte doch mal", rief er ihr hinterher, was sie aber nicht davon abhielt, sich weiterhin zwischen den Gästen durchzuschlängeln. Sie sah sich suchend um und Elias war sich nicht sicher, ob sie sich nach ihrer Freundin umsah oder doch eher nach einer Fluchtmöglichkeit.

Da blieb sie abrupt stehen und drehte sich so rasch um, dass er über ihren wütenden Gesichtsausdruck kurz aus dem Konzept geriet.

„Was möchtest du von mir, Elias?" Resigniert sah sie ihn an, während sie mit ihren Händen fest das Glas umklammert hielt.

„Eigentlich wollte ich mich bei dir entschuldigen. Neulich, als ich ...", er geriet ins Stocken, als er sich an die demütigende Situation erinnerte, während er am Boden lag und Meli ihn gesehen hatte.

Seine Worte konnten es kaum gewesen sein, sondern eher sein betretener Gesichtsausdruck, der wohl für einen winzigen Moment etwas von seinen wahren Gefühlen hatte durchblitzen lassen, denn Meli entspannte sich und ihr Blick wurde sanfter.

„Und jetzt muss ich mich schon wieder entschuldigen. Ich habe mich unmöglich aufgeführt. Anscheinend wird das zur Gewohnheit, wenn wir aufeinandertreffen." Er versuchte ein Grinsen, das etwas kläglich ausfiel.

Sie trat einen winzigen Schritt näher, so zögerlich, als hätte sie Angst, dass Elias sie gleich packen und vernichten könnte.

„Geht es dir denn wieder besser?", fragte sie und ihr besorgter Tonfall klang so ehrlich, dass Elias schlucken musste. Sein Adamsapfel hüpfte und er wusste nicht, was er ihr sagen sollte. Eine Lüge hatte sie nicht verdient, dennoch war das alles, was er ihr zu bieten hatte.

„Ja, mir geht es wieder gut. Aber das soll keine Ausrede für mein Verhalten sein. Vergiss, was ich gesagt habe, das war vollkommener Blödsinn, genauso wie gerade eben."

Meli trank einen Schluck und ließ ihn dennoch nicht aus den Augen. Dann hob sie ihr Glas in die Luft und sagte: „Danke, ohne dich müsste ich jetzt verdursten."

Sie grinste ihn an und Elias konnte nicht anders, als ebenfalls in ihr Lachen einzustimmen. Gerade war es so unbeschwert zwischen ihnen wie neulich, als sie mit den Kindern gespielt hatten. Vor allem war er erleichtert, dass Meli keine Anstalten machte nachzubohren. Sie forderte keine Erklärung für sein seltsames Verhalten ein, sondern schien sich mit seiner läppischen Entschuldigung zufriedenzugeben.

„Du siehst sehr hübsch aus." Hatte er das gerade wirklich gesagt? Wo waren diese Worte hergekommen?

Meli zuckte zusammen und ihr schwappte ihr Drink ein wenig über. Daraufhin wurde sie knallrot und Elias hätte sie am liebsten in den Arm genommen, weil sie gerade so verloren aussah.

„Danke?", ließ sie es als Frage klingen, denn sie schien ihm wohl nicht zu glauben.

„Mir gefällt dein Kleidungsstil", erklärte er rasch.

Nun sah sie ihn ungläubig an und schob sich mit der freien Hand ihre Haare hinters Ohr.

„Das ist nicht lustig."

Verblüfft stellte er fest, dass Meli verletzt aussah. Gerade verstand er die Welt nicht mehr. Was war nun schon wieder verkehrt an seinen Worten?

„Das war die Wahrheit. Ich mag deinen unangestrengten Stil. Schau dich doch mal um, die ganzen aufgetakelten Weiber sehen alle gleich aus. Du stichst aus der breiten Masse heraus und auch wenn du es nicht glaubst, ich meine das im positiven Sinn."

Meli zwinkerte ein paar Mal und stieß dann lautstark Luft aus. Elias streckte sich und versuchte, das Thema zu wechseln. „Wollen wir tanzen?"

Das erste Mal am heutigen Abend erreichte Melis Lächeln auch ihre Augen, als sie begeistert „Gerne" ausrief. Wieder dieses Funkeln, was ihn regelmäßig aus dem Konzept brachte. Diese Lebendigkeit, die Tiefe, die Leidenschaft ließen die Welt für einen Moment stillstehen und ihn alles andere vergessen. Gerade gab es nur dieses Mädchen, das mit ihm tanzen wollte. Und diesen Moment würde er bis auf den letzten Tropfen auskosten, sich ihm vollständig hingegeben, als gäbe es kein Morgen. Streng genommen wusste er nicht, was morgen wäre, und gerade war es ihm auch völlig egal.

Er griff wie in Trance nach Melis Hand und zog sie auf die Tanzfläche. Sie schaffte es gerade noch, ihr Glas auf einem der zahlreichen Bistrotische abzustellen und ließ sich wortlos auf die Tanzfläche lotsen. Gerade kam es ihm vor, als würde sie sich vertrauensvoll in seine Hände begeben. Hatte er heute eigentlich schon was getrunken? Er konnte gerade keinen klaren Gedanken fassen. Eigentlich hatte er vorgehabt, sie auf der Tanzfläche wieder loszulassen, aber fremde Mächte schienen ihn in Besitz genommen zu haben, denn er schaffte es nicht, seine Hand von ihrer zu lösen, sondern legte ihr die andere auf den Rücken und zog sie ein wenig zu sich heran. Er hörte sie heftig atmen, was wohl weniger auf die Anstrengung beim Tanzen zurückzuführen war, immerhin bewegten sie sich gerade zu einer langsamen Ballade und nicht zu einem Heavy Metal Song.

Sein eigenes Herz schlug allerdings auch unnatürlich schnell, als hätte es sich ihrem angepasst. Am liebsten hätte er seine Nase in ihrem duftenden Haar versteckt, aber ein kleiner Rest Verstand hielt ihn davon ab, etwas Dummes zu tun. Sie fühlte sich so gut an, so weich, so heimelig, so vertraut, als hätte er sie schon zigmal im Arm gehalten.

Und während er sich in der trügerischen Sicherheit wähnte, dass alles gut wäre, dass er diesen Moment uneingeschränkt genießen durfte, benötigte es nur einen winzigen Lufthauch, um ihn aus dem sicheren Gleichgewicht zu werfen. Ein kleiner unsichtbarerer Stoß mit brachialer Wirkung. Es kam aus dem Nichts wie ein heimtückischer Angriff mit atomarer Kraft.

Elias stolperte so plötzlich, dass er Meli fast zu Boden gerissen hätte. Irgendwie schaffte er es, sich an ihr festzuhalten und sein Gleichgewicht wiederzuerlangen, bevor er sie umwarf. Meli sah ihn belustigt an, allerdings wandelte sich ihr Blick zunehmend in Besorgnis, als sie wahrnahm, dass irgendetwas nicht stimmte. Elias stand wie festgefroren auf der Tanzfläche, unfähig, seinem Gehirn irgendwelche Impulse zu senden, eine Handlung zu vollziehen. Er fühlte nur reines Entsetzen in einer solchen Intensität, dass es ihn aller Körperfunktionen beraubte. Seine Arme baumelten hilflos umher wie Fremdkörper, seine Beine hielten ihn zwar aufrecht, aber er spürte nichts und es war ihm ein Rätsel, wie ihnen das möglich sein konnte. Sein Verstand sagte ihm, dass es der Schock wäre, seine Körperfunktionen funktionierten, nur kam ihm es gerade so vor, als hätte er komplett die Kontrolle verloren.

Melis Lippen bewegten sich, aber das Rauschen in seinem Kopf und die laute Musik hatten ihn kein Wort wahrnehmen lassen. Stattdessen sah er wie ein Unbeteiligter, wie sie nach seiner Hand griff, sie umschloss und ihn mit sich zog. Er setzte einen Schritt vor den anderen und befand sich mit einem Mal etwas abseits der Tanzfläche. Mittlerweile war seine Stirn schweißnass und er schaffte es gerade mit aller Willenskraft, sich mit dem Arm darüber zu wischen.

Irgendwann realisierte er, dass er saß. Anscheinend hatte Meli ihn auf einen Stuhl dirigiert.

Eine Hand legte sich auf seine Schulter, endlich konnte er wieder etwas spüren und auch seine Atmung hatte sich beruhigt. Er sah auf und sah in die besorgten Augen seines Bruders.

„Elias, was ist los mit dir? Meli meinte, dir geht es nicht gut." Wann hatte Meli Michael dazu geholt? Und warum? Allerdings war er zu überfordert, um wütend zu werden.

Er öffnete den Mund, aber er fand keine Worte. Zwar konnte er sie in Gedanken formulieren, aber die Buchstaben verloren ihren festen Platz auf dem Weg aus seinem Mund und es kam nur unverständliches Gestammel heraus.

Am Rande nahm er wahr, dass Michael die Augen zusammenkniff und ihn schon hart anging.

„Hast du dir wieder was eingeworfen? Was war es diesmal? Ecstasy oder was anderes? Herrgott, ich dachte echt, du wärst wieder zu Verstand gekommen. Was ist nur los mit dir? Warum wirfst du dein ganzes Leben einfach weg?" Sein Bruder war fuchsteufelswild und Elias konnte sich nicht erinnern, ihn jemals so wütend erlebt zu haben. Schon flogen ihnen die ersten Blicke umstehender Gäste zu.

Er konnte sich nicht mal verteidigen, sondern fühlte sich komplett kontrolllos, als hätte er alle Rechte an sich und seinem Körper verloren.

Meli hingegen hatte sich erschrocken die Hand vor den Mund geschlagen und ihren leisen Aufschrei hatte er tatsächlich gehört. Ihre Enttäuschung schaffte es, ihn zu erreichen. Ihn aufzurütteln und er hätte ihr gerne die Wahrheit gesagt. Aber das war unmöglich.

Während Michael immer noch lautstark seinem Frust freien Lauf ließ, reichte ihm jemand ein Glas Wasser. Dankbar nahm er es Raphael ab, der anschließend versuchte, Michael zu beruhigen. Inzwischen hatte sich eine Traube an Gästen um sie gebildet und Elias fühlte sich einfach nur scheiße, derart im Mittelpunkt zu stehen.

Durstig trank er aus und ihm ging es etwas besser. Langsam löste sich die Starre, die ihn gefangen genommen hatte, und er erlangte wieder die Herrschaft über seine Sinne.

„Ich bring dich ins Krankenhaus." Von Michaels Wut war nichts mehr zu hören, vielleicht hatte Raphael ihn zur Vernunft gebracht.

Elias schüttelte den Kopf und endlich konnte er sich wieder mitteilen. „Nein, mir geht es gut. Ich brauche keinen Arzt."

„Du hast gerade komplett neben dir gestanden. Ich denke schon, dass du einen Arzt brauchst." Wieder funkelte Michael ihn unheilvoll an.

„Ich brauche einen Drink und ein heißes Mädel in meinem Bett, das ist alles." Vorsichtig erhob er sich und testete die Standfestigkeit seiner Beine. Als sie ihn nicht im Stich ließen, drängte er sich durch die umstehenden Gäste und ging einfach zur Bar rüber, um sich einen Drink zu holen.

Ihm war speiübel und am liebsten hätte er Meli gebeten, ihn nach Hause zu begleiten, aber er wollte nicht wahrhaben, wie schlecht es ihm ging. Verdammt, er wollte Spaß und genau den würde er jetzt haben.

„Alles klar?"

Ihre Hand legte sich hauchzart auf seine Schulter und Elias spürte, dass Meli unsicher war, wie sie reagieren sollte. Nachdem sie ihn kurz berührt hatte, nahm sie die Hand weg.

Erst als er seinen Drink in der Hand hielt, drehte er sich zu ihr um in der Hoffnung, sie wäre verschwunden. Was sie natürlich nicht getan hatte.

„Mir geht's gut."

Er sah, wie es in ihrem Gesicht arbeitete, als würde sie genau abwägen, was sie sagen sollte. Seine Nerven waren ohnehin schon zum Zerreißen gespannt und er hatte Angst, dass ein falsches Wort ihn explodieren lassen würde. Und das war das Letzte, was Meli verdiente.

„Wenn du jemanden zum Reden brauchst, ich bin immer für dich da."

Wieder dieses unfassbar süße Lächeln, das ihn fast einknicken ließ. Aber zugleich wurde der Schmerz unendlich groß, weil er wusste, dass niemals mehr zwischen ihnen sein würde. Eine Beziehung, gleich welcher Art, würde auf einer Illusion aufbauen, deren Fundament beim leisesten Hauch eines Widerstandes in sich zusammenstürzen würde.

Er musste weg von ihr, sie irgendwie loswerden, ohne sie erneut zu verletzen. Sein Gehirn ratterte auf der Suche nach einer Lösung.

„War schön, dich mal wieder gesehen zu haben." Er drückte ihr ein hastiges Küsschen auf die Wange und brachte augenblicklich einen Sicherheitsabstand zwischen sie. „Da hinten habe ich gerade einen Kumpel entdeckt, den ich ewig nicht mehr gesehen habe. Man sieht sich."

Ohne ihr die Chance zu geben, etwas zu erwidern, flüchtete er vor ihr. Vor seinen Gefühlen für Meli, vor seiner eigenen Angst, vor seiner Zukunft und tat das, was er am besten konnte: Sein Heil im Verdrängen suchen.

12

Meli

Intuitiv spürte sie, dass es besser wäre, Elias in Ruhe zu lassen. Ansonsten würde sie nur riskieren, dass er ihr gegenüber ausfällig wurde. Und das wollte sie unter allen Umständen vermeiden. Sie sah ihm hinterher, bis er in der Masse verschwunden war. Eigentlich müsste sie über seinen kühlen Abgang sauer sein. Vorhin auf der Tanzfläche war eine Nähe zwischen ihnen gewesen, die sie noch nie zuvor verspürt hatte. Eine Vertrautheit, die es in der Realität noch gar nicht gab. Als ob alle wüssten, dass sie zusammengehörten. *Was spinnst du denn jetzt schon wieder rum? Elias findet dich allenfalls nett, das ist aber auch schon alles.*

Sie sollte schleunigst mit den Schwärmereien aufhören und sich lieber über seinen wechselhaften Gemütszustand Gedanken machen. Als Michael von Drogen gesprochen hatte, wäre ihr vor Schreck beinah das Herz stehen geblieben. Ihre Hände hatten gezittert und ihre Gedanken waren Achterbahn gefahren. Konnte das der Grund sein? Seine komischen Aussetzer, seine

Stimmungsschwankungen waren auf einen Drogenkonsum zurückzuführen? Aber warum sollte er Drogen nehmen?

„Meli? Ich nehme an, du weißt, dass das unter uns bleiben sollte." Sie konnte einen kleinen Aufschrei nicht unterdrücken, als Elias' Bruder sie unvermittelt ansprach.

„Es ist also wahr?" Ihre Lippen fühlten sich so spröde an, als ob sie gleich aufplatzen würden.

Michael hob die Arme und sagte resigniert: „Eine Zeit lang hat er welche genommen. Von einem auf den anderen Tag war er abgestürzt, keiner weiß, warum. In letzter Zeit dachte ich, er hätte sich wieder gefangen, aber da habe ich mich wohl getäuscht." Seine Bitterkeit war unüberhörbar.

„Ich habe null Ahnung von Drogen, aber vorhin ist mir Elias völlig normal vorgekommen. Sein Aussetzer kam wie aus heiterem Himmel." Aber was war an jenem Abend in Michaels Haus mit ihm los gewesen? Hatte er da etwa auch Drogen genommen?

Meli rieb sich über die Augen und zu spät fiel ihr ein, dass sie sich heute ausnahmsweise geschminkt hatte. Hoffentlich sah sie jetzt nicht wie ein Zombie aus.

Michael musterte sie neugierig. „Erzähl mir bitte, was genau passiert ist", bat er schließlich.

Meli erzählte ihm, dass er ihr den Drink organisiert, selbst aber nichts getrunken hatte und sie getanzt hatten, als es zu dem Aussetzer gekommen war.

„Und er wirkte völlig klar im Kopf?", hakte er misstrauisch nach.

Himmel, was sollte sie mit so einer Frage anfangen? War es ein Indiz auf Drogenkonsum, dass er mit ihr, ausgerechnet mit ihr getanzt hatte? Von seinem Ausraster gegenüber dem Barkeeper erwähnte sie lieber nichts.

„Mir ist nichts aufgefallen", nuschelte sie und hoffte, Michael würde es nicht bemerken.

Seine kritische Miene veränderte sich und Meli hatte keine Ahnung, ob es was Gutes oder Schlechtes zu bedeuten hatte.

„Du scheinst ihm gutzutun. Vielleicht solltest du zukünftig mehr Zeit mit ihm verbringen?"

Bitte was? Hatte sie gerade richtig gehört? Woher kam dieser Themenwechsel?

„Ich möchte mich nicht aufdrängen. Elias hat mir gerade klar und deutlich zu verstehen gegeben, dass ich ihn in Ruhe lassen soll." Sie war stolz auf sich, jede Form von Verletztheit aus ihrer Stimme ferngehalten zu haben.

„Du könntest es wenigstens versuchen", bat er und unter seinem eindringlichen Blick knickte sie ein.

„Versuchen kann ich es ja mal."

„Ich gebe dir seine Handynummer."

Nachdem Meli sie in ihr Handy getippt hatte, sah sie Luise auf sich zukommen.

„Süße, es tut mir so leid, dass ich dich so lange allein gelassen habe. Ich bin eine furchtbare Freundin, ich habe dir versprochen, an deiner Seite zu bleiben und dann verschwinde ich ewig."

Luise sah nicht nur schuldbewusst aus, sondern auch ziemlich erhitzt und aufgedreht.

„Wo warst du denn?", fragte Meli neugierig, die ihre Freundin ehrlich gesagt in Elias' Gesellschaft völlig ausgeblendet hatte.

Luise grinste frech und beugte sich ein wenig verschwörerisch zu Meli. „Ich musste Henry ... noch bei etwas behilflich sein." Gerade noch rechtzeitig war ihr wohl aufgegangen, dass Michael neben Meli stand und sie schlug sich die Hand vor den Mund.

„Hallo Michael, ich habe dich gar nicht gesehen", begrüßte sie ihn rasch, wohl in dem Bestreben, ihre Verlegenheit zu überspielen.

„Mädels, ich will euch nicht länger stören. Wir werden bald aufbrechen, euch wünsche ich noch einen schönen Abend."

„O Gott, das war peinlich." Luise wedelte sich mit einer Hand Luft zu und trotz des gedimmten Lichts konnte Meli erkennen, dass sich Luises Gesichtsfarbe noch nicht wieder normalisiert hatte.

Meli kicherte und beruhigte sie. „Du musst mir gar nichts Näheres erzählen, mir ist auch so klar, dass es sich um etwas Unanständiges handelt."

Luise versteckte ihr Gesicht zwischen den Händen und schüttelte den Kopf. Dann spitzelte sie durch die Finger und Meli konnte sehen, dass sie lachte.

„Henry ruft und ich springe. Und das in den unmöglichsten Situationen." Dabei sah sie allerdings alles andere als unzufrieden aus.

„Komm, lass uns einen Drink holen und uns in die Lounge setzen", schlug Luise vor, die wohl den neugierigen Blick ihrer Freundin wahrgenommen hatte.

„Du musst dich wohl erholen", zog Meli sie auf.

„Mach dich nur lustig", stöhnte Luise.

Meli beobachtete ein wenig neidisch, wie ihre Freundin im Handumdrehen bei Gerome zwei Gin Tonics organisiert hatte, während sie ewig hatte warten müssen.

Zum Glück fanden sie ein freies Plätzchen und Luise ließ sich auf einen Sessel plumpsen. Nachdem sie das halbe Glas mit einem Zug geleert hatte, seufzte sie genießerisch auf.

„Du denkst wohl gerade an deine Zeit mit Henry in der Abstellkammer." Meli konnte es nicht unterlassen, sie zu necken.

„Wir waren nicht in der Abstellkammer", erwiderte sie empört und fing dann zu lachen an. „Aber so ähnlich. Henry ist ziemlich dominant, wenn du verstehst, was ich meine. Aber ich liebe es, wenn er mich rumkommandiert und mir Befehle erteilt."

Meli starrte sie an, als hätte sie gerade Chinesisch gesprochen. „Du? Luise, du weißt genau, was du willst und lässt dich von nichts und niemandem herumkommandieren. Du lässt dich doch zu nichts zwingen, nicht mal von Henry."

Luise hob beruhigend die Hand. „Henry würde mich niemals zu etwas zwingen. Ich mach das freiwillig und meine, wie soll ich es nennen? - Unterwürfigkeit? - bezieht sich ausschließlich auf die sexuelle Ebene."

Meli schwieg einen Moment, um das Gehörte sacken zu lassen. Luise sah viel zu glücklich aus, als dass Henry ihr irgendetwas gegen ihren Willen aufzwingen würde. Sie beruhigte sich wieder und trank einen Schluck, bevor sie antwortete.

„Passt irgendwie zu Henry. Wenn es dir gefällt, ist doch alles gut. Klingt auch ein bisschen aufregend."

„Das ist es definitiv. Ich weiß nie, was auf mich zukommt." Luise wurde schon wieder rot und Meli wollte lieber nicht wissen, was die beiden vorhin getrieben hatten.

„Jetzt lass uns von etwas anderem reden. Hast du Elias gesehen?"

Die gelöste Stimmung verpuffte, als hätte jemand einen Luftballon angestochen.

„Was ist los? Du siehst so bekümmert aus", fragte Luise besorgt.

„Er war da und anfangs war es auch total schön", begann Meli zu erzählen. Luises Miene wurde zunehmend verwirrter, sie unterbrach sie aber nicht, sondern hörte einfach zu. Melis Herz fühlte sich so schwer an, denn während des Erzählens wurde die Vorahnung, dass irgendetwas nicht stimmte, immer größer. Gerade fühlte es sich an, als wäre sie von einer Lawine überrollt worden, die ihr den Atem nahm. Luises beunruhigter Gesichtsausdruck trug nicht dazu bei, dass die Schneedecke schmolz.

Erst als sie aufhörte zu erzählen und Luise das Wort ergriff, konnte sie ein wenig freier atmen.

„Zwar kenne ich Elias nicht sonderlich gut, aber so ein Verhalten passt nicht zu dem Bild, was ich von ihm habe. Und dass sogar Michael ihn nicht wiedererkennt, ist schon seltsam. Vielleicht ist er durch falsche Freunde auf die schiefe Bahn geraten. So etwas kann schnell gehen."

„Und was soll ich jetzt machen?" Meli schob den Gin Tonic weg. Ihr war schon schlecht, da sollte sie lieber nichts mehr trinken.

„Was du mir so erzählst, passt zu dem Eindruck, den Michael hat. Ich sehe es genauso wie er. Du solltest dranbleiben, vielleicht erzählt er dir irgendwann, was mit ihm los ist."

Luise nickte ihr aufmunternd zu, während sie den Blick durch die Gegend schweifen ließ.

Meli umschlang ihren Oberkörper mit den Armen. „Ich hasse es, mich aufzudrängen. Wenn er mich nicht sehen will, möchte ich ihn nicht zu seinem Glück zwingen.“

„Du kannst es ja wenigstens probieren. Wenn er auf stur schaltet, dann kannst du es immer noch sein lassen. Aber wenn du es nicht wenigstens probierst, wirst du das irgendwann bereuen.“

„Vielleicht hast du recht.“ Ein leichtes Lächeln fand den Weg zurück auf ihre Lippen.

Während sie grübelte, ob sie sich wirklich traute, Kontakt mit Elias aufzunehmen, veränderte sich plötzlich Luises Körperhaltung. Sie setzte sich auf, wo sie doch vorhin gemütlich im Sessel gelümmelt hatte und schien angespannt zu sein. Meli folgte ihrem Blick und äußerlich erstarrte sie, während ihr Innerstes unter Feuer stand, das sie unerbittlich quälte. Gerade noch rechtzeitig konnte sie einen leisen Aufschrei unterdrücken, als sie Elias sah, der wildknutschend tanzte. Wobei man es kaum noch als Tanz bezeichnen konnte. Was er dort abzog, sah eher nach einer Stripshow aus. Nach purem Sex. Meli erkannte, dass er erneut unsicher auf den Beinen schien, aber diesmal lag es wohl an den zahlreichen Drinks, die er sich zwischenzeitlich genehmigt haben musste. Den in seiner Hand verschüttete er gerade während seiner heißen Darbietung.

Die vollbusige blonde Schönheit sah genauso aus, als passe sie in sein Beuteschema.

„Elias steht auf solche Frauen, ich bin lediglich das nette Mädchen von nebenan, bei der er sich ein wenig ablenken kann. Aber mehr auch nicht." Sie konnte nicht verhindern, dass ihre Stimme ein wenig zitterte. Aber sie würde garantiert nicht zu weinen anfangen. Das hob sie sich lieber für zu Hause auf.

„So eine Plastikpuppe? Ich bitte dich. Dann hat er wirklich gar keinen Geschmack. Die ist doch nur fürs Bett gut. Mehr nicht!" Luises harte Worte beruhigten ihre empfindlichen Nerven etwas, aber dennoch fühlte sie sich niedergeschlagen. Als ob sie gerade brutal aus einem schönen Traum gerissen worden war, den sie für eine Sekunde für die Wirklichkeit gehalten hatte.

Sie konnte nicht antworten, da sie mitansehen musste, wie Elias die Schönheit an der Hand nahm und mit sich Richtung Ausgang zog. Der Knoten in ihrem Hals wurde größer, ohne dass sie irgendetwas dagegen tun konnte.

„Sei mir nicht böse, aber ich bin müde. Ich fahre nach Hause", sagte sie abrupt zu Luise, als sie endlich sicher war, nicht in Tränen auszubrechen.

Luise versuchte sie noch zum Bleiben zu überreden, aber Meli wollte keinen Augenblick länger inmitten dieser fröhlichen, ausgelassenen Partygesellschaft bleiben, die ihr noch unerreichbarer als zuvor erschien. Ihre Außenseiterposition hatte sich in den letzten Minuten durch ihr seelisches Ungleichgewicht gefestigt.

„Dann lass uns morgen zum Brunch bei mir treffen. Sophie mag bestimmt auch kommen. Dann können wir dich ein wenig auf andere Gedanken bringen", schlug Luise vor. Anscheinend war ihrer Freundin Melis bekümmerte Miene nicht verborgen geblieben, auch wenn sie krampfhaft versuchte, sich den Schmerz nicht anmerken zu lassen. Schließlich hatte Elias

nichts Schlimmes verbrochen, das ihr Anlass dazu geben könnte, nun enttäuscht zu sein.

Damit Luise Ruhe gab und sie endlich gehen ließ,
stimmte sie zu.

13

Elias

Wo zum Teufel war er? Wieder einmal hatte er einen kompletten Filmriss. Er war unfähig, den gestrigen Abend zu rekonstruieren. Fühlte sich nicht mal in der Lage, den Kopf zu heben. Dass er es geschafft hatte, die Augen zu öffnen, um den fremden Raum in Augenschein zu nehmen, hatte ihn alle Willenskraft gekostet. Die Augenlider fielen ihm wieder zu, ohne dass er dagegen etwas unternehmen konnte. Dankbar schlummerte er noch ein wenig vor sich hin, denn der dröhnende Schädel half seiner Erinnerung nicht gerade auf die Sprünge.

Etwas später unternahm er einen erneuten Anlauf. Diesmal fühlte er sich zwar nicht viel wohler, aber immerhin war der dichte Schleier in seinem Kopf verschwunden.

Meli!

An sie konnte er sich erinnern, auf Raphaels Party hatten sie zusammen getanzt. Ein wohliges Gefühl breitete sich in ihm aus, als er sich an ihren warmen, weichen Körper erinnerte, der sich in seinen Armen so gut angefühlt hatte. War er etwa mit ihr nach Hause gegangen? Widersprüchliche Gefühle marterten ihn mit einem Mal, die er sich nicht so recht erklären konnte. Was wäre so schlimm an dem Gedanken, mit ihr geschlafen zu haben?

Du kannst dich an rein gar nichts mehr erinnern. Dein erstes Mal mit ihr solltest du vielleicht nicht vergessen. Ich muss mich mal wieder abgeschossen haben.

Endlich schaffte er es, den Kopf zur Seite zu drehen und erblickte eine fremde Frau neben sich. Erleichterung mischte sich mit Enttäuschung darüber, dass es eben nicht Meli war, neben der er lag.

Verdammt, wer war diese Frau? Das Letzte, an was er sich noch erinnern konnte, war, dass er mit Meli getanzt hatte. Was war anschließend passiert, dass er mit dieser Unbekannten im Bett gelandet war?

Ein ungutes Gefühl breitete sich in seinem Magen aus, was nichts mit dem gestrigen Alkoholkonsum zu tun hatte. Elias ahnte schon, dass er gestern wieder einen Aussetzer gehabt haben musste, warum sonst hätte er sich so abschießen sollen? Er hatte Melis ungewohnte Nähe genossen, am liebsten hätte er sie gar nicht mehr losgelassen. Sie strahlte so eine unglaubliche Ruhe aus, die ihm einfach guttat und ihn erdete.

Er sollte zusehen, dass er von hier wegkam, bevor die Kleine aufwachte. Andererseits würde er gern wissen, was gestern Abend passiert war. Allerdings wäre es auch nicht besonders schmeichelhaft für das Mädel, wenn sie mitbekäme, dass er sich an rein gar nichts erinnerte. Langsam richtete er sich auf und blieb für einen Moment auf der Bettkante sitzen, da ihn eine heftige Übelkeitswelle erfasst hatte. Wenn er der unbekannten Schönheit auch noch auf den Boden kotzte, würde sie wahrscheinlich durchdrehen.

Endlich schaffte er es, auf die Beine zu kommen. Hastig sammelte er seine Klamotten ein und er stieß einen erleichterten Seufzer aus, als er den Flur erreichte und sogar seine Schuhe fand.

Als er jedoch einen Fuß hob, geriet er aus dem Gleichgewicht, und bei dem Versuch, sich an einer Kommode festzuhalten, warf er einen Dekoengel um. Der sauste schneller zu Boden, als er überhaupt die Chance hatte zu reagieren, geschweige denn, ihn aufzufangen. Als der Engel in tausend Scherben zersprang, zuckte er nur mit den Achseln, denn das Teil war echt hässlich gewesen.

„Was machst du denn für einen Krach?" Nun schrak er allerdings heftig zusammen, sein Gehirn funktionierte noch nicht einwandfrei. Natürlich hatte der Lärm die Kleine aufgeweckt.

Ihr verschlafener Blick wanderte von ihm zu den Scherben und sie schlug sich die Hand vor den Mund. „Nein! Das war mein Lieblingsengel."

„Das scheußliche Ding?", fragte Elias entsetzt, bevor er sich zurückhalten konnte.

„Das war mein Schutzengel und jetzt ist er kaputt."

Zu seinem Entsetzen sah er Tränen in ihren Augen aufsteigen. Hoffentlich riss sie sich zusammen, eine heulende Frau konnte er jetzt wirklich nicht gebrauchen.

„Sorry, war keine Absicht. Ich ersetze ihn dir. Was bekommst du dafür?" Er zog sein Portemonnaie aus der Hose.

„Hau einfach ab. Ich will dein Geld nicht. Du bist sowieso zu nichts zu gebrauchen. Gestern hast du nicht einmal mehr einen hochbekommen und bist gleich eingeschlafen, so besoffen, wie du warst."

Sie verzog angewidert das Gesicht, als wäre die Vorstellung, mit ihm zu schlafen, absolut unvorstellbar und die Namenlose zog ihren Bademantel enger vor dem Bauch zusammen.

Seine Eingeweide krampften sich schmerzhaft zusammen. Scheiße, das war ihm noch nie passiert. Egal, wie besoffen er war, egal, wie fertig, bisher hatte sein bestes Stück ihn noch nie im Stich gelassen. Eigentlich hatte er sich bei ihr entschuldigen wollen, aber die Worte blieben ihm im Hals stecken. Wieder hatte er Angst, sich auf der Stelle zu übergeben. Geistesgegenwärtig griff er noch nach seiner Jacke, hob die Hand, um einen Gruß anzudeuten und öffnete so hastig die Tür, als wäre er auf der Flucht.

„Ja, hau nur ab. Ich bin eh froh, wenn ich dich los bin."

Trotz seines desolaten Zustandes hörte er heraus, wie verletzt sie war. Wahrscheinlich suchte sie bei sich den Fehler, aber er schaffte es einfach nicht, etwas Beruhigendes zu antworten. Sie konnte schließlich nichts dafür. Es lag nicht an ihr. Er hörte die Tür hinter sich ins Schloss knallen.

Zu Hause musste er alle Willenskraft aufbringen, sich nicht gleich wieder etwas einzuwerfen. Warum hatte er die Tabletten und das restliche Koks nicht entsorgt, als es ihm wieder besser ging? *Weil ich genau wusste, dass es nur eine Momentaufnahme ist und ich das Zeug bald wieder brauchen werde. Weil ich viel zu schwach bin, um mich endlich zusammenzureißen. Weil ich ein gottverdammter Loser bin.*

Endlich stand er unter der Dusche und das kalte Wasser belebte ihn. Er versuchte, die Selbstvorwürfe zu verdrängen. Sich selbst schlechtzumachen, half ihm doch auch nicht weiter. Allerdings kehrten immer mehr Erinnerungsfetzen zurück, die nicht dazu führten, dass er sich besser fühlte.

Trotzdem würde er sich als Erstes einen starken Kaffee machen und dann weitersehen. Einen Schritt nach dem anderen. Jede Stunde, die er ohne Alkohol und Drogen auskam, war eine gute. Er musste kleine Schritte gehen, sonst wäre der Rückschritt doch vorprogrammiert.

Seine positive Sichtweise wandelte sich jedoch in Sekundenschnelle, als es an der Tür klingelte. Erst war er versucht, nicht zu öffnen, aber dann klingelte es erneut. Genervt stand er auf und fragte misstrauisch durch die Gegensprechanlage, wer da störte.

„Elias, ich bin so froh, dass du zu Hause bist", hörte er die erleichterte Stimme seiner Mutter. Die Wut überfiel ihn so plötzlich, dass ihm kurz schwarz vor Augen wurde und er sich an der Tür abstützen musste.

„Hat Michael schon gepetzt? Das ging ja schnell", ätzte er in unversöhnlichem Tonfall. Kurz hörte er nichts, dann sprach seine Mutter ganz vorsichtig, als wolle sie unter allen Umständen vermeiden, ihn zu reizen.

„Schatz, bitte lass mich rein. Ich mache mir Sorgen um dich. Und nicht nur ich, Michael auch, er meint es doch nicht böse."

Elias rieb sich über die Augen und versuchte, sich zu erinnern, ob seine Mutter noch einen Schlüssel besaß oder ob er ihn ihr abgenommen hatte. Er traute ihr durchaus zu, seine Privatsphäre zu missachten und einfach reinzukommen. Natürlich verstand er tief in seinem Inneren, dass sie es nur gut meinte, aber gerade konnte er ihr Mitleid einfach nicht ertragen.

Trotzdem drückte er den Türsummer, denn er schaffte es nicht, sie wegzuschicken. Wahrscheinlich würde sie zu weinen anfangen, wenn er stur blieb, und das ertrug er nicht.

Nicht nur ihm ging es beschissen, seine Eltern mussten vor Sorge halb umkommen. Trotz dieser Einsicht schaffte er es gerade nicht, sein Leben wieder in den Griff zu bekommen.

Er wartete nicht ab, bis seine Mutter mit dem Aufzug hochfuhr, sondern ging in die Küche zurück, um seiner Mutter ebenfalls eine Tasse Kaffee zuzubereiten.

Er hörte ihre leisen Schritte, als sie sich zögerlich näherte.

Zum Glück kam sie allein, seinen Vater ertrug er kaum und bemühte sich, ihn so selten wie möglich zu sehen. Zu tief saß der Verrat.

Elias war froh, sich um den Kaffee kümmern zu können, die Tätigkeit half ihm, wieder etwas runterzukommen.

Seine Mutter legte ihm die Hände auf die Schultern und sagte sanft: „Danke, dass ich reinkommen durfte. Ich mache mir Sorgen um dich. Michael hat mir erzählt, was gestern passiert ist ...“

Abrupt verstummte sie und Elias drehte sich so schwungvoll um, dass ihre Hände abrutschten. Bevor er gleich wieder laut wurde, reichte er seiner Mutter die Tasse und wies auffordernd Richtung Küchentisch, damit sie Platz nahm.

Seine Hände umfassten krampfhaft die Tasse, nachdem er sich ebenfalls gesetzt hatte, und er war stolz auf sich, nicht laut zu werden, als er knurrend fragte: „Was ist denn gestern laut Michael passiert?"

Die Augen seiner Mutter zuckten schreckhaft, aber sie antwortete mit fester Stimme: „Elias, nimmst du wieder Drogen? Bitte, lass dir doch helfen. Du musst endlich einen Behandlungsplan erstellen lassen. Und ich bin mir sicher, dass es dir guttun würde, wenn du dich in therapeutische Behandlung begibst." Als er wütend auffuhr, hob sie die Hand und wies ihn erstaunlich resolut in die Schranken. „Ich weiß, dass du das nicht hören möchtest, und ich kann wirklich verstehen, dass du nach der Diagnose lieber dein Heil im Vergessen gesucht hast, aber das ist doch keine Dauerlösung. Ich möchte nicht mitansehen, wie sich mein lebenslustiger, liebenswerter Sohn komplett verändert und sich selbst zugrunde richtet." Jetzt schwammen ihre Augen doch in Tränen und Elias sah weg, weil er den Gedanken nicht ertrug, für den Kummer seiner Mutter verantwortlich zu sein. Diese Schuldgefühle auch noch tragen zu müssen, war einfach zu viel. Er schaffte es nicht.

„Du weißt doch, was die Zukunft für mich bereithält. Warum sollte ich mich jetzt vernünftig verhalten? Um das bittere Ende ein wenig hinauszuzögern? Ist es nicht besser, ich genieße jetzt noch mein Leben, bevor es sowieso vorbei ist?" Sein harter Tonfall sorgte dafür, dass seine Mutter nun wirklich zu weinen begann.

Sein Stuhl scharrte laut über den Holzboden, als er ihn schwungvoll zurückschob und aufsprang. Seine Mutter erschrak und brachte unter Tränen hervor: „Schatz, es tut mir leid, ich wollte nicht weinen, bitte renn nicht weg."

Der Kloß in seinem Hals wuchs rasant an, er holte eine Taschentuchpackung und legte sie wortlos seiner Mutter auf den Tisch. Sie ergriff sie und lächelte ihn dankbar an. Nachdem sie sich geschnäuzt hatte, entgegnete sie etwas gefasster: „Du weißt doch überhaupt nicht, wie sich die Krankheit entwickelt, aber vielleicht beschleunigst du einen negativen Verlauf, wenn du dich weiterhin so unvernünftig verhältst. Alles, um was ich dich bitte, ist endlich mit Peter", sie stockte kurz, bevor sie sich verbesserte, wahrscheinlich bereute sie es, ihn durch die vertrauliche Anrede an den Vertrauensbruch seines Vaters zu erinnern. „Ich meinte mit Doktor Brehmer zu sprechen. Vielleicht verläuft deine Erkrankung vergleichsweise harmlos, deshalb ist es extrem leichtsinnig, wie du dich momentan verhältst."

Elias seufzte genervt auf. Natürlich hatte seine Mutter recht mit allem, was sie sagte. Aber er fühlte sich so überfordert, so verloren. Und er hatte eine Scheißangst vor dem, was ihm der Arzt offenbaren würde.

Charlotte sah ihren Sohn bittend an und griff nach seiner Hand und drückte sie aufmunternd.

Er entzog sie ihr nicht und hielt sogar ihrem Blick stand. Schließlich gab er ihr ein kleines Zugeständnis und quetschte hervor: „Ich werde mich um einen Termin kümmern. Aber ob das heute oder nächste Woche sein wird, kann ich nicht sagen. Dräng mich bitte nicht."

„Das finde ich einfach wunderbar. Ich bin stolz auf dich. Und bitte melde dich bei mir, wenn es dir nicht gut geht. Ich bin immer für dich da."

Nun sah er doch weg, als er die leiderfüllte Miene seiner Mutter wahrnahm. Den Schmerz konnte er ihr nicht nehmen. Denn auch wenn er sich zusammenriss und sein Leben wieder versuchte, in geregelte Bahnen zu lenken, würde seine Krankheit nicht verschwinden. Niemals. Sie war von nun an sein Begleiter, wie er in der letzten Zeit immer wieder leidvoll erfahren musste. Das Heimtückische daran war, dass er nie wusste, wann sie zuschlug. Würde eine Behandlung ihm wirklich helfen? Bisher hatte er sich nicht damit befasst, weil er zu viel Angst hatte, was eine Recherche alles ans Tageslicht zerren würde. Im unbarmherzigen Licht würde es zur endgültigen Wirklichkeit werden, die vielleicht noch schrecklicher war, als er dachte.

Er musste das Thema wechseln, bevor er durchdrehte.

„Hast du mal was von Sebi gehört?", fragte er daher.

Seine Mutter lächelte, wahrscheinlich war sie erleichtert, dass er bemüht war, eine Normalität vorzugeben, die aus mehr als Alkohol-, Drogen- und Frauenexzessen bestand.

„Wir wollen ihn nächsten Monat besuchen. Seit dein Vater die Firma an Michael übertragen hat, sind wir so wunderbar flexibel. Warum kommst du nicht einfach mit?"

Elias winkte ab. „Nein, das halte ich für keine gute Idee. Ich würde euch nur die schöne Zeit versauen. Ich werde irgendwann allein zu Sebi fahren."

Sie strich ihm kurz über die Wange und Elias fühlte sich für einen winzigen Moment so geborgen wie ein Kleinkind, das noch auf die magischen Hände seiner Mutter vertraute, die alles wieder richten und heilen konnten.

„Das ist eine schöne Idee und die Zeit mit deinem Bruder tut dir sicherlich gut. Er weiß nicht Bescheid, oder?", fragte sie wieder zögerlich.

„Sebi weiß, dass ich nicht mehr arbeiten darf, aber mehr nicht."

„Da weiß er immerhin mehr als Michael", murmelte seine Mutter fast unhörbar.

Elias schluckte hart, um unangebrachte Worte zu vermeiden. Automatisch wollte er in den Verteidigungsmodus umschalten, aber seine Mutter hatte ja recht. Er schuldete Michael eine Erklärung. Deshalb zog er es vor, jetzt zu schweigen.

Kurz darauf verabschiedete sich seine Mutter mit einer langen Umarmung und Elias fühlte sich plötzlich so allein, als sie gegangen war und ein unangenehmes Frösteln nahm ihn in Beschlag.

14

Meli

Grübelnd betrachtete sie ihr Spiegelbild. Nun stand sie schon mindestens fünf Minuten vorm Spiegel und konnte nichts anderes tun, als sich anzustarren. Wie sie aussah. Total verheult mit rotverquollenen Augen wirkte sie noch unattraktiver als sonst. Sie seufzte, während sie sich endlich von ihrem Anblick losriss. Ein paar Hände kaltes Wasser im Gesicht sorgten kaum für ein besseres Gefühl.

Heute fühlte sie sich ausgelaugt und komplett leer. Als hätte sie gestern mit all der Tränenflut sämtliche Emotionen aus sich herausgespült. Es war einfach nur lächerlich, wie sie sich benommen hatte. Warum musste sie auch so viel in Elias' harmlose Gesten hineininterpretieren? Ein Kerl wie er hatte doch die freie Auswahl. An seiner Stelle würde sie sich auch nicht für sie entscheiden. Die ganze Zeit hatte sie sich versucht einzureden, dass sie nicht in ihn verliebt war. Sie ihn einfach mochte, aber spätestens der gestrige Abend, als sie in seinen sicheren Armen gelegen hatte, hatte sie eines Besseren belehrt. Mit jedem Aufeinandertreffen nahm die Intensität dieses Gefühls zu. Ging tiefer, weitete ihr Herz, drang in jede Pore ein. Warum nur ging ihr Puls jedes Mal so verräterisch schnell, wenn er sich ihr näherte? Wenn er ihr so egal wäre, wie sie sich einzureden versuchte, dann hätte er niemals so eine Tränenflut auslösen können. Dann könnte es ihr egal sein, wenn er mit einer anderen schlief, während er sie einfach abserviert hatte. Mit ihr hatte er nicht nach Hause gehen wollen. Meli war sicherlich keine Frau, die mit jedem Typen ins Bett sprang. Seit sie sich von ihrem Freund getrennt hatte, gab es für sie keinen Sex mehr. Sie konnte Sex und Gefühle nicht trennen. Irgendetwas musste sie für den Mann empfinden, ansonsten könnte sie sich niemals vorstellen, mit ihm zu schlafen.

Aber Elias berührte sie so tief, wie es noch keinem anderen Mann gelungen war. Er verwirrte ihre Sinne, er brachte sie komplett durcheinander und natürlich konnte sie auch sein gutes Aussehen nicht ganz außer Acht lassen. Dieser Mann wäre perfekt, wären da nicht seine unerklärlichen Stimmungsschwankungen. Wäre da nicht dieses mächtige Wort: Drogen. Meli schluckte ein paar Mal, als sie sich an den gestrigen Abend erinnerte.

Ihre Vernunft sagte ihr, dass sie Elias vergessen sollte. Er tat ihr nicht gut und vielleicht würde er Meli mit in den dunklen Sog ziehen, der ihn magisch anzog.

Aber ihr Herz sagte ihr, dass irgendetwas nicht stimmte. Nachdem er sie gestern fast zu Boden gerissen hatte, hatte er komplett verstört ausgesehen. Und als er die Tanzfläche verlassen hatte, war sein Gesichtsausdruck so verzweifelt gewesen. Das Bedürfnis für ihn da zu sein, dahinter zu kommen, was ihn bedrückte, das

Geheimnis zu erfahren, was ihn so aus der Bahn warf, war so groß, dass sie sich einfach nicht von ihm fernhalten konnte. Es war so stark, dass es ihren Verstand einfach aushebelte und auf Sendepause setzte.

Mechanisch bürstete sie ihr Haar und ausnahmsweise schminkte sie sich, da sie die verräterischen Spuren der Tränen beseitigen wollte. Weder hatte sie Lust, dass ihre Familie sie darauf ansprach, noch wollte sie Luises und Sophies Mitleid ernten.

Luise wusste zwar, dass sie für Elias schwärmte, aber dass ihre Gefühle mittlerweile doch etwas tiefer gingen, war ihr wahrscheinlich nicht klar. Sie nahm sich vor, heute nicht über Elias zu sprechen, sondern sich von den Mädels ablenken zu lassen.

Eine gute halbe Stunde später stand sie vor Henry Haus. Obwohl sie schon einige Male bei Luise gewesen war, staunte sie jedes Mal wieder über dieses luxuriöse Anwesen. Sie gönnte es ihrer Freundin von Herzen, zumal sie wusste, dass Luise in einer noch prächtigeren Villa aufgewachsen war. Dennoch ging ihr nicht in den Kopf, warum zwei Personen ein derart großes Haus benötigten. Die Wohnung ihrer Eltern würde mindestens viermal reinpassen, dachte sie belustigt, und sie wohnten zu siebt dort.

„Hallo Süße, komm rein. Was grinst du denn so?", fragte Luise neugierig, als sie auf ihr Klingeln geöffnet hatte. Wahrscheinlich hatte sie damit gerechnet, dass Meli Trübsal blasen würde.

„Ich habe mir nur gerade vorgestellt, wie Henry sich regelmäßig in seinem Haus verläuft. Wie kann man allein nur in so einem großen Anwesen leben?", flüsterte sie leise, damit Luises Freund sie nicht hörte.

„Du musst nicht flüstern. Henry ist gar nicht da, den habe ich ins Fitnessstudio geschickt, damit wir in Ruhe quatschen können."

„Ihr habt ja nicht genügend Zimmer, als dass er sich hier zurückziehen könnte", zog Meli sie auf.

„Henry ist neugierig. Nicht, dass er uns doch belauscht hätte", gab Luise lachend zurück.

Meli zog es vor, nicht darauf einzugehen, da sie sich schon denken konnte, auf was Luise anspielte.

Sie folgte ihrer Freundin in den großzügigen Ess-Wohn-Bereich und half ihr beim Tischdecken.

Kurz darauf klingelte es erneut und Luise ließ Sophie herein, die noch ziemlich verschlafen aussah.

„Habt ihr gestern noch länger gefeiert?", fragte Meli ein wenig amüsiert.

„Als Henry und ich aufgebrochen sind, waren Sophie und Liam noch fleißig am Feiern." Luise grinste Sophie vielsagend an.

Die stöhnte und legte den Kopf auf die Tischplatte. „Hast du einen extrastarken Kaffee für mich?"

Nachdem Luise ihr eine Tasse hingestellt hatte und sie ein paar große Schlucke getrunken hatte, verteidigte sie sich: „Liam und ich haben uns monatelang nicht gesehen. Zum Glück ist endlich sein Praktikum in LA vorüber und er hat jetzt hier in Hamburg in einem Architekturbüro angefangen. Nun sind wir gerade unzertrennlich und verbringen jede freie Minute miteinander." Sophie lächelte entrückt, als sie wohl an ihren Freund dachte.

„Ihr beiden habt so ein Glück. Henry und Liam tragen euch auf Händen und ihr bedeutet ihnen alles. So etwas habe ich noch nie erlebt. Nach mir war ein Mann noch nie verrückt." Rasch biss Meli von einem Marmeladenbrötchen ab, um zu vertuschen, dass sie nicht weitersprechen konnte.

Luise hingegen ließ ihr Brötchen unangetastet auf dem Teller verweilen und legte tröstend den Arm um sie.

„Das wird schon. Elias wird noch erkennen, was er an dir hat."

Während Meli nur hilflos mit den Schultern zuckte, erkundigte sich Sophie neugierig: „Sorry, ich hatte gestern nur Augen für Liam. Hast du mit Elias gesprochen?"

„Ja, habe ich. Wir haben sogar zusammen getanzt", gab sie emotionslos Auskunft.

„Klingt eigentlich perfekt, warum schaust du so traurig?", fragte Sophie anteilnehmend.

So viel zum Thema, sie würde nicht über Elias reden. Meli begann zu erzählen und sie spürte selbst, dass es ihr guttat, mit den Mädels über ihn zu sprechen. Es half ja nichts, wenn sie alles mit sich allein ausmachte.

„Und du hast jetzt seine Telefonnummer?", vergewisserte sich Sophie. Als Meli nickte, fragte sie verständnislos: „Worauf wartest du? Ruf ihn doch an."

Meli presste die Lippen aufeinander und schüttelte so heftig mit dem Kopf, dass ihre Haare wild umherflogen.

„Warum denn nicht, du hast doch nichts zu verlieren? Falls er blöd reagiert, ist er ein Arschloch, das dich gar nicht verdient hat."

Meli wollte Sophie nichts von Elias' Drogenkonsum erzählen, bei Luise war es etwas anderes. Sie war ihre beste Freundin und würde es für sich behalten. Aber Elias wäre bestimmt nicht begeistert, wenn er erfuhr, dass sie es überall herumtratschte. Auch von ihren Befürchtungen wollte sie nichts erzählen, deshalb konnte sie Sophie natürlich nicht klarmachen, warum sie immer noch Verständnis für ihn hatte.

„Elias steht nicht auf mich. Das hat er mir gestern deutlich gemacht, aber haltet mich für blöd, ich wäre dennoch gern mit ihm befreundet. Ich mag ihn und möchte ihn wenigstens als Freund haben."

Luises besorgter Blick ruhte auf ihr, aber sie schien sich ihre Worte erst einmal durch den Kopf gehen zu lassen. „Wenn du denkst, dass du das aushältst, dann probiere es. Vielleicht empfindet er doch mehr, als du denkst."

„Wenn ich meinen Mut zusammennehme, kann ich ihm ja mal eine Nachricht schreiben", meinte Meli etwas zuversichtlicher. Nachdem sie die Mädels darin bestärkt hatten, schlug sie vor: „Und jetzt lasst uns bitte von etwas anderem reden. Ich denke sowieso schon viel zu viel an den Kerl." Als sein Anblick vor ihrem geistigen Auge auftauchte, konnte sie ein Lächeln einfach nicht verhindern. Am liebsten würde sie die ganze Zeit an ihn denken und über ihn reden, aber das tat ihr definitiv nicht gut und deshalb wäre sie froh über Ablenkung.

Als Luise laut in die Hände klatschte, stieß sie vor Schreck gegen ihre Kaffeetasse und verschüttete dabei den halben Inhalt.

Während sie mit hochrotem Kopf mit ihrer Serviette den Kaffee aufwischte, entschuldigte sich Luise lachend: „Sorry, aber ich habe ganz vergessen, euch die brandheißen News mitzuteilen."

Sie schwieg und sonnte sich in der ungeteilten Aufmerksamkeit ihrer Freundinnen.

„Ich werde wieder Tante. Emilia hat gestern keinen Alkohol getrunken und da wurde ich stutzig." Luise grinste bis über beide Ohren.

„Was? Emilia ist wieder schwanger? Das ging ja schnell", meinte Sophie etwas fassungslos.

„Na ja, Lia ist jetzt eineinviertel Jahre, das ist doch ein toller Abstand, dann können die Kleinen später miteinander spielen. Raphael ist ja zehn Jahre älter als ich und obwohl ich ihn über alles liebe, ist er für mich nie wirklich wie ein Bruder gewesen. Als ich spielen wollte, war er ein Teenager, der ganz andere Interessen hatte. Wir sind uns erst nähergekommen, als ich im Teenageralter war, und da war er mehr Aufpasser als Bruder. Ich kam mir manchmal wie ein Einzelkind vor."

„Katharina ist zwei Jahre älter und wir verstehen uns nicht besonders", grummelte Sophie, deren Laune sichtbar sank, als sie an ihre Schwester dachte.

„Ich finde, das sind wunderbare Neuigkeiten. Zwar möchte ich nicht so viele Kinder wie meine Eltern, aber zwei oder drei sind schon toll. Und du und Henry könnt dann weiterhin üben."

„Sprichst du nun vom Kindermachen oder von der Kinderbetreuung? Ich kann dich beruhigen, Ersteres beherrschen wir hundertprozentig und beim anderen bin ich mir nicht sicher, ob Henry überhaupt Kinder möchte." Luises Wangen hatten sich rosig gefärbt.

Meli konnte nicht erkennen, ob sich ihre Freundin an dem Gedanken störte.

„Habt ihr noch nie darüber geredet?"

„Ich bin ja erst fünfundzwanzig und noch mitten im Studium, für mich sind eigene Kinder noch unendlich fern."

Luises Blick wanderte von einer Freundin zur anderen und sie fragte erstaunt: „Sieht das bei euch etwa anders aus?"

Sophie platzte heraus: „Momentan ist das bei uns auch kein Thema, aber in zwei Jahren oder so könnte ich mir das schon vorstellen."

Luise riss die Augen auf und starrte ihre beste Freundin an. „Echt jetzt?"

Sophie lachte und stupste Luise an. „Mach deinen Mund wieder zu."

„Und du?" Jetzt wollte es Luise anscheinend ganz genau wissen.

„Ich liebe Kinder, wie du weißt. Mit dem richtigen Partner an meiner Seite könnte ich mir schon bald eigene Kinder vorstellen. Wenn ich mit Marc zusammengeblieben wäre, hätten wir wahrscheinlich bald mit der Planung angefangen."

„Ich kann nicht fassen, dass wir über eigene Kinder reden. Wir werden alt", murmelte Luise ein klein wenig verstört vor sich hin.

„Würde es dich gar nicht stören, keine Eigenen zu haben? Du liebst Lia doch über alles", sagte Sophie nach einem kurzen Moment des Schweigens.

Luise zuckte mit den Schultern. „Keine Ahnung, wir haben ja noch Zeit. Klar wäre Henry wahrscheinlich nicht begeistert, wenn er erst Mitte vierzig Vater werden würde, aber es ist ja nicht abwegig. Und bis dahin genießen wir unsere Zweisamkeit in vollen Zügen." Luise grinste anzüglich.

Meli freute sich für Emilia, die gestern so glücklich wirkte. Jetzt wusste sie auch, warum. Es musste wunderbar sein, so ein kleines Würmchen unter dem Herzen zu tragen.

Ein zweites Wunder würde Emilias Liebe zu Raphael krönen und ihr Glück noch perfekter machen.

15

Elias

Seine Mutter war noch keine Stunde verschwunden und er langweilte sich. Entweder gab er seinem Drang nach und holte sich ein Bier oder er ging jetzt raus und unternahm etwas. Egal was, Hauptsache, er lenkte sich ab. Das Blöde war nur, dass er keine Ahnung hatte, was er tun sollte. Vielleicht sollte er einfach mal ausprobieren, welche Hobbys er noch ausüben konnte. Immerhin ging es ihm doch die meiste Zeit gut. Er saß noch weitere fünf Minuten auf der Couch, unfähig, eine Entscheidung zu treffen, bevor er endlich aufstand, um seine Sporttasche zu packen. Beim Bouldern könnte er seine Koordinationsfähigkeit testen und sich ein wenig auspowern. Es tat ihm nicht gut, nur noch faul zu Hause herumzuhängen. Er sollte zusehen, halbwegs fit zu bleiben, solange das noch möglich war.

Sein Handy vibrierte, als er gerade die Wohnungstür öffnen wollte. Gewohnheitsmäßig fasste er an die Hosentasche, doch da war es nicht. Kurz war er versucht, einfach ohne Handy aus dem Haus zu gehen, da hielt ihn die Vernunft ab. Er konnte einfach nicht wissen, ob er nicht in eine Situation geriet, in der er auf Hilfe angewiesen wäre.

Deshalb ließ er die Sporttasche fallen und kehrte noch mal um. Das Handy lag neben der Kaffeemaschine und als er drauftippte, schlug sein Herz plötzlich so rasant, als hätte er gerade einen doppelten Espresso inhaliert.

Er musste sich glatt setzen, so weich fühlten sich seine Knie an.

Hallo Elias, hier ist Meli. Ich hoffe, es stört dich nicht, dass ich dir schreibe. Michael war so nett und hat mir deine Nummer gegeben. Ich wollte einfach mal hören, wie es dir geht und würde mich freuen, wenn du dich bei mir meldest. Liebe Grüße, Meli

Sein Gehirn hatte mittlerweile den weiteren Verlauf der Party rekonstruiert und er war sich ziemlich sicher, dass Meli sein Auftritt und Abgang mit der Kleinen nicht verborgen geblieben war. Warum war sie so hartnäckig? Sie schien sich wirklich für ihn zu interessieren. Allerdings dämpfte ein Gedanke das wohlige Gefühl, das er gerade verspürte. Meli ahnte etwas. Da war er sich sicher. Sie spürte, dass ihn etwas belastete, immerhin hatte er sich ziemlich verändert und ihn würde nicht wundern, wenn Michael ihr seine Sorgen anvertraut hätte. Obwohl er im ersten Moment unangenehm berührt war, konnte er erstmals die Frage zulassen, ob das denn so schlimm wäre. Vielleicht war er irgendwann bereit, sich ihr anzuvertrauen. Vielleicht war es sogar leichter, mit ihr zu sprechen als mit seinen Brüdern oder seinem besten Freund.

Und dann? Anschließend würde Meli sich um ihn mit einem Hauch Mitleid, einer großen Portion Mitgefühl und einem Sack voller Pflichtgefühl kümmern. Niemals würde sie ihm einen begehrlichen Blick zuwerfen, der ihr Verlangen deutlich machte. Dann wäre Meli endgültig auf der Position *gute Freundin* gelandet und das ganz ohne sein Zutun.

Noch hatte er es in der Hand, ob er sie an sich heranließ. Sobald sie die Wahrheit wusste, gab er das Zepter aus der Hand und drängte sie in eine Rolle, in der er sie nicht sehen wollte. Er wollte Meli in seinem Bett und an seiner Seite, sie tat ihm so unfassbar gut. Sie weckte Lebensgefühle in ihm, die er verloren dachte. Und vor allem weckte sie einen Kampfgeist in ihm. Nur wegen ihr machte er sich gerade auf den Weg in die Kletterhalle. Er wollte sich selbst beweisen, dass er nicht krank war. Dass er einen adäquaten Partner abgeben konnte. Und nahm sich fest vor, sobald er zurück war, einen Termin beim Spezialisten zu vereinbaren. Zuvor wollte er aber Meli noch antworten.

Schön von dir zu hören, Meli. Sorry, dass ich gestern so unhöflich war und dich einfach stehen gelassen habe. Aber mir ging es nicht so gut.

Den letzten Satz löschte er, nur um ihn kurz darauf erneut zu schreiben. Bevor er es sich anders überlegen konnte, schickte er die Nachricht ab. Sein revoltierender Magen trug nicht dazu bei, dass sein Unwohlsein nachließ. Immer noch fühlte er sich schwach auf den Beinen und er sah, dass Meli die Nachricht fast umgehend gelesen hatte. Schon sah er, dass sie antwortete und sein Herz gab noch einmal gehörig Gas, was ihn fast das Handy fallen ließ.

Magst du reden?

Okay, die Frage hatte er ja richtiggehend provoziert. Aber war er bereit dazu?

Ich weiß es nicht. Aber ich würde dich gerne sehen, falls du Lust hast.

Heute? Ich muss lernen und nachmittags muss ich auf meine beiden kleinsten Geschwister aufpassen.

Elias grübelte, ob das nun eine höfliche Abfuhr war oder ob Meli die Wahrheit sagte. Andererseits war sie ein ehrlicher Mensch und er konnte sich nicht vorstellen, dass sie die Kids vorschob. Deshalb schlug er vor, sich mit den Kindern zu treffen. Am Spielplatz oder auf dem Fußballplatz, was sie eben gerne mochten. Insgeheim war es ihm ganz recht, Melis Geschwister würden als Puffer dienen, falls Meli ihm zu nah kam. Tiefer in seinem Inneren grub, als er ertragen konnte.

Wenn es dich nicht stört?
Keine Sorge, ich mag Kinder, wir hatten doch neulich mit meinen Nichten auch viel Spaß, oder?

Diesmal wartete er etwas länger auf ihre Nachricht und er wusste nicht, ob seine Anspielung auf die gemeinsame Zeit im Garten seines Bruders der Grund war. Auch damals hatte er sich komisch verhalten, zwar nicht wirklich unfreundlich, aber merkwürdig. Elias stöhnte frustriert. Bei seinem Auftreten wunderte es ihn sowieso, dass Meli überhaupt noch etwas mit ihm zu tun haben wollte. Sie war das liebreizendste und sanfteste Wesen, was er jemals getroffen hatte. Meli war so rein und unschuldig, sie verdiente es, wie eine Prinzessin behandelt zu werden. Was tat er stattdessen? Er trampelte ständig auf ihren Gefühlen herum.

Dann komm doch am besten bei mir vorbei und wir gehen dann gemeinsam auf den Spielplatz. Ich freue mich.

Meli gab ihm sogar ihre Adresse, damit hätte er nicht gerechnet. Ein Lächeln stahl sich in sein Gesicht. Denn das machte das Ganze vertraulicher, sie erreichten eine intimere Basis ihrer Beziehung. Ein Blick auf die Uhr sagte ihm, dass er noch genügend Zeit hatte, um zum Sport zu fahren.

Drei Stunden später kehrte er aufgekratzt und übermütig in seine Wohnung zurück. Erstmals fühlte er sich nicht lethargisch, sondern voller Energie. Das Bouldern hatte ihm gutgetan. Er hatte alle Kletterwände beherrscht und sein Körper hatte ihn nicht im Stich gelassen. Zwar war ihm bewusst, dass es nicht ganz risikoarm war, ohne Sicherung zu klettern, aber das Wörtchen Vernunft kam in seinem Sprachgebrauch ohnehin gerade nicht vor. Und jetzt hatte er sich selbst bewiesen, dass er es noch draufhatte. Er hatte seine Angst bezwungen und das hatte ihm einen riesengroßen Motivationsschub mitgegeben.

Bevor er es sich anders überlegen konnte, rief er gleich im neurologischen Kompetenzzentrum an, um einen Beratungstermin zu vereinbaren. Sie waren zum Glück auch am Wochenende erreichbar. Während es klingelte, war er versucht, einfach aufzulegen, doch als jemand abnahm, zwang er sich, es durchziehen. Er bekam kaum etwas mit und notierte sich sicherheitshalber gleich den Termin, weil er befürchtete, ihn gleich wieder zu vergessen. Das kurze Gespräch hatte ihn vollkommen ausgelaugt, wie es schien.

Langsam ließ er das Telefon auf den Tisch gleiten, kaum in der Lage, den Hörer länger festzuhalten. Auf der einen Seite verspürte er Erleichterung, endlich diesen großen Schritt getan zu haben, zugleich wuchs seine Angst ins Unermessliche, was bei dem Termin alles herauskommen würde. Bisher hatte er es unterlassen, im Internet zu recherchieren, ihm hatte schon gereicht, was ihm der Arzt mitgeteilt hatte, als er die Diagnose gestellt hatte. Damals hatte er komplett unter Schock gestanden und wusste heute die Hälfte von dem, was der Professor ihm erklärt hatte, gar nicht mehr. Er hatte es genauso verdrängt wie die Krankheit an sich. War er wirklich bereit dafür? Andererseits war es unbestreitbar, dass sein Körper ihm jetzt schon Grenzen aufzeigte. Entweder würde er es auf die harte Tour kennenlernen oder er bereitete sich lieber darauf vor. Die Krankheit war schon in vollem Gang, da half es nicht, die Augen zu verschließen. Ab heute nahm er sich vor, das Beste aus seiner Situation zu machen und das Leben zu genießen, soweit das momentan möglich war.

Jetzt musste er sich allerdings beeilen, wenn er pünktlich bei Meli sein wollte. Geduscht hatte er schon, mit seiner Jeans, schwarzem Poloshirt und Sneakers konnte er sich bei ihr sehen lassen. Aber er musste dringend zum Friseur, das würde er als Nächstes in Angriff nehmen. Zwar stand ihm die wilde Surferboy-Frisur, aber er hatte es doch gern etwas gepflegter. Seinen Bart konnte man auch nicht wohlwollend als Dreitagebart bezeichnen, aber jetzt blieb ihm keine Zeit mehr zum Rasieren. Meli hatte ihn schließlich erst gestern im selben Style gesehen und würde schon nicht schreiend wegrennen.

Auf dem Weg zu Meli war jeder Gedanke an seine Krankheit verschwunden, nur sie war in seinem Kopf präsent. Die Ungeduld und Sehnsucht, die er verspürte, überraschten ihn selbst. Aber der gestrige Abend war bis zu dem Desaster so wunderschön gewesen, er wollte immer solche wunderbaren, unbeschwerten Momente mit ihr erleben. Er war schon jetzt süchtig danach und gab es auf, sich etwas anderes vorzumachen. Bisher hatte er die Tatsache, dass Meli etwas in ihm auslöste, immer weit von sich gewiesen, da er sich nicht mit den einhergehenden Konsequenzen befassen wollte.

Damit war jetzt Schluss, er würde diesen verwirrenden Gefühlen auf den Grund gehen und sich nicht mehr gegen diese lebensbejahenden Momente versperren. Meli kratzte schon zu lange an den vielen Schichten Beton, die er um sich herum errichtet hatte, als dass er der Intensität ihrer Attacke keine Beachtung schenken könnte. Denn sie verwendete dabei nicht ihre Fingernägel, sondern bediente sich ganz praktisch Hammer und Meißel.

Kurz suchte er unter der Vielzahl an Klingelschildern nach ihrem Familiennamen Heinrich und drückte es dann energisch.

„Wir sind schon fertig und kommen gleich runter", ertönte kurz darauf Melis fröhliche Stimme, die ihm eine wohlige Gänsehaut bescherte, während er auf dem Gehweg wartete.

Die Kinder kündigten sich durch ihr Gebrüll im Treppenhaus an, bevor er sie sah. Als Meli die Haustür öffnete, rannten die beiden Kinder schon auf ihn zu.

„Hallo, bist du Melis Freund? Gehen wir auf den Spielplatz?", fragte die Kleine ihn mit großen Augen.

„Hallo Elias, das sind Johanna und Sven." Melis warmes Lächeln ließ ihn für einen kurzen Augenblick die gesamte Welt vergessen. Meli hatte das süßeste Lächeln, das er jemals gesehen hatte.

Erst als Johanna an seinem Arm zog, lenkte er seine Aufmerksamkeit von Meli weg hin zu den Kindern.

„Ja, ich bin Melis Freund und ich begleite euch auf den Spielplatz", erklärte er und hörte Meli lautstark Luft holen. Anscheinend hatte er sie mit seinen Worten ein wenig konfus gemacht.

Schweigend liefen sie ein paar Meter, während er am Rande die etwas heruntergekommene Wohngegend wahrnahm, die im krassen Gegensatz zu seiner gepflegten stand. Die Kinder rannten schon mal voraus. Da Elias nicht wusste, was er sagen sollte, fragte er, wie weit es bis zum Spielplatz wäre.

Meli schien froh zu sein, dass er eine Frage stellte und begann ein wenig von ihren Geschwistern zu erzählen. Am Spielplatz wies sie auf eine freie Bank und sie setzten sich.

„Also steht dir Sandra am nächsten, aber ihr seht euch nicht mehr oft, seit sie weggezogen ist. Vermisst du sie sehr?", fragte Elias interessiert, nachdem er versucht hatte, sich alle Namen zu merken.

Meli sah sich nach ihren Geschwistern um, bevor sie ihm einen kurzen Blick schenkte. Sie sah verunsichert aus, was ihn verwunderte.

„Ich habe nicht so viele Freunde. Bevor ich mich mit Luise anfreundete, gab es nur meinen Freund und meine Schwester."

Bei dem Wort Freund setzte er sich augenblicklich kerzengrade hin und fuhr sich durch die Haare. Der Gedanke, dass Meli einen Freund haben könnte, war ihm nie gekommen. Wie lächerlich, warum sollte sie allein sein? *Nicht nur ich werde erkannt haben, was für eine tolle Frau sie ist.*

„Dann zog Sandra weg und meine Beziehung ging in die Brüche. Wäre Luise nicht gewesen, hätte ich ziemlich allein dagestanden."

Elias stieß die Luft aus, die er unwillkürlich angehalten hatte und fühlte eine Erleichterung, die ihn augenblicklich überforderte. Aber der Gedanke, dass Meli für ihn unerreichbar sein könnte, weil sie vergeben war, war unerträglich. Hätte sie einen Freund gehabt, wäre sie tabu für ihn gewesen. Ohne es zu bemerken, griff er nach ihrer Hand und drückte sie.

„Das war nicht nur für dich ein Glücksfall, ich hätte dich ansonsten auch nie kennengelernt."

Elias sah sie sanft an, während Meli die Augen aufriss und ihr Lächeln erstarb. Anscheinend kam sie mit seiner direkten Art nicht klar und er hatte sie gehörig überrumpelt. Sie entzog ihm die Hand und sprang hastig auf.

„Ich schaue mal, was die Kinder machen", kam ihr atemlos über die Lippen und so schnell konnte er gar nicht gucken, da war sie schon hinter dem nächsten Kletterturm verschwunden. Kurz darauf erhob er sich ebenfalls und gesellte sich zu ihr und den Kindern.

„Spielen wir fangen?", schlug Sven vor und Elias stimmte erleichtert zu, froh, dass die unangenehme Spannung zwischen ihnen dadurch unterbrochen wurde.

Ausgelassen tobten sie eine Weile mit den Kindern über die Wiese. Nach einer Weile holte Sven seinen Ball und kickte mit Elias, während Johanna lieber schaukeln wollte. Irgendwann rief Meli nach ihnen, da Abendbrotzeit war.

Murrend folgten Sven und Johanna ihrer großen Schwester, sie wussten schon, dass Betteln zwecklos war.

Als die Kinder erneut vorrannten, waren Meli und Elias das erste Mal seit zwei Stunden wieder allein und wieder drückte die Sprachlosigkeit ihm aufs Gemüt. Schließlich beschloss er, nicht länger um den heißen Brei zu reden, sondern fragte Meli direkt: „Habe ich dich vorhin irgendwie überfallen? Tut mir leid, das wollte ich nicht."

Meli warf ihm einen Seitenblick zu und pustete sich eine Haarsträhne aus dem Gesicht. Dann blieb sie stehen, stemmte die Hände in die Hüften und ihr provokativer Tonfall überraschte ihn erneut. „Was willst du von mir? Neulich hast du mir vorgeworfen, ich würde mich dir an den Hals werfen. Gestern bist du mit dieser …" Sie verstummte und er konnte sich schon denken, dass sie auf seinen Abgang anspielte.

„Und nun suchst du meine Nähe und sagst so komische Dinge. Ich werde nicht schlau aus dir."

Elias konnte sich ein Grinsen einfach nicht verkneifen, als er Meli so aufgebracht erlebte. Sie sah so unfassbar scharf aus, dass er sie am liebsten geküsst hätte. Allerdings befürchtete er, dass Meli das nicht so lustig finden würde.

„Was gibt es da zu grinsen?", fragte sie misstrauisch, mit zusammengekniffenen Augen.

„Sorry, ich wollte nicht lachen. Aber es steht dir, wenn du mich so abkanzelst. Ich kann dir keine zufriedenstellende Antwort geben. Aber ich mag dich und ich verbringe gern Zeit mit dir. Neulich war ich nicht ich selbst, das, was ich zu dir gesagt habe, war totaler Bullshit."

Meli sah ihn so durchdringend an, dass ihm ziemlich heiß wurde. Fast war er versucht, sich über die Stirn zu wischen. Sie schüttelte ganz leicht den Kopf, als sie sagte: „Elias, ich weiß nicht, was dein Problem ist, aber vielleicht solltest du es erst mal in den Griff bekommen, bevor wir noch mehr Zeit miteinander verbringen. Denn ich ertrage deine wechselnden Launen einfach nicht. Ich weiß nie, ob du heute charmant sein wirst oder mich doch lieber wieder von dir stößt."

Er wollte Meli beruhigen, sie in den Arm nehmen, sich wieder und wieder entschuldigen und doch tat er nichts von all dem. Sie funkelte ihn noch eine Weile herausfordernd an, dann drehte sie sich weg und eilte ihren Geschwistern nach. Er hielt sie nicht zurück, denn ihr Vorwurf hatte ihn wieder einmal aus dem Sattel geworfen. Immer noch saß er viel zu instabil, als dass er ihrer Attacke hätte standhalten können. Was war denn los mit ihr? Immerhin hatte sie den Kontakt zu ihm gesucht. Wahrscheinlich hatte sie gehofft, er würde ihr endlich sagen, was mit ihm nicht stimmte.

Meli war schon lange hinter der nächsten Kurve verschwunden und erst wütendes Fahrradgeklingel riss ihn aus seiner Starre. Mechanisch setzte er einen Fuß vor den anderen, um irgendwie die U-Bahnstation zu erreichen. Diesmal hatte Meli ihm keine Energie geschenkt, sondern ihm sämtliche Reserven abgezapft und mitgenommen. Froh in der Bahn endlich sitzen zu können, lehnte er den Kopf am Fenster an und schloss erschöpft die Augen.

Auch wenn ihn ihr unerwartetes Verhalten schockiert hatte, musste er ihr zugestehen, dass sie sich vor ihm schützen wollte. Meli war sensibel und feinfühlig, nur deshalb hatte sie von Beginn an gespürt, dass etwas mit ihm nicht stimmte. Gleichzeitig machte es sie aber unfassbar verletzlich und er wollte nicht für ihre Zerstörung verantwortlich sein. Und schlussendlich würde er sie mit in den Abgrund ziehen. Er hielt sie nicht für stark genug, seine Launen und Abstürze mitzutragen, denn er konnte ihr einfach nicht versprechen, dass es ab jetzt nicht mehr passieren würde.

Sobald er zu Hause angekommen war, holte er, ohne über die Konsequenzen nachzudenken, eine kleine Dose mit Koks hervor. Er zog sich eine Line und da er sein Röhrchen nicht fand, nahm er einfach einen Geldschein. Obwohl er wusste, dass man das aus hygienischen Gründen nicht machen sollte, war ihm seine Gesundheit gerade scheißegal. Er lachte beinah hysterisch auf, seine Nase war gerade sein geringstes Problem, und falls er sich irgendwelche Bakterien davon einfing, wäre auch das in seinem Fall nur zweitrangig.

Nach nur wenigen Minuten begann die Droge zu wirken. Elias fühlte sich aufgeputscht und euphorisch. Gerade kam er sich unbesiegbar vor und er lief in die Küche, um sich einen Drink einzuschenken. Anschließend zog er sein Handy aus der Tasche und begann zu tippen.

16

Meli

Endlich waren die Kinder im Bett und Meli hatte gerade ihre Bücher aufgeschlagen und sich auf ihrem Schreibtisch ausgebreitet, als ihr Handy ertönte. Seit sie vor Elias geflohen war, hatte sie es in ihrer Handtasche gelassen. Denn sie hatte Angst gehabt, dass Elias etwas schreiben würde, was sie erneut einknicken ließ. Sie fühlte sich sowieso schlecht, denn sie hatte Elias zu dem Treffen animiert. Was hatte sie sich nur dabei gedacht, Michael zu versprechen, sich um Elias zu kümmern? Warum dachte sie immer erst an die anderen, anstatt an sich? Heute Nachmittag hatte sie erstmals etwas für sich getan, was dazu geführt hatte, dass sie sich jetzt mit Schuldzuweisungen plagte. Elias hatte ihr nichts getan und sie hatte nichts Besseres im Sinn gehabt, als ihn grundlos vor den Kopf zu stoßen. Aber sie war mit seinen wahrscheinlich vollkommen harmlosen Worten komplett überfordert gewesen. Seine Aussage hatte sie sich schon an seine Seite träumen lassen. Sie sah sich schon als die zukünftige Mrs. Reinhardt. Okay, das war jetzt wirklich übertrieben, aber sie wollte sich nicht in etwas verrennen, was Elias ihr dann schlussendlich wieder zum Vorwurf machen würde. Trotzdem war ihr Verhalten unfair gewesen.

Der Blick auf ihr Handy ließ sie nicht ruhiger werden. Die Vielzahl an Nachrichten überforderte sie gerade maßlos. Verdammt, was hatte sie da nur angerichtet? Eigentlich hatte sie es nur gut gemeint, als sie ihn gefragt hatte, wie es ihm ging. Und jetzt sah es so aus, als hätte sie ihm noch einen zusätzlichen Stoß gegeben, der ihn auf direktem Weg in die Hölle geleitete.

Meli starrte so lange auf ihr Handy, bis ihr die Sicht verschwamm und sie zu schluchzen begann. Was hatte sie da nur angerichtet?

Süße, magst du nicht vorbeikommen und mein Bett wärmen? Ich vermiss dich und deinen heißen Körper. Wir könnten eine Menge Spaß haben.

Während seine ersten Nachrichten, die alle in ähnlicher Art verfasst waren, sie noch wütend und sprachlos gemacht hatten, wandelte sich der Inhalt zusehends. Nach einer Stunde wurden sie plötzlich düster und finster. Etwas, das sie mit Elias nicht in Einklang brachte, egal, wie durcheinander er zwischenzeitlich gewirkt hatte.

Ich weiß nicht mehr weiter. Mein Leben ist im Arsch, ich bin im Arsch. Oder bin ich ein Arsch?

Ich liege am Boden, liege in meiner eigenen Kotze. Meli, bitte hilf mir. Was soll ich ohne dich tun?

Du bist das kleine Licht in der Dunkelheit. Ich bin die Dunkelheit, ich werde dich ersticken, du kannst gar nichts dagegen tun. Halte dich fern von mir.

Scheiße, ich kann einfach nicht mehr …

Sie warf einen panischen Blick auf die Uhr, den ganzen Spätnachmittag hatte er ihr Nachrichten geschickt. Seit der letzten war nun schon eine halbe Stunde vergangen. Meli schaffte es einfach nicht, ihre Schluchzer zu unterdrücken, Panik überfiel sie, die kalte Schauer über ihren Rücken jagte, und sie fühlte sich gerade komplett hilflos. So kopflos kannte sie sich überhaupt nicht. Was war, wenn Elias sich etwas angetan hatte? Ihre Hände zitterten so sehr, dass sie beim Versuch, ihn anzurufen, das Handy fallen ließ. Erst nach drei Anläufen hatte sie endlich seine Nummer gedrückt, hielt sich das Handy ans Ohr und lauschte dem endlosen Tuten, das sie in seiner Eintönigkeit endgültig an ihre Grenzen brachte.

„Jetzt geh endlich ran", rief sie so laut, dass sie sich erschrocken die Hand vor den Mund schlug. Hoffentlich hatte sie nicht eins der Kinder aufgeweckt.

„Mama?", kam schon Johannas verzweifelter Ruf. Als sie nicht gleich reagierte, begann ihre Schwester zu weinen und rief nach ihr. Zerrissen, ob sie zu ihrer Schwester gehen sollte oder Michael anrufen, eilte sie zu Johanna.

„Mama ist noch nicht zu Hause. Sie kommt aber gleich, meine Süße." Sie drückte ihr einen Kuss auf die Stirn.

„Ich habe was Schlechtes geträumt", jammerte Johanna und klammerte sich an sie.

„Was hast du denn geträumt?", fragte sie ruhig, während in ihr ein heftiger Orkan tobte, der ihr den Atem raubte.

„Weiß nicht mehr."

Sie gab ihr etwas zu trinken und anschließend durfte Meli das Zimmer verlassen. Sie hastete zurück in ihr Zimmer und als sie sah, dass Elias ihr erneut geschrieben hatte, sackte sie erleichtert zu Boden. Sie fühlte sich gerade so unglaublich schwach, als hätte sich das Adrenalin genau in dem Augenblick verflüchtigt, als sie erkannte, dass es Elias so weit gut zu gehen schien. Sie lehnte sich mit dem Rücken gegen ihre Zimmertür und öffnete seine Nachricht.

Meli, es tut mir leid. Ich wollte dich nicht belästigen. Vergiss einfach, was ich geschrieben habe. Ich war betrunken und wollte dich gar nicht damit behelligen. Vergiss mich einfach. Mir geht's gut und ab jetzt lass ich dich in Ruhe. Versprochen!

Betrunken? Hielt er sie eigentlich für komplett lebensfremd? Wenn er vor Kurzem noch so besoffen war, um solche Nachrichten zu verfassen, konnte er doch jetzt kaum in der Lage sein, so reflektiert zu schreiben. Glaubte er allen Ernstes, sie würde jetzt beruhigt ins Bett gehen? Wieder versuchte sie, ihn anzurufen, aber natürlich ging er nicht dran. Als sie ihm antworten wollte, stellte sie schockiert fest, dass er sie blockiert hatte. Jetzt drehte er tatsächlich durch. Aber seine Aktion half ihr auch wieder klarzusehen. Ihren Verstand wiederzuerlangen. Ihre Wut zu entfachen. Was bildete er sich eigentlich ein, sie nach Belieben an sich heranzuziehen oder doch von sich zu stoßen? Er schubste sie herum, wie es ihm gerade beliebte. Aber sie war keine hilflose Puppe, die sich so einen Umgang gefallen ließ. Egal, wie schlecht es ihm gerade ging, dazu hatte er einfach kein Recht.

Es war noch nicht einmal einundzwanzig Uhr, deshalb traute sie sich, Michael anzurufen. Zwar kostete sie dieser Anruf eine große Portion Überwindung, aber die Wut überlagerte alles. Die Wut, aber auch ihre Sorge um Elias, die sie sich gerade nicht eingestehen wollte. Denn die hatte er gar nicht verdient. Eigentlich wäre er nun an der Reihe, ihr zu beweisen, dass ihm etwas an ihr lag. Trotzdem konnte sie nicht einfach abwarten.

„Reinhardt?", erklang plötzlich Michaels Stimme und Meli zuckte zusammen. Sie zwang sich, ihren Mund zu öffnen. „Hier ist Meli. Entschuldige bitte, dass ich dich so spät störe. Aber könntest du mir vielleicht Elias' Adresse geben?"

„Ist was mit Elias?"

Sie hörte seine Besorgnis und das führte dazu, dass ihr Ärger auf Elias noch etwas anwuchs. Er war nicht nur dabei, sein eigenes Leben systematisch zu zerstören, sondern auch noch das seiner Familie. Michael liebte seinen jüngsten Bruder und sie wusste, dass er sich für ihn verantwortlich fühlte.

„Nein, alles in Ordnung. Wir haben uns heute getroffen und mit meinen jüngeren Geschwistern gespielt, aber er hat etwas vergessen und das wollte ich ihm vorbeibringen. Und ans Handy geht er nicht." Atemlos lauschte sie in die Stille, als könne sie erahnen, ob er ihr glaubte.

„Muss ja was Wichtiges sein, wenn es nicht Zeit bis morgen hat", brummte er ein wenig misstrauisch, gab ihr aber dennoch Elias' Adresse.

Melis Kopf fühlte sich völlig leer an und sie war heilfroh, dass Michael nicht genauer nachfragte. Sie hätte einfach sagen sollen, dass er sein Handy liegen gelassen hatte. Aber egal, was er nun dachte, nichts würde sie jetzt davon abbringen, bei ihm vorbeizufahren.

„Und es geht ihm wirklich gut?"

Mit dieser Frage versetzte er ihr Herz in eine Art Notzustand und sie schnappte nach Luft. Sie wollte Michael nicht anlügen, aber ihn auch nicht beunruhigen. Außerdem befürchtete sie, dass Elias es ihr äußerst übel nehmen würde, wenn sie seinen Bruder einweihte.

„Das weiß ich nicht. Aber ich kann dir versichern, dass es ihm heute Nachmittag gut ging", erklärte sie ehrlich, indem sie einen vertretbaren Mittelweg wählte.

„Ich werde ihn morgen mal anrufen. Heute möchte ich lieber nicht stören."

Sie hörte ihn leise lachen und es klang ein wenig anzüglich. Glaubte Michael allen Ernstes ausgerechnet sie hätte Chancen bei seinem Bruder? Das konnte sie sich beim besten Willen nicht vorstellen.

Froh, dass er ihre heißen Wangen nicht sehen konnte, beendete sie das Gespräch. Umgehend ging sie nachsehen, ob ihre Mutter schon zu Hause war. Zu ihrer Erleichterung traf Meli sie in der Küche an, als sie gerade durstig ein Glas Wasser trank.

„Hallo Mama, ich muss noch mal weg." Sie drückte ihrer verdutzten Mutter ein Küsschen auf die Wange und winkte ihr noch einmal zu, bevor sie im Flur verschwand. Froh, dass ihre Mutter keine Fragen gestellt hatte, schloss sie die Tür hinter sich und machte sich auf den Weg zu Elias' Wohnung.

Als sie in die richtige Straße einbog, wurden ihre Schritte immer langsamer. *Was tue ich hier eigentlich? Lass ihn doch einfach in Ruhe. Du handelst dir sowieso nur wieder eine verbale Ohrfeige ein.*

Jetzt, wo sie schon mal da war, konnte sie ebenso gut die offene Konfrontation mit Elias suchen. Sie wollte sich nicht feige aus dem Staub machen.

Ihre Hand zitterte, als sie die Klingel drückte und während sie wartete, spielte sie unbewusst an ihrem Armreif.

Elias wohnte in einem kleinen Wohnkomplex, der nach Neubau aussah. Im Gegensatz zum Plattenbau ihrer Eltern wirkte es hier sehr gediegen und es roch nach Geld. Aber verwunderte sie diese Tatsache wirklich? Elias' Eltern mussten stinkreich sein und er verdiente als Pilot bestimmt nicht schlecht. Sie schüttelte den Kopf, um wieder im Hier und Jetzt anzukommen. Elias reagierte nicht, deshalb klingelte sie erneut. Es war ihr vollkommen egal, ob sie ihn nervte oder die Nachbarschaft belästigte, aber sie würde nicht eher gehen, bevor sie mit ihm gesprochen hatte.

Nachdem sie Sturm geläutet hatte, erklang seine unwirsche Stimme. „Verdammt noch mal, welcher Wichser will gleich sterben?"

Meli verschlug es kurz die Sprache, aber schließlich meinte er nicht sie persönlich. Er rechnete bestimmt nicht damit, dass sie vor seiner Tür stand.

„Ich bin es", brachte sie mit piepsiger Stimme hervor. Elias schwieg und sie wollte schon was sagen, als er ungläubig fragte: „Meli? Was zum Teufel tust du hier?"

Seine Begeisterung hielt sich in Grenzen, aber damit hatte sie ja schon gerechnet. Dennoch tat seine Ablehnung weh, sie hatte ihr Schutzschild wohl daheim vergessen.

„Ich will sehen, ob es dir gut geht."

„Das hast du hiermit getan. Fahr nach Hause."

„Du lässt mich jetzt auf der Stelle herein, sonst brülle ich das Haus zusammen und alle Nachbarn erfahren, was du mir geschrieben hast."

„Das wagst du nicht." Seine Stimme klang bedrohlich, aber sie würde sich nicht einschüchtern lassen. Natürlich würde sie das nie machen, aber sie hoffte, dass Elias sich da nicht sicher sein würde.

„Willst du es draufankommen lassen?"

Als Antwort hörte sie den Türsummer und plötzlich war ihr Fluchtgedanke übermächtig. In was für eine Situation hatte sie sich da hineinmanövriert? Elias war jetzt stinksauer auf sie und sie hatte keine Ahnung, was er sich eingeworfen hatte und ob er sich überhaupt unter Kontrolle hatte. Aber kneifen galt nicht. Das war immer noch Elias, dem sie nicht zutraute, gewalttätig zu werden. Mit seinen verbalen Attacken würde sie hoffentlich zurechtkommen, ohne verwundet zu Boden zu gehen.

Obwohl sie mit dem Aufzug gefahren war, kam es ihr so vor, als hätte sie mindestens zwanzig Stockwerke zu

Fuß bewältigt. Elias erwartete sie an der Tür. Lässig lehnte er sich mit der Schulter an und hielt die Arme abwehrend vor der Brust verschränkt. So grimmig hatte er sie noch nie angesehen. *Was tue ich hier eigentlich? Lass ihn doch einfach in Ruhe.*

Seine Haare standen wild zu Berge, dennoch sah er einfach so unfassbar gut aus. Meli ertappte sich dabei, wie sie ihn anstarrte.

„Was soll das, Meli? Hast du mir nicht heute Nachmittag erklärt, dass ich dich in Ruhe lassen soll? Was also tust du hier?"

Sie konnte ihm ja schlecht auf die Nase binden, dass ihr derselbe Gedanke gerade ebenfalls durch den Kopf geschossen war.

Deshalb drängelte sie sich einfach an ihm vorbei und betrat seine Wohnung. So ein resolutes Verhalten war sie von sich selbst überhaupt nicht gewohnt, aber sie traute Elias zu, dass er ihr die Tür vor der Nase zuschlagen würde.

„Mach es dir ruhig gemütlich." Seine spöttische Stimme erklang dicht hinter ihr und es zuckte in Melis Füßen, einen Sicherheitsabstand zwischen sich und Elias zu bringen. Aber sie wollte nicht, dass er bemerkte, wie unsicher sie eigentlich war. Ihr selbstbewusstes Auftreten eine einzige Show.

Sie straffte die Schultern und schob die Brust raus, um ihre Selbstsicherheit zu demonstrieren und drehte sich langsam zu ihm um.

„Heute Nachmittag hattest du mir auch noch nicht so komische Nachrichten geschickt."

Sie sah, dass seine Augenlider ein wenig flackerten und er presste die Lippen zusammen, als wolle er verhindern, dass er sich verteidigte. Es schien, als wäre es ihm ziemlich unangenehm, dass er ihr sein Seelenleben auf dem Silbertablett präsentiert hatte.

„Ich habe doch geschrieben, dass ich es nicht so meinte und du es vergessen sollst. Wehe, du sagst auch nur ein Wort zu Michael."

Nun trat er noch einen Schritt näher und stand so dicht vor ihr, dass sie sich nur ein wenig vorbeugen brauchte, um ihn zu küssen. *Herrje, wie kann ich jetzt ans Küssen denken?*

Sein bedrohlicher Gesichtsausdruck ließ sie zusammenzucken, was er scheinbar registrierte, denn sein Blick wurde etwas weicher und er ging wieder einen Schritt nach hinten, als wolle er ihre Komfortzone respektieren.

Immer noch brachte sie kein Wort über die Lippen und sie fühlte, wie Adrenalin durch ihren Körper peitschte.

„Von ihm hast du meine Adresse, nehme ich an? Was hast du ihm gesagt?"

Wieder hörte sie seinen Zorn zwischen den Zeilen heraus.

„Ich habe nur gesagt, dass wir uns heute Nachmittag getroffen haben und du etwas liegen gelassen hast. Mehr nicht. Keine Sorge, er ist nicht misstrauisch geworden. Das schlimmste Szenario wäre, dass er denkt, zwischen uns läuft etwas. Keine Ahnung, ob du damit leben kannst." Sie ärgerte sich immens, dass sie zum Ende hin einen gekränkten Tonfall nicht vermeiden konnte. Elias sollte nicht merken, dass sie sich immer noch wünschte, er würde mehr als einen Kumpel in ihr sehen.

Er sah sie unverwandt an und sie begann unter seinem kritischen Blick zu schwitzen. Aber sie konnte einfach nicht wegsehen, er hielt sie bei sich, dagegen war sie machtlos. Sie sah ihn nicken, anscheinend glaubte er ihr.

„Ich würde dich nie verpetzen, das solltest du eigentlich wissen."

„Ach ja? Ich hätte dir auch nicht zugetraut, dass du meinen Ausrutscher in der Weltgeschichte herumposaunst, um mich bloßzustellen."

Diesmal war es an Meli, einen Schritt zurückzuweichen. Erst einen, dann ein paar weitere, bis sie mit den Kniekehlen den Couchtisch berührte und ins Straucheln geriet. Bevor sie das Gleichgewicht wiedererlangte, hatte Elias sie erstaunlich schnell am Arm gepackt und verhinderte, dass sie unrühmlich umfiel.

Kleine Stromstöße schossen durch ihren Arm und reizten die empfindlichen Nervenbahnen. Wieder stand er so nah bei ihr, dass sie ihn atmen hörte. Meli schloss kurz die Augen, da ihr schwindlig wurde. Warum verwirrte er sie nur so sehr? Elias hatte sie komplett im Griff. Sie war machtlos dagegen und sie war sich nicht sicher, ob sie es überhaupt ändern wollte.

Unvermittelt ließ er sie los, sodass sie fast wieder ins Straucheln geriet, als sein sicherer Halt sie im Stich ließ.

„Hätten wir nun alles geklärt? Dann würde ich dich jetzt bitten zu gehen", sagte er so kalt, dass Meli zu frösteln begann. Er behandelte sie, als wäre sie der letzte Abschaum, dabei machte sie sich doch nur Sorgen um ihn. Aber wenn er das nicht selbst erkannte, brachte es wenig, es ihm erklären zu wollen. Stattdessen entfachte es ihre Wut, dass er sie nach Lust und Laune benutzte.

Sie hob die Arme und bevor sie sich über ihre Handlung überhaupt im Klaren war, schubste sie ihn heftig gegen die Brust. Sie schaffte es sogar, dass er einen Schritt nach hinten taumelte, bis er sich wieder gefangen und von ihrem Angriff erholt hatte.

„Spinnst du jetzt völlig?", schnauzte er sie an.

„Das sagt der Richtige. Der Einzige, der hier spinnt, bist doch du. Denkst du, ich bin bescheuert? Du wirkst nicht betrunken, du hast irgendwelche Drogen genommen. Gib es doch wenigstens zu." Melis Stimme stand seiner Tonlage in nichts nach. Der ganze Frust, die ganze Anspannung, all ihre Sorgen entluden sich mit einem Mal.

„Ja und? Dann habe ich halt welche genommen. Sei doch nicht so verflucht spießig und bieder. Werd mal locker, dann will dich vielleicht auch mal einer haben", verhöhnte er sie und Meli zuckte unter seinen fiesen Worten zusammen. Sie war so leichtgläubig gewesen, in Ruhe mit Elias sprechen zu können, aber was war passiert? Er schaffte es tatsächlich, sie k. o. gehen zu lassen und da bedurfte es nicht einmal seiner Fäuste.

Entsetzt fühlte sie, wie die Tränen unaufhaltsam aufstiegen und sie musste sich zusammenreißen, um überhaupt noch ein einziges Wort über die Lippen zu bringen.

„Was stimmt nicht mit dir? Du bist Pilot, da kannst du dich doch nicht einfach mit Drogen vollpumpen. Du hast verdammt noch mal eine Verantwortung. Du hast sie doch nicht mehr alle."

Ohne ihm noch eine Gelegenheit zu geben, sich zu rechtfertigen oder doch eher sie weiter fertigzumachen, hastete sie an ihm vorbei und riss die Tür auf. Elias schien ihr nicht zu folgen, aber gerade war ihr das auch lieber. Sie hatte heute Nachmittag intuitiv wohl die richtige Entscheidung getroffen. Elias nahm Drogen, war vielleicht schon abhängig, wer konnte schon sagen, wie lange das schon so ging. Er musste selbst erkennen, dass er sich gerade auf dem Weg in den Abgrund befand. Und zwar im rasanten Tempo. Sie hatte nicht die Kraft und Position, um ihn zu bremsen oder gar zu stoppen. Wie sollte sie das schaffen, wenn nicht mal seine Familie an ihn rankam? Es zerriss ihr gerade das Herz bei dem Gedanken, ihn sich selbst zu überlassen. Aber sie wusste nicht, wie sie ihm helfen konnte, wo er doch ihre Unterstützung gar nicht wollte. Es tat unfassbar weh, ihn so zu sehen. Es schmerzte so sehr, dass sie kaum aufrecht laufen konnte. Erst jetzt bemerkte sie, dass ihr die Tränen über die Wangen liefen. Wütend wischte sie sie weg, aber die Flut wollte einfach nicht versiegen. Wurde sogar noch stärker, als sie endlich Elias' Wohnhaus verließ und sich einige Schritte entfernte. Kraftlos sank sie auf eine Bank und ließ den Schmerz zu, der sie marterte.

17

Elias

Mit geschlossenen Augen saß er am Küchentisch und wartete darauf, dass die Kopfschmerztablette endlich wirkte. Vor ihm stand eine große Tasse schwarzen Kaffees, aber auch das Koffein verhalf ihm nicht zu einer besseren Verfassung. Ihm war so unfassbar schlecht und am liebsten hätte er sich wieder ins Bett gelegt und wäre nie wieder aufgestanden. Seufzend öffnete er die Augen und kniff sie ein paar Mal zusammen, bis er sich an das grelle Tageslicht gewöhnt hatte. Entgegen jeder Vernunft griff er nach der Dose, die er sich schon bereitgestellt hatte. Es war bescheuert, aber er benötigte jetzt diesen Kick. Wie sollte er sonst mit seinem Leben, mit einem weiteren öden Tag klarkommen?

Nachdem Meli gestern aus seiner Wohnung gestürmt war, hatte er es nicht geschafft, die Finger vom Alkohol zu lassen. Es war ihm einfach alles zu viel geworden, gerade hatte er das Gefühl, dass die Trümmer seines Lebens über ihm zusammenbrachen. Natürlich hatte das Koks ihm zu einem Stimmungshoch verholfen, aber er wusste doch genau, dass der tiefe Absturz danach nicht ausblieb. *Wie konnte ich nur auf so eine hirnrissige Idee kommen, Meli mit meinem Psychogelaber zuzutexten?*

Es war ihm so unendlich peinlich, dass er es nicht über sich brachte, die Nachrichten noch mal zu lesen. Jetzt hielt sie ihn bestimmt für vollkommen durchgeknallt. Nein, sie hatte gestern was von Drogen gesagt und er hatte ihre Verachtung für sein verantwortungsloses Auftreten herausgehört. Und Enttäuschung. Er hatte es endgültig verbockt und zwar so richtig. Sie war nicht bereit, ihm zu helfen. Aber warum sollte sie das auch tun?

Er zog noch ein paar Mal die Nase hoch und griff nach der Kaffeetasse. Bevor er jedoch einen Schluck trinken konnte, klingelte es an der Tür.

Bestimmt wieder der Postbote, der schon herausgefunden hatte, dass er sich zumeist zu Hause befand und ihn deshalb immer durch sein Klingeln um Einlass ins Haus bat. Wenigstens legte er die Pakete vor die jeweilige Tür und er musste sie nicht annehmen.

Müde befahl er seinen steifen Gliedern, ihn zur Tür zu tragen. Er benötigte drei Anläufe, um den Türsummer zu drücken. Sein klarer Blick verschwamm und Elias kniff erschrocken die Augen zusammen. Kurz musste er sich an der Wand abstützen, da der Schwindel ihn übermannte. Just in dem Moment, als er sich wieder gefangen hatte und zu seinem Kaffee zurückkehren wollte, hämmerte es an seine Wohnungstür.

„Elias, lass mich rein! Wir müssen reden.“

Michael! Und er klang alles andere als freundlich. Das war kein Höflichkeitsbesuch. Zum Glück hatte er ihm wenigstens den Schlüssel abgenommen.

„Kein Bedarf!“

Wieder trommelten Michaels Fäuste gegen die Tür und quälten ihn entsetzlich. „Mach jetzt auf. Sonst werde ich den Hausmeister darum bitten."

Elias verdrehte die Augen und ihm entwich ein wildes Knurren. Warum mussten ihm eigentlich alle ans Bein pissen?

Hatten die kein eigenes Leben? Er kam sich wie ein Sozialprojekt vor, um das sie sich kümmern mussten, damit sie sich besser fühlten.

Er torkelte zur Tür und ließ seinen Bruder rein, der ihn gleich mit einer wütenden Tirade überfiel: „Jetzt lass endlich den Scheiß. Elias, ich weiß Bescheid. Als Meli gestern so komisch war, habe ich ein wenig nachgeforscht und bei deinem Arbeitgeber angerufen. Und was musste ich erfahren? Du arbeitest dort schon seit einer Weile nicht mehr! Was tust du die ganze Zeit?" Michael schubste seinen Bruder gegen die Brust. „Ach, was frage ich, herumhängen und dir Drogen einwerfen, dazu eine gehörige Menge Alkohol und wahllos Frauen. Du hast den Job wegen der Drogen verloren. Jetzt gib es halt wenigstens zu." Michaels Stimme überschlug sich und an seiner Schläfe pochte eine Ader.

Elias wollte antworten, sich verteidigen, ihm die Wahrheit sagen, aber er konnte es nicht. Kein Wort kam ihm über die Lippen. Der Schwindel nahm zu und sein Sehfeld war wieder einmal eingeschränkt. Die Angst ergriff ihn, hielt ihn im eisernen Griff, zerquetschte ihn und er zerrte hektisch an seinem T-Shirt-Kragen, um mehr Luft zu bekommen. Wie durch Watte hörte er seinen Bruder fragen: „Elias, du siehst gar nicht gut aus. Was ist mit dir?"

„Ich glaube, er wacht auf", sagte eine hoffnungsvolle Stimme, die er seiner Mutter zuordnete.

Was zum Teufel machte seine Mutter bei ihm am Bett? Obwohl er die Augen noch geschlossen hielt, spürte er, dass er auf einer weichen Matratze lag. Seine Glieder fühlten sich so schwer an und er schaffte es nicht mal, seinen Kopf in die Richtung zu drehen, in der er seine Mutter vermutete. Was war passiert?

Eine Hand berührte ihn zart und strich ihm über die Wange. „Hörst du mich, mein Schatz?"

Er wollte antworten, aber mehr als ein unverständliches Gebrabbel kam ihm nicht über die Lippen.

Irgendwann schaffte er es, vorsichtig die Augen zu öffnen. Er hatte keine Ahnung, wie viel Zeit seitdem vergangen war. Aber er sah seine Eltern und Michael an seinem Bett sitzen.

Okay, was war hier los? Als er den Blick langsam durch den Raum gleiten ließ, bemerkte er, dass er sich anscheinend im Krankenhaus befand. Es durchfuhr ihn siedend heiß und die Panik kroch erneut in jeden Winkel seines Körpers und ließ ihn nach Luft schnappen.

Seine Mutter saß direkt neben seinem Bett und hielt seine Hand. Diese Geste beruhigte ihn kurzzeitig, als wäre er noch ein kleiner Junge, der durch die Zuwendung seiner Mutter Trost fand.

„Was ist passiert?", brachte er schließlich krächzend heraus und trank dankbar aus dem Wasserglas, das seine Mutter ihm vorsichtig an die Lippen hielt.

„Die Drogen in Kombination mit dem Alkoholkonsum haben sich wohl nicht vertragen. Du bist umgekippt und zum Glück war Michael zur Stelle. Wer weiß, was sonst passiert wäre. Wie kann man nur so unvernünftig sein?" Der letzte Satz war beinah unhörbar gemurmelt. Die Stimme seines Vaters klang zwar ruhig, aber Elias wusste genau, dass er innerlich tobte und sich nur seiner Frau zuliebe zusammenriss.

Im Moment war er einfach nur dankbar, von Vorwürfen verschont zu bleiben. Ihm war nicht bewusst gewesen, dass er nach Melis Abgang so viel getrunken hatte. Vage erinnerte er sich, am Morgen noch gekokst zu haben. War wohl keine gute Idee gewesen.

„Warum hast du nicht mit mir geredet? Ich dachte, dass ich dir wichtig wäre." So viel also dazu, dass man ihn mit Vorträgen verschonte, dachte Elias zynisch. „Lieber lässt du dich von mir beschimpfen, als die Wahrheit zu sagen. Elias, warum vertraust du mir nicht?"

Elias wandte sich seinem Bruder zu, der mit der Fassung rang. Genau das konnte er gerade überhaupt nicht ertragen. Dennoch tat es ihm leid, dass sein Bruder es so hatte erfahren müssen. Es wäre seine Aufgabe gewesen, es ihm zu sagen. Aber nein, er war zu feige gewesen.

„Es tut mir leid", quetschte er hervor.

Michael stieß sich von der Fensterbank ab und setzte sich zu ihm auf die Bettkante. Seine Gesichtsmuskeln arbeiteten und Elias betete, dass er die Kontrolle behalten würde, ansonsten war er sich nicht sicher, ob er sich selbst beherrschen konnte.

Michaels Adamsapfel hüpfte ein paarmal, bevor er leise fragte: „Wie lange weißt du es schon?"

Elias schloss ergeben die Augen und musste sich erst mal sammeln, bevor er antworten konnte.

18

Meli

Meli zog sich gedankenverloren an, weil sie mit ihrer Schwester gleich in einem Café frühstücken wollte. Es waren sechs Wochen vergangen, seit sie bei Elias gewesen war und sie hatte nichts von ihm gehört. Auf WhatsApp hatte er sie weiterhin blockiert und er kam auch nicht auf die Idee, sie anzurufen oder sich bei ihr zu melden. Sie sollte ihn endlich abhaken. Es war sein Leben, das er einfach so wegwarf. Es sollte sie nicht interessieren, weil es ihm egal war, wie sie sich dabei fühlte. Aber das sagte sich so leicht. Ständig ertappte sie sich dabei, an ihn zu denken, wie es ihm wohl gerade ging. Ob er sein Leben wieder in den Griff bekam? Ob sie nicht doch hartnäckiger hätte sein sollen? Das Schlimme war, sie konnte sich nicht einmal Luise anvertrauen, es wäre ihr wie ein Verrat an Elias vorgekommen, wenn sie ihre Freundin in seine Probleme eingeweiht hätte. Es wäre ihm bestimmt nicht recht, wenn Luise von seinen Drogeneskapaden erfuhr und er wollte ganz sicherlich nicht, dass sie preisgab, wie es tatsächlich in ihm aussah. Aus diesem Grund fraß sie ihre Sorgen in sich hinein. Ihrer Familie war schon aufgefallen, dass sie bleich und abgespannt aussah. Aber sie konnte sich mit Unistress herausreden, was nicht einmal gelogen war, denn sie hatte gestern erfahren, dass sie eine wichtige Prüfung nicht bestanden hatte. Das Lernen fiel ihr sowieso nicht leicht, aber momentan ging nichts in ihren Schädel rein. Ihr Kopf konnte kein Wissen aufnehmen, da er randvoll mit ihrer Sorge um Elias gefüllt war. Mit ihren Schuldgefühlen, ihn allein gelassen zu haben. Morgens nach dem Aufwachen galt ihr erster Gedanke ihm und nachts kam sie erst gar nicht zur Ruhe, weil sie die Angst um ihn nicht schlafen ließ. Seit Wochen war sie chronisch übermüdet, zartbesaitet und wenig belastbar.

Und jetzt wirkte es sich auch noch auf ihre Leistungen im Studium aus. Meli war nicht besonders gut ins neue Semester gestartet.

Mechanisch holte sie eine Jacke aus dem Kleiderschrank, da es morgens mittlerweile recht frisch war und obwohl der Wetterbericht einen schönen Herbsttag versprochen hatte, sagte der Blick aus dem Fenster gerade etwas ganz anderes.

Ein Klopfen riss sie aus ihren trübseligen Gedanken. Ihre Schwester steckte den Kopf zur Tür herein.

„Bist du fertig? Dann lass uns aufbrechen, bevor hier noch irgendeine Katastrophe ausbricht, die uns am Gehen hindert."

Trotz ihrer gedrückten Stimmung musste Meli lachen, als sie Sandras gespielt entsetzte Miene sah. Ihre Schwester war seit Monaten das erste Mal für einige Tage zu Besuch gekommen. Sie lebte mittlerweile in Berlin, wo sie in einem renommierten Hotel an der Rezeption arbeitete.

Meli beneidete sie um ihr unabhängiges und aufregendes Leben. Ihre Schwester war rechtzeitig aus dem

Strudel an Verpflichtungen und Pflichtgefühl ausgebrochen, um ihren eigenen Weg zu finden. Manch einer hätte sie als egoistisch empfunden, aber Meli machte ihr keinen Vorwurf. Nur weil sie sich dazu entschieden hatte, ihrer Mutter beizustehen, konnte sie Selbiges nicht von ihrer Schwester erwarten.

Sandra war dieses Helfersyndrom so fern, wie ihr eine Reise zum Mond erschien. Schon früh hatte Sandra begonnen, ihr eigenes Ding zu machen und hatte sich ihre Auszeiten genommen. Wenn Meli versucht hatte, Sandra ihre Beweggründe begreiflich zu machen, hatte diese nur abfällig abgewinkt mit der Erklärung, dass sich ihre Eltern selbst für eine Großfamilie entschieden hatten und sie nicht ständig für ihre Zwecke einspannen konnten. Insgeheim sah Meli es ähnlich, aber ihre soziale Ader konnte sie einfach nicht unterdrücken.

Sie folgte ihrer Schwester und sie schafften es sogar, ungesehen an den Zimmern ihrer Geschwister vorbeizukommen, die Sandra natürlich in Beschlag nahmen, da sie sie so lange nicht gesehen hatten.

Da sie zu Hause nicht in Ruhe zum Reden kamen, wollten sie ein Café aufsuchen, das sie an alte Zeiten erinnerte. Rasch schlossen sie die Tür hinter sich, da ein plötzlicher Regenschauer sie zur Eile angetrieben hatte. Zum Glück gab es noch einige freie Plätze und sie setzten sich an einem Tisch am Fenster.

Zur Feier des Tages gönnten sie sich ein umfangreiches Frühstück, das ihnen die Bedienung kurz darauf brachte. Meli warf gedankenverloren ein Stück Zucker in ihren Kräutertee, während sich Sandra schon das erste Brötchen schmecken ließ.

Eine Weile hörte Meli ihrer Schwester zu, die ihr von ihrem Alltag erzählte. Im Hotelwesen wurde es nie langweilig und sie hatte allerlei Anekdoten auf Lager, die Meli ein wenig von ihrer trüben Stimmung ablenkten.

Bei der zweiten Tasse Tee stellte Sandra etwas schuldbewusst fest: „Ich rede die ganze Zeit von mir. Jetzt erzähl doch mal, wie geht es dir?"

Schon versuchte sie abzuwinken. „Mein Leben ist so langweilig. Das interessiert dich doch gar nicht."

„So ein Quatsch. Mama hat gemeint, dich belastet etwas, aber du willst nicht darüber reden." Sandra sah sie aufmunternd an und für einen kurzen Moment war Meli versucht, ihr von Elias zu erzählen. Ihre Schwester kannte ihn nicht und könnte sich ein unvoreingenommenes Bild von ihm machen. Aber sie entschied sich dagegen, weil sie ihm nicht noch mehr Raum ihn ihrem Leben geben wollte, als er ohnehin schon einnahm.

„Ich habe Probleme im Studium. Gestern habe ich erfahren, dass ich eine Prüfung vermasselt habe und der Professor ist nicht gerade mein größter Fan. Keine Ahnung, ob er mir die Möglichkeit gibt, es auszubügeln."

Sandra griff nach ihrer Hand, sie spürte wohl, dass Meli den Tränen nahe war.

„Das tut mir leid. Was würde passieren, wenn er dir die Möglichkeit verwehrt?"

„Dann muss ich wahrscheinlich das Semester wiederholen. Und den Gedanken ertrage ich gerade nicht. Irgendwann will ich endlich ausziehen, aber das geht erst, wenn ich Geld verdiene. Einen weiteren Job kann ich nicht annehmen, dann hätte ich noch weniger Zeit zum Lernen. Es ist ein Teufelskreis."

Jetzt schossen ihr doch die Tränen in die Augen, als sie sich die Enttäuschung ihrer Eltern ausmalte, falls sie nicht zum Staatsexamen zugelassen wurde. Aber ihre eigene Enttäuschung übertraf alles.

„Ich muss mal schnell auf Toilette", würgte sie hervor und sprang hastig auf. Die Tränen behinderten ihre Sicht und so kopflos, wie sie losrannte, konnte sie einen Zusammenstoß kurz darauf nicht vermeiden.

Immerhin war es keine Bedienung, in die sie hineingerannt war, das hätte ihr gerade noch gefehlt. Es war ihr schon so peinlich genug.

„Entschuldigung, ich habe nicht aufgepasst", murmelte sie in Richtung Fußboden und wollte gerade weiterlaufen, als sie eine vertraute Stimme zurückhielt.

„Meli!" Mehr sagte er nicht. Aber dieses einzige Wort führte dazu, dass sie eine Gänsehaut am ganzen Körper überkam. Sie hob den Kopf und blickte in Elias' braune Augen, die sie besorgt ansahen. Ausgerechnet ihm musste sie in die Arme laufen. Das konnte doch nicht wahr sein.

„Ich habe dich gar nicht gesehen", sagte sie verlegen, weil sie nicht wusste, wie sie sich verhalten sollte. Möglichst unauffällig versuchte sie, ihn zu mustern. Auf den ersten Blick schien es ihm gut zu gehen. Vielleicht hatte er sich Hilfe gesucht oder er vertuschte seine Probleme einfach gut.

Seit ihrem letzten Aufeinandertreffen war er beim Friseur gewesen und jetzt trug er die Haare wieder ziemlich kurz, was ihm aber ausgezeichnet stand. Der Bart war ebenfalls verschwunden, er sah gepflegt aus, was auch seine teure Kleidung bezeugte. Obwohl sie sich nicht mehr für ihn verantwortlich fühlen wollte, stieg Erleichterung in ihr auf, die sie zugleich überforderte. Er sollte ihr egal sein. Elias konnte machen, was er wollte.

„Hast du geweint? Was ist denn passiert?"

Elias' Fragen drangen so plötzlich in ihren Gedankenstrudel ein, dass sie ihn kurzzeitig verwirrt anstarrte, bis ihr wieder einfiel, was sie gerade aus der Fassung gebracht hatte.

Sie biss sich auf die Unterlippe und versuchte, ihre Gedanken zu sortieren. Schließlich sagte sie leise: „Ich habe meiner Schwester gerade erzählt, dass ich Uniprobleme habe. Ich kann es mir nicht leisten zu versagen." Nun brach ihre Stimme wieder und Elias griff sie am Arm.

„Lass uns doch einen Moment setzen und reden." Wie eine Marionette folgte sie ihm zu seinem Tisch. Erst als er auf den freien Platz wies, fiel ihr ein, dass ihre Schwester auf sie wartete. „Ich muss Sandra kurz Bescheid geben."

Sie eilte zurück zu dem Tisch, an dem Sandra wartete. Ihre Unsicherheit musste ihr ins Gesicht geschrieben stehen, denn Sandra starrte sie fragend an.

„Kann ich dich schon mal allein zum Shoppen schicken? Ich komme dann nach, aber ich habe jemanden getroffen, mit dem ich noch was zu klären habe." Bevor Sandra ihre Neugierde befriedigen konnte, fügte sie hastig an. „Ich erzähle es dir nachher."

Zum Glück gab sich Sandra damit zufrieden und Meli war erleichtert, als sie nach der Kellnerin rief, um zu bezahlen. Es war ihr lieber, nicht unter Beobachtung zu stehen, wenn sie mit Elias sprach.

Fast war sie verblüfft, Elias noch am selben Platz anzufinden. Es hätte sie nicht verwundert, wenn er sich aus dem Staub gemacht hätte.

„Was magst du trinken?", fragte Elias schließlich in die gedrückte Stille hinein, nachdem Meli sich gesetzt hatte.

„Eine Apfelsaftschorle bitte." Sie hatte schon ablehnen wollen, als ihr aufging, dass es sinnvoll wäre, ihre ausgedörrte Kehle zu befeuchten.

Als sie herangetreten war, hatte er ein Buch in seinen Rucksack gepackt. Sie war neugierig, ob er jemanden erwartete oder allein unterwegs war. Aber sie wollte ihn nicht fragen, in der Angst, aufdringlich zu sein.

Nun beugte er sich vor und sah sie eindringlich an.

„Jetzt erzähl mal, was passiert ist."

Einerseits kam es ihr so falsch vor, mit ihm hier zu sitzen und so zu tun, als wäre niemals etwas zwischen ihnen vorgefallen. Aber es sah nicht so aus, als würde Elias daran etwas ändern wollen. Und sie genoss einfach seine Gesellschaft. Sie hatte ihn so vermisst, dass sie gerade einfach nur dankbar war, in seiner Nähe zu sein. Dankbar, dass er nicht mehr wütend auf sie war. Sein Interesse war eine Wohltat, die ihre empfindsame Seele streichelte.

Nachdem sie ihm von ihren Sorgen erzählt hatte, veränderte sich der Ausdruck in seinen Augen und sie konnte nicht genau deuten, was er besagte. Mitgefühl oder aber auch ein schlechtes Gewissen? Ahnte Elias etwa, dass er nicht ganz unschuldig an ihrer Konzentrationsschwäche war?

„Ein Semester zu wiederholen wäre schon eine Katastrophe, aber mit jedem Versagen wächst meine Angst, dass ich das Staatsexamen niemals schaffen werde und dass mein Traum, als Staatsanwältin zu arbeiten, platzen wird."

Diesmal war die Veränderung in seiner Miene eindeutig. Er fühlte Schmerz, als hätte sie etwas mit ihren Worten geweckt, das er tief in sich verborgen gehalten hatte.

Elias senkte den Blick und rührte in seiner Kaffeetasse. Er schien gar nicht zu bemerken, was er tat und Meli wartete angespannt ab.

Dann griff er so plötzlich nach ihrer Hand, dass es sie alle Willenskraft kostete, sie nicht im Affekt wegzuziehen. Es fühlte sich so gut an, wie er ihre Hand in seiner hielt. Zärtlich fuhr er über ihren Handrücken und vermittelte ihr damit eine so unfassbare Geborgenheit, als wäre sie endlich an ihrem Platz angekommen. Dennoch war sie mit der unverhofften Nähe komplett überfordert.

„Ich verstehe dich so gut, Meli. Du weißt gar nicht, wie sehr." Seine Stimme klang rau und bewegt. Sie traute sich kaum zu atmen, aus Angst, er könnte gleich aufspringen und wegrennen. Sie spürte die immense Anspannung, die seine Körperhaltung widerspiegelte.

„Aber ich bin mir sicher, du wirst das schaffen. Jetzt bist du so weit gekommen, da wird dich doch auf der Zielgeraden nicht der Mut verlassen." Er nickte ihr aufmunternd zu und Meli fühlte sich gleich besser, als sie sein Mitgefühl spürte, das echt zu sein schien.

„Danke, das ist lieb von dir", brachte sie endlich über die Lippen.

Er betrachtete sie nachdenklich, öffnete den Mund und sprach nach einem kurzen Moment des Zögerns weiter. „Du hast noch die Möglichkeit, deinen Traum zu verwirklichen. Verbau dir das durch deine Ängste nicht. Und lass dich von nichts und niemandem davon ablenken.“

Meli spürte, wie sich ihre Wangen röteten, sie wusste genau, dass er von sich gesprochen hatte. Also ahnte Elias, dass er daran nicht ganz unschuldig war. Prima, das fehlte ihr gerade noch. Aber als er weitersprach, waren alle beschämenden Gedanken verschwunden.

„Mir wurde mein Traum weggenommen und ich habe keine Chance mehr, ihn zurückzubekommen.“

Meli schluckte ein paar Mal, weil sein trauriger Blick sie aus der Fassung brachte. Er hielt immer noch ihre Hand und fast schien es, als würde er sich daran festhalten.

„Was wurde dir weggenommen?“, hauchte sie leise.

Er sah kurz weg, als hätte er etwas Spannendes entdeckt. Sein Blick kehrte zu ihr zurück und er entgegnete: „Das Fliegen.“

In diesen zwei simplen Wörtern lag so viel Leid und Qual, dass Meli sich ein Aufstöhnen gerade noch verkneifen konnte. Mühsam unterdrückte sie das Bedürfnis aufzuspringen und ihn zu umarmen. Er sah gerade so unfassbar verloren aus wie ein Kleinkind, das sich verlaufen hatte und den Weg nach Hause nicht mehr fand.

„Das tut mir so leid. Ich weiß gar nicht, was ich sagen soll.“ Die offenkundige Frage, ob der Drogenkonsum dafür verantwortlich war, sprach sie wohlweislich nicht aus.

„Du musst nichts sagen. Immerhin habe ich schon seit Monaten Zeit, mich mit dem Gedanken zu befassen. Aber es fühlt sich immer noch unwirklich an. Weißt du, ich wollte nie was anderes machen. Schon als kleiner Bengel wollte ich Pilot werden. Und jetzt tut sich ein großes Loch auf, das mich zu verschlingen droht, weil ich keine Ahnung habe, was ich zukünftig mit meinem Leben anfangen soll. Denn die Fliegerei war mein Leben, jetzt bleibt nichts mehr übrig.“

Meli wollte ihm schon antworten, dass er doch so viel besaß. Seine Familie und Freunde, andere Hobbys, als ihr erst seine Worte richtig bewusst wurden. Er hatte gesagt, seit Monaten! Das bedeutete, er wusste es schon seit ihrer zweiten Begegnung. Vielleicht waren die Drogen nicht der Auslöser für den Jobverlust, sondern das Resultat aus seiner Berufsunfähigkeit. Hatte sie ihm völlig Unrecht getan?

Elias zog seine Hand zurück und verschränkte sie vor der Brust, als müsse er sich vor ihrem Angriff schützen.

„Warum darfst du nicht mehr fliegen? Was ist passiert?“ Sie befeuchtete ihre Lippen mit der Zunge, weil sie komplett trocken waren. Sie begann zu zittern, weil sie sich vor seiner Antwort fürchtete, aber zeitgleich inständig hoffte, dass er sich ihr endlich öffnen würde.

„Ich habe eine Krankheit, die mein Augenlicht beeinträchtigt. Deshalb kann ich nicht mehr fliegen. Es wäre unverantwortlich.“ Er wirkte völlig ungerührt, aber Meli spürte, dass es nur Tarnung war.

Wieder fühlte sie sich schuldig. Immerhin hatte sie ihm genau das vorgeworfen. Er wäre verantwortungslos. Wie hatte sie nur so dumm sein können? Sie hatte ihn allein gelassen, als er sie am meisten gebraucht hätte.

„Ich mag mir gar nicht vorstellen, wie schlimm das für dich sein muss." Sie zögerte, weil sie unsicher war, ob sie weiterbohren sollte oder Elias damit in eine Ecke drängte, die für ihre instabile Basis nicht förderlich wäre. „Was heißt das für dich konkret? Du musst mir nicht antworten, wenn du nicht möchtest", fügte sie schnell hinzu, als sie wahrnahm, wie er sich kerzengerade aufrichtete.

Elias seufzte hörbar und sah ihr dabei knapp über den Kopf, als ertrage er es nicht, ihr Mitgefühl zu sehen.

„Das kann man nicht genau sagen. Meistens merke ich gar nichts und dann überkommen mich wie aus dem Nichts plötzlich Sehstörungen." Elias fuhr sich automatisch über die Augen, als befürchte er einen erneuten Schub.

„Kannst du dich noch erinnern, als ich im Flur bei meinem Bruder gestürzt bin?" Auf ihr Nicken fuhr er fort: „Damals habe ich kaum was gesehen und ich war so fassungslos und überfordert, dass ich aus dem Esszimmer geflohen bin und über irgendetwas geflogen bin, das ich nicht gesehen habe."

Bittend streckte sie ihm ihre Hand über den Tisch entgegen und zu ihrer Freude löste er seine Arme aus der verkrampften Verschränkung und ergriff sie.

„Warum hast du nicht mit mir darüber gesprochen? Deshalb hast du die Drogen genommen, um zu vergessen", sprach sie wie zu sich selbst.

„Meli, ich habe es doch nicht mal selbst wahrhaben wollen. Erst als ich einen Zusammenbruch hatte und ins Krankenhaus gekommen bin, habe ich endlich begriffen, dass ich so nicht weitermachen kann."

Meli hatte sich die freie Hand vor den Mund geschlagen und mit weitaufgerissenen Augen starrte sie ihn an.

„Wann war das?"

„Ist das wichtig?", wich er ihr aus und verstärkte dadurch ihre Vorahnung.

„Es war, nachdem ich bei dir gewesen bin. Stimmt's?"

„Das ist doch jetzt egal. Was zählt, ist doch, dass ich seitdem clean bin, zumindest was die Drogen betrifft", schränkte er etwas beschämt ein.

„Das wollte ich nicht." Meli war nicht bereit, so einfach das Thema zu wechseln.

„Hör zu. Es war nicht deine Schuld. Du hast mich nicht gezwungen, Drogen zu nehmen. Im Gegenteil, du hast es geschafft, mich wachzurütteln."

Elias' eindringlicher Tonfall erreichte sie und sie sah ihn verwirrt an. Bevor sie allerdings antworten konnte, wechselte er das Thema.

„Ich bin gleich mit einem Freund verabredet. Aber versprich mir, dass du mit Luise redest. Sie kann dir doch bestimmt beim Lernen helfen. Soweit ich weiß, ist sie eine kleine Streberin."

Meli akzeptierte seinen Wunsch. Sie lächelte und schüttelte dabei den Kopf. „Da bist du falsch informiert. Luise ist keine Streberin, sondern eine Überfliegerin."

„Egal, Hauptsache, du bittest sie um Hilfe."

Meli senkte den Blick und gab verlegen zu: „Ich möchte nicht immer bitten. Schließlich kann ich nichts zurückgeben. Ich bin Luise keine Hilfe."

„Du bist ihre Freundin, sie hilft dir sicherlich gern.“
Sein warmer Blick tat ihr gut, genauso wie seine Anteilnahme. Trotz seiner Probleme war es ihm ein Bedürfnis, ihr gut zuzureden.

Als er aufstand, wurde ihr Wunsch, ihn aufzuhalten,
übermächtig. Aber ihr fiel nichts ein, womit sie ihn
hätte zurückhalten können. Deshalb sah sie stumm dabei zu, wie er ihr zuwinkte und ihr ein „vielleicht bis
bald“ zurief. Sie war unfähig, darauf eine Antwort zu
geben und schaffte es gerade so, ihren Arm zu heben,
um sein Winken zu erwidern. Er bezahlte an der Theke
und wies dabei auf ihren Tisch. Ihre Wangen wurden
heiß, als ihr aufging, dass er bestimmt für sie mitbe-
zahlt hatte. Jetzt konnte sie sich nicht mal dafür bedanken.

19

Elias

Normalerweise glaubte er ja nicht an Schicksal. Aber nun war ihm der Gedanke tausendmal lieber als an einen Zufall zu glauben. Gerade befand er sich im Auto auf dem Weg zu Markus.

Die ganzen letzten Wochen hatte er es nicht geschafft, Meli aus seinem Kopf zubekommen. Aber nachdem er sich so dermaßen danebenbenommen hatte, war er sich sicher gewesen, dass sie froh war, ihn losgeworden zu sein. Dann hatte Ariane ihm auch noch erzählt, dass sie ihr letztes Angebot für ein Wochenende auf die Kinder aufzupassen, abgelehnt hatte. Da wurde es Gewissheit, dass sie ihm aus dem Weg gehen wollte. Und jetzt hatte er erfahren, dass es keinen anderen Grund gab als ihr Studium. Das Lernen bereitete ihr Schwierigkeiten und deshalb hatte sie die freie Zeit zum Pauken nutzen müssen. Er war so ein gottverdammter Idiot. Er hatte sich vorhin nicht mal bei ihr entschuldigt. Im Gegenteil, nur weil er seine Klappe nicht halten konnte, fühlte sie sich nun schuldig an seinem Zusammenbruch. Und das war nun mal kompletter Nonsens. Der

Einzige, der sich für etwas schuldig fühlen sollte, war er. Meli hatte es genauso wenig geschafft, ihn abzuhaken, wie umgekehrt. Die Sorgen um ihn hatten sie abgelenkt und das tat ihm unendlich leid. Immerhin sah er es als Fortschritt, sich mit den Befindlichkeiten anderer Menschen auseinandersetzen zu können. Bis vor Kurzem war er völlig überfordert gewesen, sich mit sich selbst zu beschäftigen, geschweige denn ein offenes Ohr für Probleme anderer zu haben. Er sah sich auf einem guten Weg. Und dass er Meli heute begegnet war, nahm er als gutes Zeichen, das ihn bestärkte, das Richtige zu tun. Natürlich wusste er, dass sich das Blatt schon morgen wieder wenden konnte, aber er musste auch bei Rückschritten versuchen, positiv zu bleiben.

Momentan ging es ihm gut und gerade fühlte er sich beschwingt und unbeschwert wie schon seit Monaten nicht mehr. Und er wusste genau, das lag an seinem Aufeinandertreffen mit Meli. Er nahm sich fest vor, sie wiederzusehen. Auch wenn immer noch die leise Angst in ihm tobte, dass es keinen Sinn machte, in eine Beziehung gleich welcher Art auch immer zu investieren, versuchte er die Stimme der Vernunft wegzuschieben. Er wollte Spaß, dann sollte er sich ihn auch zugestehen. Er wollte endlich wieder unbeschwerte Momente erleben. Und die wenigen in der letzten Zeit hatten zumeist in Melis Gesellschaft stattgefunden.

Markus wartete schon vor dem Haus auf ihn. Elias parkte eilig und ging auf ihn zu.

„Sorry, ich weiß, dass ich spät dran bin, aber ich hatte noch was zu erledigen.“

Markus' intensiver Blick löste eine Kettenreaktion aus. Seit er ihn endlich aufgeklärt hatte, fühlte sein

Freund sich ständig bemüßigt, Elias zu fragen, wie es ihm ging. Was umgekehrt dazu führte, dass er ständig in einen Rechtfertigungsmodus überging. Auch diesmal brummte er ungehalten, bevor Markus ihn fragen konnte: „Es ist alles in Ordnung. Ich bin fit.“

Es entsprach zwar der Wahrheit, aber er hätte ihm wohl verschwiegen, wenn es nicht der Fall gewesen wäre. Denn heute hatten sie ihren ersten Termin zum Drachenfliegen. Markus war der Meinung, dass Elias wieder einen Kick benötigte, da er nicht mehr als Pilot arbeiten durfte. Und auch wenn jetzt schon klar war, dass er niemals die Lizenz erhielt, alleine zu fliegen, wollte er sich den heutigen Tandemflug nicht durch negative Gedanken madigmachen. Heute war ein guter Tag. Erst das Treffen mit Meli und jetzt noch der Adrenalinkick, der ihm so lange gefehlt hatte. Er freute sich riesig auf die heutige Erfahrung. Schließlich ließ sich das Drachenfliegen nicht mit dem Fliegen eines Flugzeuges vergleichen.

Nach kurzer Fahrzeit waren sie beim Hamburger Drachenflieger-Klub angekommen. Ein junger Mann Ende zwanzig stellte sich als Matthias vor. „Ihr macht das zum ersten Mal? Wollt ihr den Flugschein oder nur mal einen Schnupperflug machen?“

„Erst mal schnuppern, dann sehen wir weiter“, erklärte Elias, während er Markus' Seitenblick ignorierte.

Während sie Matthias zum Raum mit der entsprechenden Ausrüstung folgten, fragte Elias ihn ein wenig aus. Matthias erzählte, dass er schon mit sechzehn Jahren begonnen hatte und kurz darauf seinen Flugschein gemacht hatte. Vorsichtig fragte er ihn nach den Voraussetzungen und als Matthias erklärte, dass man im

Gegenzug zu einem Flugschein mit einem motorisierten Flugzeug kein Gesundheitszeugnis brauchte, sah Markus ihn mit skeptischem Blick an und zog die Augenbraue nach oben. Was wäre schon dabei, den Schein zu machen? Er riskierte dabei ja nicht die Gesundheit anderer. Dass diese These einen Denkfehler hatte, den Gedanken verdrängte Elias lieber. Jetzt wollte er erst einmal herausfinden, ob es überhaupt etwas für ihn wäre.

„Wir sind heute acht Leute, ein oder zwei waren schon mal da, für die anderen ist es Neuland. Aber ich sehe schon, ihr seid richtig gekleidet."

Sie hatten vorab die Info bekommen, sich sportliche Schuhe und bequeme Kleidung anzuziehen und die Sonnenbrillen nicht zu vergessen. Zuerst begaben sich alle zu den notwendigen Trockenübungen, die es auch bei einem Tandemflug einzuhalten galt.

„Falls ihr mal vorhabt, den Pilotenschein zu machen, wird euch der Tag angerechnet", erklärte Matthias, nachdem er ihnen noch seine Kollegen vorgestellt hatte.

Nach der Einweisung in die Ausrüstung ging es endlich zum Fliegen. Da das Hamburger Umland keine hohen Berge vorzuweisen hatte, gab es keinen Hangstart, sondern sie mussten sich mit einem Ultraleichtflugzeug in die Luft ziehen lassen, um eine entsprechende Höhe zu erreichen.

Nachdem die Teilnehmer sich die Ausrüstung angezogen hatten und bereit zum Start waren, rollte das Flugzeug los und es dauerte nicht lange, bis erst der Drachen, dann das Ultraleichtflugzeug abhob und der Schleppverband in die Höhe stieg. Der Drachen lag ganz ruhig in der Luft und es fühlte sich einfach nur unglaublich an. Auf 700 Metern klinkte sich Andreas, Elias' Pilot, aus und es war unglaublich. So ungeschützt in der Luft liegend war ein komplett anderes Feeling, als ein Flugzeug zu steuern, bei dem es vor allem um technische Details ging. Dieses Gefühl von Freiheit, vom Fliegen können, berauschte Elias und er genoss jede einzelne Sekunde. Der Wind in seinem Gesicht bezeugte seine Lebendigkeit und es herrschte traumhafte Stille in der Luft. Irgendwann registrierte er in seinem Zustand der Tiefenentspannung, dass Gebäude und Gegenstände langsam wieder größer wurden und sie sich dem Boden näherten und kurz darauf hatte die Erde sie wieder. „Und wie war's?", fragte Andreas grinsend, als sie sich abgeschnallt hatten.

„Es war einfach nur geil." Elias strahlte ihn glücklich wie ein kleines Kind unterm Weihnachtsbaum an.

„Ich sehe schon, da hat jemand Blut geleckt. Mich würde es nicht wundern, dich bald wieder hierzusehen." Er zwinkerte Elias fröhlich zu.

„Mal sehen", gab Elias unbestimmt zurück, denn trotz aller Euphorie war er wieder auf dem Boden der Realität angekommen. In der Luft war alles so leicht, so unbeschwert gewesen, aber nachdem er nun einen Eindruck erhalten hatte, was auf ihn zukam, wenn er nicht mehr im Doppelsitzer flog, musste er sich eingestehen, dass der Flugschein vielleicht doch keine so gute Idee wäre. Aber gegen den einen oder anderen Tandemflug wäre nichts einzuwenden. Dennoch war es etwas anderes, als irgendwann die Verantwortung zu übernehmen und selbstständig zu lenken.

Nachdem er die Kleidung abgelegt hatte, aß er einen Snack und wartete auf Markus, der etwas später losgeflogen war. Er sah ihn noch etwas unsanft landen und musste über den unbeholfenen Anblick kurz lachen.

„Das war echt krass. Lass uns das bald wiederholen", rief Markus ihm aufgekratzt zu.

Elias nickte nur, während er den Rest seines Müsliriegels in den Mund schob, um sich vor einer Antwort zu drücken.

Als sie eine Stunde später im Auto auf dem Heimweg waren, bedankte er sich bei Markus. „War echt ein cooler Tag. Danke für den Arschtritt, den hatte ich nötig."

„War ja nicht mehr mit anzusehen, wie du dich hängengelassen hast", gab Markus grinsend zurück, während Elias grimmig die Augenbrauen zusammenkniff.

„Mach dich nur lustig. Aber du hast ja recht, wenn ich nicht möchte, dass mich alle auf meine Krankheit reduzieren, dann sollte ich mich auch entsprechend verhalten." Elias sah aus dem Autofenster und ließ die Landschaft an sich vorbeiziehen, während er grübelte, ob er es jemals ganz aus dem Loch schaffen würde, in das er so unsanft gefallen war. Der heutige Tag hatte ihm gezeigt, dass er zwar tolle Momente erleben konnte, ihn aber die Realität schneller wieder einholte, als ihm lieb war. Diese Tatsache konnte er sich nicht schönreden.

„Hattest du nicht den Termin in der Klinik?", fragte Markus mit einem Mal.

„Ich konnte nicht hingehen", brummte er ein wenig verlegen.

Markus warf ihm einen raschen Seitenblick zu. „Wäre aber wichtig."

„Das weiß ich selbst. Aber an dem Tag lag ich im Krankenhaus. Jetzt habe ich zwar einen neuen Termin bekommen, muss aber noch eine Woche warten. Ich glaube, ich bin jetzt schon auf der schwarzen Liste der unbeliebten Patienten gelandet“, scherzte er im Bemühen, die Stimmung wieder aufzulockern.

„Der Pflegeleichteste warst du ja noch nie, du kleine Diva.“ Markus stieß ihm mit der Faust gegen die Schulter und Elias schnaubte empört. „Aber es ist wichtig, dass du dich endlich informierst.“

„Ja, Papa“, grollte er ein wenig genervt.

Markus trommelte mit den Fingerspitzen aufs Lenkrad und ergriff erneut das Wort. „Wie läuft es mit Michael?“

Elias seufzte. Noch so ein Thema, mit dem er sich nur ungern befasste.

„Ehrlich gesagt versuche ich ihm gerade aus dem Weg zu gehen. Michael steigert sich jedes Mal total in seine Rolle als der böse, verständnislose Bruder rein. Er macht sich Vorwürfe, nicht erkannt zu haben, dass etwas mit mir nicht stimmt. Dass ich die Drogen nicht aus Jux und Tollerei genommen habe.“ Elias verstummte, fuhr sich mit einer müden Geste durchs Haar und zuckte ein wenig hilflos mit den Schultern. „Und damit komme ich nicht klar. Er soll mich einfach wie zuvor behandeln und das Ganze vergessen. Ich mache ihm gar keinen Vorwurf, wie hätte er erkennen sollen, was mit mir los ist, ich habe ja komplett dichtgemacht.“ Dass Ariane nicht wusste, wie sie mit ihm umgehen sollte, machte die Situation nicht leichter. Auch wenn er insgeheim erleichtert war, Michael nichts mehr vorlügen zu müssen, schlug ihm diese gespielte Unbeschwertheit aufs Gemüt. Jedes Mal verspürte er das Bedürfnis, die anderen aufzuheitern, ihnen klarzumachen, dass alles mit ihm in Ordnung war, aber das kostete ihn unglaublich viel Kraft.

„Ist halt einfach eine Scheißsituation für alle Beteiligten. Sag mal, wie sieht es denn mit Bouldern aus? Ich hätte Bock, mal wieder mit dir zum Klettern zu gehen", wechselte Markus so unvermittelt das Thema, dass Elias erst einmal vom unliebsamen Gedanken an seine Familie umschalten musste.

„Solange es geht, möchte ich alles tun, was mir Spaß macht. Von mir aus gern", stimmte er daher rasch zu. Er benötigte für seine seelische Stabilität so viel Normalität wie möglich und deshalb gedachte er, sein Leben von nun an zu ändern.

20

Meli

Nachdem Meli mit ihrer Schwester noch einen vergnüglichen Nachmittag beim Shoppen verbracht hatte, kreisten ihre Gedanken wieder um ihre Begegnung mit Elias, kaum dass sie sich in ihr Zimmer verabschiedet und sich auf ihr Bett geworfen hatte.

Natürlich war Sandra neugierig gewesen. Und natürlich hatte sie Meli beobachtet, wie sie sich zu Elias an den Tisch gesetzt hatte. Das hätte sie sich ja denken können. Sandra hatte alles über diesen heißen Typen wissen wollen. Meli hatte versucht, ihre Beziehung runterzuspielen, aber Sandra hatte sie so wissend angelächelt. Sie durchschaute genau, dass zumindest Meli mehr in Elias sah als lediglich den Bruder ihres Arbeitgebers. Aber Meli wollte nicht darüber reden, weil sie mittlerweile wusste, dass sie sich in etwas verrannt hatte. Vielleicht hatte Elias begriffen, dass er sich falsch verhalten hatte, aber er würde niemals mehr in ihr sehen als das nette Mädchen von nebenan. Und daran hatte sie gehörig zu knabbern. Trotzdem war sie so unvernünftig, sich eine erneute Begegnung auszumalen.

Sie wünschte sich so sehr, ihn bald wiederzusehen, obwohl sie genau wusste, dass es ihr nicht guttun würde. Dass sie sich mit jedem weiteren Kontakt mehr in die Sache verrennen würde, in jede seiner Handlungen und Worte mehr hineininterpretieren würde, als es der Wahrheit entsprach. Ihr Verstand sagte ihr, dass er ihr Herz brechen würde. Aber es zog sie unaufhaltsam in seine Nähe. Sie brauchte ihn wie die Luft zum Atmen. Wenn er ihr nicht mehr als Freundschaft geben konnte, dann würde sie sich damit zufriedengeben. Aber ein Leben ohne Elias war für sie unvorstellbar. Sie hatte vorhin jedes seiner Worte aufgesogen, seinen angenehmen Geruch inhaliert, um ihn nie zu vergessen. Sein Lächeln hatte sich unwiderruflich in ihre Gedanken eingebrannt, damit sie es hervorkramen konnte, wenn sie Trost benötigte. Und die Berührung ihrer Hände war ein magischer Moment gewesen. Sie hatte noch nie erlebt, dass ein anderer Mensch so eine körperliche Reaktion in ihr auslösen konnte. Nie hätte sie es für möglich gehalten, es als Metapher abgetan, die im echten Leben so niemals stattfand. Bisher hatten sie sich nur selten berührt, aber dieses Gefühl der Verbundenheit ging mit jedem Mal tiefer, wurde immer intensiver, raubte ihr den Atem und die Sinne. Und danach war sie süchtig, wahrscheinlich sehnte sie diese Berührung ebenso herbei wie Elias seinen nächsten Drink.

Nur, dass bei ihr das Hochgefühl blieb und kein Absturz folgte. Zumindest so lange nicht, bis er sie wieder von sich stieß. Aber bisher hatte er es noch jedes Mal geschafft, die Risse, die er ihrem Herzen zugefügt hatte, wieder zu kitten.

Energisch riss sie sich von ihren Gedanken los, erhob sich vom Bett und holte ihre Unterlagen hervor, um sich an den Schreibtisch zu setzen. Nachdem sie einige Minuten im Buch geblättert hatte, stellte sie erneut fest, dass sie unkonzentriert war. Sie würde sich gern bei Elias für seine aufmunternden Worte bedanken. Wenn er sie bei WhatsApp blockiert hatte, hieß es aber nicht, dass sie ihm keine SMS schreiben konnte. Anzurufen traute sie sich nicht, zu groß war die Angst, auf Ablehnung zu stoßen, die sie in eine Sprachlosigkeit schubsen würde. Dann wäre es mit dem Lernen endgültig vorbei.

Bevor sie ihm aber nicht wenigstens geschrieben hatte, würde sie sowieso keinen einzigen Paragrafen in ihren Kopf bekommen. Dennoch blieb sie sitzen, als wäre ihr Hintern am Stuhl festgeklebt. Was wäre, wenn er nicht antwortete? Dann könnte sie sich erst recht nicht konzentrieren. Sie würde ständig auf ihr Handy schielen und mit jeder Minute, die verging, würde sie frustrierter und trauriger werden.

Meli legte ihren Kopf auf ihren Armen am Tisch ab und gestattete sich, für einen Augenblick im Selbstmitleid zu baden. Warum musste immer alles so kompliziert sein? Warum musste sie sich ausgerechnet in Elias verlieben, der definitiv nicht nur eine Nummer zu groß für sie war? Andererseits, wer wünschte sich nicht, zumindest einmal im Leben diese unglaublich belebenden Gefühle zu verspüren? Auch wenn es schlussendlich nicht gut ausging, sollte sie dankbar sein, diese Erfahrung gemacht zu haben. Allein der Gedanke an Elias ließ Melis Schmetterlinge Salsa tanzen. Genau deshalb konnte sie sich gerade überhaupt nicht auf den Stoff konzentrieren, weil dieses emsige Wuseln in ihrem Bauch sie kirre machte. Aber auf eine gute Art und Weise, es fühlte sich sanft und zugleich feurig an.

Resolut schob sie den Stuhl zurück und lief zu ihrer Handtasche, die sie achtlos nach ihrer Rückkehr am Boden liegengelassen hatte. Sie kramte eine Weile, bis sie endlich ihr Handy fand. Sie musste ihm jetzt schreiben, ansonsten würde sie wahnsinnig werden.

Meli entsperrte den Bildschirm und erstarrte.

Oh mein Gott. Elias hatte nicht nur aufgehört, sie zu blockieren, sondern ihr sogar geschrieben. Melis Herz pochte so laut, dass sie das Blut in ihren Ohren rauschen hörte. Sie ließ sich kraftlos auf die Bettkante sinken, da ihr Kreislauf verrücktspielte. Mit zittrigen Fingern öffnete sie seine Nachricht.

Hallo Meli,
ich wollte mich für den schönen Moment heute im Café mit dir bedanken. Ich bin wirklich froh, dass wir noch mal miteinander gesprochen haben und diese Unstimmigkeit (hoffentlich) aus der Welt geschafft haben. Hast du mit Luise gesprochen?

Im ersten Moment konnte Meli die Intention hinter seiner Aussage nicht deuten. Wollte er lediglich mit ihr abschließen und im Guten auseinandergehen? Aber dann hatte er die Nachricht mit einer Frage beendet. Das bedeutete doch, er erwartete eine Antwort. Sie war so verflucht unsicher im Umgang mit Elias. Ihre Angst, etwas falsch zu machen und ihn zu verärgern, war zu groß, um einfach drauufloszuschreiben. Aufgeregt lief sie mit dem Handy in der Hand durchs Zimmer.

Hallo Elias,
schön von dir zu hören. Ich hoffe, du hattest einen tollen
Tag mit deinem Kumpel. Mir geht es genauso wie dir. Nein,
ich bin noch nicht dazu gekommen. Ich wurde den ganzen
Nachmittag von Sandra in Beschlag genommen ;-)

Sie hatte eine Weile gegrübelt, ob sie Elias schreiben sollte, wie froh sie war, von ihm entblockt worden zu sein. Aber dann kam sie zum Entschluss, dass das nur dazu führen könnte, dass er wieder dichtmachte. Am besten tat sie einfach, als wäre das nie passiert.

Mit ihrer Antwort war sie zufrieden. Nun überlegte sie im Nachhinein, ob sie zu schnell geantwortet hatte. Aber das war doch Blödsinn, sie hatte sich unbändig über seine Nachricht gefreut, warum sollte sie dann Stunden warten, bis sie antwortete?

Gerade wollte sie ihr Smartphone auf dem Nachttisch ablegen, damit sie beim Lernen nicht ständig darauf schielte, da summte es. Elias hatte schon geantwortet. Die wohltuende Wärme, die ihren ganzen Körper in Besitz nahm, fühlte sich so verdammt gut an.

Freut mich für dich, dass du eine schöne Zeit mit deiner
Schwester hattest. Aber vergiss es nicht, sonst rede ich mit
Luise.

Dahinter hatte er einen Zwinkersmiley gesetzt, aber Meli fühlte, wie ihr Herz gerade all die Gefühle, die sie durchströmten, gar nicht aufnehmen konnte, ohne gleich zu platzen.

Ehe sie durchatmen konnte, sah sie, dass Elias erneut schrieb. Sie hielt die Luft an und wartete gespannt auf den nächsten Kommentar.

Ich hatte heute ein unglaubliches Erlebnis. Markus und ich waren das erste Mal Drachenfliegen. Das war so cool, ein megageiles Erlebnis. Ich bin jetzt immer noch total aufge-kratzt. Was machst du gerade?

Meli musste sich erst mal die Hände an der Hose ab-wischen, so nervös war sie. Sie konnte Elias' Freude und Unbeschwertheit nachfühlen. Das machte sie glücklich und zeitgleich grübelte sie über seine Frage. Was wäre, wenn er sie jetzt sehen wollte? Sich auf ei-nen Drink treffen wollte, weil er zu aufgedreht zum Schlafen war und sie antwortete, dass sie gerade lernte? Damit würde sie die Frage schon ersticken, be-vor überhaupt der Hauch einer Chance bestand, dass sie überleben konnte.

Wahrscheinlich nahm er das sowieso an und es han-delte sich um eine reine Höflichkeitsfrage. Sie musste aufhören, jedes seiner Worte auf die Goldwaage zu le-gen und Dinge hineinzuinterpretieren, die es nur in ih-rer Wunschvorstellung gab. Die Nervosität lähmte sie und der Gedanke, dass er auf ihre Antwort wartete, führte dazu, dass ihr Gehirn wie leer gefegt war.

Das klingt wirklich beeindruckend und vor allem sehr mu-tig. Ich würde mich das niemals trauen, denn ich bin voll der Angsthase. Nicht nur, was Höhe betrifft.
Ich schreibe gerade mit dir. Und du?

Diesmal zwinkerte sie ihm zu und war stolz auf sich, weder gelogen noch zugegeben zu haben, dass sie gerade lernte.

Als sie die Nachricht noch mal überflog, gewann die gewohnte Unsicherheit. Klang ihre Nachricht zu offensiv? Meli wusste nicht einmal selbst, was genau sie damit bezweckt hatte. Warum hatte sie nicht einfach geschrieben, dass sie Höhenangst hatte und es deshalb nie tun würde?

Ich glaube nicht, dass du ein Angsthase bist, denn ich halte dich für sehr mutig. Würdest du dich ansonsten mit mir abgeben?
Ich habe gerade viel Spaß (mit dir). Aber du solltest jetzt lieber ins Bett gehen, damit du morgen fit für die Uni bist.

Ist wohl eine gute Idee, auch wenn ich noch gern mit dir weiterschreiben würde. Schlaf gut.

Schlaf gut, Meli. Bis bald.

Die letzten beiden unscheinbaren Worte halfen Meli, ruhig zu werden und keine Enttäuschung über das abrupte Ende aufkommen zu lassen. Er würde sich wieder melden. Und wenn er es nicht tat, konnte sie ihm schreiben.

21

Elias

In den folgenden Tagen schrieb er immer wieder mit Meli und bald stellte er fest, dass es die kleinen Highlights seines Tages waren, die ihn seine Sorgen für einen Moment vergessen ließen und glücklich machten. Zumindest hielt ihn die Schreiberei davon ab, abends den Kopf zu verlieren und wieder zur Flasche zu greifen, wenn ihn die eigenen Wände zu erdrücken drohten. Solange er Gesellschaft hatte, konnte er mittlerweile ganz gut seine Ängste beiseiteschieben und eine schöne Zeit erleben. Kaum war er allein, dann erdrückte ihn die Last der Ungewissheit. Morgen stand der gefürchtete Termin an, den er am liebsten wieder absagen würde, aber von dem er genau wusste, dass er unumgänglich war.

Gestern hatte er seinen Mut zusammengenommen und Meli gefragt, ob sie nicht Lust hatte, mit ihm ins Kino zu gehen. Die Glücksgefühle hatten ihn fast überfordert, als sie zugesagt hatte. Er verspürte leise Schuldgefühle, denn Meli sollte ihm über den Abend hinweghelfen und es kam ihm so vor, als würde er sie nur benutzen, um sicherzugehen, dass er nicht wieder abstürzte.

Obwohl er es kaum erwarten konnte, mit ihr Zeit zu verbringen, war es eine Tatsache, dass er sie ohne den bevorstehenden Termin wahrscheinlich nicht gefragt hätte. Aber Markus hatte heute leider keine Zeit und seine Familie würde ihn eher wahnsinnig machen, als beruhigend auf ihn einwirken.

Meli würde ihm helfen, wieder zu sich zu finden und fokussiert zu bleiben. In ihrer Gesellschaft fühlte er sich ausgeglichen, fast schon sorgenfrei. Zumindest solange er sich nicht mit dem naheliegenden Gedanken beschäftigte, wie es mit ihnen weitergehen sollte. *Ich sollte es einfach auf mich zukommen lassen und jetzt die Zeit mit ihr genießen.*

Als er auf das Kinogebäude zulief, entdeckte er Meli vor dem Eingang. Sie stand ein wenig verloren da und lächelte verlegen, als wäre es ihr unangenehm, allein zwischen lauter kleinen Grüppchen zu stehen, die sich angeregt unterhielten. Nachdem sie kurz den Blick hatte schweifen lassen, wanderte er wieder zu Boden und ihn wunderte es, dass sie nicht zum gängigen Hilfsmittel Smartphone griff, um etwas in der Hand zu halten. Aber irgendwie passte es zu Meli, dass sie die für sie unangenehme Situation lieber aushielt, als sich hinter ihrem Handy zu verstecken.

Er nahm sich kurz die Zeit, sie zu betrachten. Heute trug sie ihre Haare offen wie damals auf Raphaels Party. Sie waren wunderschön, glänzend und verlockten zum Anfassen.

Er registrierte zwei Typen, die sie verstohlen musterten. Einer sagte etwas zu seinem Freund und wies nickend in ihre Richtung. Sofort verspürte er unangebrachte Eifersucht, als ihm klar wurde, dass die beiden dabei waren, sie anzuquatschen. Fast war es ihm peinlich, wie er auf sie zustürmte, dennoch war er zu spät und er sah Meli überrascht aufblicken, als einer der beiden sie ansprach. Sie sah ungläubig aus, fast als warte sie gleich auf die Auflösung, die ihr klarmachte, dass die beiden lediglich ein Feuerzeug oder Ähnliches benötigten.

Warum erkannte Meli nicht, wie schön sie war? Vielleicht entsprach sie nicht der klassischen Modelschönheit, aber so viel Perfektion war doch langweilig. Meli war so unfassbar interessant, sie verdiente einen zweiten Blick und genau das hatten die zwei Kerle wohl auch begriffen.

Für seinen Geschmack standen sie viel zu nah bei ihr und er drängelte sich ein wenig rücksichtslos zwischen sie und legte besitzergreifend den Arm um Melis Schultern.

„Sorry, hat etwas länger gedauert. Haben wir noch Zeit, um Popcorn zu kaufen?"

Sie war unter seiner vertraulichen Berührung zusammengezuckt und sah ihn ein wenig fassungslos an.

Er zwinkerte ihr zu und meinte zu den beiden Männern: „Wir müssen los." Er nahm Meli an der Hand und zog sie einfach mit sich.

„Das war jetzt aber nicht gerade die feine Art", wagte sie einzuwerfen, als sie in der Schlange standen.

„Sei ehrlich, hast du dich in ihrer Gesellschaft wohlgefühlt? Wenn ja, tut es mir leid und ich bringe dich zu ihnen zurück."

„Untersteh dich!", rief Meli so resolut aus, dass er anfing zu lachen.

Melis Wangen röteten sich auf entzückende Weise und er blieb einen Moment zu lange an ihren wunderschönen Augen hängen. Erst als er hörte, dass Meli eine Bestellung aufgab, wandte er sich der Angestellten zu, um ebenfalls eine Coke zu ordern, nachdem sie eine große Tüte Popcorn für beide gekauft hatte. Meli hatte darauf bestanden, weil er schon die Tickets bezahlt hatte.

Mit der großen Tüte bewaffnet betraten sie den Kinosaal und setzten sich in die letzte Reihe.

Sie hatten sich für eine romantische Komödie entschieden, da Meli kein Blut und Action vertrug. Eigentlich wäre es ja die perfekte Gelegenheit gewesen, ihr ganz unauffällig näherzukommen, aber das hatte er ja schlecht als Argument anführen können.

Ihm war es ganz egal, was sie sich ansahen, für ihn zählte nur, sich abzulenken und Zeit mit ihr zu verbringen. Es war entspannend, einfach neben ihr zu sitzen, ohne die ganze Zeit eine Unterhaltung führen zu müssen.

Als der Film schon eine Weile lief, griffen sie gleichzeitig in die Popcorntüte. Er spürte Melis Hand an seiner und hätte am liebsten ewig so dagesessen. Sie fühlte sich so gut an. Er musste sich zwingen, sie zurückzuziehen. Er warf ihr ein kleines Lächeln zu und sie schlug die Augen nieder. „Nimm du erst", sagte er leise, was sie aus ihrer Starre löste.

Anschließend vergaß sie, ihm die Tüte zu reichen. Anscheinend fühlte sie sich gerade ähnlich verwirrt wie er.

Mühsam zwang er sich, den Blick wieder auf die Leinwand zu richten, er hatte sie schon viel zu lang angestarrt. In den nächsten Minuten nahm er ausschließlich Meli neben sich wahr, ihr lieblicher Duft betörte ihn. Von der Filmhandlung hatte er rein gar nichts mitbekommen und er wünschte sich gerade nichts sehnlicher, als mit Meli allein zu sein.

Zaghaft hob Elias seine Hand und bevor er nachdenken konnte, ob er gerade das Richtige tat, legte er sie vorsichtig auf ihren Oberschenkel. Aus den Augenwinkeln sah er, dass sie sich ihm zugewandt hatte und wie magisch angezogen drehte er den Kopf zu ihr, obwohl er es eigentlich gar nicht tun wollte. Ihr fragender Blick bezeugte eine tiefe Unsicherheit, die er so gut kannte, weil sie ein tagtäglicher Begleiter für ihn geworden war. Er schenkte ihr ein liebevolles Lächeln, das Meli anscheinend genügend Vertrauen gab, denn sie lehnte sich plötzlich an seine Schulter an und Elias hätte sie am liebsten geküsst. In ihm stieg ein ungezügeltes Verlangen auf, das er in der Form in ihrer Gesellschaft bislang nicht erlebt hatte. Ihre Beziehung basierte auf anderen Stützpfeilern als auf reiner triebgesteuerter Leidenschaft. Sie war ihm viel zu wichtig, als sie lediglich als Betthäschen zu sehen. Aber nun wurde ihm gerade sehr deutlich aufgezeigt, dass er sie begehrte. Er schluckte ein paar Mal und versuchte sich wieder auf die Filmhandlung zu konzentrieren und fast wäre er in Gelächter ausgebrochen, als das Pärchen auf der Leinwand begann, leidenschaftlich übereinander herzufallen. Meli rückte so plötzlich von ihm ab, dass er sie erneut ansah. Sie hielt ihren Blick auf die Leinwand gerichtet und griff nach ihrer Coke. Anscheinend war ihr die Sexszene äußerst unangenehm.

„Na, bist du wieder aufgewacht, jetzt, wo es spannend wird?“, neckte er sie.

Sie rutschte ein wenig auf ihrem Sitz hin und her, was sie schlagartig wieder einstellte, als ihr wohl aufging, dass man diese Geste sehr unterschiedlich interpretieren könnte.

„Du darfst dich gern wieder anlehnen. Ich fand es schön“, fügte er an, als er bemerkte, wie unwohl sie sich fühlte.

Nun sah sie ihn doch an und der Blick löste einen gewaltigen Blitz aus, der durch seinen Körper jagte.

Elias wollte ihr Gesicht zwischen seine Hände nehmen und sie so lange küssen, bis ihr die Luft ausging oder sie nach mehr bettelte. Als er die Hände heben wollte, um diesen Wunsch Wirklichkeit werden zu lassen, drehte Meli den Kopf und der Moment war vorbei.

Elias stieß Luft aus und war sich gerade nicht sicher, ob er sauer sein sollte, weil er zu lang gewartet hatte oder ob es nicht so besser war. *Was hätte ich ihr denn anschließend sagen sollen?*

Zu seiner Überraschung kam sie allerdings seinem Angebot nach und lehnte erneut ihren Kopf an seine Schulter.

Er hatte ihr Vertrauen doch gar nicht verdient. Sie war so rein und unschuldig und er belog sie die ganze Zeit. Er gab etwas vor, was er gar nicht war. Zwar hatte er begonnen, sich ihr zu öffnen, aber es war unfair von ihm, sie anzubaggern, solange sie nicht die ganze Wahrheit wusste.

Trotz all seiner Bedenken fühlte er Enttäuschung, als der Film endete und Meli sich wieder aufrichtete. Er wollte sie in seiner Nähe, in seinen Armen. Er wollte sie spüren, weil es ihm zeigte, dass er noch lebendig war.

Mechanisch stand er auf und nachdem sie den Abfall entsorgt hatten, fragte er Meli, ob er sie nach Hause fahren sollte. Ihre Augen leuchteten auf und es bescherte ihm wieder ein wohliges Gefühl, ihr eine Freude gemacht zu haben.

„Ich muss noch kurz auf Toilette", warf sie ein wenig beschämt ein, als wäre es etwas Verwerfliches.

„Kein Problem, ich warte im Foyer auf dich."

In Gedanken war er schon bei der Autofahrt, als ihn plötzlich eine Frau anfiel. Anders konnte er ihren Angriff nicht bezeichnen. Sie klammerte sich an ihn und küsste ihn mitten auf den Mund. Es dauerte ein paar Sekunden, bis seine verzögerte Wahrnehmung ihm sendete, dass es sich um Selina, seine Ex-Freundin handelte. Während er sie ein wenig von sich schob, versuchte er den Ärger über ihre aufdringliche Art zu unterdrücken. Sie hatten sich seit Monaten nicht gesehen, geschweige denn etwas voneinander gehört. An Selina hatte er ewig nicht mehr gedacht, sie hatte kein Recht mehr auf solche Vertraulichkeiten.

„Elias, wie schön dich zu sehen. Ich freue mich so sehr, dich hier zu treffen. Wie geht es dir denn? Lass uns mal wieder in Ruhe reden."

Sie sprach einfach weiter und er kam gar nicht dazu, ihren Redeschwall zu unterbrechen, der auf ihn einströmte. Nun erinnerte er sich auch wieder, warum er sich von ihr getrennt hatte. Nach kurzer Zeit war er einfach nur genervt von ihrer anstrengenden Art gewesen. Sie wirkte immer so gekünstelt, als spiele sie lediglich eine Rolle, um ihm zu gefallen. Da half Selina ihr gutes Aussehen auch nicht weiter. Er musste ihr zugestehen, dass sie wirklich eine Schönheit war, nach der sich sämtliche Männer umdrehten. Gerade lief ein Pärchen an ihnen vorbei und während der Typ sie anstarrte, stieß ihm seine weibliche Begleitung wütend in die Seite.

„Stimmt, wir haben uns lange nicht gesehen. Ich hoffe dir geht's gut?", fragte er höflich nach, ganz der wohlerzogene Sohn aus gutem Haus.

Sie beugte sich wieder zu ihm und hauchte ihm ins Ohr: „Darling, ich habe dich vermisst. Vielleicht hast du Lust auf einen Absacker ... bei mir zu Hause."

Gott, was ging sie plump vor. Ein wenig angewidert trat er einen Schritt zurück, doch sie schloss die Lücke gleich wieder. Gerade wollte er dankend ablehnen, da erblickte er Meli, die in einiger Entfernung dastand und zu ihm herüberstarrte. Warum kam sie denn nicht her? Obwohl sie einige Meter entfernt stand, erkannte er, dass sie völlig durcheinander wirkte. Als hätte sie gerade etwas Grauenhaftes zu Gesicht bekommen. Hatte sie etwa den Kuss gesehen? Ihr konnte doch nicht verborgen geblieben sein, dass er absolut unwillig darauf reagiert hatte.

Er hob die Hand, um ihr zu winken. Diese Geste löste zwar ihre Starre, aber es sah so aus, als wüsste sie nicht, ob sie zu ihm kommen oder lieber die Flucht ergreifen sollte. Das sollte sie lieber bleiben lassen, denn das würde er garantiert nicht zulassen.

22

Meli

Natürlich war vor der Damentoilette eine Schlange entstanden, da gerade einige Filme zeitgleich geendet hatten und Meli war schon kurzzeitig versucht gewesen, ihren Harndrang zu unterdrücken. Aber das wäre eine sehr unangenehme Fahrt geworden, die sie in vollen Zügen genießen wollte und die nicht so schnell wie möglich enden sollte.

Die Stimme der Vernunft siegte schlussendlich und nun eilte sie Richtung Ausgang, wo sie Elias vermutete. Der Kinobesuch war noch viel schöner gewesen, als sie es sich ausgemalt hatte. Diese unverhoffte Nähe zu ihm ... Er schien sie genauso genossen zu haben wie sie. Sie hatte sich zwingen müssen, ihren Kopf von seiner Schulter zu lösen. Er hatte so perfekt dahin gepasst, als wäre das schon immer sein Platz gewesen. Und nun wollte er sie nach Hause fahren. Meli ahnte, dass er nicht einfach nur höflich sein, sondern ebenfalls den wunderschönen Abend noch nicht enden lassen wollte.

Sie sah sich im gutgefüllten Raum um und entdeckte Elias nicht weit von ihr entfernt.

Doch sein Anblick, wie er eine Frau in seinen Armen hielt, traf sie unverhofft. Das allein war schon schmerzhaft, aber als sie erkannte, um wen es sich dabei handelte, zersplitterte ihr Herz. Einfach so ohne Vorwarnung.

Dass das Leben kein Ponyhof war, wusste Meli schon lang. Oft genug hatte sie erleben müssen, dass die Schattenseiten sie erdrückten, ihr alles nahmen, was ihr wichtig war. Aber gerade fühlte sie sich vom Schicksal betrogen.

Dieser Schmerz war so unfassbar groß, dass sie fast zu weinen begonnen hätte. Woher kannte Elias Selina? Sie sahen äußerst vertraut miteinander aus, sonst hätte sie ihn doch nicht einfach auf den Mund geküsst.

Selina, das Grauen ihrer Kindheit.

Mit voller Wucht brachen die Erinnerungen hervor und liefen wie ein Film vor ihrem geistigen Auge ab. Dinge, die sie tief in sich verborgen hielt, da sie diese seelischen Grausamkeiten nie verwunden hatte. Sie hatte den einzigen Ausweg gewählt, der ihr geblieben war, um nicht daran zugrunde zu gehen. Verdrängung! Zumeist gelang es ihr, diese furchtbare Zeit zu vergessen, als wäre sie nie passiert, aber zuweilen gab es Momente, die sie triggerten. Aber noch nie hatte es einen derartigen Auslöser gegeben. Sie wurde von der Wucht förmlich überschwemmt, chancenlos, sich irgendwo festzuklammern, wurde sie in den Strudel hineingezogen. Immer tiefer wurde sie auf den Grund gezogen, ihr war schwindlig und erst als sie Elias winken sah, löste sie sich zaghaft aus der Vergangenheit. Sie zwinkerte verwirrt, als sie sah, dass sie sich im Kino befand. Als

Elias' und ihr Blick sich trafen, sah sie Verwirrung. Verdammt, ihm war ihr desolater Zustand nicht verborgen geblieben. Jetzt fühlte sie auch noch heiße Tränen, die nach draußen drängten. Diese Blöße durfte sie sich vor Selina nicht geben, die gerade durch die Menge rief: „Meli, bist du das? Was für ein Zufall.“

Nun konnte sie nicht mehr weg. Noch nie hatte sie sich so inständig ein Loch im Boden gewünscht, in das sie verschwinden konnte. Ausgerechnet sie, die es ansonsten so vortrefflich verstand, in der breiten Menge unterzugehen, stand plötzlich im Mittelpunkt.

Mit völlig ausgetrocknetem Mund sah sie die beiden auf sich zukommen. Elias' besorgter Blick ruhte auf ihr, der sich wortlos erkundigte, ob alles klar wäre.

„Ihr kennt euch?“ Elias blickte erstaunt von Meli zu Selina und dasselbe hätte sie ihn auch fragen können.

Selina riss ihre Augen auf und legte theatralisch die Hand auf ihr Herz. „Du kennst Meli auch? Das hast du mir nie erzählt, Darling.“ Schon wieder hatte sie sich an seinen Arm gehängt und zu Melis großer Genugtuung, die ihr eigentlich peinlich sein sollte, sah sie ihn unwillig Selinas Arm abschütteln.

„Ich habe Meli erst nach unserer Zeit kennengelernt“, stellte er die Verhältnisse klar, was Selina nicht zu schmecken schien. Ihre Augen blitzten für den Bruchteil einer Sekunde wutentbrannt, dann hatte sie sich wieder im Griff. In Meli löste es reine Angst aus. Ein machtvolles Gefühl, das sie in der Intensität lang nicht mehr verspürt hatte. Sie zwang sich, rational zu bleiben, immerhin war sie kein Kind mehr. Aber ihr war klar, dass sie immer noch nicht in der Lage war, sich

gegen Selina zu wehren und sie durfte ihr keine Muni-
tion liefern, um die Machtdemonstration wiederaufzu-
nehmen.

„Und woher kennt ihr euch?", fragte Selina scheinbar
harmlos, während sie auf etwas lauerte, mit dem sie
zum Angriff übergehen konnte.

Bevor Elias eine Möglichkeit hatte zu antworten,
fasste Meli sich ein Herz und warf atemlos ein: „Ich bin
die Nanny seiner Nichten. Sein Bruder hat mich eingestellt."

Selinas gewitterumwölkte Miene hatte sich zu ihrer
grenzenlosen Erleichterung wieder geglättet und sie
lachte affektiert auf.

„Wie süß. Dafür bist du perfekt geeignet. Mit der
Schar an Geschwistern bist du prädestiniert dazu." Obwohl ihre Worte harmlos klangen, kam es Meli nicht
wie ein Kompliment vor.

„Meli kann gut mit Kindern. Meine Nichten lieben
sie", schwärmte Elias lächelnd. Vielleicht erinnerte er
sich gerade an ihren gemeinsamen Nachmittag im Garten.

Elias, bitte nicht. Sei einfach still. In jeder anderen Situation wären seine Worte Musik in ihren Ohren, aber
gerade konnte sie Lobpreisungen gleich welcher Art
nicht gebrauchen.

„Dann tust du Meli einen Gefallen, indem du sie ins
Kino einlädst? Das ist wirklich nett von dir, mit einer
Angestellten deines Bruders Zeit zu verbringen. Aber
Kinder sind schließlich das Herzstück unserer Gesell-
schaft, da sollten wir nicht anfangen zu sparen."

Meli wäre am liebsten vor Wut geplatzt, aber bevor
Elias noch irgendetwas zu ihrer Verteidigung sagte,

sollte sie lieber zusehen, dass sie von hier verschwand. Aber wenn sie ihn aufforderte, sie nach Hause zu bringen, wäre Selina erst recht sauer auf sie.

Die schien allerdings gar keine Antwort zu erwarten, sondern plapperte weiter: „Elias, wie sieht es aus, lädst du mich auf einen Drink ein? Der alten Zeiten zuliebe?"

Meli konnte nicht fassen, wie dreist Selina vorging, aber sie kam nicht umhin, einen Hauch Bewunderung zu verspüren, wie selbstbewusst Selina handelte. Sie schien in keiner Weise mit einer Abfuhr zu rechnen.

„Ich habe Meli versprochen, sie nach Hause zu fahren. Ein anderes Mal gern", sagte er diplomatisch. Wieder verspürte sie zugleich Dankbarkeit, dass er es nicht vergessen hatte und peinigende Angst, Selinas Unmut erneut auf sich gezogen zu haben.

„Ich habe was auf der Toilette vergessen. Elias, lass dich von mir nicht aufhalten. Geh mit deiner Freundin was trinken, ihr habt euch bestimmt viel zu erzählen. Ich komm schon klar und nehme einfach den Bus."

„Aber ...", entgegnete er, während sie einfach losstürmte und wie zum Abschied einen Arm hob. Nur weg von hier. Dann würde Selina vielleicht vergessen, dass sie da gewesen war.

Diesmal war zum Glück nichts mehr los. Fast alle Besucherinnen waren entweder gegangen oder in der Spätvorstellung verschwunden. Mit zitternden Händen sperrte Meli die Kabine zu und sie ließ sich erschöpft auf den Toilettendeckel sinken.

Während sie noch damit beschäftigt war, ihren rasenden Puls wieder einzufangen und ihm gut zuzureden, damit er sich beruhigte, klopfte es plötzlich an der Tür.

„Meli, alles klar? Elias hat mich gebeten, nach dir zu schauen. Er war ein wenig beunruhigt über deinen Abgang."

Meli erstarrte, als sie die vertraute Stimme hörte. *Elias, warum tust du mir das an? Warum bist du nicht einfach mit ihr weggefahren?*

Alles in ihr sperrte sich dagegen, die Tür zu öffnen, aber es wäre kindisch, sich dahinter zu verstecken. Sie musste sich endlich gegen Selina zur Wehr setzen. Leichter gesagt als getan, wenn einem die Tyrannin übermächtig erschien. Sie hatte das Überraschungsmoment auf ihrer Seite gehabt, während Meli keine Chance bekommen hatte, sich auf eine Begegnung vorzubereiten.

Trotzdem strich sie sich die Haare hinters Ohr und stand mit wackeligen Beinen auf und öffnete die Tür. Selina betrachtete sie prüfend, als suche sie nach einem Indiz, dass sie geweint hatte. Dieser kleine Triumph verhalf ihr zu etwas Sicherheit und sie ging an Selina vorbei, um sich die Hände zu waschen.

„Ich habe nur mein Handy liegen lassen. Zum Glück war es noch da. Ihr könnt ruhig fahren. Mir geht es gut."

Selina ging nicht auf ihre Worte ein, sondern fixierte sie weiterhin mit starrem Blick, was Meli über den Spiegel registrierte, während das kalte Wasser über ihre Handgelenke lief.

„Lass deine Finger von Elias. Ich sag dir das nur einmal. Er gehört mir! Mit dir hat er doch sowieso nur Mitleid. Eine wie dich würde er nicht einmal anfassen, wenn du die einzige Frau auf Erden wärst."

Meli fühlte sich mit einem Mal in ihre Jugendzeit zurückversetzt. Dieses Gefühl der Machtlosigkeit war so unfassbar stark, dass sie beinah eingeknickt wäre. Ihre Furcht war gerade so unendlich groß.

Wieder musste sie sich mühsam hervorrufen, dass sie erwachsen war und Selina ihr nichts antun konnte. Warum war Selina ihr Ex-Freund plötzlich wieder so wichtig? So wie sie es verstanden hatte, hatten sie seit Monaten keinen Kontakt mehr. Konnte es etwa sein, dass Selina sie zuvor beobachtet hatte? Der Gedanke kam Meli so abwegig vor, dass sie sich fast dafür schämte. Wie konnte sie auf den Gedanken kommen, dass Selina auf sie eifersüchtig wäre?

Mechanisch griff sie nach einem Papiertuch und trocknete sich die Hände ab. Dann wandte sie sich Selina zu.

„Warum drohst du mir? Wenn du glaubst, dass Elias mich so abstoßend findet, kann es dir doch egal sein, wenn wir uns treffen." Meli erschrak über ihre eigene Courage. Wo waren diese Worte nur hergekommen?

Selina packte sie am Handgelenk und sah sie hasserfüllt an. „Soll ich dir noch mal in Erinnerung rufen, zu was ich imstande bin? Magst du so etwas noch mal erleben? Ich kann dein neues Leben zerstören. Einfach unter meiner Schuhsohle zertreten wie einen hässlichen Käfer."

Meli spürte, wie sich ihre Nackenhaare aufstellten, aber sie konnte jetzt nicht klein beigeben, das würde sie sich nie verzeihen.

„Vielleicht ist es an der Zeit, dir zu verraten, was ich studiere. Ich werde mich bald Anwältin nennen dürfen und da finde ich es ziemlich mutig oder vielleicht auch nur dumm von dir, mir zu drohen."

Selina wurde blass und für einen Moment schien es, als würde Meli erstmals die Oberhand behalten. Aber die kleine Genugtuung konnte sie nur kurz auskosten, denn schon setzte Selina zum Rundumschlag an.

„Ich bin immer noch im Besitz der Aufnahmen. Vielleicht hätten deine Kommilitonen ja Interesse daran. Oder ich veranstalte mit Elias einen kleinen Videoabend und wir amüsieren uns dabei köstlich über dich."

Heiße Galle stieg in ihr auf und Meli befürchtete, dass sie sich augenblicklich übergeben musste. Niemals hatte sie damit gerechnet, dass Selina noch im Besitz dieser Aufnahmen war. Das war zehn Jahre her und sie waren sich glücklicherweise seit ihrem Schulwechsel nicht mehr begegnet. Vielleicht bluffte sie, aber Meli konnte nicht riskieren, dass sie tatsächlich ihre Drohung wahr machte.

Mit zittriger Stimme knickte sie ein und hasste sich selbst dafür, dass sie sich wieder einschüchtern ließ.

„Ich halte mich von ihm fern. Er wollte nur nett sein. Mehr nicht."

Selina hob ihr Kinn an, um sie zu zwingen, sie anzuschauen und ihr widerwärtiges Grinsen brachte Meli endgültig an den Rand ihrer Fassung. Ohne es verhindern zu können, schwammen ihre Augen in Tränen.

„Vielleicht solltest du mich lieb drum bitten, damit ich die Aufnahmen für mich behalte."

Warum konnte es diese Bitch nicht einfach darauf beruhen lassen? Weil sie schon immer einen Gefallen daran gefunden hatte, sie zu demütigen. Auf jede erdenkliche Art und Weise.

Immer noch hielt Selina sie eisern am Kinn fest und Meli hätte ihrer Feindin so gern ins Gesicht gespuckt.

„Bitte tu es nicht", quetschte sie hervor.

„Gib dir mehr Mühe", zischte Selina wütend.

„Meinst du nicht, Elias wundert sich, wo du bleibst?"

Damit brachte sie Selina kurzzeitig aus dem Konzept, dann kehrte ihre alte Selbstgefälligkeit zurück.

„Auf eine Frau wie mich warten alle Männer. Und jetzt los, ich will endlich mit Elias Spaß haben."

„Bitte, Selina, sei so lieb und zeig niemandem die Aufnahmen." Als Selina immer noch nicht wirklich zufrieden wirkte, fügte sie hinzu „Ich wäre dir sehr dankbar für deine Großzügigkeit."

„Geht doch. Warum nicht gleich so demütig?", feixte sie, während sie sich endlich abwandte. „Und vergiss nicht, was du mir versprochen hast." Mit diesen Worten ließ sie Meli endlich allein.

Meli war unfähig, sich von der Stelle zu rühren, auch wenn sie sich sicher war, dass die beiden schon längst verschwunden waren. Erst als jemand den Waschraum betrat, schaffte sie es, der Frau ein gequältes Lächeln zu schenken und sich endlich auf den Heimweg zu machen.

Im Nachhinein wusste sie nicht mehr, wie sie nach Hause gekommen war. Wahrscheinlich hatte sie unter Schock gestanden und ganz automatisch reagiert.

Irgendwie hatte sie den Weg in ihr Bett gefunden und konnte sogar schlafen, auch wenn sie sich am Morgen an wirre Träume erinnerte. Das Summen ihres Handys riss sie aus ihrer Lethargie, in der sie sich seit gestern Abend befand. Wieder einmal lähmte sie die Angst und machte sie handlungsunfähig. Obwohl sie befürchtete, dass Selina sie terrorisierte, auch wenn das Quatsch war, weil sie gar nicht ihre Nummer hatte, sah sie doch aufs Display. Ihr Herz machte einen Hüpfer, als sie registrierte, dass die Nachricht von Elias stammte. Hastig öffnete sie den Chatverlauf und stellte entsetzt fest, dass er ihr noch gleich gestern Abend geschrieben hatte. Seitdem hatte er ihr mehrere Nachrichten zukommen lassen. Hoffentlich hatte Selina das nicht mitbekommen. Meli würgte es mit einem Mal und sie sprang auf, um noch rechtzeitig die Toilette zu erreichen.

Nach einigen Minuten kehrte sie erschöpft in ihr Zimmer zurück. Zum Glück hatte niemand aus ihrer Familie etwas mitbekommen. Sie wollte keine Fragen beantworten.

Warum musste Elias ausgerechnet jetzt so hartnäckig sein? Die ganze Zeit war er es gewesen, der sich nach Lust und Laune gemeldet hatte, jetzt, wo sie sich zurückzog, war sein Jagdinstinkt geweckt worden, oder was?

Trotzdem musste sie ihm antworten, damit er endlich Ruhe gab und ihn anschließend irgendwie auf Abstand halten.

In seiner ersten Nachricht schrieb er, dass er auf sie hatte warten wollen, aber Selina gemeint hatte, dass sie schon weg war. Sie hätte ewig auf Meli gewartet und dann festgestellt, dass der Toilettengang wohl eine Ausrede gewesen war.

Eigentlich müsste sie Wut verspüren, aber Meli war viel zu leer, als dass sie diese Lüge in irgendeiner Form berührte. Es war ihr sogar egal, was Elias nun von ihr dachte.

Als er allerdings schrieb, dass er allein nach Hause gefahren war, weil er keine Lust hatte, seine Zeit mit Selina zu verbringen und viel lieber mit ihr etwas getrunken hätte, fiel ihre Fassade. Die Mauer bröckelte so plötzlich, dass sie laut aufschluchzte. Endlich wurde ihr Traum wahr und Elias begann sich ihr zu öffnen und seine Zuneigung zu bekunden, die vielleicht sogar über eine bloße Freundschaft hinausging, da kam Selina und machte ihr alles kaputt. Zerstörte wieder einmal ihr Glück. Aber das war nichts in Anbetracht der Bedrohung, die von ihr ausging.

Meli, was ist los? Ich mache mir Sorgen.

Seine letzte Nachricht versetzte sie in Alarmbereitschaft. Anscheinend beunruhigte es Elias, dass sie seit der Verabschiedung keine Nachricht gelesen hatte. War das denn so abwegig? Immerhin war es schon recht spät gewesen. Aber vielleicht hatte er gespürt, wie durcheinander sie gewesen war. Er hatte besorgt ausgesehen, als sie geflohen war.

Sie benötigte mehrere Anläufe, da ihre Hände so stark zitterten, dass sie mehrmals die Tasten nicht traf, bis die Nachricht endlich fertig war.

Guten Morgen, sorry, ich habe mich einfach nicht so gut ge-
fühlt. Frauenprobleme, wenn du verstehst, was ich meine.
Das war mir unangenehm und ich wollte es dir nicht auf
die Nase binden.

Jetzt hatte sie ganz die Zeit vergessen. Mit einem leisen Aufschrei sprang sie auf, um sich für die Uni fertigzumachen. Ausgerechnet ihr „Lieblingsprofessor" hielt
die erste Vorlesung. Wenn sie nun auch noch zu spät
kam, stand sie endgültig auf der Abschussliste.

23

Elias

Die ganze Nacht hatte er sich schlaflos hin und her gewälzt. Ursprünglich hatte er sich schon darauf eingestellt, dass er in der Nacht vor dem Termin kein Auge zukriegen würde. Aber dann war alles ganz anders gekommen.

Während er sich geduscht und angezogen hatte, grübelte er ständig über den gestrigen Verlauf. Ob er ein entscheidendes Detail übersehen hatte, das ihm Melis merkwürdiges Verhalten erklärte, ab dem Moment, als sie auf Selina getroffen waren. Ihr seltsamer Abgang beschäftigte ihn und ließ ihn nicht zur Ruhe kommen. Als er seine lästige Ex endlich losgeworden war, hatte er Meli eine Nachricht geschrieben. Normalerweise wartete sie abends schon darauf. Das war ihnen in den letzten Tagen zur Gewohnheit geworden. Okay, vielleicht dachte sie, er würde sowieso nicht daran denken, weil er anderweitig beschäftigt war, aber dass sie in der Früh immer noch keine Nachricht gelesen hatte, ließ ihn mit einem Gefühl zurück, dass irgendetwas ganz und gar nicht stimmte. Zuerst hatte er gedacht, dass

Meli lediglich unsicher war. Selina hatte eine Präsenz, die sie augenblicklich in die Defensive gedrängt hatte. Ihr gegenüber kamen vielleicht versteckte Minderwertigkeitskomplexe hoch. Aber als Meli plötzlich flüchten wollte, kam sie ihm vollkommen panisch vor, als hätte sie vor etwas Angst. Vor ihm? Oder etwa vor Selina? Die Erkenntnis, dass Meli etwas belastete, überrannte ihn. Noch mehr allerdings versetzte ihn der immense Wunsch, für sie da zu sein, sie beschützend in den Arm zu nehmen, in Erstaunen.

Erst als er sich eine Tasse Kaffee zubereitete, überfiel ihn die Erkenntnis, dass heute der gefürchtete Termin war. In seiner Sorge um Meli hatte er ihn völlig vergessen. Er war unwichtig geworden, weil ihn der Gedanke, dass es Meli nicht gut ging und er vielleicht daran nicht unschuldig war, nicht mehr losgelassen hatte. Am liebsten wäre er bei Meli vorbeigefahren, aber die Vernunft siegte. Er konnte den Termin nicht ein weiteres Mal verschieben. Schließlich tat er das Ganze im weitesten Sinn auch Meli zuliebe. Sie verdiente es, dass er das Beste aus sich und seinem Leben machte, um ihr wenigstens irgendetwas zu bieten, was jenseits von Krankheit und Siechtum war.

Als sein Handy ihm eine Nachricht von Meli anzeigte, war ihm seine Erleichterung fast peinlich. Hastig las er sie und fühlte sich anschließend genauso im Unklaren wie zuvor.

Das war eine reine Ausrede, das spürte er. Meli war es den ganzen Abend gut gegangen, bis zu dem Augenblick, als Selina auftauchte. Er musste mit ihr darüber reden, aber das wollte er gern persönlich tun, ansonsten hätte Meli zu viel Spielraum, um sich in Ausflüchte zu stürzen.

Vielleicht musste er ihr einfach ein wenig Zeit lassen, um die Eindrücke des Abends zu verarbeiten. Es konnte auch sein, dass sie die unerwartete Nähe zwischen ihnen aus dem Konzept gebracht hatte.

Es half nichts, ohne mit ihr zu sprechen, würde er keine Klarheit erlangen.

Wieder vibrierte sein Smartphone und ein klein wenig enttäuscht stellte er fest, dass es Markus war, der ihm viel Glück für den Termin wünschte. Sein Kumpel war der Einzige, dem er davon erzählt hatte. Es würde ihn rasend machen, wenn seine Familie daheim wartete und ihn anschließend mit Fragen löchern würde. Wahrscheinlich benötigte er anschließend Zeit, das Gehörte erst mal zu verdauen, und falls er jemanden zum Reden benötigte, hätte er es in der Hand, sich zu entscheiden, mit wem er sprechen wollte.

Er nahm sich kurz die Zeit, um sich bei Markus zu bedanken und schob das Handy zögerlich in die Hosentasche. Er musste sich jetzt auf den Weg machen, sonst würde er zu spät kommen.

Seine Hände zitterten leicht, als ihn der Arzt ins Behandlungszimmer bat. Die Wartezeit hatte ihn schier in den Wahnsinn getrieben. Obwohl es sich nicht um mehr als zehn Minuten gehandelt haben konnte, hatte es sich für ihn wie eine Ewigkeit angefühlt. Seine Nervosität ärgerte ihn, immerhin hatte er die Diagnose schon vor einigen Monaten erhalten, viel schlimmer konnte es nicht mehr kommen. Dass er sich damit selbst belog, wollte er sich nicht eingestehen. Denn nun galt es herauszufinden, welchen Verlauf seine Krankheit nahm, was einen entscheidenden Einfluss auf seine Lebensqualität sowie einen Behandlungserfolg haben würde. Als er auf dem Besucherstuhl Platz nahm, wollte er die Wahrheit gar nicht mehr wissen. Zu groß war die Angst, wieder in ein tiefes Loch zu fallen. Die letzten Wochen war es ihm gut gegangen. Fast kam es ihm so vor, als wäre die Diagnose nur ein böser Traum gewesen. Aber auch wenn er noch nicht viel über seine Krankheit wusste, die Tatsache, dass sie jederzeit unbarmherzig und heimtückisch zuschlagen konnte, war ihm nicht unbekannt. Es ließ sich einfach nicht verleugnen, dass sein jetziger Zustand nur eine Momentaufnahme war.

„Herr Reinhardt, schön, dass es heute geklappt hat. Wie geht es Ihnen denn derzeit?"

Elias blickte den Arzt skeptisch an. Sprach er nun von seinem tatsächlichen Gesundheitszustand oder der seelischen Verfassung?

Professor Doktor Weingarten blätterte kurz in seiner Patientenakte und fuhr dann fort: „Sie haben die Diagnose schon vor einigen Monaten erhalten. Die Zeit danach war bestimmt nicht einfach."

Wie aus dem Nichts überfiel Elias Scham. Seit Monaten lief er davon in dem Wissen, dass er direkt auf eine Katastrophe zusteuerte und dennoch hatte er es nicht geschafft, die Richtung zu wechseln. Der Sog war zu stark gewesen, die dunkle Macht zu verlockend. Erst jetzt begriff er, wie dumm er gehandelt hatte. Verstand die Tragweite seines unverantwortlichen Handelns.

„Ich bin damit überhaupt nicht klargekommen. Die Krankheit hat mein ganzes Leben auf den Kopf gestellt, obwohl sie noch gar nicht richtig ausgebrochen ist. Wissen Sie, ich war Pilot und dass mir mein Traumberuf von einem Tag auf den anderen einfach so ohne Vorwarnung aus den Händen gerissen wurde, hat mich komplett aus der Bahn geworfen.“

Elias gestand ihm seinen Absturz samt Drogenkarriere sowie die ersten Aussetzer, die er erlebt hatte.

Der Arzt hatte die Brille abgenommen und strich sich mit einer bedächtigen Bewegung über den Nasenrücken.

„Ich nehme an, man hat Sie darüber aufgeklärt, dass es von Vorteil ist, die Krankheit so früh wie möglich zu erkennen, um sie bestmöglich zu behandeln.“

Elias konnte nur kleinlaut nicken und fühlte sich gerade ziemlich gemaßregelt.

Der Arzt ging nicht weiter auf seine Verfehlungen ein und zeigte auch ansonsten wenig Mitgefühl, was Elias ganz recht war. Eine sachliche Basis ohne Emotionen war genau das, was er benötigte.

Der Professor begann, ihn über mögliche Behandlungswege aufzuklären und Elias erfuhr noch einige unangenehme Details, die er im Nachhinein lieber nicht gekannt hätte.

Nachdem noch einige medizinische Untersuchungen erfolgt waren und er Protokolle mitbekommen hatte, um seinen Krankheitsverlauf zu dokumentieren, durfte er sich auf den Heimweg machen. Im Auto legte er erst einmal den Kopf auf dem Lenkrad ab und der

Drang nach einem Joint oder Drink wurde übermächtig. Schon sah er sich dabei zu, wie er zur nächsten Bar fuhr, als er sich endlich zusammenriss und sich befahl, nach Hause zu fahren.

Ja, es war nicht schön gewesen, was er heute alles erfahren hatte. Aber all diese Begleiterscheinungen oder Symptome konnten, mussten aber nicht auftreten. Und der Ausblick eines erfolgreichen Therapieverlaufes stimmte ihn tatsächlich hoffnungsvoll. Er durfte den Glauben nicht verlieren, dass er noch ein erfülltes Leben führen konnte. Ohne Fliegerei! Der Gedanke ernüchterte ihn augenblicklich, aber er wollte nicht zulassen, dass die Negativität gewann.

Zu Hause warf er seinen Rucksack ins Eck und legte die Protokolle achtlos auf dem Esstisch ab. Damit würde er sich morgen befassen.

Er beschloss, sich etwas zu essen zu machen. Dann wäre er abgelenkt und seine Hände hätten eine Aufgabe. Auch wenn sich sein Hunger in Grenzen hielt, zwang er sich, das Gemüse klein zu schneiden und Nudelwasser aufzusetzen.

Eine halbe Stunde später setzte er sich mit einem gefüllten Teller vor den Fernseher und ließ sich ein wenig berieseln.

Immer wieder dachte er während des Essens an Meli und er beschloss, sie heute Abend in Ruhe zu lassen. Er hatte ihr am Morgen gute Besserung gewünscht, aber darauf hatte sie nicht mehr geantwortet.

Seufzend wandte er den Blick vom Handy ab, um wieder in den Fernseher zu starren.

24

Meli

Luise war schon misstrauisch geworden, als sie die letzten Tage mit einer Trauermiene über den Campus geschlichen war. Deshalb hatte sie sich heute ausnahmsweise geschminkt, damit man die verräterischen Spuren nicht sah.

Luise wartete vor dem Hörsaal auf sie. Normalerweise freute sie sich unbändig über solche Gesten, die ihr zeigten, dass sie einer anderen Person wichtig war. Heute wäre es ihr lieber gewesen, sich in der unsichtbaren Masse der Anonymität verstecken zu können.

„Du bist mir eine. Warum sprichst du nicht mit mir? Da muss mich erst Elias anrufen, damit ich Bescheid weiß."

Meli gefror inmitten der Umarmung, als Luises Worte sie mit voller Wucht trafen. Sie konnte Luise nur anstarren, unfähig nachzufragen, was sie damit meinte.

Luise boxte ihr freundschaftlich gegen die Schulter. „Er wusste, dass du die letzte Prüfung verhauen hast und hat mich deshalb gebeten, mit dir zu lernen, weil er befürchtet, dass du mich nicht selbst fragst."

Meli fiel alles aus dem Gesicht, als sie fassungslos ausrief: „Was hat er getan?" Erst jetzt bemerkte sie, dass sie den Eingang zum Hörsaal blockierten und trat hastig einen Schritt zur Seite.

„Ich wusste gar nicht, dass ihr euch so nahesteht. Anscheinend hast du mir so einiges verschwiegen. Ich will nachher beim Mittagessen alles ganz genau wissen. Und natürlich lerne ich mit dir." Luises warmer Blick streichelte ihre Seele und gerade fühlte sie nur Erleichterung und Dankbarkeit. Wegen Luise, weil sie die beste Freundin der Welt war und auch wegen Elias, der sie scheinbar viel besser kannte, als sie dachte. Dem sie wichtig schien. Vielleicht sollte sie Luise nachher alles erzählen und sie um Rat bitten.

Von den Vorlesungen am Vormittag hatte sie herzlich wenig mitbekommen, wie sie gerade schuldbewusst feststellte, als sie mit Luise in der Mensa Platz nahm.

Luise warf ihr einen entschuldigenden Blick zu und bemerkte: „Ich hätte von mir aus anbieten müssen, mit dir zu lernen. Natürlich magst du nicht ständig fragen, aber du weißt doch, dass mir das nichts ausmacht. Ich tu das gern."

„Du bist für diese Welt viel zu gut. Vielen Dank, ich wüsste echt nicht, was ich ohne dich tun sollte. Und das sage ich jetzt nicht, weil du mit mir lernst", fügte Meli hastig hinzu, obwohl sie sicher war, dass Luise das sowieso wusste. Nachdem sie gleich einen Termin vereinbart hatten, legte Luise ihr Besteck zur Seite und schob den halb vollen Teller weg.

„Jetzt erzähl mal, wie kommt es, dass Elias von deinen Problemen weiß? Mein letzter Stand ist, dass er dich auf der Party hat stehen lassen. Seitdem hast du mir wohl ein paar entscheidende Details verschwiegen." Luise schmunzelte und sah zu Melis Erleichterung weder sauer noch beleidigt aus.

„Es begann damit, dass ich etwas über Elias erfahren habe, was ich jetzt nicht breittreten möchte", druckste sie schließlich hervor. Wie sollte sie Luise ansonsten begreiflich machen, wie sich ihr Verhältnis verändert hatte? Sie gab ihr einen kurzen Abriss der letzten Zeit und endete mit dem Kinobesuch.

Luise hatte zu ihrer Erleichterung nicht nachgebohrt, aber es wäre auch nicht ihre Art, etwas aus Meli herauslocken zu wollen. Stattdessen beugte sie sich vor und fragte neugierig: „Und weiter? An der spannendsten Stelle hörst du auf zu erzählen."

Meli schluckte und mit einem Mal war das ganze Gefühlschaos wieder da. Die Angst, die Sorgen, die Scham, aber auch ihre Verliebtheit, die Glücksmomente und Schmetterlinge, die sie in Elias' Gesellschaft verspürte.

„Hey, Süße, was ist denn los? Hat er sich etwa wieder danebenbenommen? Na warte, der wird was von mir zu hören bekommen", fauchte Luise aufgebracht.

Immerhin führte Luises Temperamentsausbruch dazu, dass Meli ihre Fassung wiedergewann. Ihr gelang sogar ein kleines Lächeln über den Gerechtigkeitssinn ihrer Freundin.

„Ausnahmsweise kann Elias nichts dafür", fing sie an zu erzählen. Luise ließ sie einfach reden und als sie fertig war, fiel ihr erst auf, dass sie mittlerweile allein in der Mensa waren.

Luise sah sie schockiert an und das erste Mal, seit sie sich kannten, schienen ihr die Worte zu fehlen. Ihre

Augen blitzten zornig, aber als sie den Mund öffnete, klang ihre Stimme unglaublich sanft und mitfühlend.

„Süße, das tut mir unglaublich leid, was dir passiert ist. Ich hatte ja keine Ahnung, was du schon durchmachen musstest." Sie legte die Hand auf Melis und drückte sie fest.

„Wie kann Elias nur auf so eine blöde Bitch reinfallen? Du meinst, sie waren mal zusammen? Er muss an einer Geschmacksverirrung gelitten haben."

Meli verzog ihr Gesicht zu einer Grimasse. „Du kennst sie nicht. Sie ist bildschön und hat schon damals allen Jungs den Kopf verdreht."

„Und innerlich bockhässlich. Wie kann man nur so gemein und perfide sein? Ich verstehe das einfach nicht. Wie kann man Spaß daran haben, andere zu quälen? Sich auf deren Kosten zu amüsieren."

„Psst", wisperte Meli erschrocken. Auch wenn sie allein waren, musste Luise nicht so laut werden.

„Sorry, mir sind mal wieder die Pferde durchgegangen. Aber ich lasse nicht zu, dass diese Bitch ein weiteres Mal dein Leben ruiniert."

Luise sah so entschlossen aus, dass Meli lachen musste. „Und wie willst du das bitte anstellen?"

Luise beugte sich verschwörerisch vor und wisperte: „Ich habe doch meine Kontakte. Die Jungs in meiner Selbsthilfegruppe würden ihr bestimmt gern mal einen Besuch abstatten und ihr dabei vielleicht ein klitzekleines bisschen Angst einjagen."

„Luise!", rief Meli entsetzt und schlug sich erschrocken die Hand vor den Mund.

Luise kicherte und hatte einen weiteren Vorschlag parat. „Ich könnte allerdings auch Henry vorbeischicken. Der kann auch ganz schön furchteinflößend auftreten."

Das konnte Meli nicht bestreiten und sie freute sich über Luises Versuch, sie aufzumuntern. Dann wurde ihre Freundin schlagartig ernst und sie sagte zögerlich: „Ich könnte einen Privatdetektiv beauftragen, der die Kotzina, Pardon, ich meinte natürlich Selina, ein bisschen durchleuchtet. So jemand hat doch hundertprozentig Dreck am Stecken."

„Lass mal, das ist doch wahnsinnig teuer." Meli wollte nicht noch mehr in der Schuld ihrer Freundin stehen.

„Wir haben genug Geld, wenn ich dir damit helfen kann, mache ich das gern."

„Danke, das ist lieb von dir. Falls sie mich nicht in Ruhe lässt, komme ich vielleicht auf dein Angebot zurück."

„Nicht vielleicht, sondern ganz sicher. Und jetzt versprich mir, dass du mit Elias redest. Ihm scheint doch aufgefallen zu sein, dass etwas nicht stimmt, sonst würde er dich doch nicht so löchern."

Meli zuckte mit den Achseln und sah Luise hilflos an. „Die ganze Zeit habe ich mir gewünscht, dass er mir so viel Aufmerksamkeit schenkt und mit einem Mal wandelt sich der wunderschöne Traum zunehmend in einen Albtraum."

„Lass dir das nicht von der blöden Kuh kaputtmachen. Kämpf um dein Glück. Du hast es verdient."

„Ich bin nicht so mutig wie du."

Luise schüttelte den Kopf. „Ich bin nicht mutig. Und im Gegensatz zu dir konnte ich mich immer hinter dem großen Namen meiner Familie verstecken. Es hätte nie jemand gewagt, mich blöd anzumachen. Und das ist einfach so ungerecht. Deshalb würde ich dir auch so gerne helfen."

Meli rieb sich fröstelnd die Oberarme. „Ich schäme mich so, ich kann es Elias nicht erzählen." Allein der Gedanke an diese demütigende Situation ließ ihre Tränen fließen. Luise stand auf und nahm sie in den Arm. Sie hielt sie einfach fest und strich ihr beruhigend über den Rücken, immer wieder, bis Meli sich langsam beruhigte.

„Du bist doch nicht schuld. Selina und diese Bagage müssen sich schämen, aber doch nicht du." Luises bestimmender Tonfall ließ keinen Widerspruch zu. „Du glaubst doch nicht ernsthaft, dass Elias dich danach nicht mehr will. Wenn das so wäre, hätte er dich sowieso nicht verdient", erklangen Luises harte Worte. Meli wischte sich über die Augen. Luise hatte leicht reden. Sie wollte Elias nicht verlieren und gerade hatte sie das trostlose Gefühl, dass sie das tat, egal, wie sie sich entschied.

Aber in dem Fall würde sie wenigstens nicht kampflos aufgeben. Dieser Gedanke ließ sie ruhiger werden.

„Du hast recht. Ich muss es versuchen."

„Das ist meine Meli", sagte Luise freudestrahlend und drückte ihr ein Küsschen auf die Wange.

Da sie sowieso schon die Hälfte der nächsten Vorlesung verpasst hatten, beschlossen sie, den Nachmittag in einem Café ausklingen zu lassen, um zu besprechen, wie Meli vorgehen sollte.

25

Elias

„Was magst du trinken?", fragte Raphael, nachdem Elias seine Jacke abgelegt und das Wohnzimmer betreten hatte.

Kurz überlegte er, was der Arzt zum Thema Ernährung gesagt hatte und entschied, dass ein Bier nicht schädlich wäre.

Die Einladung hatte er bestimmt Michael zu verdanken. Zwar hatte Sebi schon immer am meisten mit Raphael zu tun gehabt, aber auch Michael stand im altersmäßig näher als er und sie hatten zuletzt vermehrt Kontakt gehabt.

Michael fehlte noch, aber Henry und Liam waren schon da und hatten es sich gemütlich gemacht. Liam hatte er auf Raphaels Geburtstagsparty kennengelernt und sich auf Anhieb gut mit ihm verstanden. Er war neben ihm der Jüngste in der heutigen Runde und Raphaels und Luises langverschollener Cousin. Es gab in der Vergangenheit wohl eine ziemlich unschöne Geschichte um seinen Vater, der vor langer Zeit in die USA ausgewandert war, aber Genaueres war ihm nicht bekannt.

Obwohl er im ersten Moment hatte absagen wollen, war er nun froh, hier zu sein und ein paar unbeschwerte Momente zu erleben. Mit ein paar Jungs abzuhängen und Spaß zu haben. Der Letzte im Bunde war Linus, ein alter Studienfreund von Raphael, der neben Henry sein bester Freund war. Elias ging zu ihm rüber, um ihn zu begrüßen. Ihn hatte er ebenfalls auf der Party gesehen, aber kaum mit ihm gesprochen.

„Ich hatte einen Geschäftstermin in Berlin, da konnte ich es mir nicht nehmen lassen, einen Abstecher nach Hamburg zu machen, um das Angenehme mit dem Nützlichen zu verbinden." Linus grinste vielsagend und fuhr vertraulich fort: „Seit wir einen Sohn haben, bin ich ziemlich eingespannt. Miri nimmt es mit der gerechten Aufteilung von Kinderbetreuung und Arbeit ziemlich genau." Er wischte sich den imaginären Schweiß von der Stirn und Elias sah ihm an, dass er in seiner Vaterrolle aufging.

„Raphael wird's freuen, dass du mal Ausgang erhalten hast", scherzte Elias.

„Raphael und Henry." Auf seinen fragenden Blick hin erzählte Linus, dass er mit beiden während seiner Studienzeiten zusammengewohnt hatte.

Kurzzeitig fror Elias' gut gelaunte Miene ein, als er sich an seine ausgelassene Zeit während der Pilotenausbildung erinnerte. Als er noch dem jugendlichen Leichtsinn unterlegen war, dass die ganze Welt ihm gehörte.

„War echt eine geile Zeit. Aber vorbei ist vorbei. Langsam gründen wir alle unsere eigene Familie. Aber du hast ja noch Zeit, bist neben Liam der Jungspund hier."

Wieder erwischten ihn Linus' wohlgemeinte Worte auf dem falschen Fuß. Eine eigene Familie war bis vor Kurzem ferne Zukunftsmusik, mit der er sich nicht näher befasst hatte. Aber jetzt durchzuckte es ihn schmerzhaft, dass er wohl nie Vater werden würde. Er versuchte, sich von dem Gedanken loszureißen, sich von der Erwartungshaltung freizumachen, um ein paar nichtssagende Worte zu antworten, aber er konnte nicht. Die Last auf seinen Schultern fühlte sich gerade zu schwer an. Niemals würde er es schaffen, dafür stark genug zu sein.

Plötzlich haute ihm jemand auf die Schulter und als er sich erleichtert über die willkommene Ablenkung umdrehte, sah er in Michaels fröhliches Gesicht, das zunehmend besorgter wirkte. Anscheinend sah man ihm seine Zerrissenheit auch noch an. An seinem Schauspiel hatte er wohl noch zu arbeiten.

„Du entschuldigst uns kurz?", meinte Michael jovial zu Linus und legte seinem Bruder demonstrativ den Arm um die Schulter, damit er nicht ausweichen konnte.

Er dirigierte ihn ein wenig ins Abseits und fragte alarmiert: „Was ist los? Hast du wieder Beschwerden?"

Elias schüttelte den Kopf und winkte ab. „Alles okay. Ich hatte gerade nur einen kleinen Durchhänger. Danke, dass du mich gerettet hast." Als er Michaels fragenden Blick sah, schüttelte er nur den Kopf und sein Bruder verstand zum Glück, dass er nicht darüber reden wollte.

Wortlos gesellten sie sich wieder zu den anderen und setzten sich. Raphael hatte Pizza bestellt und sie wollten zusammen Eishockey gucken. Nachdem sie noch eine Weile gequatscht hatten, fand der Anpfiff statt und Elias hing mal wieder seinen Gedanken nach.

Seit dem Kinobesuch war nun eine Woche vergangen und er hatte Meli um ein weiteres Treffen gebeten. Sie hatte sich herausgeredet, gerade keine Zeit zu haben, aber als er sie offen auf ihr seltsames Verhalten ansprach und ob ihr Rückzug mit Selina zusammenhing, blieb sie ihm eine aussagekräftige Antwort schuldig. Sie hatte es nur verneint und ihn gebeten, ihr Zeit zu geben. Das war vor zwei Tagen gewesen und er musste endlich wissen, was mit ihr los war.

Als die Jungs jubelnd aufsprangen, sah er verwirrt von einem zum anderen, bis er begriff, wo er gerade war. So konnte das nicht weitergehen. Er sprang auf, als alle anderen wieder saßen und erntete verblüffte Blicke.

„Elias, du hast anscheinend schon zu viel gesoffen, deine Reaktionsfähigkeit hat sich bedenklich verlangsamt", wurde er auf den Arm genommen.

Er winkte nur lachend ab. „Mir ist gerade nur eingefallen, dass ich etwas Wichtiges vergessen habe. Ich muss los. Sorry."

„Was kann wichtiger sein, als mit ein paar Jungs abzuhängen und Bier zu trinken?", warf Henry gespielt ungläubig ein.

„Was könnte wohl wichtiger sein? Denk mal scharf nach", forderte Elias ihn heraus. Henry lachte gutmütig und klopfte ihm auf die Schulter. „Dann mal los. Lass die Kleine nicht warten."

„Bis hoffentlich bald." Er hob die Hand zum Gruß in die Runde und sah zu, dass er wegkam. Nicht, weil ihm die Gesellschaft so unerträglich war, sondern weil er endlich mit Meli sprechen musste. Und wenn das bedeutete, sie aus dem Schlaf zu klingeln.

Bevor er an der Haustür klingelte und unter Umständen ihre Eltern weckte, probierte er es auf ihrem Handy.

„Jetzt geh schon dran", knurrte er leise vor sich hin, als es schon unerträglich lange tutete.

Beim zweiten Versuch hob Meli schon nach wenigen Klingelzeichen ab.

„Elias? Was ist los?" Ihre Stimme klang beunruhigt, vielleicht sorgte sie sich, dass er erneut einen Absturz erlitten haben könnte. Auch wenn er in letzter Zeit stabil gewesen war, hieß das ja nicht, dass es nie mehr vorkommen würde.

„Ich muss mit dir sprechen!" Sein Tonfall duldete keine Widerworte.

„Jetzt?! Eigentlich wollte ich gerade ins Bett gehen."

„Wir müssen etwas klären. Ich lass mich nicht mehr länger mit Ausreden abspeisen. Etwas stimmt nicht mit dir und ich möchte jetzt wissen, was los ist."

Meli schwieg und er hörte sie durch die Leitung atmen. Es klang, als müsse sie gerade um ihre Fassung ringen. Unruhig lief er vor ihrem Haus auf und ab.

„Mir wäre es lieber, wir würden das persönlich besprechen."

„Prima, das können wir gerne machen. Du musst nur runterkommen oder mich rauflassen", antwortete er schmunzelnd.

Wieder schien er sie schockiert zu haben. Dann erwiderte sie zögerlich: „Bei mir ist es schlecht und auf der Straße finde ich es auch nicht so gemütlich."

„Pack einfach ein paar Sachen zusammen und wir fahren zu mir. Dort können wir in Ruhe reden und du kannst bei mir schlafen."

„Was?!" Diesmal klang sie eindeutig schockiert.

Elias lachte. „Ich sagte bei mir, nicht mit mir." Er konnte es einfach nicht unterlassen, Meli mit ihrer Schüchternheit aufzuziehen.

„Ich habe dich schon verstanden. Aber ..." Sie verstummte und ihr gingen anscheinend die Argumente aus. „Okay, gib mir fünf Minuten. Ich bin gleich da."

Elias starrte noch einen Moment aufs Handy, als sie aufgelegt hatte, da er kaum glauben konnte, dass sie zugestimmt hatte. Irgendwie war er sich sicher gewesen, dass sich Meli wieder rausreden würde. Vielleicht sah sie ein, dass sie sich aussprechen mussten.

Erstaunlicherweise tauchte sie tatsächlich nach fünf Minuten auf. Andere Frauen hätten wahrscheinlich ewig überlegt, welche Klamotten sie einpacken sollten und noch schnell ihr Make-up aufgefrischt.

Meli ging auf ihn zu und der Wind wehte durch ihr offenes Haar. Sein Herz schlug schneller und er wäre ihr am liebsten entgegengegangen. Er hatte sie vermisst und sehnte sich danach, sie wieder zu berühren. Sie in den Arm zu nehmen, was er auch tat, als sie bei ihm war.

Er hielt sie länger fest, als es bei einer Umarmung unter Freunden üblich wäre und musste sich zwingen, sie irgendwann loszulassen.

„Danke, dass du gekommen bist."

Sie sah ihm in die Augen und der tiefe Blick schoss ihm bis in den Magen und versetzte ihn gehörig in Aufruhr. Kein einziges Wort sprach sie. Meli hatte sich wohl ebenso in dem Blick verloren wie er. Erst nach einer Weile fiel ihm auf, dass er immer noch ihre Hand hielt.

„Ich habe dort drüben geparkt", unterbrach er schließlich die Stille, nachdem er sich geräuspert hatte.

Meli lief im Gleichschritt neben ihm und sein hohes Tempo schien sie nicht zu stören. Als er ihr galant die Autotür aufhielt, schenkte sie ihm ihr süßestes Lächeln. Wieder entfachte sie einen gewaltigen Flächenbrand, dem er bald nicht mehr Herr werden würde, wenn er ihn nicht schleunigst löschte.

Die Fahrtzeit verbrachten sie zumeist schweigend. Elias wollte sie nicht im Auto auf ihr seltsames Verhalten ansprechen und irgendwie fand er kein Thema, über das er Small Talk halten konnte. Seine Anspannung war zu groß und Meli schien es genauso zu ergehen. Kurz unterhielten sie sich über ein Lied im Radio, das er gut fand, aber dann war das Gesprächsthema auch schon wieder im Keim erstickt.

Meli sah die meiste Zeit aus dem Fenster und schien sich an der schweigsamen Fahrt nicht zu stören.

„Wir sind da", sagte er schließlich leise, als er den Wagen in eine Parklücke manövrierte, um sie nicht zu erschrecken.

Vor der Wohnungstür wies er einladend auf das Innere und ließ ihr den Vortritt. Sie legte ihren Rucksack bedächtig auf einen Sessel und sah sich ein wenig befangen um. Bei ihrem letzten Besuch hatte sie der Umgebung eher wenig Aufmerksamkeit geschenkt.

Nachdem er sich und Meli mit Getränken versorgt hatte, setzten sie sich auf die Couch und Meli hielt sich verkrampft an ihrer Tasse Tee fest.

„Ich weiß, dass ich dir eine Erklärung schulde, aber das ist nicht so einfach für mich", fing sie zögerlich an, während sie es vermied, ihn anzusehen.

„Du bekommst so viel Zeit, wie du brauchst, aber du sollst wissen, dass ich für dich da bin. Ich möchte, dass du glücklich bist. Und gerade habe ich das Gefühl, dass es dir alles andere als gut geht."

Sie trank einen Schluck Tee und warf ihm einen scheuen Blick zu. „Danke, dass du mit Luise geredet hast."

Ihr plötzlicher Ablenkungsversuch irritierte ihn, aber wenn es Melis Erzähltempo war, dann würde er ihren Weg respektieren.

„Lass mich raten? Sie hilft dir gern." Elias' Mundwinkel zuckten und Meli stellte ihre Teetasse ab, um ihr Gesicht hinter ihren Händen zu verstecken.

„Es war schon ein wenig peinlich, dass du dich eingemischt hast, aber ich habe mich auch darüber gefreut. Wer weiß, wann ich Luise sonst gefragt hätte."

Elias legte ihr den Arm um die Schulter und drückte sie aufmunternd. „Sie wird dir sicherlich helfen, deinen Punktedurchschnitt zu verbessern."

Meli lehnte sich für einen wunderbaren Augenblick an seine Schulter und er genoss ihre vertrauliche Geste. Leider war der schöne Moment viel zu schnell vorüber, denn Meli löste sich aus seiner Umarmung und setzte sich im Schneidersitz auf die Couch und drehte sich somit ein wenig von ihm weg, als wolle sie dadurch ein Statement setzen. Vielleicht fühlte sie sich so vor Überraschungsangriffen seinerseits sicher.

„Ich habe mich zurückgezogen, weil Selina es so wollte“, platzte es plötzlich aus ihr heraus.

Selina? Er spannte sich an und setzte sich kerzengerade auf. Irgendwie hatte er schon vermutet, dass es mit ihr zusammenhing, aber er hatte eher gedacht, dass Meli befürchtete, er wolle seine Beziehung wiederbeleben. Dass sie der Meinung war, neben Selina nicht bestehen zu können.

„Wie meinst du das? Selina hat doch überhaupt kein Recht, dir irgendetwas vorzuschreiben.“

Wieder konnte sie seinem fragenden Blick nicht standhalten und sah weg, während sie ihre Handflächen aneinander rieb.

„Als du sie gebeten hast, nach mir zu sehen, hat sie die Gelegenheit genutzt, mir zu drohen.“ Melis Stimme wurde immer leiser und er musste sich vorbeugen, um sie überhaupt zu verstehen.

„Du warst also gar nicht gegangen? Sie hat mich eiskalt angelogen.“ Elias presste die Kiefer zusammen und sie schien zu bemerken, dass er ziemlich wütend war. Denn sie verkrampfte sich noch mehr und konnte anscheinend nur nicken. „Mit was hat sie dir gedroht?“ Elias suchte ihren Blick, aber sie weigerte sich, zu ihm aufzusehen.

„Elias, das ist nicht so einfach für mich.“ Ihre Stimme brach und sein Herz krampfte sich zusammen, als er den Schmerz hörte, der sie gerade quälte.

Was hatte Selina getan, um Meli derart aus der Fassung zu bringen? Am liebsten hätte er Meli geschüttelt, damit sie ihm verriet, was hier los war. Aber mit Druck würde er nur erreichen, dass sie dichtmachte und gar nichts mehr sagte.

Er rutschte ein wenig näher an sie heran und griff ihre Hand.

„Alles gut. Nimm dir so viel Zeit, wie du brauchst."

Seine sanfte Stimme beruhigte Meli und endlich sah sie ihn für einen kurzen Moment an. Ihre Augen schimmerten verdächtig, aber noch hielt sie sich tapfer.

„Selina war nicht nur einfach eine Mitschülerin, sondern sie hat mir damals das Leben zur Hölle gemacht. Ich war schüchtern, in mich gekehrt und machte optisch nicht viel her. Das geborene Opfer. Selina war schon immer die Klassenqueen und alle haben sie angehimmelt. Jeder Junge wollte mit ihr gehen und jedes Mädchen mit ihr befreundet sein. Und in jeder Klasse gibt es den oder die Außenseiter. Bei uns war ich es." Sie schniefte ein paar Mal und zuckte mit den Schultern. „Ich habe aus irgendwelchen Gründen zu niemandem gepasst. Anfangs hat Selina die anderen einfach gegen mich aufgehetzt. Mal ein Schubs hier, mal ist ein Buch aus meinem Schulranzen verschwunden. Sie haben mich geärgert, indem sie in Spucke eingeweichte Papierkügelchen nach mir geworfen oder mir Kaugummi ins Haar geklebt haben. Einmal hat einer der Jungs mir Reißnägel auf den Stuhl gelegt und ich habe mich reingesetzt. Alle haben gelacht, als ich hektisch wieder aufgesprungen bin." Nun wackelte ihre Stimme wieder, die zu Beginn noch monoton geklungen hatte, als würde sie lediglich einen Tatsachenbericht runterbeten, der sie persönlich nicht berührte.

„Das muss schrecklich für dich gewesen sein. Hat denn kein Lehrer etwas bemerkt?", fragte er vorsichtig.

Meli lachte auf und es klang weder belustigt noch sarkastisch, sondern einfach nur traurig.

„Einem Lehrer ist es tatsächlich aufgefallen und er hat mit der Klasse gesprochen. Mir war das so unglaublich peinlich und ich habe an den hasserfüllten Mienen gesehen, dass rein gar nichts bei ihnen angekommen war, was unser Klassenlehrer ihnen versucht hatte, begreiflich zu machen. Eine Weile schien es, als würde es tatsächlich besser werden. Aber es war nur die Ruhe vor dem Sturm. Ich sollte in Sicherheit gewiegt werden, damit der Angriff umso brutaler war."

Ihre seelische Qual zerriss gerade sein Herz. Munter zerrte der immense Schmerz an ihm, als wollte er es in tausend Stücke teilen. Und zugleich überfiel ihn Hass. Purer Hass auf diese verdammten Arschlöcher, die Meli das Leben zur Hölle gemacht hatten. Allen voran Selina. Ihm wurde schlecht, als er sich an seine anfängliche Verliebtheit erinnerte, als er Selina kennengelernt hatte. Ja, er hatte schnell erkannt, dass Selina nicht die Richtige war, aber dass sie so ein Miststück gewesen und anscheinend immer noch war, damit hätte er nicht gerechnet. Aber er musste sein Gefühlschaos verstecken, um Meli nicht zu verunsichern. Heimlich ballte er eine Faust und kniff die Fingernägel in die Handfläche, um sich von seinem emotionalen Wirrwarr zu befreien.

„Was ist dann passiert? Was haben sie dir angetan?"

Meli zuckte zusammen und schlang ihre Arme um ihren Oberkörper.

„Nachdem ich eine Weile in Ruhe gelassen worden war, begann sich einer der Jungs für mich zu interessieren. Anfangs war ich natürlich misstrauisch, denn ich bin ja nicht bescheuert gewesen. Ausgerechnet der beliebteste Junge der Klasse sollte sich für mich interessieren? Aber er blieb hartnäckig und suchte meine Nähe. Irgendwann begann Selina mich wieder zu ärgern, indem sie mit dem Schwamm eine Pfütze auf meinem Stuhl hinterließ und Andi mischte sich ein, als er es bemerkte. Er verteidigte mich und machte Selina vor all den anderen runter. Selina schäumte vor Wut und einige ihrer Anhänger stellten sich auf ihre Seite, aber ich fühlte mich so unfassbar erleichtert, dass mir endlich jemand beistand. Und dann auch noch der hübscheste Junge der Klasse. Es hat meiner geschundenen Seele geschmeichelt. Dass das alles Show gewesen war, habe ich nicht gewusst. Natürlich war das Ganze abgesprochen gewesen, wie noch ein paar weitere Szenen. Wie in einer Schmierenkomödie hatten sie alles perfide vorbereitet für den finalen Höhepunkt."

Elias drehte es den Magen um, als er ahnte, was Meli ihm gleich erzählen würde. Sein Wunsch, sie in seine Arme zu schließen, um ihr zu zeigen, dass er immer für sie da wäre, war gerade übermächtig. Aber er hatte Angst, dass er Meli damit überfordern würde. Sie war gefangen in ihrer Vergangenheit, diese unleidige Geschichte wollte sie sich endlich von der Seele reden. Mit einer unbedachten Handlung würde er sie eventuell davon abbringen und sie wieder in die jetzige Realität zurückholen, in der ihr plötzlich bewusst wurde, dass die Wahrheit zu beschämend wäre. Keinesfalls wollte er riskieren, dass sie diese schrecklichen Erlebnisse weiterhin in sich hineinfraß.

Deshalb begnügte er sich damit, ihren Handrücken zu streicheln. Stetig und beständig, um ihr einen sicheren Rahmen zu vermitteln, sich zu öffnen.

26

Meli

Noch nie im Leben hatte sie eine Situation so sehr gefürchtet und zugleich herbeisehnt. Seine Berührung schenkte ihr Zuversicht und Mut, aber gleichzeitig schämte sie sich so unfassbar. Dennoch war ihr Wunsch, Elias das Schlimmste anzuvertrauen, was ihr jemals widerfahren war, größer als alles, was sie bisher erlebt hat. Noch nie war ihr etwas so wichtig gewesen. Er sollte verstehen, dass die damalige Zeit sie zu dem gemacht hatte, was sie heute war. Er sollte begreifen, warum sie sich plötzlich zurückgezogen hatte. Zugleich fühlte sie unfassbare Dankbarkeit, dass Elias feinfühlig genug war zu erkennen, dass Meli sich nicht einfach nur zickig verhielt, sondern es ihm ein Bedürfnis war, herauszufinden, warum sie so seltsam reagierte. Es zeigte ihr mehr als tausend Worte, dass sie ihm wichtig war. Sie bedeutete ihm etwas. Mehr als sie bisher angenommen hatte. Aber trotz all dieser wärmenden Sonnenstrahlen, die ihre Seele liebkosten, tobte die Angst in ihr. Die Angst, dass er sie anschließend mit anderen Augen sah als bisher. Falls er sie mit Verachtung ansah, würde sie das nicht ertragen. Und auch wenn er verständnisvoll reagieren würde, war da diese Scham. Diese gottverdammte Scham. Es war ihr so unfassbar peinlich, dass sie auf Andi und all die anderen Peiniger reingefallen war. Sich ihnen als Opfer auf dem Präsentierteller dargeboten hatte. In ihrem Kopf ratterte es, während ihr Herz wie ein Presslufthammer stetig arbeitete und alles um sie herum zum Vibrieren brachte.

Erstmals seit dem damaligen Tag, der ihr junges Leben komplett aus den Fugen gerissen hatte, fühlte sie sich einer Ohnmacht nahe. Kurz schloss sie die Augen und versuchte langsam, aber stetig zu atmen. Im Fluss zu bleiben, sich nicht sämtliche Reserven rauben lassen.

Die guten Vorsätze verflüchtigten sich zusehends im unbarmherzigen Licht der Vergangenheit. Ein Zittern überfiel ihren Körper und sie wusste, dass sie es endlich aussprechen musste, sonst würde sie gleich umkippen.

Sie hatte keine Ahnung, wie viel Zeit seit Beginn ihres Geständnisses vergangen war. Wie lange sie wohl schon schweigend dasaß und hoffte, dass ihre Worte irgendwie einen Weg nach draußen fanden.

Elias' stoische Gelassenheit bewunderte sie. Er schien völlig in sich zu ruhen, als wollte er ihr unbedingt beweisen, dass er nicht die Geduld mit ihr verlieren würde. Um ihn nicht zu enttäuschen, holte sie tief Luft.

„Eines Abends lud mich Andi zu sich nach Hause ein. Nachdem er sich schon seit Wochen schützend vor mich gestellt hatte, begann ich ihm zu vertrauen. Zuerst zögerte ich und lehnte ab. In der folgenden Zeit waren wir uns nähergekommen, er hat mich immer wieder vor den anderen geküsst und seine Zuneigung bekundet. Behauptete, es ernst mit mir zu meinen. Nachdem er mich zum dritten Mal fragte, traute ich mich nicht, erneut abzulehnen, da ich Angst hatte, er würde die Geduld verlieren und mich fallenlassen. Ich war zwar noch ziemlich naiv, aber dennoch war mir klar, dass er irgendwann mit mir schlafen wollte."

Obwohl sie Elias nicht ansah, konnte sie aus den Augenwinkeln erkennen, dass sich seine Körperhaltung veränderte, als schien er sich vor dem, was gleich kommen würde, zu wappnen.

„Hat der Arsch dich ins Bett gelockt, um dich anschließend fallen zu lassen?", knurrte er aufgebracht und drückte ihre Hand ein wenig fester.

Meli presste die Lippen aufeinander und schüttelte den Kopf, die ersten Tränen kullerten nun über ihre Wangen.

„Nein, so weit ist er nicht gegangen. Aber für mich fühlte es sich um ein Vielfaches schlimmer an, als wenn er mich einfach auf diese Art benutzt hätte." Wieder entkam ihrer Kehle ein gequälter Schluchzer, den sie nicht einfangen konnte.

„Es hatte so schön begonnen. Andi war so zärtlich und liebevoll gewesen. Ich hatte überhaupt keine Erfahrung und war total aufgeregt. Natürlich hatte er mich zuvor schon mal geküsst, aber das war etwas ganz anderes. Er zog mich aus, berührte meinen Busen, meine nackte Haut und es fühlte sich aufregend und verboten gut an. Schließlich endete es, als ich nackt vor ihm lag, mein Hintern auf einem Kissen platziert, die Beine nach seiner Anweisung gespreizt, und als ich erwartungsvoll dalag, dass er sich endlich entkleidete, fing er hämisch an zu lachen und meinte, ob ich wirklich dachte, er würde mit mir schlafen. Es wäre schon eine Zumutung gewesen, mich anzufassen, aber das Los hatte entschieden, dass er der Auserwählte wäre. Mir dämmerte langsam, was wirklich passiert war, aber ich war unfähig, mich zu bewegen. Wie festgebunden lag ich weiter auf seinem Bett. Andi meinte höhnisch, ein Schauspieler könnte sich seine Rolle und Spielpartnerin auch nicht immer aussuchen. So etwas Hässliches wie mich würde er normalerweise nicht mal mit der Kneifzange anfassen. Seine Beleidigungen prasselten auf mich ein und ich fing an zu weinen. Irgendwann schaffte ich es endlich, mich anzuziehen und zu verschwinden."

Meli war während des Erzählens immer schneller geworden, als wolle sie es endlich hinter sich bringen.

Als Elias seine Hand auf ihr Knie legte, zuckte sie zusammen und sah ihn aus weitaufgerissenen Augen an.

„Das ist so unfassbar widerwärtig. Wie kann man nur so ekelhaft sein? Es tut mir unendlich leid, was sie mit dir abgezogen haben. Kein Wunder, dass du völlig neben dir standest, als du Selina wiedergesehen hast."

Nun weinte sie richtig, während sie den Mund öffnete, um es zu Ende zu bringen.

„Andi hat das Ganze gefilmt und sie haben es in der Schule herumgezeigt. Alle haben mit dem Finger auf mich gezeigt und ich fühlte mich wie der letzte Abschaum. Als ob ich nichts wert wäre. Als ob mein Leben unbedeutend wäre. Alle haben sich über mich lustig gemacht, als wäre ich ihr Unterhaltungsprogramm, das zu ihrer Belustigung diente." Meli schluchzte und schlug sich die Hände vor den Mund.

„Ich habe mich so schrecklich geschämt. Für die Bilder, aber auch für meine Unschuld und Naivität. Dass ich ihm geglaubt habe, war so demütigend gewesen.“

Elias sprang auf, fuhr sich aufgebracht durchs Haar und Meli fühlte mit einem Mal unglaubliche Angst, dass er sie verachten könnte. Sie verurteilen könnte wie Selina und alle anderen damals. Sie überlegte bereits, wie sie am schnellsten aus seiner Wohnung und seinem Leben flüchten könnte. Doch da setzte er sich hinter sie und umarmte sie von hinten und hielt sie einfach fest. Meli lehnte sich dankbar an ihn, seine Umarmung tat ihr so gut. Er gab Meli Zuwendung, als sie sie am nötigsten hatte.

„Wie alt warst du da?“, fragte er leise an ihrem Ohr.

„Ich hatte gerade meinen sechzehnten Geburtstag“, hauchte sie ebenso leise. Elias spannte sich an und Meli fuhr dann etwas gefestigter fort: „Und sie hörten einfach nicht auf. Ich war doch schon am Boden. Ich war ein Nichts, auf dessen Seele man herumtrampeln konnte. Selina drohte, es ins Internet zu stellen, wenn ich mich nicht der nächsten Demütigung aussetzte. Sie wollten Nacktbilder von mir machen. Ganz freiwillig, wie sie betonte, es wäre meine freie Entscheidung, zum Termin zu kommen. Da wurde mir klar, dass ich immer tiefer in den Strudel ihrer Verkommenheit und Grausamkeiten geraten würde. Daraufhin habe ich mich endlich meinen Eltern anvertraut, die natürlich entsetzt waren und sie nahmen mich sofort von der Schule. Ich durfte in einem komplett anderen Stadtteil zur Schule gehen und kurz darauf sind wir umgezogen. Seitdem habe ich von Selina bis neulich nichts mehr gehört. Ich habe keine Ahnung, ob die Schulleitung damals mit ihr gesprochen hat oder ob sie zur Einsicht kam oder sie sich ein neues Opfer gesucht hat. Mir war es damals egal, so leer und wertlos, wie ich mich fühlte, wollte ich nur in Ruhe gelassen werden."

Elias umarmte sie ein wenig fester, als würde er spüren, dass sie am Rande ihrer Beherrschung und ganz kurz davor war, dem Drang nachzugeben, sich aus seiner Umarmung zu befreien, um in der schützenden Dunkelheit zu verschwinden. Sich unsichtbar zu machen, wie sie es die letzten Jahre so erfolgreich geschafft hatte. Aber sein sicherer Halt wisperte zu eindringlich, sodass sie sich einlullen ließ und ihn annahm.

„Ich bring sie um." Elias' aufgebrachter Tonfall hörte sich gefährlich an und Meli wollte sich erneut aus seiner Umarmung lösen. Diesmal schaffte sie es und drehte sich zu ihm um.

„Du darfst ihr nicht sagen, dass du Bescheid weißt." Eindringlich und verängstigt sah sie ihn an. „Sie hat mir gedroht, dir oder meinen Kommilitonen die Aufnahmen zu zeigen, angeblich sind sie immer noch in ihrem Besitz."

„Die hat sie doch nicht mehr alle. Was bezweckt sie denn damit?" Elias ballte die Fäuste, umarmte sie dann aber erneut. Sein Duft kroch verführerisch in ihre Nase.

Meli biss sich auf die Unterlippe und sie spürte, wie sie rot wurde, als sie murmelte: „Ich denke, dass sie uns beide gesehen hat und mir nun eins reinwürgen wollte. Vielleicht will sie dich auch zurück. Auf jeden Fall erträgt sie nicht, dass ich glücklich bin und schon gar nicht, dass ich in deiner Nähe bin."

Meli zappelte, befreite sich aus seinen Armen und sprang auf. Schwer atmend stand sie da und stotterte: „Nicht, dass du denkst, ich rechne mir Chancen bei dir aus. Du bist einfach nett zu mir, aber auch das erträgt sie anscheinend nicht." Als Meli erkannte, dass Elias ebenfalls aufstand, plapperte sie aus Verlegenheit weiter. „Zu mir soll anscheinend keiner nett sein. Ich habe nie verstanden, was sie für ein Problem mit mir hat."

Er sah sie unverwandt an, während er auf sie zukam und Meli blieb keine Zeit mehr, sich auch nur annähernd auszumalen, was er vorhatte. Schon zog er sie zu sich heran und drückte seine Lippen auf ihre. Hart. Leidenschaftlich. Heiß.

Das war kein tröstender Kuss. Das war ein Kuss, der bezeugte, dass Elias sie begehrte.

Vertrauensvoll schloss sie die Augen und öffnete den Mund für seine drängenden Lippen. Die Berührung löste etwas in ihr aus, was sie in der Form noch nie verspürt hatte. Ihre Knie wurden butterweich und in ihrem Bauch waren keine Schmetterlinge am Werk, sondern ausgewachsene Vögel, die dort wie wild umherflatterten. Als Elias' Lippen sich an ihrer Unterlippe festsaugten, entkam ihr ein leiser Seufzer, weil es sich so unfassbar gut anfühlte. Noch nie hatte sie sich so begehrenswert gefühlt. Diese reine Form von Glück war ihr fremd. Wie ein wunderschöner Sonnenaufgang vor einem klaren Bergsee, dessen Ufer nass vom Morgentau geheimnisvoll glitzerte.

Als seine Zunge um Einlass bat, schoss ihr dieser verheißungsvolle Tanz wie ein heißer Strahl durch den ganzen Körper und sie spürte, wie es zwischen ihren Beinen warm wurde.

Sie legte ihre Hände um seinen gutgebauten Oberkörper und schmiegte sich an ihn. Sie konnte nicht genug
von ihm bekommen, sie war süchtig, ihn anzufassen.
Den ganzen Tag könnte sie damit zubringen und ihr
würde nicht langweilig werden. Ganz sanft löste er sich
irgendwann von ihr, hielt sie aber weiterhin im festen
Griff, um dessen Stabilität sie froh war.

„Meli, das ist vollkommener Blödsinn und das weißt
du auch. Selina hat gespürt, dass ich etwas für dich
empfinde, was über Freundschaft hinausgeht und deshalb hat sie gegen dich geschossen. Weil sie nicht ertragen kann, dass du etwas hast, was sie nicht haben
kann."

Meli fühlte sich schwindlig. In ihrem Kopf rauschte
es und so sehr sie sich über seine Worte freute, gleichermaßen überforderten diese sie. Der Kuss, seine Offenbarung fiel genau in das Loch, das sich gebildet
hatte, als die Anspannung von ihr abfiel. Das Adrenalin
hatte sie aufrecht gehalten, danach war nur noch Leere.
Und die Angst, dass Elias sie verachten könnte. In diesem Zustand war sie unfähig, seine Worte zu verarbeiten, geschweige denn zu erwidern. Sie schluckte ein
paar Mal und lehnte sich einfach an seine Schulter. Ihr
Gehirn war ruhiggestellt, ihre Seele fühlte sich verwirrt
und ihr Herz schlug gerade nur für ihn. Er war das Einzige, was wichtig war. Was zählte, was Bedeutung
hatte.

Elias schien zu spüren, wie durcheinander sie war. Er
gab ihr ein kleines Küsschen und schlug vor, schlafen
zu gehen. Meli löste sich so abrupt aus seiner Umarmung, dass er sie verblüfft ansah.

„Wenn es dir lieber ist, schlafe ich auf der Couch. Aber ich würde gern mit dir im Arm einschlafen, falls du das auch möchtest."

Sein liebevolles und zugleich verständnisvolles Lächeln machte eine Entscheidung einfach. Natürlich wollte sie in seinen Armen einschlafen. Denn dort fühlte sie eine Geborgenheit, die ihr bis dahin fremd gewesen war.

27

Elias

Vorsichtig schnupperte er an ihrem duftenden Haar. Es roch lieblich nach Vanille und Honig. Seine Augen hielt er geschlossen, während er seine Arme sanft um ihren Körper gelegt hatte. Ihr Geruch war ihm schon so vertraut und er verband ihn mit den schönen Momenten, die er in den letzten Monaten erlebt hatte. Obwohl es nicht allzu viele davon gab, denn die letzte Zeit war für ihn eine Grenzerfahrung gewesen, die ihn alle Kraft gekostet hatte. Ihm aufgezeigt hatte, dass er deutlich verletzlicher war, als er sich selbst eingeschätzt hätte. Plötzlich ging ihm auf, dass er seit der Diagnose nur in Melis Gesellschaft wirklich fröhlich und unbeschwert gewesen war. Klar gab es auch schlechte Augenblicke, aber die waren in der Minderheit gewesen. Einzig und allein die neue Erfahrung beim Drachenfliegen hatte ihm ebenfalls Glücksmomente geschenkt. Allerdings waren es die alltäglichen Dinge, die ihm das Vertrauen schenkten, dass er wieder zu sich finden würde. Irgendwie musste er es schaffen, den unbekannten neuen

Weg zu finden. Obwohl er momentan absolut keine Ahnung hatte, welcher das sein sollte und wohin ihn dieser führen würde, fühlte er eine immense Kraft in sich aufsteigen, ihn endlich in Angriff zu nehmen. Wobei es sich dabei um keinen gewöhnlichen handelte, sondern vielmehr einer beschwerlichen Bergbesteigung glich. Aber dieser Herausforderung würde er sich stellen. Mit Meli an seiner Seite würde er es schaffen. Endlich konnte er sich eingestehen, sie dauerhaft in sein Leben zu lassen und sie nicht nach Lust und Laune auf Abstand zu halten. Doch dafür müsste er mit ihr reden. Aber nicht jetzt. Meli war viel zu verwundet, als dass nun der richtige Zeitpunkt wäre.

Sie fühlte sich in seinen Armen viel zu gut an, als dass er einen Rückzug riskieren wollte. Vielleicht sollte er endlich mal anfangen, ihr zu vertrauen und vor allem in ihre Fähigkeit, Probleme beherzt in Angriff zu nehmen, anstatt wegzurennen.

Melis ruhiger Atem sagte ihm, dass sie längst eingeschlafen war, während sein Gehirn weiterarbeitete und seinen Körper nicht zur Ruhe kommen ließ. Gerade fühlte er sich wie auf Speed. Viel zu aufgeputscht, als dass er jetzt schlafen könnte. Trotzdem genoss er jede einzelne Sekunde mit ihr, gleichwohl er wusste, dass diese reine Form von Glück nur eine Momentaufnahme war. Aber er wollte dieses Medikament nicht nur in kleinen homöopathischen Dosen, sondern die volle Dröhnung.

Er nahm sich vor, erst mal Melis Problem mit Selina zu lösen, dann würde er sein eigenes in Angriff nehmen.

Morgens war er schon vor ihr wach, obwohl er kaum ein Auge zu bekommen hatte. Meli hatte ihn zu sehr abgelenkt und verwirrt. Immer wieder war er aufgeschreckt, weil er wirres Zeug geträumt hatte. Nun hatte ihn morgens eine gewaltige Latte geweckt, die er irgendwie vor Meli verbergen sollte. Er ahnte, dass sie wieder überfordert wäre, wenn sie sah, was sie bei ihm auslöste. Erst musste er ihr die Sicherheit bieten, die ihr gerecht wurde. Meli benötigte Stabilität, die er gerade nicht besaß. Schließlich war sie kein kleines Betthäschen für ein bisschen unbedeutenden Spaß.

Obwohl sich alles in ihm sträubte, sie allein zu lassen, stand er vorsichtig auf, um Frühstück vorzubereiten.

Während er leise vor sich hin werkelte, ertönte plötzlich ein krächzendes „Guten Morgen."

Elias drehte sich zu ihr um und er musste einfach lächeln, als er Meli im Türrahmen stehen sah, noch komplett verschlafen mit verwuschelten Haaren. Sie sah so unfassbar zauberhaft in ihrem Schlafanzug aus. Als sie seine Musterung wahrnahm, blickte sie kurz an sich herunter und sagte dann verlegen: „Ich weiß, es ist nicht der Schönste, aber auf die Schnelle habe ich gestern nichts anderes gefunden."

Wahrscheinlich dachte sie, die Schönheiten, die sonst sein Bett teilten, trugen alle Seidennegligés.

Achtlos stellte er die Butterdose auf dem Tisch ab und kam auf sie zu. Erst als er kurz vor ihr stand, brach er das Schweigen. „Guten Morgen. Vielleicht ist dein Schlafanzug nicht sexy, aber du siehst unfassbar süß aus."

Meli stieß einen leisen Seufzer aus und schüttelte fast unmerklich den Kopf. Bestimmt glaubte sie ihm wieder einmal nicht. Wider besseres Wissen trat er noch einen Schritt näher und strich ihr zärtlich über die Wange. Er war süchtig danach, sie zu berühren, sie zu spüren. Etwas, das ihm bewies, dass ihre Anwesenheit kein Traum war.

Ihr Atem ging mit einem Mal schneller und er spürte, dass sie sich ein wenig gegen seine Hand lehnte, als würde sie ihn bitten, ja nicht damit aufzuhören.

Immer noch starrte sie ihn aus ihren großen mandelförmigen Augen an, was ihm ein leichtes Lächeln bescherte.

Ohne sie aus seinem intensiven Blick zu entlassen, nahm er ihr Gesicht in seine Hände und näherte sich ganz langsam. Meli zuckte nicht zurück, sondern kam ihm ein kleines Stück entgegen, als wolle sie sagen, es ist okay. Ich will den Kuss.

Ganz zärtlich berührte er ihre Lippen. Erst zart wie ein kleiner Lufthauch, der über einen hinwegweht. Dann öffnete sie die Lippen und er knabberte zärtlich an ihrer Lippe, bevor er sie etwas leidenschaftlicher küsste. Dennoch blieb der Kuss sanft und bezeugte in keiner Weise seine immer noch vorhandene Erregung, die in ihrer Gesellschaft wiedererwacht war. Als er sich von ihren Lippen löste, kostete es ihn alle Willenskraft, sie nicht stürmischer zu küssen und ihr seine Leidenschaft zu verraten. Vor allem, als Meli wieder einen ihrer niedlichen Seufzer ausstieß, war es mit seinen guten Vorsätzen fast vorbei. Kurz lehnte er seine Stirn gegen ihre und sie blieben einen Moment eng umschlungen stehen. Bis sie der Wecker des Ofens aus ihrer Versunkenheit riss. Elias löste sich bedauernd von ihr und wandte sich den Croissants zu, die er gerade aufgebacken hatte.

„Ich hoffe, du magst Croissants, was anderes hatte ich gerade nicht da."

Meli blickte ihn konfus an, als hätten ihre Gehirnwindungen den Sprung von dem Kuss hin zum Frühstück nicht geschafft.

„Setz dich doch. Ich bin gleich fertig", wies er sie an und löste damit ihre Starre.

Ein wenig verlegen kam sie seiner Aufforderung nach und er erkannte, dass Meli verunsichert war. Ihm war klar, dass er endlich mit ihr reden musste, klarstellen, was er von ihr wollte, aber damit müsste er eine Tür öffnen, für die er noch keinen Schlüssel besaß. Falls er in der Lage wäre, müsste er bereit sein, sie offenzulassen und sie ihr nicht bei der erstbesten Gelegenheit wieder vor der Nase zuzuschlagen. Deshalb beschloss er, den Kuss nicht anzusprechen und wieder mal so zu tun, als wäre nichts vorgefallen. Darin war er in ihrer Gesellschaft ja schon geübt.

„Danke fürs Frühstück." Meli murmelte vor sich hin, während sie sich das Croissant mit Marmelade bestrich. „Danke für alles", hauchte sie so leise, dass er sie kaum verstand.

„Ich überlege mir was", brachte er das Thema noch einmal auf den vergangenen Abend. „Das habe ich dir versprochen. Und natürlich werde ich nicht riskieren, dass Selina ihre Wut erneut an dir auslässt."

Jetzt sah sie doch von ihrem Teller auf und starrte ihn zweifelnd an. Er sah, dass sie alle Eventualitäten abwog, aber als sie zu sprechen begann, überraschte sie ihn dennoch.

„Ich vertraue dir. Du wirst nichts tun, was mir schadet."

Tief in seinem Inneren begann es zu brodeln, ein Feuer war entfacht worden, dass er niemals mehr imstande wäre zu löschen. Nicht jetzt und auch nicht in Zukunft. Meli hatte es entzündet und würde es am Leben erhalten. Wieder hätte er sie am liebsten in die Arme genommen, sie ins Schlafzimmer getragen und ihr die lästigen Klamotten vom Leib gerissen.

Elias schluckte ein paar Mal hart, um seinen desolaten Zustand zu verbergen. Um seine Erregung zu verstecken, nahm er einen riesigen Bissen von seinem Croissant, an dem er fast erstickte. Als er das Stück endlich mühsam mit einem Kaffee runtergespült hatte, antwortete er sanft: „Danke, Meli. Dein Vertrauen bedeutet mir viel und ich würde es niemals missbrauchen." Eigentlich hatte er sagen wollen, dass er sie niemals enttäuschen würde, aber das wäre ein Versprechen, das er vielleicht nicht halten könnte.

Sein Herz schlug schneller, als er ihr liebevolles Lächeln wahrnahm. Er nahm ihre Hand und drückte sie zärtlich. Wieder lag diese magische Stimmung in der Luft, die beide zu spüren schienen. Einen endlosen Augenblick sahen sie sich an und die Verbindung zwischen ihnen war förmlich greifbar. Um nicht doch noch einen blöden Fehler zu begehen, löste er seine Hand ein wenig ruppig aus ihrer warmen, weichen Berührung und stand auf. Der Stuhl kratzte unangenehm über den Boden und Meli zuckte leicht zusammen.

„Magst du auch noch einen Kaffee?", fragte er mit einem Schulterblick, ohne ihr in die Augen zu sehen.

Meli schien zu zögern, vielleicht hatte sie bemerkt, dass er von etwas abzulenken versuchte.

„Gern."

Ihre Antwort überraschte ihn, aber zeitgleich war er glücklich, dass sie nicht vorhatte, direkt zu verschwinden, obwohl sie bestimmt zur Uni musste. Wieder schlug sein Puls rasanter, als es für die Situation angemessen wäre.

Als er nach der Tasse greifen wollte, sah er, dass seine Hand zitterte. Kurz schloss er die Augen, um die Panik zu unterdrücken, die ihn in einer heftigen Welle erfasste, die er nicht hatte kommen sehen. Trotzdem hörte das Zittern nicht auf, als er vorsichtig einen Blick riskierte. Trotzig ignorierte er das Signal und wollte nach der Tasse greifen. Diese rutschte ihm beinah aus der Hand, als er sie hochheben wollte. Es schien, als würde sein Körper nicht funktionieren. Seine Scheißhand funktionierte nicht.

„Ich glaube, es ist besser, du gehst jetzt." Sein Tonfall klang hart. Kälter, als er beabsichtigt hatte. Er drehte sich zu Meli um und versteckte seine zitternde Hand hinter dem Rücken.

Melis ganzer Körper spannte sich an. Wahrscheinlich spürte sie ebenso die Eiseskälte, die sich über den Raum gelegt hatte. Alles zudeckte, was gerade zwischen ihnen entstanden war. Alles zerstörte, was sie an Vertrauen aufgebaut hatten.

Natürlich könnte er einfach die andere nehmen, um die verfluchte Tasse hochzuheben. Die Situation überspielen können. Stattdessen reagierte er überfordert und fiel in seine alten Muster zurück.

Elias' Herz ließ den Schmerz nicht zu. Es schien, als hätte die Eiseskälte auch sein Innerstes in Beschlag genommen. Vielleicht war es eine reine Schutzmaßnahme, aber er konnte gerade kein Mitgefühl für Meli zulassen. Sie musste von hier verschwinden.

„Was ist los, Elias? Wovor hast du Angst? Hast du wieder Probleme mit den Augen?“

Ihr Mut verwunderte ihn gerade maßlos. *Klar, dass Meli checkt, dass ich wieder am Durchdrehen bin. Ich kann es ihr nicht sagen. Nicht jetzt. Nicht in einem Moment der totalen Schwäche.*

„Tu mir bitte einen Gefallen und verschon mich mit deinem Psychoscheiß. Ich will einfach meine Ruhe haben. Ist das so schwer zu verstehen?“ Zum Ende hin wurde er immer lauter, und als er die noch funktionierende Faust auf den Tisch donnern ließ, wurde Meli blass und sprang so hektisch auf, als hätte sie ein wildes Tier gebissen.

Ohne ein weiteres Wort zu verlieren, lief sie hastig aus dem Raum, wahrscheinlich um ihre Sachen zusammenzupacken.

Elias ließ sich erschöpft auf den Stuhl fallen. Mittlerweile hatte sich das Zittern auf seine Beine ausgebreitet und er hatte Mühe, ruhig weiter zu atmen. Er war unfähig, Meli nachzugehen, um sich zu entschuldigen. Neben seiner Angst fühlte er nur Erleichterung, dass Meli seinen Rauswurf hinnahm und nicht noch mal versuchte, mit ihm zu sprechen, denn diesmal hätte sie begriffen, dass etwas mit ihm nicht stimmte. Etwas Gravierendes! Etwas, das ihr gemeinsames Leben infrage stellte. Unmöglich machte!

Die Tür fiel ins Schloss und es passte zu Meli, dass sie sie nicht vor Wut zugeschmissen hatte, sondern einfach sanft zuzog.

Während er den Kopf auf den Tisch sinken ließ, fiel ihm siedend heiß ein, dass er gestern vergessen hatte, seine Medikamente einzunehmen, da Meli ihn komplett aus seinem gewohnten Rhythmus geworfen hatte. Und nun bekam er anscheinend sogleich die Quittung für sein unverantwortliches Verhalten aufgezeigt.

28

Meli

Elias würde ihr persönlicher Untergang sein. Das war ihr bewusst, aber sie konnte ihn dennoch nicht abhaken. Meli zog sich frustriert die Decke über den Kopf, als ihr klar wurde, dass ihr erster Gedanke am Morgen wieder einmal Elias galt.

Niemals würde sie ihn aufgeben, egal, wie oft er sie von sich stieß. Egal, wie oft er sie mit seinem unverständlichen Verhalten verletzte. Denn Meli war etwas klar geworden. Sein widersprüchliches Auftreten war nicht willkürlich. Es entstand nicht aus einer puren Laune heraus. Zwar wusste sie immer noch nicht, wie seine Krankheit hieß und wie sehr sie ihn wirklich beeinträchtigte, aber Elias litt mehr unter den Auswirkungen, als er zugeben wollte.

Und mit einem Mal begriff sie, warum sie zögerte, seine Zuneigung als das anzunehmen, was sie wirklich war. Er empfand etwas für sie, was über eine bloße Freundschaft hinausging. Bisher wollte sie ihm das nicht glauben, weil er sie in schönster Regelmäßigkeit von sich stieß. Mittlerweile hatte sie erkannt, dass Elias immer sanft und liebevoll war, wenn er in der Position des starken, unverwüstlichen Mannes neben ihr auftreten konnte. Sobald ihn etwas aus der Bahn warf, was ihn verletzlich machte, stieß er sie von sich. Deshalb fiel es ihr auch so schwer, sich ohne Halt und Rücksicherung in seinen Armen fallenzulassen. Die einzige Chance, die sie für sich beide sah, lag darin, sein Vertrauen zu gewinnen, damit es ihm möglich war, ihr auch seine schwache Seite zu zeigen. Meli verspürte Verunsicherung. War sie diesem gewaltigen Unterfangen wirklich gewachsen? Ihr Kopf sendete ihr unentwegt, dass sie zu schwach, zu verletzlich war. Sie durfte sich durch ihn nicht kaputtmachen lassen, egal, was sein Problem war. Aber ihr Herz hatte schon von der ersten Begegnung an begriffen, dass sie und Elias zusammengehörten. Kurz schloss sie wohlig die Augen, als sich angenehme Wärme in ihrem Inneren ausbreitete. In guten wie in schlechten Zeiten. Und genau diesen Umstand musste sie ihm begreiflich machen. Auch wenn sie keine Ahnung hatte, wie sie das schaffen sollte. Elias war stur und er wollte sie schonen. Sich schützen. Aber egal, was seine Gründe waren, Meli war mindestens ebenso entschlossen, sie zu widerlegen, wie er sie aufrechterhalten wollte.

Über die Sorge um Elias hatte sie ihre Furcht vor Selina fast vergessen. Elias dachte bestimmt nicht mehr daran, was er ihr versprochen hatte.

Die letzten Tage hatte sie sich nicht bei ihm gemeldet, weil sie Angst vor einer Abfuhr hatte. Im besten Fall hätte er sie wahrscheinlich ignoriert. Vielleicht sollte sie abwarten, bis er auf sie zukam. Aber da konnte sie wahrscheinlich lange warten. Meli seufzte, während sie sich endlich überwand, das warme Bett zu verlassen. Heute war zwar Samstag, aber ihre Mutter war im Friseursalon und sie hatte ihre Geschwister schon ein paarmal nach ihr rufen hören.

Noch im Schlafanzug ging sie ins Wohnzimmer, wo sie die beiden Kleinsten vor dem Fernseher antraf. Die älteren Geschwister schliefen sicherlich noch. Jürgen kam mit seinen siebzehn Jahren sowieso zumeist erst in den frühen Morgenstunden nach Hause. Wenn er überhaupt da war, denn seit er eine Freundin hatte, war er kaum daheim anzutreffen. Um seine jüngeren Geschwister kümmerte er sich ohnehin selten.

Und Marie, die gerade fünfzehn geworden war, ging im Chaos der Großfamilie mit ihrer schüchternen Art oftmals unter. Meli verspürte Schuldgefühle, als ihr aufging, dass sie lange nicht mehr wirklich mit ihr gesprochen hatte. Das würde sie heute nachholen. Vielleicht konnte sie ihre Geschwister in den Zoo einladen. Sie hatte ihre letzten Gehälter abzüglich des Geldes, was sie ihren Eltern für Kost und Logis abgab, fast vollständig gespart.

Als sie resolut den Fernseher ausmachte, gab es protestierendes Geschrei.

„Du bist gemein. Wir wollen noch weiterschauen", grollte Sven genervt.

„Am Morgen gibt es kein Fernsehen." Meli war klar, dass sie darin viel konsequenter war als ihre überforderte Mutter, die für Diskussionen oftmals keine Kraft besaß. Aber irgendjemand musste sich schließlich um die Erziehung kümmern, auch wenn sie somit die Rolle des Buhmanns innehielt.

„Habt ihr Lust, nachher in den Zoo zu gehen?", lenkte sie schnell ab und das Fernsehen war vergessen. Während des Frühstücks plapperten die beiden fröhlich vor sich hin und auch Maries Augen leuchteten, als sie sich ein wenig später zu ihnen gesellte. Nur Jürgen zeigte ihr einen Vogel, als sie ihn höflichkeitshalber fragte, ob er mitkommen wollte.

Kurze Zeit später konnten sie aufbrechen, nachdem Meli einen Rucksack mit Proviant gepackt hatte. Sie legte Marie den Arm um die Schulter und fragte sie, wie es ihr ging.

„Alles in Ordnung", winkte die Kleine ab.

„Du bist in letzter Zeit so still."

„Ich erzähle es dir später, wenn wir allein sind." Wieder blitzte etwas in ihren Augen auf und das beruhigte Meli ungemein. Marie schien fröhlich zu sein. Sie verspürte ständig die Angst, dass ihre Geschwister dasselbe wie sie während der Schulzeit durchleben mussten. Und Marie war ihr in der ruhigen, bedächtigen Art, die sie deutlich älter wirken ließ, am ähnlichsten von ihren Geschwistern.

Während sie vergnügt durch den Zoo liefen, blieb Meli keine Zeit, auch nur einen Gedanken an Elias zu verschwenden. Ihre Geschwister hielten sie mit ihrem Herumgewusel und ständigen Fragen auf Trab.

Erst als sie sich auf eine Bank setzten, um Brotzeit zu machen, wurde es schlagartig ruhig. Meli nutzte die Pause, um auf ihr Handy zu schauen. Aber anstatt der erwarteten Antwort von Luise, der sie morgens geschrieben hatte, sah sie nur das Wort Elias.

Schlagartig wurde ihr Hals staubtrocken und sie musste sich räuspern. Seit er sie mehr oder weniger rausgeworfen hatte, war über eine Woche vergangen.

Meli entfuhr ein sarkastisches Lachen. Jetzt hatte sie es endlich mal geschafft, länger als fünf Minuten nicht an ihn zu denken, da erinnerte er sie augenblicklich an ihre Pflichten, ihn ja nicht zu vergessen. Zuerst wollte sie das Handy wieder in ihrer Tasche verschwinden lassen, dann zögerte sie. Wenn sie jetzt nicht nachsah, was er geschrieben hatte, würde sie den ganzen Zoobesuch darüber nachgrübeln. Aber was wäre, wenn er etwas Unerfreuliches schrieb? Etwas, das sie komplett aus der Bahn werfen würde? Dann sollte sie darüber froh sein, dass ihre Geschwister sie abhielten, in ein Loch zu fallen. Meli würde in ihrer Gesellschaft keine Zeit bleiben, um Trübsal zu blasen. Also nutzte sie die Gunst der Stunde, als die Kinder unerwartet friedlich aßen und las seine Nachricht.

Liebe Meli. Ich wollte dir Bescheid geben, dass sich das Problem Selina erledigt hat. Du brauchst dir keine Sorgen mehr zu machen.

Melis Herz machte ausgelassene Bocksprünge wie ein junges Rehkitz. Sie konnte gerade nicht einordnen, ob es ihrer Erleichterung geschuldet war oder doch eher daran lag, dass Elias sich darum gekümmert hatte. Dass ihm ihr Wohl am Herzen lag. Egal, was zuvor vorgefallen war, er hatte sein Versprechen nicht vergessen.

„Meli? Was ist denn los?" Marie sah sie beunruhigt an und erst jetzt bemerkte sie, wie eine Träne über ihre Wange lief. Rasch wischte sie das verräterische Zeugnis ihres desolaten Gefühlszustands weg und lächelte beruhigend.

„Seid ihr fertig? Dann lasst uns zusammenpacken und weitergehen. Gleich werden die Eisbären gefüttert."

Zu ihrem Glück gelang es ihr sofort, ihre Geschwister damit abzulenken. Äußerlich wahrte sie den Schein der aufmerksamen Schwester, innerlich tobte gerade ein wahrer Orkan. Aber es war kein wüster Herbststurm, sondern ein Sturm aus einem Meer an Gefühlen, die sie umwehten und sprachlos machten.

Zwar hatte sie keine Ahnung, wie Elias dieses Kunststück hinbekommen hatte, aber sie glaubte ihm, dass von Selina keine Bedrohung mehr ausging. Ihr Herz öffnete sich so weit, dass es schmerzte. Aber dieser süße Schmerz machte sie lebendig und ließ sie nach mehr gieren. Sie wollte diese leichte Qual ein Leben lang spüren, weil es ihr zeigte, dass sie lebendig war, dass sie nicht nur existierte, sondern für die Liebe lebte. Die Liebe war das Wichtigste im Leben. Was sie für Elias verspürte, hatte sie bisher noch nie erlebt. Sie würde ihm so gern etwas zurückgeben. Er hatte sie gerettet und das würde sie ebenfalls gern behaupten. Aber zuvor galt es noch, die Abwehrmauern zu überlisten, denn sie befürchtete, zu schwach zu sein, diese zu zerstören.

Während sie zwischen ihren Geschwistern lief und nebenbei Fragen beantwortete, waren ihre Gedanken die ganze Zeit bei Elias.

Aber erst ein paar Stunden später kam sie endlich dazu, ihm zu antworten. Denn zuvor hatte sie sich noch die Zeit genommen, mit Marie zu sprechen. Zu ihrer großen Erleichterung war ihre kleine Schwester verliebt. Da gab es diesen Jungen, mit dem sich etwas anzubahnen schien. Trotz der Erleichterung seufzte sie, ihre Geschwister wurden langsam groß. Und ihr lief die Zeit davon. Momentan hatte sie das Gefühl, das Leben zu verpassen. Die spannenden Erlebnisse zogen auf der Überholspur an ihr vorüber, während sie sich auf dem Fahrrad abquälte und einfach nicht mithalten konnte. Aber damit war jetzt Schluss. Sie musste etwas ändern und würde gleich damit beginnen, indem sie Elias antwortete. Vielleicht musste sie das Tempo forcieren. Endlich etwas wagen. Sonst säße sie wahrscheinlich in zehn Jahren immer noch einsam und allein im elterlichen Kinderzimmer.

Hallo Elias. Ich weiß gar nicht, was ich schreiben soll. Vielen, vielen Dank. Keine Ahnung, wie du das angestellt hast, aber ich finde keine Worte, die ausdrücken, was es mir bedeutet. Danke. Danke. Danke.

Ich habe es dir versprochen. Und ich habe es gern gemacht. Niemand soll dir wehtun. Und genau aus dem Grund ist es besser, wenn ich mich von dir fernhalte. Ich tue dir nicht gut.

Ihre Freude über seine rasche Antwort wandelte sich rasch in Entsetzen, als sie seine harten Worte las. Wenig elegant plumpste sie auf die Bettkante, weil ihre Beine zu schwach waren, sie noch einen Augenblick länger zu tragen. Meinte er das wirklich ernst? Er musste doch auch gespürt haben, dass da etwas zwischen ihnen war. Natürlich hatte er das, aber das war gar nicht der Punkt. Es ging nicht darum, dass er sie abservierte, weil er nichts für sie empfand. Und genau dieser Aspekt gab ihr die Sicherheit, endlich zu kämpfen.

Es kostete sie Mut und ihr Herz raste, während sie tippte, aber sie war unfassbar stolz auf sich, die Nachricht abgeschickt zu haben.

Wenn du mich von dir stößt, tust du mir viel mehr weh. Ich kann was aushalten. Denkst du, ein kleiner blauer Fleck von einem Sturz kann mich davon abbringen, für dich da zu sein? Du kannst mich noch so oft zu Boden gehen lassen, aber ich werde immer wieder aufstehen, um dir zu beweisen, dass du auf mich zählen kannst. Jetzt kapier das doch mal!

Die Häkchen wurden fast augenblicklich blau. Aber Elias antwortete nicht. Meli verharrte angespannt in derselben Pose. Sie hatte die Beine zu sich herangezogen und umschlang die Knie mit ihren Händen, während sie auf dem Bett saß und ihre Kehle immer enger wurde. Sie hatte das Gefühl, keine Luft mehr zu bekommen. Gebannt starrte sie aufs Display, während sie mit halbem Ohr Johanna nach ihr rufen hörte, was sie ignorierte.

Sie würde ihre Worte nicht zurücknehmen, abschwächen oder runterspielen. Nein, er sollte wissen, wie es in ihr aussah. Denn der jetzige Stand zwischen ihnen war keine Dauerlösung. Daran würde sie kaputtgehen. An der Ungewissheit, nicht an dem Schmerz, den er immer wieder mehr oder weniger absichtlich auslöste.

Es wäre für dich besser gewesen, du hättest mich nie kennengelernt.

Tief in Gedanken versunken hatte sie gar nicht bemerkt, dass Elias doch geschrieben hatte. Jetzt schrak sie über das Summen ihres Gerätes zusammen. Beinah hätte sie das Smartphone an die Wand gepfeffert, so wütend war sie. Aber sie hielt sich gerade noch davon ab und investierte ihre Energie lieber in eine Antwort.

Sind wir heute wieder auf dem Selbstbemitleidungspfad unterwegs? Wenn du ihn verlassen hast, kannst du dich gern wieder bei mir melden. Ich denke, wir sollten reden!

Als sie die Nachricht versendet hatte, zuckte sie kurz zusammen. Vielleicht war sie etwas hart gewesen. Wo war diese Courage hergekommen? Aber es war an der Zeit, mit Elias mal Klartext zu reden. Wenn er damit nicht zurechtkam, war das sein Problem und nicht ihres.

Du kannst echt lustig sein. Danke für den Lacher des Tages.

Misstrauisch starrte sie auf das Display. Meinte er das jetzt ernst oder schwang da gerade der pure Sarkasmus mit? Sie atmete ein paar Mal tief ein und aus, unsicher, was sie darauf antworten sollte. Elias kam ihr zuvor. Sie sah, dass er erneut schrieb und quiekte vor Nervosität kurz auf.

Du hast recht. Wir sollten uns treffen. Und mit dem anderen hast du auch recht. Sorry.

Wo und Wann?

Seit wann bist du so forsch? Was hast du mit der alten Meli gemacht? Ich gebe zu, du jagst mir ein wenig Angst ein ;-)

Seit mir klar geworden ist, dass du einen Tritt in den Hintern benötigst.

Morgen zum Frühstück?

Morgen zum Frühstück? Melis Herz pumpte so stark, dass sie Angst hatte, es würde gleich seinen Dienst verweigern. So mutig, wie sie gerade aufgetreten war, so wenig bereit fühlte sie sich für eine persönliche Begegnung. Die sichere Distanz hatte ihr geholfen, Klartext zu reden. Jetzt wurde sie gerade komplett überrollt von ihrem Mut. Kurzzeitig hatte sie ihre Ängste hinter sich gelassen, nun wurde sie auf der Zielgeraden erneut von ihnen überholt. Unfähig, länger sitzen zu bleiben, stand sie auf und sah für einen Moment reglos zum Fenster raus, bis sie sich imstande sah, ihm eine Antwort zu geben.

Gern. Wo sollen wir uns treffen?

Bei mir zu Hause? Um zehn Uhr? Dann sind wir ungestört.

So sehr sich Meli genau diesen Umstand noch vor Kurzem gewünscht hätte, jetzt wäre sie froh gewesen, er hätte ein Café vorgeschlagen. *Jetzt sei nicht albern. Genau das wollte ich doch die ganze Zeit.*

Okay. Bis morgen.

Bis morgen. Ich freue mich. Schlaf gut, Meli.

Du auch.

Es wäre besser gewesen, ihm erst morgen zu schreiben. Wie sollte sie die Nacht überstehen? Vor lauter Nervosität würde sie bestimmt kein Auge zubekommen. Was würde sie morgen erwarten?

29

Elias

Er warf einen prüfenden Blick auf den gedeckten Tisch und nickte zufrieden. Das Frühstück war fertig, er war bereit, jetzt fehlte nur noch Meli.

Gestern war er sich noch alles andere als sicher, ob es die richtige Entscheidung gewesen war, Melis Wunsch nachzugeben, aber die ganze Nacht hatte er davon geträumt, sie endlich wieder in die Arme zu nehmen. Durfte er nicht auch mal egoistisch sein und seinen Bedürfnissen nachgeben? Aber wie lange würde sie seine Stimmungsschwankungen mitmachen?

Die Türklingel riss ihn aus seinen Überlegungen und er atmete noch einmal tief durch. Während er an der Tür auf Meli wartete, führte sein Herz eigensinnige Eskapaden auf, die ihn völlig aus dem Rhythmus brachten.

„Hallo Meli", brachte er leise über die Lippen, als sie endlich vor ihm stand. Sie blieb zögerlich stehen, als ob sie sich noch unsicher war, ob es eine gute Idee wäre, sich ihm zu nähern. Ein vorsichtiges Lächeln umspielte ihre Gesichtszüge und Elias fand sie einfach nur bezaubernd. Kurzzeitig vergaß er alles, was geschehen war, und trat auf sie zu. Ihre Augen weiteten sich ein wenig, als er ihre Hand ergriff und sie zu sich heranzog.

„Möchtest du nicht reinkommen?", fragte er dicht vor ihrem Gesicht und konnte sich gerade noch zurückhalten, sie zu küssen.

Meli entzog sich ihm und drückte sich an ihm vorbei in die Wohnung. Er folgte ihr und wies sie Richtung Wohnzimmer. Als sie den üppig gedeckten Tisch sah, drehte sie sich um und ihre Augen leuchteten.

„Das sieht ja toll aus. Hast du das extra für mich vorbereitet?"

„Nein, natürlich nicht. Ich frühstücke immer so dekadent", gab er trocken zurück, was Meli ein Glucksen entlockte. Sie boxte ihm gegen die Schulter und er nutzte die Gelegenheit, um sie wieder zu sich heranzuziehen. Er konnte seine Finger nicht bei sich lassen. Süchtig nach ihrem Körper wollte er sie einfach nur in seinen Armen spüren. Als er sie zu sich heranzog, schlug ihr Herzschlag heftig gegen seine Brust. Es fühlte sich so gut an, diesen Effekt auszulösen und mitzuerleben. Es machte ihn lebendig. Sie seufzte ganz leise und er spürte, wie er hart wurde. Er wollte Meli so sehr, nicht nur als Freundin, sondern in seinem Bett. Wie sollte er sich zurückhalten, wenn dieses wundervolle Wesen sich gerade vertrauensvoll an ihn drückte? Sein Wunsch, endlich mit ihr zu schlafen, wurde gerade übermächtig. Dennoch durfte er dem Drang nicht nachgeben. Sex mit Meli würde bedeuten, sich ernsthaft auf sie einzulassen, alles andere wäre einfach nur brutal und fies. Sie war keine Frau für eine lose Affäre und ein wenig Spaß.

Vehement rückte er ein Stück von ihr ab, aber als sie verwundert den Kopf hob, der gerade so perfekt an seiner Schulter geruht hatte, konnte er sich nicht mehr beherrschen. Liebevoll strich er ihr über die Wange, dann wanderte seine Hand in ihren Nacken und er küsste sie zärtlich. Sanft umschloss er ihre Lippen und saugte vorsichtig daran. Meli öffnete sie ein wenig und er küsste sie etwas leidenschaftlicher. Wieder drückte sie sich näher an ihn und rieb sich vermutlich unbewusst an ihm. Diesmal stöhnte er auf, seine Selbstbeherrschung war gerade auf dem Nullpunkt angekommen, dennoch musste er seine Leidenschaft besiegen. Um Meli nicht wieder zu verunsichern, löste er ganz sanft seine Lippen von ihren und lächelte sie aufmunternd an.

„Hast du Hunger?"

Sie sah Elias ein wenig desorientiert an, anscheinend kam ihr Gehirn seinen Handlungen noch nicht ganz nach.

Irgendwann nickte sie und setzte sich schweigend an den Tisch. Elias nutzte die Zeit, als er den Kaffee zubereitete, um wieder runterzukommen. Sein Schwanz beulte die Hose ziemlich aus und er hoffte, dass Meli es nicht bemerkt hatte.

Im Umgang mit ihr fühlte er sich so verdammt unsicher. Vielleicht würde es sie aber bestärken, wenn sie erkannte, wie sehr er sie begehrte. Oder sie würde endgültig denken, er wollte nur ein wenig unverbindlichen Spaß, so wankelmütig, wie er sich in ihrer Gesellschaft gab.

Da er einfach nur zu feige war, um über seine Gefühle zu reden, sprach er lieber ein anderes Thema an. Meli biss gerade in ein belegtes Brötchen, als er anfing.

„Ich habe mit Selina gesprochen. Was ich dir geschrieben habe, war ernst gemeint. Sie wird dir nie wieder wehtun oder dir Angst machen."

Meli verschluckte sich und begann zu husten. Als sie sich endlich traute aufzusehen, sah er in ihren Augen ihre Verletzlichkeit. Wieder ging es ihm nah, sie so zu sehen. Meli zu beschützen, war ihm wichtiger als sein eigenes Wohlergehen.

„Danke, ich habe zwar keine Ahnung, wie du das hinbekommen hast, aber ich bin wirklich erleichtert."

„Ich habe die Idee von Luise mit dem Privatdetektiv aufgegriffen. Aber ich habe nicht Selina, sondern ihren Bruder beschatten lassen."

Meli stieß einen Seufzer aus. „Thorsten? Was hat der denn damit zu tun?"

„Selina hat mir mal anvertraut, dass er krumme Dinge durchzieht und sie sich Sorgen um ihn macht. Deshalb habe ich gehofft, dass er das immer noch tut. Und siehe da, er wurde auf frischer Tat ertappt, als er Hehlerware in sein Auto verfrachten wollte. Mit diesen Bildern habe ich Selina erpresst. Wenn sie mir nicht dein Video gibt, würde das Beweismaterial zur Polizei wandern. Was es auch tut, falls sie es wagen sollte, eine Kopie zu behalten."

Melis Mund klappte auf und wieder zu. Sie fröstelte leicht und rieb sich über die Oberarme. Ihr Appetit schien ihr vergangen zu sein, denn das Brötchen lag unangetastet auf dem Teller. Vielleicht hätte er das Thema erst später anschneiden sollen. Elias ärgerte sich über seine unsensible Vorgehensweise.

„Ich komme mir vor wie in einem schlechten Film", quetschte Meli hervor.

Wieder traf ihr unsicherer Blick auf seine Seele. Er wusste genau, was gerade in ihr vorging.

„Selina hat mir das Video gegeben ... und die Fotos."

Nun ruckte ihr Körper nach hinten und sie riss die Augen unnatürlich weit auf.

„Woher wusstest du es?", stieß sie angestrengt hervor, während ihre Gesichtsfarbe immer blasser wurde. Elias sorgte sich, dass sie gleich ohnmächtig vom Stuhl kippen würde. Gerade als er ihr ein Glas Wasser reichen wollte, sprang sie auf und trat ein paar Schritte vom Tisch weg. Sie verschränkte die Arme, als wollte sie eine Schutzwand zwischen ihnen aufbauen, die es dennoch niemals geben würde, da beide die Fähigkeit besaßen, tief in die Seele des anderen zu blicken.

Meli schlug die Hände vors Gesicht und nun war es mit ihrer Beherrschung vorbei. Unter Schluchzern brachte sie hervor: „Es tut mir leid, dass ich dich angelogen habe. Aber ich habe mich so unfassbar geschämt. Ich konnte einfach nicht zugeben, dass ich mich noch mal habe erniedrigen lassen."

Elias schluckte ein paar Mal hart, während er zu ihr ging und sie einfach umarmte. Zuerst wurde sie starr und schien sich dagegen zu sträuben. Aber als er begann, ihr über den Rücken zu streicheln, wurde sie weicher und schien sich zu entspannen. Er murmelte tröstende, belanglose Worte, die sie zu beruhigen schienen. Nach einer Weile hörte sie auf zu weinen und murmelte ein Dankeschön gegen seine Brust.

„Wer kann es dir verdenken? Wahrscheinlich hast du keinen anderen Ausweg gesehen. Ich würde dich doch deshalb nie verurteilen."

„Mir hätte aber klar sein müssen, dass damit kein Ende in Sicht ist. Ja, ich hatte Angst, dass sie das Video online stellen, aber mit den Fotos hatten sie noch mehr in der Hand, um mich zu erpressen. Erst danach habe ich es geschafft, mich meinen Eltern anzuvertrauen. Weil ich Angst hatte, was sie sich als Nächstes einfallen lassen würden. Mir war klar, dass es immer schlimmer werden würde."

Melis hob den Blick und sah so gebrochen und am Ende ihrer Kräfte aus, als würde sie gerade die schlimme Zeit noch mal erleben.

Er hob ihr Kinn und zwang sie, ihn anzusehen. „Es ist vorbei! Endgültig, Meli. Du musst keine Angst mehr haben."

Sie schaffte es, ihm ein Lächeln zu schenken, das voller Vertrauen und Hingabe war.

Wieder galoppierte ihm sein Herz davon, er schloss die Augen und gab ihr einen hauchzarten Kuss, den Meli erwiderte, indem sie ihre Lippen öffnete. Vorsichtig löste er sich, um ihre Stirn zu küssen. Am liebsten würde er gar nicht mehr aufhören, sie zu küssen, sie zu berühren, sie in seinem Arm zu halten.

„Was hast du mit dem Material gemacht?", fragte sie plötzlich leise und wirkte angespannt.

„Ich habe es vernichtet. Und bevor du fragst, ich habe es mir nicht angesehen, sondern mich nur kurz vergewissert, dass Selina mir nichts Falsches unterjubelt." Nun war er es, der sich sorgte, dass sie das von ihm denken könnte.

„Das hätte ich dir auch nicht zugetraut", beruhigte sie seine empfindlichen Nerven.

Während er Meli noch festumschlungen hielt, fragte er: „Wollen wir eine Runde spazieren gehen? Das Wetter ist heute richtig schön."

Für Anfang Dezember war es ungewöhnlich mild und die Sonne schien kräftig. Deshalb fuhren sie ein Stück außerhalb von Hamburg, wo sie den Menschenmassen ein wenig entkommen konnten, die alle nach draußen gelockt wurden, um an einem See spazieren zu gehen.

Auf der Fahrt hatten sie größtenteils geschwiegen, Elias hatte gefragt, ob sie mit Luises Hilfe ein wenig den Stoff aufholen konnte, was sie zum Glück bejahte. Sein aufmunterndes Lächeln ließ sie wieder fröhlicher werden. Durch sein unsensibles Verhalten hatte die Stimmung doch einen ziemlichen Knick erlitten, aber als er sich zerknirscht bei Meli entschuldigt hatte, winkte sie ab. Immerhin war sie ihm unendlich dankbar, das jahrelange Problem, das ständig unheilvoll über ihr schwebte, aus der Welt geräumt zu haben.

Sie liefen händchenhaltend am Ufer entlang und zu seiner Freude entzog sie ihm nicht ihre Hand. An einem besonders schönen Plätzchen unberührter Natur blieb er stehen und zog sie zu sich heran.

„Das ist doch der perfekte Moment, den man sich im Leben wünscht. Eine zauberhafte Landschaft, belebende Sonnenstrahlen und eine wunderschöne Frau an meiner Seite. Meli, du machst mich unglaublich glücklich, ist dir das eigentlich klar?"

Kurz stand sie bewegungslos da, dann senkte sie verlegen den Blick und wollte sich aus seiner Umarmung befreien. Ihre Flucht ließ er aber nicht zu, sondern hielt Meli weiterhin fest.

„In letzter Zeit stand ich ständig neben mir, aber ich hatte trotz all der Scheiße immer wieder wunderbare Momente und darin spielst du die Hauptrolle."

Meli entfuhr ein leiser Laut, der ihren Unglauben bezeugte.

„Elias, was ist das zwischen uns? Ich werde aus deinem Verhalten einfach nicht schlau. Mal bist du mir so unglaublich nah und ich bin mir sicher, dass ich dir etwas bedeute und dann stößt du mich eiskalt von dir."

Elias sah ihr tief in die Augen, als könne er ihr allein durch die Intensität seines Blickes ihre Angst nehmen.

„Ich kann das weder mit Worten benennen noch dir irgendeine Sicherheit geben. Das Einzige, was ich dir bieten kann, ist die Wahrheit. Dass du mir etwas bedeutest. Viel! Mein Herz klopft schneller, wenn ich nur an dich denke. Wenn du nicht da bist, vermisse ich dich. Ich liebe es, dich in meinen Armen zu halten." Meli hatte sich in seinem Blick verloren und schien ein wenig entrückt zu sein. Er fuhr sich durchs Haar und fühlte sich gerade beschissen, denn er schuldete ihr die Wahrheit. „Aber dennoch kann ich dir keine Sicherheit geben. Obwohl das einzige Wort, das mir in dem Zusammenhang einfällt, Liebe ist, kann ich dir keine Beziehung bieten." Wieder stoppte er, aber Meli sah ihn immer noch voller Zuneigung an, als würde sie genau verstehen, was in ihm vorging. „Es ist unfair von mir, aber ich benötige Zeit, um mein Leben aufzuräumen. Es gibt einfach noch zu viele Baustellen, die ich erst mal in Ordnung bringen muss und ich schaffe es nicht, dich bis dahin auf Abstand zu halten. Es ist egoistisch, aber ich habe nicht genügend Willenskraft."

Meli überraschte ihn maßlos, als sie sich vorbeugte, um ihm ein sanftes Wangenküsschen zu geben und ihm ins Ohr zu flüstern: „Das ist schon okay. Elias, ich bin gerade einfach nur unglaublich glücklich über deine Worte. Nein, das trifft es nicht einmal annähernd. Ich fühle mich gerade wie in einem wundervollen Traum."

Wieder schien sie irgendwo anders zu sein. Obwohl er ihr nichts versprechen konnte, hatte er sie glücklich gemacht. Die Tatsache, dass er sie liebte, schien ihr erst einmal auszureichen.

„Weißt du denn schon, wie es beruflich weitergehen soll?", fragte Meli zögerlich, als wäre sie nicht sicher, ob sie gleich für einen spontanen Vulkanausbruch verantwortlich wäre.

Elias atmete tief durch und versuchte, den wohlbekannten Stachel zu ignorieren, der ihn immer noch jedes Mal auf dem falschen Fuß erwischte, obwohl er ihn doch mittlerweile kennen müsste.

Es war so typisch für Meli, dass sie ihn nicht drängte, sich zu erklären, wie es mit ihnen weiterging, sondern sich um eine seiner Baustellen sorgte.

Zögerlich ließ er sie los und drehte sich von ihr weg. Aufs Wasser starrend versuchte er seine Zunge dazu zu bewegen, Worte zu formen. Plötzlich spürte er Melis Hand auf seiner Schulter und sie murmelte: „Schon gut, du musst nicht darüber sprechen. Ich kann verstehen, dass es nicht leicht ist, einen halbwegs ebenbürtigen Ersatz zu finden. Damit musst du dir Zeit lassen."

Ihre Berührung tat ihm gut und erdete ihn mehr als ihre mitfühlenden Worte. Kurz blieb er einfach so stehen und atmete tief durch. Dann drehte er sich langsam um, nahm ihre Hand und streichelte sie sacht.

„Danke für dein Verständnis. Ich weiß, dass ich endlich mal meinen Hintern hochbekommen muss, aber ich habe ehrlich gesagt einfach keine Vorstellung, was ich beruflich aus meinem Leben machen soll. Für mich war das Fliegen die einzige Alternative. Es gab niemals einen Plan B und jetzt stehe ich hier und weiß einfach nicht weiter."

Meli legte ihre Arme um seine Taille und lehnte ihren Kopf an seine Schulter. Erleichtert schloss er die Augen und ließ den vollkommenen Moment des Einklangs einfach auf sich wirken.

Nach einer Weile nahm er erneut ihre Hand und zog sie ein paar Schritte weiter zu einer Wiese in Ufernähe. Er breitete seine Jacke aus und wies sie an, sich zu setzen.

„So ist es doch ein wenig gemütlicher", grinste er frech und verschloss ihr dreist den Mund mit seinem. Es machte ihn wahnsinnig, ihre roten, vollen Lippen dicht vor sich zu haben und nicht durchgehend küssen zu dürfen. Während sie sich in einem perfekten Kuss voller Hingabe, Harmonie und Vertrauen verloren, wurde er das erste Mal forscher und ließ seine Hände unter ihrem Pullover verschwinden. Er spürte, dass Meli kurz zusammenzucke, sich aber gleich entspannte, als er ihren Rücken streichelte.

Sie murmelte an seine Lippen: „Kalt." Und er musste ein kleines bisschen grinsen.

„Dir wird gleich warm werden."

„Das befürchte ich auch", gab sie schmunzelnd zurück, als sich ihre Lippen ganz kurz trennten, um anschließend den nächsten heißen Tanz zu meistern.

Irgendwann wurde es doch frisch und sie standen bedauernd auf. Elias legte wie selbstverständlich seinen Arm um ihre Schultern und sie kuschelte sich eng an ihn.

Auf dem Weg zum Parkplatz hielten sie immer wieder an, um ihrer Sehnsucht nachzugehen. Elias fühlte sich gerade wie ein Teenager, der das erste Mal verliebt war. Aber war das nicht der Fall? Sein altes Leben gab es nicht mehr und er musste akzeptieren, dass es ab jetzt für alles ein neues erstes Mal gab.

Als er Meli bei ihr zu Hause absetzte, wurde seine Miene angespannt und er sah sie ernst an.

„Ich würde mich freuen, wenn wir uns bald wiedersehen. Am liebsten würde ich die ganze Zeit mit dir verbringen. Aber ich muss dich warnen, es wird nicht so einfach bleiben wie heute. Ich bin unberechenbar und sprunghaft und kann dir nicht versprechen, dass ich dich niemals mehr verletzen oder von mir stoßen werde."

Meli zitterte ein wenig, sagte dann aber tapfer: „Ich danke dir für deine Ehrlichkeit. Versprich mir, es mir einfach zu sagen, wenn du Zeit für dich benötigst oder allein sein willst. Damit kann ich leben, aber wenn du mich wortlos wegschubst, ist das nur schwer zu ertragen."

„Ich versuche es. Aber du musst wissen, dass es niemals dir gilt. Es liegt einzig und allein an mir. Mit dir hat das nichts zu tun. Du musst es aber ausbaden und dafür entschuldige ich mich.“

Nun strich sie ihm so sanft über die Wange, dass es ihm Schauer über den Rücken jagte und er erwiderte ihr zaghaftes Lächeln.

„Wir werden das hinbekommen. Du musst nur daran glauben.“

Unfähig, etwas zu erwidern, nickte er nur, der Kloß in seinem Hals hinderte ihn am Reden. Denn er kannte sich einfach zu gut, um daran zu glauben, dass von nun an alles gut werden würde. Schließlich war er ein verfluchter Feigling und schaffte es einfach nicht, Meli endlich die Wahrheit zu sagen.

30

Meli

Sie war schwerelos, sie schien in wenigen Stunden etliche Kilos verloren zu haben, so leichtfüßig, wie sie durch die Wohnung tänzelte, als sie heimkam. Ihre Mutter warf ihr einen vielsagenden Blick zu, während sie gerade beschäftigt war, das Abendessen vorzubereiten.

Meli wäre am liebsten wortlos in ihrem Zimmer verschwunden, um sich in Erinnerungen an den wunderschönen Tag zu verlieren und die schönen Momente dadurch noch einmal zu erleben. Aber ihr Pflichtgefühl siegte und sie trat in die Küche, um ihrer Mutter beim Tischdecken zu helfen.

„Du siehst glücklich aus", stellte ihre Mutter fest, während sie ihre älteste Tochter eindringlich betrachtete. „Du hattest wohl einen schönen Tag."

Augenblicklich wurde sie rot. Obwohl sie nichts hatte verlauten lassen, mit wem sie sich traf, konnte sie sich schon denken, dass ihre Mutter hinter ihrer Geheimniskrämerei einen Mann vermutete. Meli lächelte nur und nickte.

Ihre Mutter seufzte. „Du willst nicht darüber reden?"

„Wir verbringen eine schöne Zeit miteinander, aber wir sind kein Paar. Deshalb möchte ich es nicht größer machen, als es ist."

Nun hörte Beate schlagartig auf, die Gurke klein zu schneiden und warf ihr einen erschrockenen Blick zu. „Er ist aber nicht verheiratet, oder?"

Innerlich die Augen verdrehend, schüttelte sie den Kopf. „Nein, aber kann es nicht trotzdem schwierig sein?"

Dem mitfühlenden Blick ihrer Mutter ausweichend brachte sie den Brotkorb zum Esstisch. Hoffentlich würde Beate endlich Ruhe geben, sie hatte keine Lust, dass ihre Mutter es schaffte, mit ihrer Skepsis wieder Unsicherheit zu schüren.

„Ich will doch nur nicht, dass du verletzt wirst."

Kurzzeitig schwand Melis gute Laune, als sie sich in Erinnerung rief, dass sie weder wusste, ob Elias aufgehört hatte, Drogen zu nehmen noch, ob er momentan unter den Einschränkungen seiner Krankheit litt. Sie traute sich ja nicht mal nachzufragen, was er eigentlich genau hatte. Sie war zu feige, da ihre Angst zu groß war, dass Elias wieder dichtmachte, sobald sie ihm zu nah käme. Sie versuchte, den Gedanken abzuschütteln, drehte sich zu ihrer Mutter um und schenkte ihr ein kleines Lächeln. „Das weiß ich doch, aber jetzt lass uns doch von was anderem sprechen. Soll ich morgen für ein paar Stunden mit den Kleinen was unternehmen? Wo stecken die Racker überhaupt?"

Beate wurde rot und gab zu: „Vor dem Fernseher." Dann aber sah sie ihre Tochter dankbar an. Am Sonntag war der einzige Tag, an dem sie mal für wenige

Stunden Zeit für sich fand, solange Meli sich um die jüngeren Geschwister kümmerte.

In der folgenden Woche sahen sie sich zweimal. Am Sonntag hatte Elias sie wieder spontan auf den Spielplatz begleitet, als er hörte, dass sie auf die Kids aufpassen musste. Diesmal war es wunderschön gewesen und sie hatten sich ein paar heimliche Küsse gestohlen, wenn die Kinder gerade nicht hinsahen, und Meli fühlte sich so sorglos und leicht. Elias machte es ihr einfach, sich in ihn zu verlieben. Nicht nur, dass er verboten gut küsste, jeder seiner Küsse heizte ihr ordentlich ein und weckte den Wunsch nach mehr von ihm. Nein, seine gesamte zuvorkommende, liebevolle Art, mit der er sie behandelte, ließ sie in dem Glauben, dass ihr Leben gerade perfekter nicht sein könnte.

Unter der Woche waren sie abends ins Kino gegangen. Erst hatte Meli gezögert, zu prägnant waren noch die Bilder vom letzten Besuch, aber Elias hatte sie gedrängt, die schlechten Erinnerungen durch gute zu ersetzen. Und er hatte wieder einmal recht gehabt. Wenn Meli ehrlich war, könnte Elias vorschlagen, was er wollte, in seiner Gesellschaft würde sie sogar liebend gern Kuhställe ausmisten. Hauptsache, sie waren zusammen.

Und heute hatte er Meli zu sich nach Hause eingeladen. Als er grinsend anbot, sie könnte gern über Nacht bleiben, war Meli ganz heiß geworden. Ja, sie hatte schon einmal bei ihm übernachtet, aber diesmal war sie sich sicher, dass es nicht beim Kuscheln bleiben würde. Während sie eine kleine Tasche packte, musste sie kichern. Sie wäre höchst enttäuscht, wenn sie heute nicht endlich miteinander schliefen. Sie liebte es, in seinen Armen zu liegen, und dennoch war es zuletzt beinah unerträglich gewesen, weil sie wusste, dass sie in der Öffentlichkeit nicht weitergehen konnten. Und sie wollte gerade nichts anderes, als ihn endlich in sich zu spüren. Falls Elias wieder den Gentleman spielte, musste sie ihm eben ein wenig auf die Sprünge helfen.

Meli schnappte sich die Tasche und auf dem Weg in den Flur warf sie einen Blick ins Wohnzimmer.

„Ich geh dann. Bin über Nacht weg." In solchen Momenten wünschte sie sich sehnlichst die Privatsphäre der eigenen vier Wände. Nicht nur ihre Eltern, sondern auch Jürgen starrten sie an. „Immer schön anständig bleiben", warf ihr Bruder frech ein, während er albern lachte.

„Ich versuche mich dran zu halten, aber versprechen kann ich es nicht." Meli zwinkerte ihm zu, während er sie mit offenem Mund anstarrte. Dann sah sie zu, dass sie wegkam, bevor ihr noch mehr Weisheiten mit auf den Weg gegeben wurden.

Elias wartete schon ungeduldig auf sie, denn kaum, dass sie in seinem Wohnhaus aus dem Aufzug trat, zog er sie ins Wohnzimmer und in seine Arme.

Sein Gesicht hatte er in ihren offenen Haaren versteckt, die sie extra für ihn geglättet hatte, da sie ansonsten vollkommen wirr und kraus zu Berge standen.

„Mmh, die riechen so unfassbar gut, du riechst sagenhaft, ich liebe es, an dir zu schnuppern." Was er ausgiebig tat und Meli damit zum Lachen brachte. Schlagartig hörte sie auf, als seine Lippen auf ihre trafen. Diesmal war ihr Kuss leidenschaftlich und heiß. Seine Zunge drängte sich in ihren Mund und sie küsste ihn noch etwas intensiver. Ein ganz leises Stöhnen entkam ihr, was ihn dazu animierte, sich ein wenig an ihr zu reiben. Meli drängte sich näher an ihn und spürte seine Erektion. Anscheinend war auch er ziemlich scharf auf sie. Das beruhigte Melis Zweifel augenblicklich, denn immer noch fiel es ihr schwer zu glauben, dass Elias sie attraktiv fand. Kurz schob sich Selinas verhasstes Bild vor ihr geistiges Auge und instinktiv hob sie die Hand, um es zu vertreiben. Diese Geste irritierte Elias wohl gehörig, denn er unterbrach den Kuss und sah sie fragend an.

„Da war eine lästige Fliege", erklärte Meli mit hochroten Wangen und Elias runzelte die Stirn.

„Jetzt im Dezember gibt es noch Fliegen?"

„Zumindest eine", gab sie verlegen zurück. Aber sie würde den Teufel tun und ihm erklären, woran sie gerade gedacht hatte.

„Solange du nicht mich vertreiben möchtest, ist mir alles andere egal", sagte er frech und küsste sie erneut. Meli spürte, wie seine Hände unter ihrem Pullover verschwanden und ihre eigenen folgten wie ferngesteuert und taten dasselbe.

Zwischen ihren Beinen wurde es nicht nur warm, nein, es wurde ziemlich feucht und es hätte nicht viel gefehlt, dann hätte sie sich die lästigen Klamotten vom Leib gerissen.

Das Schellen an der Tür verhinderte eine mutige Tat. Meli sah Elias fragend an.

„Ich war so frei und habe uns eine Pizza bestellt. Mit meinen Kochkünsten ist es nicht so weit her", gestand er schulterzuckend.

Meli sank auf die Couch und wusste für einen Moment nicht, ob sie enttäuscht sein sollte. Sie war sie so sicher gewesen, dass gleich mehr passiert wäre.

Bis Elias zurückkam, hatte sie sich wieder gefangen und sah ihm lächelnd entgegen.

„Du bist ein Schatz. Ich habe seit Ewigkeiten nichts mehr gegessen“, meinte sie dankbar, als sie die duftende Pizzaschachtel öffnete.

„Warum nicht?“ Er warf ihr einen schrägen Blick zu.

Meli zuckte mit den Achseln. „Ich habe heute den ganzen Tag gelernt, damit ich mir den Abend freischaufeln kann. Darüber habe ich das Mittagessen komplett vergessen.“

Sie biss von dem Pizzastück ab, das er ihr entgegenstreckte. „Gut, dass du mich hast. Ich sorge schon dafür, dass du genügend zu essen bekommst“, erklärte er fürsorglich.

„Ich denke nicht, dass das nötig ist. Mir schadet es wohl kaum, wenn ich mal eine Mahlzeit ausfallen lasse.“ Das klang ein wenig bitter und Elias runzelte die Stirn.

„Was soll das denn bitte heißen? Findest du dich etwa zu dick? Bitte erklär mir jetzt nicht, dass du auch eins dieser Mädchen bist, die permanent auf Diät sind.“ Übertrieben stöhnend ließ er sich ins Kissen sinken und weckte Melis Unmut.

„Sehe ich etwa so aus, als wäre ich auf Dauerdiät? Mir würde lediglich ein wenig Disziplin guttun.“ Meli presste die Lippen zusammen und verfluchte sich, überhaupt damit angefangen zu haben. Warum stieß sie ihn denn auch noch auf ihre Makel?

Er richtete sich wieder auf und schien unschlüssig zu sein, was er antworten sollte. Schließlich griff er nach ihrer Hand.

„Meli, ich weiß überhaupt nicht, wovon du redest. Du hast eine tolle Figur. Es stimmt, du bist nicht dürr wie ein Topmodel, aber warum denken Frauen eigentlich immer, dass alle Männer darauf stehen? Ich zufällig mag Rundungen an den richtigen Stellen. Und bei dir ist das der Fall." Frech kniff er sie in ihren Hüftspeck, was sie empört quieken ließ.

Trotzdem ließ sie sich von seinen schönen Worten nicht einlullen. „Und wie passt Selina da ins Bild?" Wieder könnte sie sich für ihren anklagenden Tonfall ohrfeigen.

„Manchmal lassen sich eben auch meine Hormone fehlleiten", brummte er. „Soll ich dir mal Fotos von meinen Ex-Freundinnen zeigen? Da war keine extrem dünn. Vielleicht beruhigt dich das ja."

Meli konnte ihn gerade noch davon abhalten. Das fehlte ihr noch, die ganzen Schönheiten zu bewundern. Sie traute seinem Urteilsvermögen nur bedingt. Natürlich wusste sie, dass sie nicht dick war, aber sie hatte ganz sicherlich keine perfekte Figur, wo jedes Gramm an der richtigen Stelle saß.

Um sich abzulenken, griff sie erneut nach einem Stück Pizza und ließ es sich schmecken. Elias grinste sie an und gab ihr einen Kuss auf die Wange, der sie augenblicklich wieder erdete.

Vielleicht sollte sie anfangen, seinen Worten einfach mal zu glauben. Er hatte doch keinen Grund, sie anzulügen.

Nachdem sie sich die Pizza in einträchtigem Schweigen hatten schmecken lassen, schlug Elias vor, einen Film anzusehen.

Es entbrannte eine kurze Diskussion über die Auswahl, aber sie konnten sich schließlich auf einen Thriller einigen.

Elias nutzte die Gelegenheit und zog sie in seine Arme. Meli konnte sich kaum auf die Handlung konzentrieren, weil Elias neben ihr einfach zu präsent war. Jede seiner Berührungen löste einen wahren Sturm an Gefühlen in ihr aus und sie genoss es so sehr, in seinen Armen zu kuscheln, dass sie gar nichts anderes als ihn wahrnehmen konnte.

Plötzlich spürte sie, dass Elias' Blick auf ihr ruhte und wie ferngesteuert drehte sie ihren Kopf, um ihn zu erwidern. Für einen Moment sahen sie sich einfach in die Augen und keiner sagte ein Wort. Melis Herz hämmerte so heftig, dass Elias es bestimmt hören konnte.

Langsam beugte er sich vor und seine Hand legte sich in ihren Nacken, um sie näher heranzuziehen. Wieder verlor sie sich in seinen leidenschaftlichen Küssen, die sie so sehr verwirrten.

Irgendwann hörte sie Elias amüsiert fragen: „Bekommst du eigentlich irgendetwas mit vom Film?"

Schlagartig wurde ihr bewusst, dass er den Kuss beendet hatte und sie immer noch mit geschlossenen Augen dasaß. Ihr wurde heiß und am liebsten würde sie ihn nie wieder ansehen. Da spürte sie, wie er ihr Kinn hob und endlich öffnete sie die Augen und sah in sein freches Lächeln, das sie so sehr liebte.

„Es gibt Spannenderes."

Elias zog die Augenbraue hoch und meinte skeptisch: „Du warst doch mit der Filmauswahl einverstanden."

„Ich sprach gerade nicht vom Film", murmelte Meli verlegen.

Er lachte lauthals, bevor er sich zu ihrem Ohr beugte und flüsterte: „Von was sprichst du denn dann?"

Zögernd sah sie weg, weil sie nun doch den Mut verlor. Aber dann erinnerte sie sich an seine körperliche Reaktion und beschloss, ehrlich zu sein in dem Wissen, dass sie sich nicht lächerlich machen würde.

„Ich würde ehrlich gesagt lieber mit dir schlafen als weiter fernzusehen."

Elias schrak zurück und verlor dabei das Gleichgewicht und konnte sich gerade noch rechtzeitig festhalten, damit er nicht von der Couch kippte.

„Also das hätte ich ja jetzt nicht von dir erwartet. Meli, du wirkst immer so brav, da habe ich mich anscheinend gehörig in dir getäuscht."

„Enttäuscht?"

Elias gab ein empörtes Brummen von sich. „Das fragst du einen Mann, nachdem du ihm so ein Angebot gemacht hast? Ernsthaft?" Meli spürte, wie sie schon wieder knallrot wurde und hätte sich gern Luft zu gefächert. „Ich mag deine direkte Art und deinen Vorschlag würde ich liebend gerne nachkommen", beruhigte Elias sie umgehend, während er zärtlich ihren Hals küsste. Sie ließ sich von ihm nach oben ziehen und auf dem Weg ins Schlafzimmer hielten sie immer wieder an, um sich zu küssen. Es fiel ihr schwer, Elias auch nur für eine einzelne Sekunde loszulassen. So lange hatte sie auf diesen einen Moment gewartet.

Endlich waren sie im Schlafzimmer angekommen. Dort hielt sich Elias nicht lange mit Nichtigkeiten auf und zog Meli erst den Pulli, dann T-Shirt und BH aus. Kurz kam sie sich äußerst nackt vor, als sie oben ohne vor ihm stand. Als er dann aber begann, ihre Brüste zu streicheln und zu liebkosen, war die Scham gleich vergessen. Sie schloss die Augen, legte den Kopf in den Nacken und fokussierte sich ausschließlich auf seine Berührungen. Kurz ließ er von ihr ab und als sie blinzelte, erkannte sie, dass er die Gelegenheit nutzte, sich rasch zu entkleiden.

Meli starrte auf seinen stattlichen Penis, der steil aufragte und es wohl kaum mehr erwarten konnte, endlich zum Zug zu kommen. Kurz musste sie schlucken, dann griff sie vorsichtig nach seinem Schwanz und ließ ihre Hand daran auf und abgleiten. Diesmal war es an ihm, genießerisch die Augen zu schließen. „Das machst du toll." Er stöhnte leise.

Schließlich unterbrach er ihre Zuwendung und schubste sie leicht, damit sie aufs Bett fiel. Meli kicherte, während Elias sie komplett auszog.

Endlich trafen sich ihre Lippen wieder und Meli spürte trotz ihrer Desorientierung, wie eine seiner Hände langsam an ihrem Bauch entlangwanderte. Als er in die Nähe ihrer Mitte kam, zog sich schon alles in freudiger Erwartung zusammen. Wieder stöhnte sie leise und Elias begann sie zu streicheln. Er brummte an ihren Mund: „Du kannst es wohl kaum mehr erwarten. Du bist schon komplett feucht."

„Wundert dich das? Immerhin musste ich lange genug darauf warten", gab sie ein wenig empört von sich.

Elias rückte ein wenig weg, um sie anzusehen. „Mir gefällt es, wie du auf mich reagierst."

Eigentlich hatte sie antworten wollen, aber seine Küsse, die er auf ihrem gesamten Körper verteilte, lenkten sie zu sehr ab.

Vorsichtig saugte er an einer Knospe und Meli rieb ungeduldig ihre Beine aneinander, weil sie ihre Erregung kaum mehr aushielt.

Elias begriff, dass sie kein langes Vorspiel benötigte und zog sich rasch ein Kondom über, bevor er ihre Beine aufstellte und noch ein wenig spreizte.

Meli spürte seinen Schwanz an ihrem Eingang und schon schob er sich energisch in sie, dabei aber darauf bedacht, sanft zu sein. Immer weiter glitt er in sie und sie war mehr als bereit, ihn in sich aufzunehmen. Nach wenigen Stößen füllte er sie komplett aus. „Du fühlst dich so verflucht eng an." Er stöhnte laut und begann etwas schneller zu stoßen. Melis Beine schlangen sich wie von selbst um ihn, dadurch hob sich ihr Becken und er glitt noch etwas tiefer in sie. Wieder traf er ihren Lustpunkt und sie merkte, dass sie ihrem Höhepunkt zuflog.

„Ja, das fühlt sich traumhaft an", hauchte sie, und als er unter ihren Po griff und noch ein paar Mal zustieß, war es um sie geschehen. Sie stöhnte und warf ihren Kopf hin und her. Elias schien zu spüren, wie sich ihre Mitte um seinen Schwanz zusammenzog und ließ nun ebenfalls los. Der Orgasmus raste in einer riesigen Welle über sie und die Empfindungen, die sie dabei verspürte, würde sie niemals in Worte fassen können. Aber noch nie war Sex so perfekt gewesen. Noch nie war er derart erfüllend gewesen, obwohl er gar nicht lange angedauert hatte. Er glich einer Explosion, die schon lange fällig war.

Elias hatte seinen Körper auf ihr abgelegt und fragte nach kurzer Zeit: „Bin ich zu schwer?"

Meli schüttelte nur den Kopf, unfähig, etwas zu sagen. Aber sie wollte ihn spüren. Sein Gewicht bezeugte den Wahrheitsgehalt dieses schönen Traums.

„Sorry, dass ich so schnell kam, aber du bist einfach so unglaublich heiß, da konnte ich mich nicht mehr beherrschen." Elias klang ein wenig beschämt. Als er wieder keine Antwort erhielt, fragte er: „Alles klar?" Nun richtete sich Elias doch auf, glitt aus ihr und stützte den Kopf auf dem Ellenbogen neben ihr auf.

Den Kopf zu ihm drehend, lächelte sie ihn an und strich ihm sanft über die Wange. Anscheinend bezeugte das ihre Glückseligkeit, denn er drückte ihr einen Kuss auf die Stirn und kuschelte sich anschließend an sie. Meli war nicht nach Reden, kein Wort würde dem gerecht werden, was gerade zwischen ihnen stattgefunden hatte. Sie wollte es nachklingen lassen, um noch ganz lange davon zu zehren.

Elias schien es ähnlich zu gehen, denn sie erkannte an seinen ruhigen Atemzügen, dass er kurz darauf eingeschlafen war.

Als sie erwachte, war es stockdunkel und sie musste einen Moment lang ihre wirren Gedanken sortieren, bis ihr einfiel, dass sie bei Elias war, der nicht mehr neben ihr lag. Sie lauschte in die Stille, er war wohl im Bad verschwunden. Meli grinste ein wenig anzüglich. Wahrscheinlich war ihm eingefallen, dass er vorhin samt Kondom eingeschlafen war und wollte es nun loswerden. Falls er es nicht schon zuvor verloren hatte.

Wieder musste sie schmunzeln. Sie stellte fest, dass Elias sie zugedeckt haben musste und wieder spielten ihre Glückshormone verrückt. *Ich bin so was von verknallt in den Kerl. Wie habe ich es nur ohne ihn ausgehalten?*

Elias kam zurück und sie spürte, wie er sie gleich wieder in seine Arme nahm und in der Löffelchenstellung schlief sie entspannt kurz darauf wieder ein.

„Meli, wach auf!" Es dauerte eine Weile, bis die drängenden Worte in ihr Bewusstsein traten und sie den Sinn der Aufforderung verstand. Auch wenn sie kaum behaupten konnte, ihn zu begreifen.

„Was ist denn los?", nuschelte sie ins Kissen hinein, unfähig, ihre Augen zu öffnen. Als Elias allerdings begann, sie unsanft an der Schulter zu rütteln, kam Meli unwillig seinem Befehl nach.

Als sie die Augen aufmachte und Elias ansah, zuckte sie zusammen und richtete sich eilig auf. Sie zog die Bettdecke unter die Nase, als ob sie dadurch eine Schutzmauer errichten konnte. Elias saß ganz starr, aber sein Blick machte ihr Angst. Er sah so unfassbar zornig, unnahbar und kalt aus. Was war geschehen? Sie verstand die Welt nicht mehr. Gerade eben waren sie noch wunschlos glücklich gewesen und ein Wimpernschlag später erkannte sie ihn nicht wieder.

„Du musst gehen", presste er hervor und Meli wunderte sich, wie er überhaupt irgendeinen Laut über seine Lippen bringen konnte, so fest hatte er sie zusammengekniffen.

„Was ist denn los?", wiederholte sie ihre Frage zögerlich und ein gewaltiges Zittern überfiel sie. Hier stimmte etwas nicht. Ganz gewaltig nicht. Aber sie hatte keinen blassen Schimmer, was passiert war.

Elias funkelte sie so wütend an, dass sie erstmals Angst vor ihm bekam. Dann aber schaffte sie es, darüber hinwegzusehen und ihre Furcht nicht gewinnen zu lassen und musterte ihn eingehender.

Ja, dem ersten Anschein nach sah er sie zornig an. Und er war ganz bestimmt auch unfassbar wütend. Aber nicht auf sie. Denn als sie genauer hinsah, erkannte sie, dass Elias vollkommen verunsichert wirkte. Unsicher und verloren. Nein, das traf es nicht genau. Er sah verstört aus und Melis Klumpen im Magen wuchs rasant an. Was war in der Zeit passiert, bis sie aufgewacht war?

Sie rückte zu ihm rüber. Elias hatte ebenfalls die Decke fest um sich gezogen und saß seltsam erstarrt im Bett, während seine Hände zu Fäusten geballt waren, die sich in der Bettdecke festgekrallt hatten. Seinen warnenden Blick ignorierend, wollte sie ihn umarmen. Aber Elias zuckte zurück und wehrte rüde ihren Arm ab.

„Meli, kapierst du es nicht? Du sollst von hier verschwinden! Auf der Stelle! Ich will dich nicht mehr sehen."

Entweder hatte er jetzt völlig den Verstand verloren oder etwas Schlimmes war geschehen, das ihn derart um sich schlagen ließ. Meli war nicht bereit, sich nach dieser unglaublichen Nacht einfach vor die Tür setzen zu lassen. Er musste endlich anfangen, ihr zu vertrauen und mit ihr zu sprechen, anstatt sie zu verjagen, sobald ihn irgendetwas belastete.

Gerade als sie ihm das sagen wollte, wandelte sich sein Blick und er sah zutiefst verzweifelt aus, als hätte er gerade jeden Lebensmut verloren. Er schien resigniert zu haben, als ob er das drohende Unheil nicht mehr abwenden konnte. Und nur eine Sekunde später wusste sie endlich, was passiert war. Und im selben Moment verfluchte sie sich dafür, seinen Wunsch nicht einfach akzeptiert zu haben, sondern sich ihm gegen seinen Willen aufgedrängt zu haben.

„Was ... was ist passiert? Elias, was ist los mit dir?“ Schockiert starrte sie ihn an, er wich ihr aus, indem er den Blick senkte. Wahrscheinlich ertrug er ihren fassungslosen, geschockten Ausdruck nicht und sie konnte ihn so gut verstehen. Ohne es verhindern zu können, schlug sie sich vor Schreck die Hand vor den Mund. In was für eine furchtbare Lage hatte sie ihn nur gedrängt? Da warf er die Bettdecke weg, zog seine Beine mit den Händen zur Bettkante und stand mühselig auf. Im ersten Moment sah es so aus, als würde er gleich umfallen, dann hinkte er zum Badezimmer, indem er sich an den Möbelstücken entlanghangelte und ließ Meli völlig schockiert zurück. Sie konnte sich für einen Moment nicht rühren, sondern starrte wie gebannt auf den Fleck im Bett. Als sie die Nässe gespürt hatte, weigerte sich ihr Gehirn im ersten Augenblick zu begreifen, um was es sich da handelte.

Wie in Trance stand Meli auf und ging Elias endlich nach, der im Badezimmer verschwunden war.

Kurz lauschte sie an der Tür, aber als sie Elias leise schluchzen hörte, brach es ihr das Herz, das sich mittlerweile tonnenschwer anfühlte und sie klopfte leise an.

„Elias, bitte lass mich rein. Schließ mich nicht aus, ich möchte für dich da sein."

Kurzzeitig herrschte völlige Stille, dann antwortete er erstickt: „Lass mich bitte einfach in Ruhe. Ich kann jetzt nicht mit dir reden."

„Ich kann dich doch jetzt nicht allein lassen." Melis Stimme klang bettelnd, aber sie ertrug es nicht, ihn mit seinem Kummer und seiner Angst einsam zurückzulassen. Ihr Herz drohte unter der Last ihrer Gefühle zusammenzubrechen und einfach aufzugeben.

Er zog geräuschvoll die Nase hoch, dann bat er ganz leise: „Meli, du hast gesagt, dass ich dir sagen soll, wenn ich Rückzug benötige." Seine Stimme brach und sie merkte, dass er sich mühsam das Weinen verkniff. „Jetzt wäre so ein Moment." Sein Tonfall war so unfassbar gequält und zugleich wirkte es, als hätte er sich einfach aufgegeben.

Nun liefen Meli ebenfalls die Tränen über die Wangen. „Okay", schniefte sie schließlich zitternd. „Aber wenn du mich brauchst, dann ruf mich an. Ich bin immer für dich da."

Als keine Antwort kam, fragte sie vorsichtshalber nach: „Elias, hast du mich gehört?"

„Ja", kam es seufzend zurück. Immerhin schien er sich ein wenig gefangen zu haben, aber Meli befürchtete, dass er sich nur ihr zuliebe zusammenriss, damit sie endlich verschwand.

Sie ging mit schweren Schritten, die kein bisschen an die leichtfüßigen der vergangenen Woche erinnerten, ins Schlafzimmer, um ihre Sachen zusammenzupacken. Unschlüssig warf sie einen Blick aufs Bett. Wieder wusste sie nicht, ob sie das Malheur einfach ignorieren oder das Bett neu beziehen sollte. Schließlich kramte sie in seinem Schrank und wechselte die Bettwäsche. Sie brachte es nicht übers Herz, ihn das auch noch selbst erledigen zu lassen.

Zu ihrer Verwunderung befand sich unter dem Laken eine wasserdichte Unterlage, die Schlimmeres verhindert hatte. Gerade weigerte sich Melis Verstand, darüber zu grübeln, sondern sie erledigte alle Schritte mechanisch. Innerlich fühlte sie sich gerade komplett abgestumpft, während ihr äußerlich fürchterlich kalt war.

Nachdem sie die Wäsche in die Maschine gepackt hatte und angeschaltet hatte, rief sie in den Flur: „Ich geh dann", unfähig, ohne Abschied zu verschwinden. Kurz verharrte sie an der Tür, aber Elias gab keinen Ton von sich. Mühsam verkniff sie sich weitere Tränen und fuhr genauso leer und verwirrt wie zuvor nach Hause.

Zum Glück war die ganze Familie ausgeflogen und sie konnte in ihrem Zimmer verschwinden. Dort warf sie sich bäuchlings aufs Bett und heulte wie ein kleines Kind. Sie wusste nicht, wie lange sie so dalag, bis sie sich befahl, sich endlich zusammenzureißen. Wieder wusste sie nicht, was sie tun sollte. Ihre Sorge um Elias zerriss sie beinahe. Was wäre, wenn er wieder seine Flucht in Drogen suchte oder schlimmer, sich etwas antat? Aber wenn sie ihm Michael auf den Hals hetzte, wäre er vielleicht stinksauer auf sie. Und irgendwie auch zu Recht. Durfte sie sich ungebeten einfach in sein Leben einmischen?

Unfähig, eine Entscheidung zu treffen, stand sie auf und ließ sich müde an ihrem Schreibtisch nieder. Sie begann verschiedene Symptome in die Suchmaschine einzugeben und nach nur kurzer Suche wurde sie fündig. Meli wurde kalt ums Herz und sie ließ den Kopf neben dem Laptop sinken.

31

Elias

Immer noch kauerte er auf dem Boden des Badezimmers und heulte wie ein kleiner Junge. Der ganze Frust, die Angst und vor allem die Bitterkeit, warum es gerade ihn hatte treffen müssen, brachen aus ihm heraus. Bisher hatte er sich jede Träne verboten und seine Flucht im Vergessen gesucht. Im Drogen- und Alkoholkonsum, was ihm anfangs gut gelungen war. Erst später hatte er sich eher aufs Verdrängen verlagert. Und als er sich endlich geöffnet hatte, indem er sich dem Rat der Ärzte gebeugt hatte, eine Therapie zu beginnen und vor allem Meli in sein Leben gelassen hatte, da wurde ihm erneut der Boden unter den Füßen weggerissen. Der kleine Halt, den er sich in den letzten Wochen erarbeitet hatte, wurde innerhalb einer einzigen Sekunde von einer Planierraupe platt gemacht. Das Schicksal war ein verficktes Arschloch. Schlimm genug, was ihm passiert war, aber dass es auch noch genau in einem für ihn vollkommenen Augenblick geschehen war, ließ Elias an der Gerechtigkeit im Leben zweifeln. Womit hatte er ein derart mieses Karma nur verdient? Allein die Tatsache, dass er seine Beine nicht mehr gespürt hatte, als er erwacht war, hatte ihm den Atem geraubt und ihn fast durchdrehen lassen. Er hatte kurz vor einer Panikattacke gestanden und hätte beinahe Meli geweckt, als ihm aufgefallen war, dass das Laken um seinen Unterleib herum nass war. Der Schock hatte seine Gehirntätigkeit gelähmt und er wusste ihm Nachhinein nicht mehr, wie lang er reglos dagesessen hatte, bis er realisiert hatte, was geschehen war. Irgendwann war ein Teil des Gefühls zurückgekehrt und er hatte Meli wecken müssen. Er wollte sich den letzten Rest Würde erhalten, indem er sie fortschickte, bevor sie mitbekäme, was für einen Loser sie sich ausgesucht hatte. Weder wollte er ihren Schrecken noch ihr Mitleid sehen. Noch schlimmer wäre allerdings Ekel und Abscheu gewesen, aber er hätte sich denken können, dass Meli niemals so reagieren würde. Aber dieses Wissen konnte ihn nicht trösten. Es gab nur einen einzigen Weg und der ging weg von Meli. Von der Frau, die ihm sein Herz gestohlen hatte, die seine Seele wieder zusammengeflickt hatte, obwohl er noch vor Kurzem gedacht hätte, dass es ein hoffnungsloses Unterfangen wäre. Und jetzt war sie wieder in tausend Splitter zerborsten und der Weg, auf dem er sich befand, ging geradewegs dem Abgrund entgegen. Der Sog der Verlockung, erneut abzustürzen, war zu groß, als dass er es schaffte, eine Kursänderung einzuschlagen.

„Elias, jetzt mach sofort die Tür auf." Wieder bearbeiteten Fäuste seine Wohnungstür. *Irgendwie habe ich gerade ein Déjà-vu. Die Situation kommt mir bekannt vor.*

Elias kratzte sich verwirrt am Kopf, während er grübelte, an was ihn das wütende Hämmern erinnerte. Was wollte sein Bruder von ihm? Waren sie etwa verabredet gewesen?

„Ich komm ja schon", besänftigte er Michael, während er zur Tür schlurfte.

„Elias? Alles klar mit dir?" Michael legte ihm die Hand auf die Schulter und sah seinen jüngeren Bruder besorgt an.

„Warum denn nicht? Mir geht es blendend." Als er sich allerdings etwas zu schwungvoll umdrehte, verlor er fast das Gleichgewicht und konnte sich gerade noch an Michaels Jacke festkrallen. Er lachte überdreht, ließ sie wieder los und ging zurück ins Wohnzimmer, wo er sich wieder auf die Couch schmiss.

Michael folgte ihm und setzte sich zögerlich in den Sessel gegenüber und fragte bedächtig: „Was ist mit deinem Bein? Soll ich dich zum Arzt fahren?"

Elias öffnete ein Auge und krächzte: „Keine Ahnung, von was du sprichst."

„Du ziehst das rechte Bein hinter dir her, als ob du keine Kontrolle drüber hättest", verdeutlichte Michael schonungslos.

„Hmm", brummte Elias und begriff gar nicht, von was sein Bruder sprach. Ihm ging es prächtig und das teilte er ihm auch umgehend mit.

„Und warum hast du dann Meli rausgeworfen? Sie hat mich angerufen, weil sie sich Sorgen macht."

Es fiel ihm schwer, einen klaren Gedanken zu fassen. Hatte er das getan? Warum? Ach, wegen des kleinen Malheurs. Konnte ja mal passieren. Wieder kicherte er und Michaels Miene umwölkte sich.

„Hast du getrunken?“, fragte er streng.

„Nein, Papa.“ Langsam begann Michael zu nerven. Er sollte zusehen, ihn loszuwerden. Als er hörte, dass sich sein Bruder erhob, öffnete er die Augen und starrte ihn ergeben an. Michael setzte sich zu ihm und packte ihn am Ärmel, sodass er gezwungen war, sich aufzusetzen.

„Kannst du nicht einfach gehen und mich in Ruhe lassen? Mir ging es gerade richtig gut und du versaust alles.“

„Scheiße, Elias! Sag jetzt nicht, dass du dir wieder was eingeworfen hast.“

„Magst du was abhaben? Ich will ja mal nicht so sein und teile mit dir.“

„Verdammt, das darf doch nicht wahr sein. Was hast du genommen?“

Die Frage konnte er ihm nicht beantworten. Er hatte Speed, Ecstasy und Koks bei Cedric bestellt, der zum Glück vorhin gleich vorbeikommen konnte. Was er sich allerdings eingeworfen hatte, wusste er nicht mehr. Es wirkte, das war alles, was zählte. Sein Schulterzucken führte nicht dazu, dass Michael sich beschwichtigen ließ.

„Was ist passiert? Warum stößt du Meli weg? Sie wollte mir den Grund nicht nennen, aber es lief doch gut zwischen euch. Du wolltest sie sogar zu meiner Geburtstagsfeier mitbringen.“

Mit Michaels bevorstehendem vierzigstem Geburtstag konnte er sich gerade wirklich nicht befassen.

„Planänderung. Kann ja mal vorkommen.“

Sein Bruder packte ihn an der Schulter und rüttelte ihn unsanft. „Ich fass es nicht. Wie kannst du so eine großartige Frau nur von dir stoßen? Sie tut dir gut und würde alles für dich tun. Gerade in deinem Zustand musst du doch dankbar sein ..."

Abrupt brach er ab und Elias hörte ihn schnaufen. Die Drogen verwirrten seine Sinne und sein Verstand arbeitete gerade nur noch auf halber Stufe, aber er fühlte, dass Michaels Worte ihn doch erreichten. Tief im Inneren schmerzte es fürchterlich. Aber er war nicht in der Lage, sich dagegen zu wehren. Daher ließ er sich einfach wieder auf den Rücken fallen, schloss die Augen und faltete die Hände vor seinem Bauch.

„Es tut mir leid. Ich wollte ... Ach scheiße, das ist mir jetzt so rausgerutscht." Wieder hörte er Michael lautstark atmen, als würde ihm gerade jemand die Kehle zuschnüren. „Ich wollte damit nur sagen, dass Meli dich wirklich liebt. Sag ihr endlich die Wahrheit, sie will dich auch mit Krankheit. Sie ist doch nicht blöd und weiß, dass etwas mit dir ganz und gar nicht in Ordnung ist."

Michaels Bemühungen wusste er sogar zu schätzen, aber sie änderten nichts. Er konnte sich einfach nicht in seine Lage hineinversetzen. Sein ganzes Leben ging den Bach runter, wie sollte er da ernsthaft einen Gedanken daran verschwenden, eine Beziehung zu führen? Seine Gedanken wurden lose, verirrten sich in den Gehirnwindungen und es wurde ihm zu kompliziert, weiter darüber nachzudenken. Er driftete gerade in eine Art Bewusstlosigkeit ab, als Michael ihn wieder an der Schulter rüttelte.

„Du schläfst jetzt nicht ein. Keine Ahnung, welches Teufelszeug du genommen hast. Aber du trinkst jetzt erst mal einen starken Kaffee."

Ergeben setzte sich Elias wieder auf und wartete, bis sein Bruder mit der Kaffeekanne zurückkehrte und sich zu ihm setzte.

Nachdem er eine Tasse getrunken hatte, stellte er sie auf dem Couchtisch ab und funkelte Michael wütend an. „Jetzt mach mal nicht so einen Aufriss. Ich habe schon öfter was eingeworfen und werde schon nicht gleich verrecken. Und wenn wär's auch nicht so schlimm". Den letzten Satz nuschelte er vor sich hin, aber Michael hatte ihn sehr wohl verstanden. Sein entrüstetes Schnauben marterte seine empfindlichen Nerven und Elias bereute es, ihm diese Vorlage geliefert zu haben.

Ein harter Stoß in die Rippen ließ ihn aufstöhnen. „Spinnst du?", fauchte er ihn an.

„Das wollte ich dich gerade fragen. Geht es eigentlich noch? Ja, du bist krank, es ist scheiße, aber deswegen musst du nicht alles wegwerfen. Mach was aus deinem Leben. Gerade bist du so verkorkst, dass du es über kurz oder lang wirklich an die Wand fahren wirst. Es gibt Leute in deinem Leben, für die es sich lohnt zu kämpfen. Deine Familie und deine Freunde. Hast du überhaupt noch welche oder hast du schon alle mit deinem Selbstmitleid vertrieben? Und dann gibt es noch Meli. Aber das will dein Spatzenhirn ja nicht begreifen."

Elias rieb sich über die Stirn, Michaels dröhnende Stimme quälte ihn entsetzlich. Elias sackte in sich zusammen und verspürte absolut keine Kraft, sich gegen seinen Bruder zu behaupten. Michaels Miene veränderte sich plötzlich und er sah schuldbewusst und zerknirscht aus.

„Ich muss mich schon wieder entschuldigen. Aber du machst mich so unfassbar wütend. Und ich fühle mich so hilflos." Er zuckte ratlos mit den Schultern und erhob sich von der Couch.

„Wenn ich gehen soll, dann respektiere ich deinen Wunsch."

Fragend und zugleich bittend sah er ihn an, anscheinend hoffte er, dass Elias ihn zum Bleiben auffordern würde.

„Ich wäre jetzt gern allein", quetschte er matt heraus.

Wieder seufzte Michael so laut, als trage er die ganze Last allein auf seinen Schultern.

„Aber nur, wenn du mir versprichst, nicht noch mal was einzuwerfen."

Elias nickte nur und Michaels resignierter Blick sagte ihm, dass er ihm sowieso nicht glaubte.

In den kommenden Tagen schaffte er es, sämtliche Personen, denen er am Herzen lag, vor den Kopf zu stoßen, indem er alle vergraulte. Nicht einmal Markus schaffte es, zu ihm durchzudringen. Der Einzige, der ihn bisher aus jedem Loch herausgeholt hatte und mit ihm durch jede Scheiße gewatet war. Aber im Gegensatz zu Michael zeigte er wenigstens Verständnis, dass es nun einmal Elias' Art war, mit der Situation umzugehen. Aber er hatte es nicht geschafft, ihm die Wahrheit zu sagen. Diesen schmachvollen Moment gedachte er mit keinem zu teilen. Außer Meli, aber das hatte er ja leider nicht verhindern können und war erst der Auslöser für den Rückfall in seinen desaströsen Zustand.

32

Meli

Krampfhaft bemühte sie sich, den Ausführungen ihrer Freundin zu folgen. Immerhin opferte Luise ihre Freizeit, um ihr zu helfen, sich auf die nächste Probeklausur vorzubereiten. Aber ihr Gehirn beschäftigte sich seit zwei Wochen nur mit Elias. Da war einfach kein Platz frei, um den Stoff einzuprügeln. Zwar versuchte sie es immer wieder, aber scheiterte so kläglich daran wie ein Fisch, der sich vom Haken der Angel befreien wollte.

Sie saßen bei Luise zu Hause am Küchentisch und während sie Kaffee tranken, versuchte Luise mit Leibeskräften, ihrer Freundin zu helfen. Während sie redete, drifteten Melis Gedanken ab und sie hörte Luises Stimme nur noch aus weiter Ferne.

Kurz nachdem Elias sie weggeschickt und sie die Wahrheit herausgefunden hatte, hatte sie ihren Mut zusammengenommen und ihm geschrieben. Sie konnte doch nicht einfach darüber hinweggehen, als ob nie etwas zwischen ihnen vorgefallen wäre. Als hätte es nie eine gemeinsame Geschichte gegeben. Obwohl es eher einer Kurzgeschichte glich, war Meli nicht gewillt aufzugeben, bevor er zustimmte, dass sie an einer Fortsetzung arbeiteten.

Immerhin hatte sie eine Antwort erhalten. Dennoch konnte sie sich von seinem Danke nichts kaufen, denn er stieß sie weiterhin von sich, hielt sie auf Abstand. Natürlich konnte sie nachvollziehen, dass er sich einerseits fürchterlich schämte, aber auf der anderen Seite auch unfassbar wütend war. Wäre sie doch einfach seiner Aufforderung nachgekommen ... Dieser Gedanke hing in ihrem Gehirn in der Dauerschleife fest. Nun konnte sie es nicht mehr ändern, aber was würde sie dafür geben, alles rückgängig zu machen. Andererseits würde sie dann immer noch im Dunklen tappen, was Elias' Krankheit betraf.

„Hallo, jemand anwesend?" Luise wedelte mit der Hand vor ihrem Gesicht und sah sie eher besorgt als amüsiert an.

Als sie erkannte, dass sie Melis Aufmerksamkeit hatte, lehnte sie sich zurück und verschränkte die Arme vor der Brust.

„Süße, lass uns mal bitte Klartext reden. Du weichst mir seit Tagen aus und ziehst dich immer mehr zurück. Ärger im Liebesparadies?"

Natürlich hatte Meli ihrer besten Freundin erzählt, dass sie und Elias sich nähergekommen waren. Nun bereute sie ihre Offenheit, denn die Wahrheit konnte sie ihr nicht sagen, ohne Elias bloßzustellen und wie sollte sie ihr ansonsten begreiflich machen, was vorgefallen war? Sie wollte nicht, dass Luise sauer auf Elias war, der diesmal wirklich der Leidtragende war. Obwohl er der Grund ihres Dramas war, konnte sie ihm für seinen Rückzug keinen Vorwurf machen.

Ihr gezwungenes Lächeln fiel wohl weniger beruhigend als geplant aus, denn Luise runzelte die Stirn und beobachtete sie weiterhin.

„Ich möchte nicht darüber sprechen. Zwischen Elias und mir ist es schwierig. Aber ich kann dir nicht erklären, warum das der Fall ist, denn dann würde ich etwas über ihn verraten, was unfair wäre.“

Luise sah sie betroffen an und drückte aufmunternd ihre Hand. „Das verstehe ich. Ich habe mich mal in derselben Lage befunden. Weißt du noch, als Henry monatelang verschwunden war, kaum dass aus uns ein Paar geworden war?“ Als Meli bestätigend nickte, fuhr sie fort: „Ich konnte dir und Sophie auch nicht erklären, warum er mich allein gelassen hat. Das Geheimnis unserer Männer muss bei uns sicher sein.“ Sie lächelte Meli aufmunternd zu und diese bemühte sich, es zu erwidern.

„Danke für dein Verständnis. Das weiß ich zu schätzen. Es würde mir wirklich guttun, mich auszusprechen oder mir einen Rat zu holen, denn ich weiß wirklich nicht mehr weiter.“ Krampfhaft bemühte sie sich, die Fassung zu wahren. Sie mutierte noch richtiggehend zur Heulsuse, wenn sie so weitermachte. Aber auch ohne Tränen bemerkte Luise, wie es um sie bestellt war. Sie stand auf, zog Meli hoch und umarmte sie fest.

„Elias geht es nicht gut. Aber er stößt mich immer wieder weg, kaum dass es anfängt, schön zu werden. Wie soll ich ihm helfen, wenn er mich nicht lässt?“ Meli brachte die Worte kaum über die Lippen. Luise streichelte ihr beruhigend über den Rücken und hielt sie ganz fest. Das tat ihr gut und sie sammelte sich wieder.

Schließlich sagte Luise ganz vorsichtig: „Egal, was sein Problem ist, ich befürchte, er wird das erst mal allein in den Griff bekommen müssen. Du kannst ihm dabei helfen, aber ihm niemals die Arbeit und die Last abnehmen, so gern du das auch tun würdest."

Sie suchte Luises teilnahmsvollen Blick und nickte. „Wahrscheinlich hast du recht, aber es tut einfach weh, ihn so zu sehen. Er leidet und ich kann ihm nicht beistehen." Diesmal füllten sich ihre Augen mit Tränen und ihr Herz drohte gerade, seinen Dienst zu versagen, so sehr schmerzte es.

Luise nahm sie an der Hand und zog sie zur Couch. Dort legte sie Meli den Arm um die Schulter und zog sie zu sich heran. „Ich kann dich wirklich verstehen. Du liebst ihn und natürlich tut es dir weh, ihn so zu sehen. Aber du darfst dich deswegen nicht kaputtmachen. Dein Leben und dein Glück sind ebenso wichtig." Als Meli den Mund öffnete, um zu antworten, hob Luise die Hand und sprach rasch weiter: „Ich merke doch, wie abgelenkt du bist. Bald haben wir das Erste Staatsexamen, willst du wirklich riskieren, es in den Sand zu setzen? Elias muss jetzt sein Leben in den Griff bekommen. Wenn er nicht will, dann kannst du ihm dabei auch nicht helfen."

Meli riss überrascht die Augen über Luises harten Tonfall auf. Dann überkam sie die Erkenntnis, dass Luise bestimmt vermutete, dass Elias Drogenprobleme hatte. Immerhin hatte sie seinen Auftritt an Raphaels Geburtstagsfeier mitbekommen. Sie seufzte, denn jede

Rechtfertigung würde zu neuen Fragen führen, deshalb unterließ sie es. Außerdem konnte sie nicht mit Sicherheit sagen, dass Elias nicht abhängig war. Sie hatte überhaupt keine Ahnung von Drogen, wusste weder, was er sich einwarf, noch wie abhängig das Zeug machte. Er hatte es sicherlich nicht bei ein paar Joints belassen.

„Ich versuche es. Bis zum Staatsexamen lasse ich ihn in Ruhe. Er wird sich sowieso nicht bei mir melden." Wieder zitterte ihre Stimme bedenklich, aber sie beherrschte sich. Schließlich machte es die Situation nicht besser. Sie musste sich jetzt zusammenreißen und sich auf ihre Prüfung vorbereiten. Da musste sie Luise zustimmen. Ein Scheitern konnte sie sich einfach nicht leisten.

Luise drückte ihr ein Küsschen auf die Schläfe, stand dann auf und sagte aufmunternd: „Ich mache dir jetzt erst mal eine Tasse Beruhigungstee, dann gehen wir eine Runde spazieren und probieren anschließend erneut, den Stoff in deinen Kopf hineinzubekommen. Wir schaffen das schon!"

Meli umarmte ihre Freundin und drückte sie fest an sich. „Ich danke dir. Du bist die beste Freundin, die ich haben könnte."

Am nächsten Tag erhielt Meli einen Anruf von Ariane. Sie hatte Michael eine Absage gegeben. Denn ohne Elias fühlte sie sich nicht wohl, an der Geburtstagsfeier ihres Arbeitgebers teilzunehmen. Außerdem befürchtete sie, Elias zu begegnen. Darauf konnte sie gerade wirklich verzichten.

„Hallo Ariane, schön von dir zu hören."

„Liebes, ich frage dich wirklich nur ungern, aber unsere Nanny ist krank geworden und Michaels Geburtstagsfeier findet doch morgen statt. Wärst du bereit, dich um die Kinder zu kümmern und sie ins Bett zu bringen? Dann könnte ich mich vollumfänglich um unsere Gäste kümmern. Mir ist es wirklich unangenehm, weil du eigentlich eingeladen warst, aber nachdem du abgesagt hast ..." Ariane hörte plötzlich zu reden auf, als ihr wohl aufging, dass sie wie ein Wasserfall plapperte.

O Gott, was sollte sie jetzt antworten? Fahrig strich Meli sich über die Stirn, aber bevor sie das Wort ergreifen konnte, schob Ariane noch schnell hinter. „Elias wird nicht kommen. Er zieht sich wieder mal komplett zurück und hat Michael auf seine letzte Frage, ob er kommen wird, zum Teufel geschickt." Ariane seufzte und Meli fühlte Mitleid in sich aufsteigen. Mitleid für Ariane, die keine Ahnung hatte, wie sie mit ihrem Schwager umgehen sollte, aber auch für Elias, der wieder in ein tiefes Loch gefallen war. Genau diese Dinge hatte sie eigentlich nicht hören wollen. Wie sollte sie sich von ihm distanzieren, wenn sie doch genau wusste, wie scheiße es ihm ging? *Ariane, warum tust du mir das an? Hättest du dich nicht einmal selbst um deine Kinder kümmern können?*

Diesen Gedanken hütete sie sich auszusprechen und gutmütig, wie sie war, ließ sie sich schlussendlich überreden. Warum konnte sie nicht einmal Nein sagen? Natürlich war sie dankbar für diesen tollen Job, aber sie schuldete Ariane nichts und hätte sich doch einfach eine Ausrede einfallen lassen können. Aber dafür war sie nicht gewieft genug. Lügen konnte sie noch nie. Und ihr schlechtes Gewissen hätte sie anschließend erdrückt. Nun hoffte sie inständig, dass Elias es sich nicht noch einmal anders überlegte, denn sie war nur zu Beginn der Feier anwesend, um die Kinder im Auge zu behalten, bevor sie zu Bett gingen.

Wenn sie es schaffte, ihm bis 20 Uhr nicht zu begegnen, wäre sie auf der sicheren Seite, anschließend würde sie einfach oben bleiben.

Sie zupfte an ihrem Kleid herum, obwohl es perfekt saß. Es wäre ihr lieber gewesen, sie hätte einfach nur die Kinder zu Bett bringen müssen, dann könnte sie sich das Herausputzen sparen. Aber so war sie froh, dass sie dank Luise ein zauberhaftes Kleid besaß, in dem sie sich wirklich gefiel. Zeitgleich bohrte sich aber ein fieser Stachel munter in ihr Herz, weil sie dieses Kleid an Elias erinnerte. Immerhin hatte sie es nur wegen ihm gekauft. Ihn hatte sie auf Raphaels Geburtstagsfeier damit beeindrucken wollen. Wenigstens hatte sie noch eine Gelegenheit gefunden, es zu tragen. Wäre jammerschade gewesen, wenn es in ihrem Schrank versauert wäre.

Meli war schon vor zwei Stunden gekommen, um noch ein wenig die Kinder zu bespaßen, während Ariane die letzten Vorbereitungen überwachte.

Sobald sie das Haus betreten hatte, erdrückten sie die Erinnerungen an Elias, die sie damit verband. Ihr erstes Kennenlernen, das so verheißungsvoll begonnen hatte und die schöne Zeit mit den Kindern, die sie so genossen hatte. Mühsam riss sie ihren Blick vom Spiegel los, in dem sie sich kritisch gemustert hatte. Wenigstens mit ihrem Äußeren konnte sie zufrieden sein. Das Kleid betonte ihre Schokoladenseiten. Ihre Brust und ihre schmale Taille wurden vorbildlich in Szene gesetzt. Die in ihren Augen zu breiten Hüften wurden kaschiert.

Ihre Haare hatte sie heute ausnahmsweise in Locken gelegt, das hatte sie schon zu Hause gemacht, weil sie darin ungeübt war und ewig gebraucht hatte, bis sie mit dem Ergebnis zufrieden war. Auf einer Seite hatte sie die Haare mit einer blütenverzierten Haarklammer leicht hochgesteckt, um sie wenigstens teilweise aus dem Gesicht zu haben.

Tief durchatmend öffnete sie die Tür zum Kinderzimmer. Dort spielten die Kleinen zum Glück friedlich. Sie hatten ihr versprochen, sich zu benehmen, während sie sich umzog.

Als sie mit den hübsch gekleideten und frisierten Kindern den Salon betrat, standen sie natürlich sofort im Fokus der Aufmerksamkeit, was Meli ziemlich unangenehm war. Auch wenn genau genommen die Aufmerksamkeit den Kindern galt, wurde sie automatisch in den Mittelpunkt gerückt und vorgestellt.

Möglichst unauffällig sah sie sich um. Noch tranken die Gäste einen Aperitif, der von mehreren Angestellten serviert wurde. Aber Ariane hatte ihr verkündet, dass sie mit der Vorspeise begannen, sobald die Kinder da wären. Somit wurde ihr der lästige Small Talk erspart. Elias konnte sie zu ihrer Erleichterung nicht ausmachen und sie fing an, sich etwas zu entspannen.

Nun galt es, höchstens eine Stunde herumzubekommen, denn länger würden die Kinder sicherlich nicht zu bändigen sein. Das Dessert würden sie dann oben essen, zumindest, wenn sie brav waren. Eine kleine Erpressung konnte nicht schaden, um die Kinder im Griff zu behalten, dachte Meli grinsend.

Während sie halbwegs ordentlich die Suppe löffelten, nahm Meli auch ein paar Happen zu sich, obwohl sich ihr Magen vor Nervosität verschlossen hatte. Sie saßen am Rand der Tafel, aber Melis Gegenüber lächelte sie freundlich an. Eine Dame, die sie auf ungefähr Mitte vierzig schätzte.

„Ich habe gehört, dass du Jura studierst. Wie kommt es, dass du so gut mit Kindern umgehen kannst?"

Meli erzählte ihr ein wenig von ihren Geschwistern und war dankbar, dass Manuela, wie die reizende Frau hieß, sich ein wenig um sie kümmerte, damit sie sich nicht ganz so fehl am Platz fühlte.

Trotzdem fiel eine große Last von ihr ab, als endlich der Hauptgang gegessen war. Die Kinder hatten sowieso nicht viel gegessen und pünktlich um 20 Uhr standen sie auf, um die Erwachsenen sich selbst zu überlassen.

Ariane gab ihren Kindern ein Gutenachtküsschen und drückte sie an sich.

„Ich hoffe, die Kinder benötigen nicht allzu lange zum Einschlafen", meinte Ariane lächelnd. Auf Melis verwirrten Blick fügte sie hinzu: „Damit du nicht so lange fehlst und anschließend wieder mit uns feiern kannst."

Meli zuckte leicht zusammen und konnte ihr Entsetzen wohl nicht ganz unterdrücken.

„Meli, bitte, ich habe sowieso schon ein schlechtes Gewissen, dich mit meiner Bitte so überfallen zu haben."

Sie schüttelte vehement den Kopf und versuchte zu erklären: „Ich fühle mich fehl am Platz und ich möchte nicht, dass du oder Michael euch gezwungen seht, euch um mich zu kümmern. Ehrlich, mir wäre es lieber, in meinem Zimmer ein Buch zu lesen."

Ariane sah sie unschlüssig an, aber Meli war fest entschlossen, sich dieses Mal nicht umstimmen zu lassen.

„Aber falls du es dir anders überlegst, du bist ein gern gesehener Gast."

Meli fühlte, wie sich wohltuende Wärme in ihrem Bauch ausbreitete, denn Arianes aufrichtige Worte taten ihr gut.

Deshalb bedankte sie sich bei ihr, auch wenn sie nicht vorhatte, ihrem Wunsch nachzukommen.

Nachdem die Kinder ihr Eis verdrückt hatten und endlich eingeschlafen waren, schlich Meli mit einem Babyphon bewaffnet in ihr Zimmer.

Erleichtert schlüpfte sie aus ihrem Kleid und zog sich eine bequeme Leggings und ein überlanges Sweatshirt an. In dieser legeren Kleidung kuschelte sie sich in einen Sessel, der in ihrem geräumigen Gästezimmer stand und begann, sich in dem Buch zu vertiefen. Als sie ein Geräusch aus ihrer Versunkenheit löste, warf sie einen raschen Blick auf die Uhr. Es war schon nach zweiundzwanzig Uhr, was war das gewesen? Sie lauschte und wieder ertönte ein Geräusch über eines der Babyphone.

Es war Franzi, die leise jammerte. Hastig legte Meli das Buch weg und eilte über den Gang zu ihrem Zimmer, aber als sie dort ankam, stand die Tür offen und von der Kleinen war nichts zu sehen.

Melis Herz raste mit einem Mal in dreifacher Geschwindigkeit. Franzi hatte sich bestimmt auf die Suche nach ihrer Mutter gemacht. Verdammt, warum hatte sie nicht schneller reagiert? Sie rannte Richtung Treppe und eilte nach unten. Der Druck in ihrem Magen verstärkte sich, als sie sich ausmalte, wie sauer Ariane wäre, wenn sie sah, dass sie ihrer Pflicht nicht nachgekommen war. Meli hasste es, wenn jemand schlecht auf sie zu sprechen war.

Zu ihrer Erleichterung entdeckte sie das Mädchen in der Eingangshalle. Leider hielt ihre Freude nicht lange an, als sie im selben Augenblick registrierte, dass sie nicht allein war. Ein Mann saß in der Hocke vor ihr und redete auf sie ein. Meli durchzuckte ein heftiger Stromschlag und in ihrem Schrecken gefangen, dauerte es bestimmt mehrere Sekunden, die sie festgewurzelt auf der Stufe verharrte, bis sie begriff, dass es sich bei dem Mann nicht um Elias, sondern um seinen Bruder handelte.

Sebastian. Ihn hatte sie bisher nur einmal getroffen, als er zu Besuch da gewesen war. Die beiden sahen sich von hinten zum Verwechseln ähnlich. Allerdings war Sebastians Statur kräftiger. Während Elias eher der schlaksige Typ war, bestand sein Bruder aus ziemlich vielen beeindruckenden Muskeln, wie Meli zugeben musste.

Mit einem Mal drehte er sich um, als habe er ihre Anwesenheit gespürt.

Meli riss sich endlich aus ihrer Starre los und entschuldigte sich. „Ich habe Franzi zu spät gehört, da war sie schon auf dem Weg nach unten. Warum kommst du denn nicht zu mir, Süße?"

„Ich will zu meiner Mama", jammerte die Kleine und klammerte sich an Sebastians Bein.

„Was hältst du denn davon, wenn ich dich ins Bett bringe?“, schlug er vor und Meli hätte ihn vor Dankbarkeit abknutschen können, als Franzi begeistert nickte.

„Aber du musst mich huckepack tragen.“

„Na klar, du kleine Monsterbacke, das sollte ich gerade noch schaffen“, feixte ihr Onkel und packte das kreischende Mädchen und warf sie sich über die Schulter.

„Pst, Franzi, nicht so laut“, ermahnte Meli sie erschrocken.

Während sie neben den beiden herlief, murmelte sie verlegen: „Danke, dass du mir aus der Patsche hilfst.“

Sebastian warf ihr einen forschenden Blick zu und erwiderte: „Kein Ding. Du kannst doch nichts dafür, dass sie aufgewacht ist. Außerdem hat Ariane vorhin erzählt, dass sie sich gewünscht hätte, dass du wieder zurückkommst. Darauf hast du anscheinend keinen gesteigerten Wert gelegt.“ Frech grinste er sie an und kitzelte zeitgleich Franzi, die bedenklich zu zappeln begann.

„Nicht so wirklich“, gab sie verlegen zu. Erst jetzt wurde ihr bewusst, in welchem Aufzug sie vor diesem unfassbar attraktiven Mann stand und wurde knallrot. Prima, da hatte sie sich ja mal wieder ordentlich blamiert. Der Kopf adrett gestylt und untenrum sah sie aus wie eine Pennerin.

„Jetzt bringen wir erst mal die Kleine ins Bett und dann begleitest du mich zurück auf die Feier.“

„Das werde ich ganz sicherlich nicht tun“, widersprach Meli ein wenig bockig.

Sebastian sah sie treuherzig an. „Und wenn ich dich ganz lieb bitte? Ich brauche dort unten unbedingt Unterstützung, zwischen all diesen Snobs fühle ich mich nicht wohl. Das ist nicht meine Welt."

Meli nahm sich kurz die Zeit, ihn prüfend zu mustern. In seinem wahrscheinlich maßgeschneiderten Anzug und Hemd wirkte er ziemlich weltgewandt. Er verarschte sie doch.

Sie zog skeptisch die Augenbraue hoch und er lachte. Mittlerweile waren sie in Franzis Zimmer angekommen und Sebastian warf die Kleine aufs Bett, was sie wieder lachen ließ.

„Du sollst sie nicht noch mehr aufputschen, sonst schläft sie nie ein", konnte sie sich einen besserwisserischen Kommentar nicht verkneifen.

„Ich weiß, du bist die Expertin. Aber vertraue meinen Fähigkeiten. Wir machen einen Deal. Wenn ich es schaffe, sie in fünfzehn Minuten zum Schlafen zu bringen, dann kommst du mit runter." Schelmisch zwinkerte er ihr zu. Meli rang sichtlich mit sich. „Du gehst dich jetzt umziehen und ich hole dich dann ab."

Meli gab es auf, ihm zu widersprechen, denn insgeheim freute sie sich auf die Gelegenheit, sich mit ihm zu unterhalten. Vielleicht half er ihr, sich ein wenig abzulenken. Auch wenn er Elias äußerlich ähnelte, war er doch komplett anders als sein Bruder. „Am Ende des Gangs, die linke Tür", teilte sie ihm noch mit, bevor sie sich zurückzog.

Zum Glück hatte sie sich noch nicht abgeschminkt, also beschränkte sie sich aufs Umziehen und das Überprüfen ihrer Haare. Es dauerte kaum fünf Minuten, dann klopfte es an der Tür.

Zögerlich öffnete sie die Tür und fragte misstrauisch: „Wie hast du das jetzt angestellt?"

Lässig lehnte sich Sebastian an den Türrahmen und erwiderte schalkhaft: „Ich verrate doch nicht meine Geheimnisse." Seine Augen weiteten sich ein wenig und ihm entfuhr: „Meli, du siehst toll aus."

Meli hauchte ein Dankeschön und sah peinlich berührt zu Boden. Hoffentlich hatte sie es mit der Schminke nicht übertrieben und sah zu aufgetakelt aus. Andererseits hatte er sie zuvor ja schon gesehen und nichts gesagt.

Sebastian tat, als bemerke er ihre Unsicherheit nicht, und hakte sie unter. „Ich finde es schön, dass du mitkommst, bisher hatten wir ja wenig Gelegenheit, uns zu unterhalten. Bei meinem letzten Besuch hast du dich auch gleich nach der Begrüßung zurückgezogen und anschließend habe ich dich kaum zu Gesicht bekommen."

Melis Körper spannte sich an, daran wollte sie jetzt keinesfalls erinnert werden. Damals war sie völlig überfordert mit Elias' seltsamem Auftreten gewesen, da hatte sie keinen Nerv gehabt, mit einem Fremden höfliche Konversation zu betreiben. Allerdings hatte sie schon damals bemerkt, dass Elias' Bruder ziemlich locker drauf war. In seiner Gesellschaft sollte es ihr ein Leichtes sein, sich wohlzufühlen. Das hoffte sie zumindest.

Sie schenkte ihm ein freundliches Lächeln, weil sie nicht wusste, was sie sagen sollte. Es schien ausreichend zu sein, denn er erwiderte es und führte sie in den Salon. Dort hatten sich kleine Grüppchen gebildet, die sich unterhielten. Michael entdeckte sie und trat auf sie zu. „Ich habe mich schon gewundert, wo du bleibst. Aber wie ich sehe, konntest du Melanie überreden, sich uns doch noch anzuschließen." Er reichte beiden ein Glas Wein, aber den Blick, den er seinem Bruder zuwarf, konnte sie sich nicht erklären. Sebastian runzelte die Stirn und schien verwirrt zu sein. Vielleicht wusste er ebenfalls nicht, was Michael von ihm wollte. Michael ließ nicht locker und wandte sich Meli zu. „Entschuldigst du uns ganz kurz, ich müsste etwas Dringendes mit meinem Bruder besprechen." Schon packte er Sebastian etwas unsanft am Arm und zog ihn von Meli weg.

Sprachlos sah sie den Männern hinterher. Was hatte das denn wieder zu bedeuten? Schon begann sich ihr Gedankenkarussell zu drehen und sie suchte die Schuld bei sich. Wollte Michael sie nicht bei seiner Party dabeihaben und machte Sebastian jetzt eine Szene? Das konnte sie sich eigentlich nicht vorstellen. Sogar für den unwahrscheinlichen Fall, dass sie richtiglag, würde Michael das niemals so offensichtlich zeigen. Nun bereute sie es, nicht einfach in ihrem Zimmer geblieben zu sein. Sie sah sich um und fühlte sich immer unwohler. Keinesfalls konnte sie einfach auf eines der Grüppchen zugehen und sich dazugesellen. Dazu fehlten ihr der Mut und das Gespür für Small Talk. Gerade wollte sie den Rückzug antreten, als ihr Sebastian und Michael entgegenkamen.

„Ich muss mich entschuldigen. Es war wirklich unhöflich, dich einfach stehenzulassen. Aber ich hatte etwas Wichtiges mit Sebastian zu besprechen, das keinen Aufschub duldete. Und vorhin war er einfach verschwunden."

Daraufhin kassierte Michael ein ironisches Prusten von seinem jüngeren Bruder, das Meli schon wieder irritierte. Was ging hier gerade vor?

Michael klopfte ihm auf die Schulter und entschuldigte sich, um sich seinen anderen Gästen zu widmen.

„Sorry, das tut mir echt leid. Michael hat es nur gut gemeint und ist dabei wohl ein wenig übers Ziel hinausgeschossen", erklärte Sebastian kryptisch.

„Ich verstehe gar nichts mehr." Meli zog ratlos die Schultern nach oben. Sebastian musterte sie eindringlich und zog sie ein Stückchen zur Seite, damit niemand ihr Gespräch belauschen konnte.

„Michael hat mir befohlen, die Finger von dir zu lassen."

„Was hat er getan!?" Meli war in ihrer Verblüffung laut geworden. Hastig sah sie sich um, ob jemand ihr Gespräch mitbekommen hatte. Erst dann fuhr sie fort: „Wie kommt er bloß auf die Idee, dass du an mir Interesse hast?", fragte sie nun etwas leiser.

„Er kennt mich eben ziemlich gut", erwiderte Sebastian trocken und zwinkerte ihr zu.

Meli wurde knallrot und sie begann zu schwitzen. Herrje, wäre sie doch nur oben geblieben. Ihr Plan, sich abzulenken und ein wenig Spaß zu haben, drohte im Fiasko der Peinlichkeiten zu ersaufen. Als ob Sebastian ernsthaft an ihr Interesse hätte, das war doch einfach nur lachhaft.

Nun griff er auch noch nach ihrer Hand und sie hätte sie ihm am liebsten entrissen.

„Meli, sorry, ich wollte dich nicht in Verlegenheit bringen. Eigentlich geht es um Elias." Sebastian war schlagartig ernst geworden und Melis Herz blieb für einen Moment stehen, als sie den Namen hörte. Sie keuchte und starrte ihn einfach nur an.

„Er hat mir gesagt, dass sich zwischen euch etwas entwickelt hat, aber Elias sich mit seinem Dickschädel selbst im Weg steht. Ich soll mich nicht zwischen euch drängen. Glaub mir, das hatte ich niemals vor."

Meli spürte zu ihrem Entsetzen, dass sich der Raum vor ihren Augen zu drehen begann. Es setzte ihr einfach unglaublich zu, dass Elias nicht bereit war, mit ihr zu reden. Egal, wie sehr sie sich bemühte, ihn gerade aus ihrem Kopf zu verbannen, es funktionierte nicht. Sobald sie die Augen schloss, sah sie seinen Blick vor sich. Leer, hoffnungslos, wie tot. Das war das Schlimmste gewesen. Verzweiflung, Schmerz und Leid wären kaum zu ertragen, aber diese Emotionen bezeugten wenigstens, dass er noch lebte, noch lebendig war. Jetzt hatte sie die Hoffnung fast aufgegeben, ihn noch einmal zu erreichen. Ihn herauszuholen. Sie spürte kaum, wie Sebastian seinen Arm um sie legte und nach draußen führte. In der Eingangshalle ließ er sie los, um sie zu fragen, welcher ihr Mantel war.

Sie wies stumm auf eine Jacke und er reichte sie ihr.

„Lass uns ein paar Schritte gehen und frische Luft schnappen. Ich befürchte, du kippst mir sonst gleich um." Sein besorgter Blick traf sie tief im Inneren und ließ schlagartig die Tränen fließen. Mit voller Wucht und unaufhaltsam.

Sie konnte kaum sehen, wie sie in den Park traten und ließ sich willenlos von ihm führen. Erst nachdem sie einige Minuten gelaufen waren und er sie hatte einfach weinen lassen, beruhigte sie sich wieder, blieb stehen und schnäuzte sich.

Sie warf ihm einen scheuen Blick zu und bekannte: „Es war von Beginn an schwierig zwischen uns. Aber ich liebe ihn und wäre so gern für ihn da." Kurz stockte ihr der Atem, als sie es so unumwunden ausgesprochen hatte, aber dann zwang sie sich fortzufahren. „Aber er stößt mich immer wieder von sich. Zwischendurch ist alles wunderschön und dann geht es ihm nicht gut und er will mich nicht bei sich haben. Momentan ist es besonders schlimm. Vor zwei Wochen hat er mich aus der Wohnung geworfen und seitdem weigert er sich, mit mir zu sprechen." Wieder schluchzte sie leise, weil der Schmerz einfach zu viel war. So lange hatte sie ihn geschluckt, irgendwann musste er heraus. Es war ihr nicht einmal mehr peinlich, Sebastian sein teures Jackett vollgeweint zu haben, da er sie irgendwann während ihrer Heulerei zu sich herangezogen hatte. Wahrscheinlich hatte er ihr Elend nicht mehr länger tatenlos mitansehen können.

„Er sagt mir nicht, was mit ihm los ist. Irgendetwas mit seinen Augen, deshalb kann er nicht mehr fliegen. Weißt du mehr?", fragte Sebastian.

Sie konnte seinem eindringlichen Blick nicht standhalten und lief wieder los. „Nicht von ihm."

Sebastian hielt sie am Arm fest und zwang sie anzuhalten. „Meli, was ist los mit ihm?"

„Ich kann es dir nicht sagen. Mir sind einige Dinge an ihm aufgefallen und dann habe ich recherchiert. Aber er redet ja nicht mit mir. Ich kann ihm nicht begreiflich machen, dass es nichts an meinen Gefühlen ändert."

Sebastian schien sich mühsam zu beherrschen, sie nicht so lange zu schütteln, bis sie ihm die Wahrheit sagte. Er presste die Kiefer zusammen und seine schönen braunen Augen, die Elias' so ähnelten, sahen besorgt und furchtsam aus. Es tat ihr leid, ihn im Unklaren zu lassen. Aber sie durfte es ihm nicht sagen, das musste Elias selbst erledigen.

Schweigend kehrten sie zum Anwesen zurück. Bevor sie reingingen, nahm Sebastian sie in den Arm, drückte sie kurz an sich und beschwor sie eindringlich: „Du tust ihm gut. Gib ihn nicht auf. Egal, was er hat, sei für ihn da.“

Bevor sie antworten konnte, bremste ein Auto abrupt neben ihnen im Hof und sie stoben auseinander. Am Rande hatte sie das Motorengeräusch zwar gehört, ihm aber blöderweise keine Beachtung geschenkt, so sehr war sie auf Sebastian fixiert gewesen.

Das darf nicht wahr sein. Ausgerechnet jetzt! Meli hatte sofort erkannt, um welches Auto es sich handelte. In ihrem Bauch begann es gehörig zu brodeln und ihr wurde schon wieder schlecht. Sie sah Elias erschrocken an, der wutentbrannt auf sie zustürmte. Derart unbeherrscht hatte sie ihn noch nie erlebt. Sie zitterte und ihre Knie wurden weich. Sie wollte auf ihn zugehen, ihn aufhalten, aber ihre Beine funktionierten nicht. Daraufhin streckte sie bittend den Arm aus. „Elias, beruhige dich. Das hier ist ganz harmlos.“

Er beachtete sie gar nicht, sondern packte seinen Bruder am Kragen und baute sich bedrohlich vor ihm auf. „Pfoten weg von meiner Freundin. Du kannst jede haben, warum muss es ausgerechnet Meli sein? Du gottverdammtes Arschloch!“

Sebastian stieß ihn so heftig vor die Brust, dass Elias ihn nicht nur losließ, sondern beinahe auf dem Hosenboden landete. Gerade noch rechtzeitig konnte er sich abfangen. Die Attacke hatte seinen Zorn noch angestachelt und Elias boxte ohne Vorwarnung seinem Bruder mit der geballten Faust in den Magen. Meli schrie erschrocken auf, während Sebastian zwar wütend aussah, dennoch beschwichtigend die Hände hob, um seine guten Absichten zu bezeugen, was Elias nicht im Mindesten zu interessieren schien. Als er ihn erneut attackierte, brüllte nun auch Sebastian los und schlug zurück.

Verzweifelt rief Meli: „Hört sofort auf! Ihr prügelt euch jetzt nicht ernsthaft um mich."

Mittlerweile hatte Sebastian es geschafft, seinen Bruder in den Schwitzkasten zu nehmen und halbwegs unter Kontrolle zu halten.

„Du verdammter Idiot, hörst mir jetzt zu. Meli ist traurig, weil du sie ständig mies behandelst. Ich habe sie nur getröstet, weil sie mir leidtut. Wenn du sie deine Freundin nennst, dann solltest du sie auch genauso behandeln und nicht wie den letzten Abschaum."

Meli entfuhr ein leises Stöhnen, als sie Sebastians unverblümte Worte hörte. Und zugleich fühlte sie einen winzigen Hoffnungsschimmer aufsteigen, den sie schleunigst wieder unterdrücken sollte, um nicht gleich wieder enttäuscht zu werden. Im Gerangel der Jungs hatte sie Elias' Worte zwar gehört, aber andere Sorgen gehabt, als sich darüber Gedanken zu machen. Und wie sie gerade erfuhr, hatte nicht nur sie diese wunderbare Melodie verstanden. Sie entsprang nicht ihrer Einbildung.

Elias hörte unvermittelt auf, auf seinen Bruder einzuschlagen, der ihn immer noch eisern festhielt. Für kurze Zeit schien die Welt stehen zu bleiben und Meli hielt die Luft an. Sie drohte gleich den Verstand zu verlieren, so sehr belastete sie die Anspannung, die gerade in der Luft lag. Sie hatte Angst vor dem gewaltigen Knall, der sich gleich entladen und alles zerstören würde, was ihr heilig gewesen war.

Fast zeitgleich geschahen zwei Dinge. Elias murmelte ganz leise, sodass sie ihn kaum verstand. „Es tut mir leid, ich habe mich wie ein Idiot aufgeführt."

Unmittelbar darauf ertönte Michaels perplexe Stimme. „Was ist denn hier los? Ihr macht einen Lärm, als würdet ihr euch umbringen." Fassungslos starrte er seine Brüder an und Sebastian ließ Elias hastig los, den er immer noch eingekeilt hielt.

Hinter Michael war nicht nur Ariane erschienen, sondern auch noch etliche Gäste, die sich das Schauspiel anscheinend nicht entgehen lassen wollten. Meli wäre am liebsten vor Scham im Boden versunken. Elias' Gesichtsausdruck konnte sie nicht deuten und Sebastian fuhr sich verlegen durchs Haar.

„Sebastian, du blutest", rief Ariane erschrocken und schlug sich die Hand vor den Mund.

Anscheinend war eine von Elias' Fäusten direkt im Gesicht seines Bruders gelandet.

„Ich habe mir nur auf die Lippe gebissen", wiegelte Sebastian rasch ab und warf Elias einen kurzen Blick zu.

Dieser schien erstarrt zu sein und stierte ins Leere. Was auch immer er sah, seine Worte ließen Melis Blut kurz darauf gefrieren.

„Mein Fehler. Ich hätte nicht herkommen dürfen." Elias rieb sich heftig über die Stirn und sah ihr plötzlich direkt in die Augen. „Du machst das schon richtig. Nimm Sebi, er kann dich glücklich machen und dich auf Händen tragen. Ich bin doch nur ein inkontinentes Arschloch, das dich gar nicht verdient hat."

Sämtliche Augenpaare waren auf Elias gerichtet, der anscheinend gar nicht begriff, was er gerade gesagt hatte.

Melis Herz zerbarst und die Einzelteile fielen haltlos in die Tiefe. Niemals würde sie sie wieder zusammensetzen können. Seine Worte hatten sie zerstört, weil sie ihn zugrunde richteten, aber sein Tonfall war es, der Meli aufschluchzen ließ. Wäre er doch wütend gewesen oder zumindest verzweifelt. Damit könnte sie leben, daran könnte sie arbeiten. Aber dieser endgültige Tonfall, der klarmachte, dass es nichts mehr zu retten gab, ließ sie fallen. Es machte sie schwindlig und orientierungslos.

Sie spürte, wie sich ein Arm um ihre Schulter legte, während sie stumm weinte. „Meli, du siehst so blass aus", sagte Ariane beunruhigt.

Sie konnte den Blick nicht von Elias lösen, der sie immer noch anstarrte. Kurz veränderte sich sein toter Ausdruck und sie bildete sich ein, dass er besorgt aussah. Aber trotzdem ging er auf Rückzug, ließ sie allein mit all ihrem Schmerz und ihrer Trauer. Sie sah ihn ein paar Mal hart schlucken, dann wandte er sich wortlos ab und lief zu seinem Auto. Meli wollte ihm instinktiv folgen, aber Sebastian hielt sie zurück.

„Meli, lass gut sein. Das bringt jetzt nichts. Ich gehe mit ihm. Ich verspreche dir, dass ich ihn nicht allein lasse. Auch wenn ich ihn dafür einsperren muss." Er versuchte, sie aufmunternd anzugrinsen, was ihm gründlich misslang. Dann eilte er seinem Bruder nach und ohne auf dessen lautstarke Proteste einzugehen, nahm er ihm die Schlüssel aus der Hand und setzte sich ans Steuer. Erst sah es so aus, als wolle Elias bockig zu Fuß gehen, dann gab er nach und setzte sich zu seinem Bruder ins Auto.

Plötzlich nahm Meli das Getuschel zweier Gäste war. Als sie hörte, dass sie über Elias sprachen, bekam sie eine Gänsehaut.

„Er hat gesagt, dass er ein inkompetentes Arschloch ist. Sozial inkompetent hat er gemeint, er war betrunken." Die beiden Frauen starrten sie an, als sie sich forsch in ihr Gespräch einmischte.

Sie fing Michaels dankbaren und zugleich schmerzlichen Blick auf. Natürlich hatte Michael gespürt, dass sie versucht hatte, Elias zu schützen und dass dieser genau gewusst hatte, was er da sagte.

Mittlerweile stolperte sie neben Ariane aufs Haus zu, die den Arm immer noch um sie gelegt hatte, wahrscheinlich aus Sorge, sie könnte doch noch umkippen.

Jeder einzelne Schritt fühlte sich so falsch an. Sie sollte jetzt bei Elias sein, ihm beistehen, ihm beweisen, dass sie es ernst meinte.

Aber Sebastian war klüger. Es wäre sicherlich besser, wenn er mit seinem Bruder redete und für ihn da war. Immerhin standen sich die beiden ziemlich nah und Elias schien begriffen zu haben, dass er falschgelegen hatte, was Sebastians Motivation in Bezug auf sie betraf.

Sie wünschte sich sehnlichst, dass Sebastian ihm helfen konnte, wieder Lebensmut zu empfinden. Seinen Kampfgeist zu wecken, ihm Hoffnung einzuimpfen.

Die Party löste sie nach diesem Eklat auf, da Michael die Feierlaune abhandengekommen war.

„Es tut mir so leid", flüsterte Meli, die sich verantwortlich für das Desaster fühlte, den Gastgebern zu. Wäre sie doch einfach auf ihrem Zimmer geblieben. Hätte sie sich bloß nicht zu dem Spaziergang überreden lassen. Hätte sie doch die Umarmung nicht zugelassen. Hätte, wäre, wenn, davon konnte sie sich jetzt auch nichts mehr kaufen. Sie musste aufhören, sich zu wünschen, die Zeit zurückdrehen zu wollen, sondern lieber anfangen, die Realität zu akzeptieren. Michael winkte beruhigend ab, aber er wusste ja auch nicht, was Elias hatte austicken lassen. Sie hörte ihn zu Ariane sagen, dass er nur froh sei, dass seinen Eltern der Anblick erspart geblieben war, denn diese waren erst für morgen eingeladen.

Mit einem Mal wollte Meli einfach nur weg. Niemanden mehr aus der Familie Reinhardt sehen müssen. Natürlich konnten Ariane und Michael nichts für ihr persönliches Unglück, aber sie benötigte einfach ein wenig Abstand.

Nachdem sie Luise angerufen hatte, die sie zu ihrer Erleichterung abholen würde, packte sie rasch ihre Sachen zusammen und verabschiedete sich von Ariane und Michael.

„Nimm dir das nicht so zu Herzen, Liebes. Elias wird sich schon wieder beruhigen." Ariane schenkte ihr ein aufmunterndes Lächeln, das ihre Augen nicht erreichte. Sie glaubte selbst nicht daran, aber die Geste zählte. Und dafür war Meli ihr aufrichtig dankbar.

Sie wartete vor dem Eingangstor auf Luise. Obwohl es eine kalte Nacht war, tat ihr die frische Luft gut und ihr verwirrter Geist klarte sich ein wenig auf.

33

Elias

Schweigend saß er neben seinem großen Bruder und hielt die Augen starr nach draußen gerichtet. Obwohl er in der dunklen Nacht kaum etwas sah, war ihm das allemal lieber, als die Augen zu schließen. Denn dann tauchte unvermittelt Meli auf. Ihr schmerzlicher Blick und ihre bekümmerte Miene waren das Letzte, mit dem er sich gerade befassen wollte.

Sebi tat ihm den Gefallen und hielt ebenfalls seine Klappe. Auf Belehrungen und Maßregelungen konnte er gut und gerne verzichten. Ein unauffälliger Seitenblick sagte ihm, dass Sebis Hände krampfhaft das Lenkrad umfassten. Seine Kiefer hatte er fest zusammengepresst und es sah so aus, als bekäme er schlecht Luft. Sein Bruder war sauer auf ihn und das zu Recht. Aber er würde sich hüten, es zuzugeben. Sebis Oberlippe war mittlerweile gehörig angeschwollen, anscheinend hatte er ordentlich zugeschlagen.

Ihm entfuhr ein Seufzer und prompt hatte er Sebis Aufmerksamkeit geweckt, der ihm einen raschen Seitenblick schenkte, aber immer noch nicht mit ihm sprach.

Als sie bei ihm zu Hause ankamen, stieg sein Bruder ebenfalls aus und Elias fühlte sich bemüßigt, sich wenigstens zu bedanken.

Sebastian rümpfte die Nase, als würde er etwas Unangenehmes riechen und verkündete dann zu Elias' Entsetzen: „Es wäre grob fahrlässig gewesen, dich ans Steuer zu lassen, so stoned wie du bist. Heute Nacht bleibe ich bei dir und morgen, wenn du wieder du selbst bist, reden wir."

Weder verspürte er die Kraft, sich seinem Bruder zu widersetzen, noch brachte er überhaupt ein Wort über die Lippen. Er brummte nur unverständlich vor sich hin und ließ es zu, dass Sebastian, der immer noch den Schlüsselbund besaß, die Tür aufsperrte.

Mit gesenktem Kopf schlurfte Elias hinter ihm her und verzog sich nach einem kurzen Abstecher ins Bad gleich ins Schlafzimmer. Unfähig, sich um das Wohl seines Bruders zu kümmern, zuckte er nur mit dem Achseln, als Sebi ihm eine gute Nacht wünschte.

Anscheinend verbrachte er die Nacht schlafend, denn morgens weckten ihn Geräusche aus der Küche. Es dauerte einen Moment, bis ihm wieder einfiel, dass sein Bruder bei ihm übernachtet hatte. Und zu seiner Verwunderung verspürte er keinen Ärger über dessen Bevormundung, sondern Erleichterung, nicht allein mit seinen Gedanken und Sorgen zu sein. Zuerst ging er duschen, um sich ein wenig zu sammeln, denn obwohl er froh war, dass sein Bruder da war, würde das Gespräch mit Sebi sicherlich nicht einfach werden. Immerhin wusste sein Bruder noch nichts über seine Krankheit. Kurz rubbelte er sich über das nasse Haar, ignorierte sein hart klopfendes Herz und betrat die Küche. Sebi saß am Küchentisch, vor ihm eine halb volle Kaffeetasse und er hatte die Nase in ein E-Paper auf seinem Handy versenkt.

Als er nähertrat, erkannte er, dass der Artikel auf Englisch verfasst war und es sich somit wohl um eine kanadische Zeitung handelte. Aber es war ja nicht verwunderlich, dass Sebi sich eher für Neuigkeiten aus seiner Wahlheimat interessierte.

„Wie lange bleibst du eigentlich?", stellte er wie aus heiterem Himmel eine Frage.

Sebi sah zu ihm auf und antwortete mit einer Gegenfrage: „Willst du mich loswerden?"

Elias lachte kurz und erklärte: „Nein, ich habe mich nur gefragt, wie lange du deine Ranch allein lassen kannst."

„In der kälteren Jahreszeit hält sich der Gästeansturm in Grenzen und die Arbeit mit den Pferden können meine Mitarbeiter auch mal eine Weile allein stemmen." Sebastian warf seinem jüngeren Bruder einen prüfenden Blick zu, legte das Handy weg und wechselte das Thema. „Dir scheint es besser zu gehen. Hör doch auf, dir den Scheiß einzuwerfen. Das macht es doch nicht besser."

„Das weiß ich selbst. Aber es hilft beim Vergessen. Zumindest kurzzeitig", wiegelte er ab.

Sebi stand auf und holte Elias, der keine Anstalten machte, sich zu rühren, eine Tasse Kaffee. Sobald sein

Bruder wieder saß, nahm er endlich ebenfalls am Tisch Platz. Dann holte er tief Luft, um ihm endlich die Wahrheit zu sagen. „Ich bin krank. Es ist nicht nur ein Augenleiden. Das ist nur eins der Symptome, aber es kommen noch etliche hinzu. Ich ...“

Sein Hals schnürte sich zu, er wollte es nicht aussprechen. Hatte es erst einmal ausgesprochen. Aber noch nie einem Familienmitglied gegenüber. Seine Eltern und Michael hatten es durch die jeweiligen Ärzte erfahren, nun musste er es selbst tun.

„Ich habe MS. Multiple Sklerose.“ In seinen Ohren dröhnte es, und als er nach seiner Kaffeetasse griff, verschüttete er den halben Inhalt.

„Das ist zum Beispiel eines der Symptome“, versuchte er kläglich zu scherzen, als er den fassungslosen Gesichtsausdruck seines Bruders auffing.

„MS ist eine chronisch-entzündliche neurologische Autoimmunerkrankung mit sehr unterschiedlichen Verlaufsformen und wird deshalb auch *die Krankheit mit tausend Gesichtern* genannt“, ratterte er monoton die Infos aus seiner Broschüre herunter.

„Scheiße“, sagte Sebi und rieb sich mehrmals über seinen Dreitagebart. „Warum hast du mir nicht schon früher davon erzählt? Es muss doch unfassbar anstrengend sein, ständig die ungläubigen, verständnislosen Blicke auszuhalten, weil du sie im Unwissen lässt.“

„Unsere Eltern und Michael wissen Bescheid“, druckste er verlegen und sah, dass Sebi verletzt aussah. „Ich habe es ihnen nicht gesagt. Unsere Eltern haben es durch den Arzt erfahren, der die Diagnose gestellt hat. Ich wusste nicht, dass er mit Vater befreundet ist, sie spielen zusammen Golf und er konnte seine Klappe nicht halten." Ganz kurz biss er die Kiefer zusammen, als er sich daran erinnerte. „Und Michael war bei meinem Zusammenbruch dabei und hat es im Krankenhaus erfahren."

„Was für ein Zusammenbruch?" Sebastians Kopf ruckte hoch und er saß kerzengerade da. Es fehlte nicht viel, dann wäre er wohl aufgesprungen. „Warum erfahre ich eigentlich überhaupt nichts? Bloß, weil ich in Kanada wohne, heißt das doch nicht, dass ich kein Interesse am Leben meiner Familie habe." Wieder ging ihm Sebastians dünnhäutiger Tonfall an die Nieren und er verspürte Schuldgefühle, ihn komplett außen vor gelassen zu haben.

„Was hätte ich denn sagen sollen?"

„Die Wahrheit?!"

Elias seufzte und zog es vor, seinen Kaffee zu schlürfen, eine zufriedenstellende Antwort konnte er Sebi sowieso nicht geben.

„Schon gut. Ich kann dich verstehen. Es ist bestimmt nicht leicht, damit klarzukommen."

Elias schnaubte und sagte ein wenig verächtlich: „Sehe ich so aus, als würde ich damit klarkommen?"

„Seit wann weißt du es?", fragte Sebi leise.

„Ein paar Monate", gab er eine ausweichende Antwort.

„Deshalb also die Drogen und der Alkohol. Deine ständigen Abstürze. Verdammt, ich hätte es bestimmt genauso gemacht. Die Vorstellung, dass mein bisheriges Leben von heute auf morgen vorbei ist und ich meine Ranch aufgeben müsste, das hätte ich auch nicht gepackt."

Sebastians Verständnis tat ihm gut, allerdings war er sich sicher, dass sein Bruder schneller den Kopf aus der Schlinge gezogen hätte.

„Wie bist du draufgekommen?"

„Zuerst waren da immer wieder Sehstörungen. Und wie du dir vorstellen kannst, hat allein das mich in Panik ausbrechen lassen. Mein Job war in Gefahr. Der Augenarzt hat aber nichts rausgefunden. Deshalb habe ich abgewartet. Als ich dann häufiger gestolpert bin und mein Bein immer wieder taub wurde, bin ich doch stutzig geworden. Tja, und dann kam eins zum anderen. Und zack, da stand es schwarz auf weiß."

Elias legte den Kopf auf seinen Unterarmen ab und vergrub sein Gesicht. Nein, er würde jetzt die Fassung wahren, auch wenn es in ihm gerade lichterloh brannte.

„Wird es schlimmer oder kannst du es medikamentös behandeln?", stellte Sebi die nächste Frage.

„Das ist bei MS nicht so einfach. Nur weil ein Medikament bei dem einen hilft, heißt das nicht, dass es bei dem nächsten auch wirkt. Es gibt auch komplett unterschiedliche Verläufe und die Ärzte sind gerade dabei, mich einzustellen. Manchmal geht es mir richtig gut, aber wenn mich dann ein Schub erwischt, leide ich nicht nur unter den Symptomen, sondern es erwischt mich jedes Mal wie ein Schlag ins Gesicht, weil ich mir zwischendurch erfolgreich einrede, dass ich es im Griff habe und lernen werde, damit zu leben."

Sebi rieb sich mehrmals vehement mit den Handflächen übers Gesicht, bevor er seinen Bruder wieder ansah.

„Und warum bist du der Meinung, dass du keine Beziehung führen kannst?"

Elias schnaubte ungläubig. War das Sebis Ernst? Anscheinend schon, wenn er seinen fragenden Ausdruck richtig deutete.

„Wer will schon einen kranken Krüppel? Das ist ja noch nicht das Ende. Es kann sein, dass ich im Rollstuhl lande, ein Pflegefall werde. Es kann zu weiteren Ausfällen führen, zu Konzentrationsstörungen, zu Erektionsproblemen, zu Ink ..." Elias stoppte sich gerade noch rechtzeitig und ihm wurde ein wenig flau, als ihm einfiel, was er gestern zu Meli gesagt hatte. Sebi konnte sich zu seinem Leidwesen wohl auch erinnern, denn sein Ausdruck wandelte sich in Bestürzung.

Sein Adamsapfel hüpfte, als er bedächtig fragte: „Hast du Meli deswegen verjagt?"

Der Klumpen in seinem Magen drückte so unangenehm, dass ihm schlecht wurde. Heiße Galle stieg in ihm auf, die er krampfhaft herunterschluckte. Fast war er versucht, Sebi darauf hinzuweisen, dass wenigstens sein Schwanz ihn noch nie im Stich gelassen hatte, aber das stimmte ja wohl auch nicht, wie ihm gerade siedend heiß einfiel. Es war ihm unendlich peinlich, mit seinem Bruder darüber zu reden, aber da musste er jetzt durch. „Ja", sagte er schlicht.

„Da gibt es doch bestimmt auch Behandlungsmethoden", schlug Sebi vor.

„Und die helfen dann bei mir wieder einen Scheißdreck. Nein, danke! Ich kann darauf verzichten, dass erst meine Hoffnung geschürt wird, um mich anschließend noch tiefer fallen zu lassen. Die letzten Termine habe ich sausenlassen." Finster betrachtete er Sebi, damit dieser ja nicht wagte, ihm erneute Widerworte zu geben.

„Also hast du nicht mit deinem Arzt darüber gesprochen? Dann nimmst du es lieber hin, aus Angst, erneut enttäuscht zu werden? Was ist denn das für eine Logik?"

„Sebi! Treib es nicht zu weit", knurrte Elias angespannt.

„Bruderherz, irgendjemand muss dir mal in den Hintern treten und da sich anscheinend keiner traut, muss ich das eben übernehmen. Du wirst jetzt deine süßen Arschbacken zusammenkneifen und dein Telefon holen, um deinen Arzt anzurufen. Falls du das nicht tust, werde ich dich höchstpersönlich dort hinschleifen."

Elias zog die Augenbraue hoch und sah seinen Bruder skeptisch an. Als dieser aber aufsprang und so tat, als würde er ihn gleich packen, musste er doch schmunzeln und hob ergeben die Hände: „Schon gut. Ich tue es ja. Aber jetzt lass mich erst mal frühstücken."

Zu seiner Erleichterung lehnte sich Sebi wieder entspannt zurück und er stand auf, um zu sehen, ob der Kühlschrank irgendetwas hergab.

„Tja, im Kühlschrank herrscht gähnende Leere. Ich befürchte, entweder diäten wir oder wir gehen ins Café ums Eck."

„Ich bin für die zweite Variante. Wenn du noch dünner wirst, pustet dich ja der nächste Windhauch um", stichelte Sebi und konnte dabei aber seine Sorge nicht ganz überspielen.

Deshalb verkniff Elias sich, was ihm eigentlich auf der Zunge gelegen hatte. Denn er hätte ihm noch sein bevorzugtes Frühstück anbieten können, das hätte er allerdings durch die Nase zu sich nehmen müssen. Als Elias zustimmend aufstand, hielt Sebastian ihn zurück.

„Halt! Zuerst rufst du deinen Arzt an. Nicht, dass du es wieder vergisst."

Elias stöhnte theatralisch, holte aber tatsächlich sein Handy und ging ins Schlafzimmer, um ungestört telefonieren zu können. Als er zurückkam, sah sein Bruder ihn neugierig an. „Ich habe übermorgen einen Termin, zufrieden?"

„Gut gemacht", lobte er ihn und streichelte Elias über den Kopf, was ihm ein ungläubiges Knurren entlockte.

Obwohl sich Sebastian als überaus lästig erwies, kam er nicht umhin, dankbar für seine Hartnäckigkeit zu sein.

Auf dem Weg ins Café, den sie fußläufig zurücklegen konnten, schockte Sebi ihn erneut, als er verlangte: „Und wenn wir frisch gestärkt zurückkommen, wirst du Meli anrufen und sie beruhigen. Sie hat nicht verdient, wegen dir so zu leiden."

Elias kickte wütend einen Stein weg, als sie einen Park durchquerten. „Und was soll das bringen? Ich kann ihr momentan nicht das geben, was sie braucht."

„Ha, insgeheim weißt du es selbst. Du hast momentan gesagt. Das heißt, du siehst unterbewusst sehr wohl eine Chance für euch."

„Man, was bist du schlau geworden, großer Bruder." Er gab Sebi einen festen Rippenstoß und schüttelte den Kopf, als sein Bruder so tat, als würde er gleich zu Boden gehen.

„Sag ihr, was sie dir bedeutet. Beruhige sie, dass du dir auch bei diesen Problemen Hilfe suchst. Du sollst ihr nichts versprechen, aber lass sie nicht im Ungewissen.“

Natürlich hatte Sebi recht, aber wie sollte er es schaffen, ihrer sanften Stimme zu lauschen, ohne in Tränen auszubrechen? Und da war immer noch diese große Scham, die er empfand. Was dachte sie nur über ihn? Wie konnte sie ernsthaft weiterhin an ihm interessiert sein? Vielleicht war es aber auch nur Mitleid, was sie für ihn verspürte.

Seine innere Zerrissenheit war ihm anscheinend anzusehen, denn Sebi sagte mit einem Mal überraschend sanft: „Du kannst ihr auch schreiben, wenn dir das leichter fällt. Aber melde dich bei ihr.“

Elias konnte nur nicken und war froh, als sie kurz darauf am Café ankamen.

34

Meli

Blass und traurig saß sie mit Luise am Frühstückstisch. Die Stimmung blieb gedrückt, auch wenn Luise sich bemühte, sie aufzuheitern. Als Henry zu ihnen trat, fragte er anstatt einer Begrüßung ein wenig schockiert: „Was ist denn mit dir los? Du siehst gar nicht gut aus."

„Du bist ja heute wieder unglaublich einfühlsam", meinte Luise spöttisch. Stand dann aber auf, um ihm sanft über die Wange zu streichen. Diese zärtliche Geste löste in Meli sofort eine Vielzahl an Emotionen aus, die ihr zerbrechliches Konstrukt gehörig ins Wanken geraten ließen. Beinah wäre sie in Tränen ausgebrochen, als sie das offenkundige Glück ihrer Freundin vor Augen geführt bekam. Henry zog seine Freundin einfach in die Arme und küsste sie so lange, dass Luise nach Luft schnappte, als er sie wieder losließ.

„Immerhin hat er nicht gesagt, dass ich scheiße aussehe", wagte Meli einzuwerfen.

Henry warf ihr einen erstaunten Blick zu. Wahrscheinlich wunderte er sich gerade über ihren Mut. Normalerweise brachte sie in seiner Anwesenheit kaum ein Wort raus. Luise kicherte und erdolchte gleichzeitig ihren Freund mit Blicken.

Anscheinend kapierte er, was sie von ihm wollte, trank rasch ein Glas Wasser und verabschiedete sich, um eine Runde joggen zu gehen.

„Den sind wir los." Luise nickte zufrieden, während sie sich wieder an den Tisch setzte und Melis Schuldgefühle stiegen ins Unermessliche.

„Sorry, dass ich euch den Sonntag ruiniere. Ihr wärt jetzt bestimmt lieber allein."

„So ein Quatsch. Henry geht Sonntag Vormittag meistens laufen, von daher ist alles gut. Und auch sonst bin ich immer für dich da, ich hoffe, das weißt du."

Luises eindringlicher Blick beruhigte sie augenblicklich und nahm ihr wenigstens diese Last ab.

„Ich wäre wahnsinnig geworden, wenn ich allein zu Hause gewesen wäre", bekannte sie.

„Du hast gestern kaum etwas gesagt. Viel mehr, als dass Elias da war und irgendetwas mit Sebastian in den falschen Hals bekommen hat, habe ich nicht aus dir rausbekommen. Du hast gestern echt komplett neben dir gestanden. Ich habe mir Sorgen gemacht." Luise klang bekümmert und Meli konnte sich nur noch verschwommen an die gestrige Nacht erinnern. Es kam ihr vor, als wäre sie betrunken gewesen, obwohl sie nur ein Glas Wein getrunken hatte.

Unbewusst zerkrümelte sie das Brötchen auf ihrem Teller und seufzte leise. Sie fasste den Verlauf des gestrigen Abends in wenigen Worten zusammen und Luise unterbrach sie nicht, sondern hörte einfach zu.

„So ein blöder Zufall. Aber er hat doch am Ende gerafft, dass Sebi dich nur trösten wollte, oder?"

„Wenigstens etwas. Ich hätte es mir nicht verziehen, wenn sich die beiden auch noch entzweit hätten." Meli schaffte es immerhin, nicht wieder zu weinen. Aber gerade fühlte sie sich so leer, in ihr waren nicht einmal mehr Tränen.

„Sebastian kümmert sich jetzt um ihn, vielleicht schafft er es, dauerhaft zu ihm durchzudringen. Und jetzt lass uns von etwas anderem sprechen. Ich muss mich ablenken."

Luise überlegte kurz, dann erhellte sich ihre Miene und sie schlug vor: „Wie wäre es, wenn wir zum Reiten fahren? Ich habe doch ein eigenes Pferd. Hast du Lust?"

Melis Augen wurden groß. Sie liebte Tiere und natürlich hatte sie wie so viele kleine Mädchen den Traum gehabt, reiten zu lernen. Aber das Hobby war zu kostspielig gewesen und daher hatte sie den Traum einfach beendet und beiseitegelegt.

„Das wäre toll. Aber ich weiß nicht, ob ich mich traue, mich draufzusetzen. Vielleicht belassen wir es beim Anschauen und Putzen?"

Zum Glück hatte sie in ihrer Reisetasche auch eine Jeans und Turnschuhe eingepackt. Somit war sie gerüstet für den Reitausflug.

Drei Stunden später kehrten sie mit rosigen Wangen zurück und Meli redete aufgeregt ohne Unterlass, was Henry dazu veranlasste, die Autozeitschrift wegzulegen, als sie das Wohnzimmer betraten. Er saß in einem Sessel und sah ein wenig irritiert aus.

„Was hast du denn mit Meli angestellt? Raus mit der Sprache, was hast du ihr gegeben?", fragte er Luise ernsthaft besorgt und brachte Meli augenblicklich zum

Schweigen. Sie war froh, dass ihre Wangen schon vor Kälte glühten. Henry hatte sie in ihrem aufgedrehten Zustand ganz vergessen.

„Wir waren bei Famoso und Meli hat sich sogar getraut zu reiten.“

„Respekt. Das Tier ist mir nicht ganz geheuer“, gab Henry gespielt ängstlich von sich und entlockte Meli damit ein Lächeln.

„Ernsthaft. Henry konnte ich bisher noch nicht überreden, mal drauf zu sitzen.“

„Das arme Tier. Wenn der Kerl meine annähernd hundert Kilo schleppen muss, ist anschließend sein Kreuz ruiniert.“

„Du hast doch nur Schiss, dass du runterfallen könntest“, stichelte Luise.

„Möchtest du etwa verantworten, dass mein Adoniskörper einen Kratzer abbekommt?“ Henry sah seine Freundin entsetzt an und Meli entspannte sich immer mehr. Sie konnte sich nicht erinnern, in seiner Anwesenheit jemals so locker gewesen zu sein.

Luise setzte sich auf seinen Schoß, tastete seinen Oberkörper ab und runzelte kritisch die Stirn. „Kann es sein, dass du abgebaut hast? Du warst auch schon mal trainierter. Wabbelt es da etwa?“ Sie zwickte ihn in die Seite und er nahm ihr Gesicht in seine Hände. Küsste sie leidenschaftlich und als er sie endlich wieder der Freiheit entließ, meinte er ein wenig anzüglich: „Ich würde aufpassen, was du sagst, ansonsten könnte es sein, dass ich dich ...“ Plötzlich bremste er sich und warf Meli einen schrägen Blick zu. „Damit ich weiterspreche, müsste ich dich bitten, den Raum zu verlassen, aber ich will ja mal nicht so sein und halte lieber meine

Klappe. Aber du, meine Liebe, glaube ja nicht, dass das Thema damit beendet wäre." Den zweiten Satz sagte er zu seiner Freundin, die ihm einen liebevollen Nasenstüber gab und frech behauptete: „Ich kann es kaum noch erwarten."

Meli stand noch mitten im Raum und fühlte schon wieder, wie Verlegenheit sie überfiel. Warum war sie nur so unglaublich prüde? Sie sollte bei Luise mal einen Kurs in Lockerheit belegen. Dann könnte sie mit solchen Situationen vielleicht souveräner umgehen.

Ihr Handy rettete sie aus der prekären Lage, als sie es in der Hosentasche vibrieren spürte. Rasch zog sie es raus und sah, dass Elias ihr geschrieben hatte. Ihr Verstand setzte aus. Ihr Puls raste und ihre Hände waren in Sekundenschnelle schweißnass, sodass ihr das Gerät fast aus der Hand gerutscht wäre. Ihr wurde schwindlig und sie musste mehrmals tief durchatmen, bis sie wieder klarsah. Luise wurde weiterhin durch Henry abgelenkt, der ihr irgendwas ins Ohr flüsterte. Rasch ging sie in den Flur und setzte sich auf die Treppe, da ihre Beine mal wieder aus Kaugummi zu bestehen schienen.

Es tut mir so leid. Mein Auftritt gestern war unmöglich. Aber du musst mir glauben, dass ich eines ernst gemeint habe: Ich hätte dich gerne als Freundin. Aber ich bin momentan einfach zu kaputt, als dass ich eine Beziehung führen könnte. Ich benötige Zeit und habe keine Ahnung, wie viel. Wie könnte ich von dir verlangen, auf mich zu warten? Obwohl ich mir nichts sehnlicher wünschen würde, weiß ich, dass es total egoistisch wäre. Wie sagt man so schön? Was man liebt, soll man freigeben. Und wenn es dich liebt, kommt es zurück. Meli, wie könnte ich dir böse sein, wenn du es nicht tust?

Ihre Tränen tropften auf Display und sie wusste nicht, wie lange sie so dasaß und auf Elias' Nachricht starrte, als eine schuldbewusste Stimme sie zusammenschrecken ließ. „Sorry, dass ich mich von Henry ablenken ließ." Nach einem forschenden Blick rief Luise entsetzt aus: „Du weinst ja, Süße. Was ist los?" Hastig ließ sie sich neben Meli auf die Treppe fallen.

Wortlos streckte sie Luise das Handy entgegen und ließ sie lesen.

Luise legte den Arm um ihre Schultern und Meli kuschelte sich an sie. Der Körperkontakt tat ihr gerade unglaublich gut.

„Eigentlich ist es doch total süß, was er geschrieben hat", begann Luise zögerlich. Meli warf ihr einen ungläubigen Blick zu, der ihre Freundin fortfahren ließ. „Hallo?! Hast du das hier wirklich gelesen? Das ist doch eine wunderschöne Liebeserklärung."

„Aber von der kann ich mir auch nichts kaufen", gab Meli so trocken zurück, dass Luise kichern musste.

Sie stupste ihre Freundin an und versuchte sie aufzumuntern. „Also, ich lese nichts darin, wo er dich nicht will. Im Gegenteil, für mich klingt das, als überlässt er dir die Wahl. Vielleicht musst du Geduld aufbringen, vielleicht bringt dich die Warterei an deine Grenzen, aber wenn du ihn wirklich willst, dann bekommst du ihn … irgendwann", endete sie etwas kleinlauter als zu Beginn ihrer Rede.

„Ach, Luise. Du siehst einfach immer das Positive. Ich danke dir."

„Rede mit ihm. Ihr müsst euch endlich mal aussprechen. Bitte ihn um ein persönliches Gespräch. Wenn das, was er schreibt, auch nur zur Hälfte ehrlich gemeint ist, dann wird er dir diese Bitte nicht abschlagen.“

„Hmm“, antwortete sie unbestimmt, was Luise veranlasste, sie zu drängen. „Jetzt! Sonst verlässt dich wieder der Mut.“

„Okay, ich mach ja schon. Darf ich mir wenigstens noch überlegen, was ich schreibe?“, grummelte Meli.

Luise stand lächelnd auf und ließ sie allein. Allein mit ihren Gedanken und Sorgen, aber sie hatte ihr auch einen Hoffnungsschimmer dagelassen, der Meli den Mut gab, ihren Vorschlag umzusetzen.

Hallo, Elias. Deine Worte bedeuten mir wirklich viel. Ich kann dich und deinen Wunsch, erst einmal wieder zu dir selbst zu finden, gut verstehen. Aber dennoch bitte ich dich um ein persönliches Gespräch. Zwischen uns steht so viel Unausgesprochenes. Lass uns das klären, anschließend verspreche ich dir, dass ich dich in Ruhe lasse.

Geschafft! Sie hatte die Nachricht wirklich versendet. Am liebsten würde sie ihr Smartphone irgendwo verstecken, um nicht ständig nachzusehen, ob er geantwortet hatte. Was würde sie tun, wenn er ihren Wunsch ablehnte oder noch schlimmer ignorierte? Dann würde sie damit leben müssen. Irgendwie.

Nervös nahm sie ihr Handy zur Hand, als sie in einem Bistro auf Elias wartete. Um sich abzulenken, surfte sie ein wenig im Internet. Als ihr allerdings aufging, dass sie überhaupt nichts vom Gelesenen hätte wiedergeben können, legte sie es frustriert zu Seite und trank einen Schluck ihrer Apfelsaftschorle.

Niemals hätte sie am Morgen damit gerechnet, Elias heute zu sehen. Auf ihren Wunsch hatte er fast umgehend geantwortet und zu ihrem Erstaunen ohne Widerworte zugestimmt. Luises *Habe ich doch gleich gesagt* hatte sie nur kopfschüttelnd zur Kenntnis genommen. Wahrscheinlich war es Sebastian zu verdanken, dass er so zugänglich war. Trotzdem bemühte sie sich, sich innerlich zu distanzieren, damit er ihr nicht wieder das Herz brach. Wehtun würde das Treffen allemal. Das ließ sich nicht vermeiden, aber vielleicht brachte es auch ein wenig Klarheit, die ihr half, die Wartezeit unbeschadet zu überstehen.

Als sie von ihrem Glas aufsah, konnte sie Elias entdecken, der soeben den Raum betrat. Hochgewachsen, wie er war, sah er so gut aus in seiner schwarz-roten Winterjacke und der Mütze, die ihm ausgezeichnet stand. Erst als sie sich von ihrer Entzückung über seinen Anblick losriss, fiel ihr auf, dass er auffallend langsam lief. Als würde er jeden seiner Schritte mit Bedacht gehen.

Das Mitgefühl, das sich in ihrem Inneren ausbreitete, war so groß, dass es ihr den Atem nahm. Sie musste sich schleunigst zusammenreißen, denn sobald ihm auffiel, wie sehr sie seine Beeinträchtigung durcheinanderbrachte, wäre er schneller weg, als sie Hallo sagen konnte.

Vorsichtig lächelte sie ihn an. „Hallo, Elias, schön, dass du da bist."

Unschlüssig stand er vor ihr, vielleicht wusste er nicht, wie er sie begrüßen sollte. Sie half ihm, indem sie sanft fragte: „Magst du dich nicht setzen?"

Elias erwiderte ihr Lächeln und ihr Herz strömte derart über, dass es ihr die Tränen in die Augen trieb. Dieses reine unverfälschte Glücksgefühl, das er auslöste, hatte sie niemals zuvor verspürt. So sehr sie sich darüber freute, solche Gefühlsregungen verspüren zu dürfen, gleichermaßen ängstigte es sie. Wie konnte ein kleines Lächeln so eine heftige Reaktion in ihr auslösen?

„Wie geht es dir?", fragte er unvermittelt und unterbrach jäh ihre Gedankenloopings. „Was für eine bescheuerte Frage." Er strich sich durchs Haar und sah sie reumütig an.

„Entschuldige bitte, aber ich weiß einfach nicht, was ich sagen soll."

„Wie wäre es erst mal mit einer Bestellung?", schlug sie vor und wieder brachte sie ihn zum Lächeln, was sie unbändig freute. Seine angespannte Miene verflog und er sah nicht mehr so aus, als würde er jeden Moment vom Stuhl aufspringen, um die Flucht zu ergreifen.

Nachdem er ebenfalls eine Saftschorle in Auftrag gegeben hatte und sie sich jeweils ein Sandwich bestellt hatten, drückte erneut die Last des Schweigens auf ihnen.

„Hat dein Bruder bei dir übernachtet?", fragte sie schließlich in der Hoffnung, nicht versehentlich in ein Wespennest gestochen zu haben.

„Das auch. Aber vor allem hat er es sich zur Aufgabe gemacht, mir den Kopf zu waschen."

„Und? Hat es geholfen?", fragte Meli interessiert.

Elias beugte sich vor und Melis Herz begann unvernünftigerweise davonzurennen.

„Was meinst du? Alle Schuppen entfernt?"

„Elias!" Sie schlug ihm sachte auf den Unterarm und beide mussten lachen. Erstmals fühlte sich die Stimmung gut an, als ob sie hier in Eintracht zusammengefunden hätten.

Dann wurde er schlagartig ernst und sah plötzlich weg. In dem Moment trat die Bedienung heran und brachte die Speisen und Elias' Getränk. Erst als die Kellnerin außer Hörweite war, traute Meli, sich zu sprechen.

„Danke, dass du dem Treffen zugestimmt hast."

„Alles andere wäre wohl ziemlich mies gewesen", murmelte er in seinen Bart. „Und das war ich schon viel zu oft zu dir."

Elias griff nach ihrer Hand, die auf dem Tisch lag und die Stromschläge, die sie dabei verspürte, überforderten sie komplett. Ihr Hirn war wie leer gefegt, vielleicht hatten ihr ein paar übereifrige Heinzelmännchen sämtliche Gehirnzellen geraubt.

Am liebsten hätte sie ihr Glas in einem Zug leer getrunken, so ausgetrocknet war ihre Kehle. Aber sie befürchtete, die Hälfte zu verschütten, so zittrig, wie sie sich fühlte.

„Ich könnte mich noch hundertmal entschuldigen und es wäre dennoch nicht genug. Aber neulich ... Ich konnte einfach nicht mehr ... Ich ..." Elias' Gestammel brach ihr zum wiederholten Mal das Herz und ihr ging auf, dass es jedes Mal, wenn er litt, noch um ein Vielfaches mehr schmerzte, als wenn er für ihren eigenen Kummer verantwortlich war. Sie liebte ihn so sehr.

Niemals könnte sie ausdrücken, wie es sich anfühlte, wenn sie ihn so sah. Wie es sie zerriss, ihn so zerstört zu sehen. So hilflos. So verzweifelt. So unfassbar traurig und verloren. Ihr entfuhr ein kleiner Schluchzer und sie spürte, dass er ihr seine Hand entziehen wollte. Trotzig umklammerte sie sie so heftig, dass es für ihn bestimmt schmerzhaft war. Aber zu ihrer Erleichterung gab er es auf, sie befreien zu wollen.

„Du musst dich nicht rechtfertigen. Wenn sich jemand entschuldigen muss, dann bin es doch ich. Hätte ich mich nicht aufgedrängt, wäre das alles gar nicht passiert. Ich bin so eine blöde Kuh, die immer meint, alles besser zu wissen.“

Elias starrte sie mit offenem Mund an und erwiderte schwach: „Das ist echt wieder typisch für dich.“ Dann schloss er die Lippen und sah sie weiterhin unverwandt an, als suche er irgendetwas in ihrem Blick, in ihrer Mimik.

„Weißt du, Meli, ich habe mich so unfassbar geschämt und in meinem ganzen Leben ist mir noch nie etwas so Peinliches passiert. Aber irgendwann hätte ich dir sowieso erzählen müssen, was alles auf dich zukommen kann, wenn du bei mir bleibst.“

„Du hast Multiple Sklerose, habe ich recht?“, flüsterte sie leise. Diesmal reagierte sie nicht schnell genug und er zog seine Hand weg. „Ich habe recherchiert. Immerhin habe ich schon die verschiedensten Symptome miterlebt und da hat mir die Suchmaschine das Ergebnis ausgespuckt.“

Elias' Hände umklammerten sein Glas und Meli hatte schon Sorge, ob es dick genug wäre, der Attacke standzuhalten.

„Ja, du hast hundert Punkte." Seine Stimme klang bitter.

„Elias, mir ist das egal." Er zuckte zusammen und sie fuhr hastig fort: „Natürlich ist es mir nicht egal, dass du krank bist." Sie suchte seinen Blick und ignorierte ihr wild schlagendes Herz. „Aber ich liebe dich. Egal ob mit oder ohne Krankheit. Das versuche ich dir die ganze Zeit begreiflich zu machen. Denn ich habe auch ohne eine Diagnose gewusst, dass irgendetwas mit dir nicht stimmt. Ich will dich mit allem, was dazugehört."

„Du weißt nicht, was du da sagst", hörte sie Elias knurren. „Hast du wirklich gründlich recherchiert? Was ist, wenn ich ständig ins Bett pisse? Was ist, wenn ich Erektionsprobleme bekomme und dich nicht einmal mehr auf diese Art befriedigen kann? Wenn ich im Rollstuhl sitze? Einen aggressiven Verlauf habe?"

„Hast du dich denn mit Behandlungsmethoden befasst?", schoss sie wütend zurück und sah sich kurz um, ob von den Gästen jemand etwas mitbekommen hatte. „Gegen das Inkontinenzproblem kann man was machen. Im Notfall benutzt du einen Katheter. Was denkst du denn machen Gelähmte? Glaubst du, die tragen eine Windel?"

Elias saß wie eingefroren auf seinem Stuhl und Meli befürchtete schon, zu weit gegangen zu sein. Wahrscheinlich verschwand er gleich auf Nimmerwiedersehen.

Da löste sich seine Starre und er prustete lautstark. „Ich kann nicht glauben, über was wir uns gerade unterhalten." Er zwinkerte ein paarmal, als ob er sich in einem Traum befinden würde. Doch Meli ging nicht auf sein Ablenkungsmanöver ein.

„Wir können das schaffen, wenn du es auch wirklich willst. Wenn du allerdings zu stolz bist, vor mir auch mal schwach zu sein, wird es schwierig werden", parierte sie und brachte Elias erneut aus der Fassung.

„Sag mal, was haben sie eigentlich mit der alten Meli angestellt? Hast du auch eine Gehirnwäsche durch meinen Bruder verpasst bekommen?"

„Im Gegensatz zu dir habe ich die nicht benötigt und habe von Anfang an klargesehen." Wieder spielte sie ihn locker an die Wand.

Kurzzeitig entstand ein Schweigen, aber Meli empfand es nicht als unangenehm. Es wirkte eher, als überlege sich Elias gut, was er antworten wollte.

„Ich habe heute einen Termin in der neurologischen Fachklinik vereinbart. Schon übermorgen habe ich den Termin, dann werde ich Professor Weingarten meine Probleme schildern." Bei diesen Worten verzog Elias unwillig das Gesicht, als biss er in eine saure Zitrone.

„Am Sonntag hast du dort jemanden erreicht?", gab sie erstaunt zurück. Elias sah ein wenig verlegen aus. „Ich habe Beziehungen. Mein Vater ist mit einem Kollegen von ihm befreundet und daher habe ich seine Handynummer. Allerdings hat es auch Nachteile. Denn seit der Arzt, der die Diagnose gestellt hat, meinem Vater beim Golfspielen gegenüber meine Krankheit ausgeplaudert hat, war ich auf beide nicht allzu gut zu sprechen."

„Was? Das hätte er doch gar nicht tun dürfen", meinte Meli entsetzt und ihr Juristenherz schlug sich empört auf Elias' Seite.

„Er hat sich mehrmals entschuldigt. Es wäre gar nicht seine Absicht gewesen. Aber dann ist ihm rausgerutscht, dass ich da war, und dann ließ er sich von seinem langjährigen Freund breitschlagen. Egal, jetzt ist es eben, wie es ist."

Meli wusste nicht so recht, wie sie das Thema wechseln sollte, aber dann nahm sie ihren ganzen Mut zusammen und fragte mit zittriger Stimme: „Elias, was ist mit uns? Siehst du eine Chance für uns?"

Dass er ihrem Blick auswich, machte ihr Angst. Er trank ein paar großzügige Schlucke und biss von seinem Sandwich ab, die sie beide bisher komplett ignoriert hatten. Schließlich hatte er den Bissen runtergewürgt.

„Ich brauche Zeit", wiederholte er die Aussage seiner Nachricht.

„Das verstehe ich. Aber ich muss wissen, ob du dir eine Beziehung überhaupt vorstellen kannst."

„Natürlich kann ich es mir vorstellen, aber ich fürchte, damit komplett egoistisch zu handeln. Du verdienst etwas Besseres."

„So ein Blödsinn", schoss es harsch aus ihr heraus. „Weißt du, was egoistisch ist? Wenn du alles allein über meinen Kopf hinweg entscheidest. Woher willst du wissen, was gut für mich ist? Lass mich das doch bitte selbst entscheiden. Und ich entscheide mich für dich."

Jetzt verschluckte er sich glatt am nächsten Bissen, den er genommen hatte. Entweder war er doch hungrig oder tat es geistesabwesend.

„Gott, Meli. Willst du mich umbringen?" Dabei schenkte er ihr ein sanftes Lächeln, das sie augenblicklich innerlich wärmte. „Ich habe beschlossen, für ein paar Wochen mit Sebi nach Kanada zu gehen. Einfach mal alles hinter mir lassen. Was Neues erleben. Zur Ruhe kommen und mir vor allem Gedanken zu machen, wie es beruflich weitergeht. Irgendwann muss ich mit dem Traum der Fliegerei abschließen und mich nach etwas anderem umsehen. Momentan habe ich keine Ahnung, was das sein soll. Aber es wird doch irgendeinen gottverdammten Beruf geben, der mir gefällt."

„Darum beneide ich dich. Also um die Reise, nicht um die Jobsuche." Wie gern würde sie Elias dahin begleiten, gleichwohl wusste sie, dass er die Auszeit dringend benötigte. Aber ein leises Stimmchen in ihrem Kopf wisperte, dass sie das einen fernen Tages vielleicht mal gemeinsam taten. „Ich kann dir jeden Tag ein paar Vorschläge schicken", bot Meli ihm an. Wieder verlor sie sich in seinem liebevollen Blick. Sie liebte es, tief in dem warmen Braun zu versinken.

„Das klingt nach einem guten Plan. Wenn ich wieder da bin, habe ich hoffentlich einen Weg gefunden, mit meiner Krankheit klarzukommen und weiß, was ich zukünftig beruflich machen möchte. Und dann will ich dich wiedersehen." Er schluckte sichtbar, fixierte sie und seine Stimme wurde ganz sanft: „Es wird hart werden, dich so lange nicht zu sehen. Aber wenn ein ganzer Ozean zwischen uns liegt, kann ich nicht schwach werden."

Als sie sah, wie ernst es Elias war, wie groß seine Sehnsucht war, brachen alle Dämme und sie fing einfach wie aus dem Nichts zu weinen an. Elias sprang erschrocken auf und eine Sekunde später saß er neben ihr auf der Bank und hielt sie fest in seinen Armen.

Dort, wo sie hingehörte, wo sie sich geborgen wie nie zuvor fühlte. Sie spürte seine Lippen auf ihrem Haar, schloss die Augen und trotz der Tränen, die weiterhin ungehindert flossen, war sie gerade einfach nur glücklich. An Elias' Seite fühlte sie sich vollkommen. Unfehlbar. Es war so unperfekt perfekt!

35

Elias

Das Gespräch mit Meli kam einem Befreiungsschlag gleich. Es war die richtige Entscheidung gewesen. Denn sein Herz fühlte sich nun bedeutend leichter an und er hatte es geschafft, einen riesigen Sack an Problemen zu vernichten, bevor er ihn mit nach Kanada schleppte. Seine Sorgen um Meli hatte er auf ein Mindestmaß reduzieren können. Es war so wunderschön gewesen, sie endlich wieder in die Arme zu nehmen und am liebsten hätte er sie gar nicht mehr losgelassen. Vor allem waren ihm ihre Tränen unfassbar nahegegangen. Aber er war standhaft geblieben und hatte sie nicht geküsst, denn er wollte keine Hoffnungen wecken, bevor er sie nicht auch erfüllen konnte. Natürlich hatte er ihr kein Happy End versprochen, aber immerhin einen gemeinsamen Anfang. Egal, wo der Weg sie hinführen würde, Meli schien zufrieden zu sein, dass er wenigstens versuchen wollte, ihn an ihrer Seite zu bestreiten. Eigentlich hatte er so ein zauberhaftes Wesen wie Meli überhaupt nicht verdient. Sie bräuchte einen Mann, der sie auf Händen trug und ihr jeden Wunsch von den Lippen ablas, aber sie wollte ihn. Das hatte sein Dickschädel jetzt auch endlich begriffen und immer noch konnte er sein Glück kaum fassen und schwebte seit dem Besuch auf Wolke sieben. Zwar war das Gespräch mit Professor Weingarten ernüchternd und holte ihn auf den harten Boden zurück, aber er schaffte es erstmals, das Positive zu sehen und sich nicht alle Eventualitäten auszumalen, bis er das Schreckensszenario bildlich vor sich sah. Es gab Wege, um einen Teil seiner Probleme dauerhaft in den Griff zu bekommen und sie würden das schaffen. Aber nun war es dennoch wichtig, Abstand zu gewinnen. Und er freute sich schon unbändig darauf, endlich mal wieder auf Sebastians Ranch zu sein. Bisher hatte er es erst einmal geschafft, ihn zu besuchen.

Eigentlich wäre Sebis Flug schon vor ein paar Tagen gegangen und er hatte ihm zugeredet, schon mal heimzufliegen, er würde den Weg zu ihm schon allein finden, aber sein Bruder hatte sich nicht abbringen lassen, den Flug zu verschieben. Gut, wenn er Kindermädchen spielen wollte, dann würde er ihm den Spaß nicht verderben.

Nach ein paar Tagen war es so weit und sie gaben ihr Gepäck am Flughafen auf. Einen kleinen Snack später war auch schon Boardingtime und sie ließen sich auf die Sitze sinken.

Nachdem Elias seinem Bruder ausführlich von dem Arztbesuch erzählt hatte, am Telefon hatte er sich kurz gehalten, wollte er endlich das Thema wechseln.

„Sag mal, was ich dich schon die ganze Zeit fragen wollte, lebst du mittlerweile eigentlich im Zölibat? Bei deinem Einsiedlerleben ist es bestimmt nicht so einfach, eine Frau kennenzulernen."

Sebi zog spöttisch die Augenbraue nach oben. „In der näheren Umgebung gibt es einige kleinere Ortschaften, wo man ein Feierabendbier trinken kann und auch dort wohnen schöne Frauen. Mein kleiner Freund kommt regelmäßig zum Einsatz. Aber danke für deine Anteilnahme. Und nach Kamloops fahre ich auch ab und an und das ist immerhin keine ganz kleine Stadt." Sebi grinste ihn frech an, aber Elias' nächste Frage wischte er rasch zur Seite.

„Sehnst du dich nicht manchmal wieder nach einer festen Beziehung? Sex ist schließlich nicht alles."

„Elias, sei mir nicht böse, aber ich mag darüber jetzt nicht reden."

„Ach, in meinem Seelenleben darfst du ungehindert graben, aber wenn ich dich etwas Persönliches frage, dann ist es nicht erlaubt." Er war lauter geworden als beabsichtigt. Sebi stieß ihm in die Rippen, als er die empörten Blicke seines anderen Sitznachbars wahrnahm.

„Das ist ja wohl was ganz anderes. Dir ging es beschissen und du hast Hilfe benötigt. Mir hingegen geht es prima. Ich bin glücklich mit meinem Leben, auch wenn es nicht deinen Vorstellungen entspricht."

„Hmm. Ich denke, da machst du dir selbst was vor."

„Wenn du es so genau wissen willst. Ja, ich habe keine Lust mehr, mich an eine Frau zu binden. Seit Rebecca ..." Er verstummte hastig, als hätte es ihn unglaubliche Überwindung gekostet, den Namen auszusprechen und Elias' Zorn verrauchte und er hatte ein schlechtes Gewissen.

Er legte seinem Bruder, der stur geradeaus sah, die Hand auf die Schulter und meinte leise: „Sorry, das war echt daneben.“

„Ich will so etwas einfach nicht noch einmal erleben. Und damit ist das Thema jetzt auch beendet.“ Sebastian hob energisch die Hand und Elias beugte sich seinem Willen. Schließlich hatte er mitbekommen, was die Geschichte damals mit Sebastian angestellt hatte. Immerhin war Rebecca der Grund gewesen, warum er nach Kanada gezogen war.

Aus leidvoller Erfahrung wusste Elias, wie frustrierend es sein konnte, wenn das Gegenüber den Wunsch zu schweigen nicht respektieren wollte. Er schloss die Augen und döste ein wenig, bis eine freundliche Stewardess ihnen das Essen brachte.

Dankbar, dass sein Körper ihn heute nicht im Stich ließ, verließ er hinter seinem Bruder das Flugzeug, als sie in Vancouver gelandet waren. Sebastian hatte in der Nähe auf einem Parkplatz sein Auto abgestellt. Im Gegensatz zu Elias lag seinem Bruder nicht viel am Fliegen. Er vermied es so oft er konnte und so verzichteten sie auf den Inlandsflug und fuhren stattdessen mit dem Wagen.

Elias genoss die ruhige Fahrt durch die schöne kanadische Landschaft, nachdem sie das hektische Großstadtleben hinter sich gelassen hatten. Erst jetzt merkte er, wie sehr er sich auf die ruhige Zeit auf Sebis Farm irgendwo im Nirgendwo freute. Auf dem Highway 1 ging es zügig voran und Elias öffnete das Fenster, um den Fahrtwind reinzulassen, bis Sebastian sich beschwerte, dass er erfror. Erstmals seit Ewigkeiten fühlte Elias sich lebendig. Endlich fühlte er wieder so etwas wie Vorfreude. Die Zeit auf der Farm würde ihm bestimmt helfen, Abstand zu gewinnen. Die furchtbaren letzten Monate hinter sich zu lassen. Wobei alles war nicht furchtbar gewesen. Wäre er Meli überhaupt nähergekommen ohne seine Krankheit? Zwar hatte er sie vom ersten Augenblick sympathisch und faszinierend gefunden, aber wäre jemals mehr als Freundschaft zwischen ihnen entstanden? Er wusste es nicht und würde sich darüber auch nicht den Kopf zerbrechen. Das Einzige, was zählte, war, sie jetzt an seiner Seite zu wissen. Egal, wie sehr er sich dagegen sträubte zu erkennen, dass Meli ihn wirklich wollte, mit allem, was zu ihm und seiner Krankheit gehörte, so sehr wusste er insgeheim, dass sie sich hundertprozentig sicher war. Er zweifelte, sie hingegen wusste genau, was sie wollte. Ihn. Auch wenn er es nicht verstehen konnte.

Nach ein paar Stunden Fahrtzeit waren sie angekommen. Sebastians Farm war ein einziger Traum. Das Wohnhaus lag am Rand eines Waldes. Drei kleine Blockhütten beherbergten die Gäste. Seinem Bruder war es wichtig gewesen, die Gäste von seinem Zuhause fernzuhalten. Ein wenig Privatsphäre wollte er sich erhalten. Lediglich das Frühstück wurde im Haupthaus angeboten.

Auf der anderen Seite erstreckten sich weitläufige Wiesen, auf denen zahlreiche Pferde weideten, die er züchtete. Daneben bot er Touren mit Pferden für seine Gäste an und diese standen am Haus auf einer kleineren Koppel, denn auf den riesigen Flächen konnten die

Pferde nur zusammengetrieben werden, einzelne Tiere zu finden, war fast unmöglich.

Zusätzlich bot Sebastian Touren an. Boots- und Kanutouren, Fischen und Mountainbiken. Im Winter war es ruhig auf der Farm, da das milde Wetter für wenig Schnee sorgte und daher Gäste selten waren.

Die Nächte waren derzeit noch recht lang, aber sein Bruder liebte diese ruhigen, bedächtigen Tage.

Als sie ankamen, war es stockfinster und Elias fühlte sich ziemlich erledigt, obwohl er gefühlt doch die ganze Zeit gesessen hatte und sein Bruder gefahren war. Aber der Reisestress setzte ihm doch ein wenig zu.

Kaum, dass sie das Gepäck im Haus verstaut hatten, entschuldigte sich Elias: „Sei mir nicht böse, aber ich hau mich aufs Ohr. Ich bin ziemlich fertig.“

„Hast du keinen Hunger?“

„Nein, ich leg mich lieber hin.“

Sebi blickte ihn zwar besorgt an, verkniff sich aber jegliche Nachfrage, wofür Elias ihm dankbar war. Tatsächlich steckte ihm die Angst in den Knochen, dass der Stress einen Schub auslösen könnte. Er war noch so verdammt unsicher in der Handhabung mit seiner Krankheit. Noch konnte er einfach keine Zusammenhänge herleiten oder herausfinden, was ihm gut oder schlecht tat. Vielleicht war das auch verlorene Liebesmüh und die MS schlug zu, wann es ihr gefiel. Egal, was er dagegen unternahm.

Erleichtert fiel er ins bequeme Bett und schlief kurz darauf erschöpft ein.

Am nächsten Morgen war er schon vor Sebi wach und nachdem er kurz unter die Dusche gesprungen war, machte er sich auf die Suche nach einem Kaffee und etwas Essbarem.

„Hat dich der Hunger aus dem Bett getrieben?" Sebastian stand im Flur und sah noch komplett verschlafen aus. Seine Haare standen wild zu Berge und Elias musste lachen.

„Und ich dachte, der Ranchbesitzer ist schon vor dem Morgengrauen im Stall, versorgt die Tiere und sieht nach dem Rechten", frotzelte Elias.

„Tyler und Miles haben das wunderbar in meiner Abwesenheit hinbekommen, das schaffen sie auch heute." Sebi blinzelte ihn aus kleinen Augen an, dann erhellten sich seine Züge und er rief dankbar: „Du hast schon Kaffee gemacht. Her damit."

Elias beobachtete ihn erheitert, als er sah, wie sein Bruder mit jedem Schluck ein wenig ansprechbarer wurde.

„Das wird hart. Jetzt habe ich mich so sehr an das faule, angenehme Leben gewohnt, da ist es ein richtiger Schock, in dieses raue und harte Leben zurückzukehren. Ein richtiger Kulturschock."

„Als ob du das angenehme Wohlstandsleben bevorzugen würdest. Kann es sein, dass du zugenommen hast? Wird Zeit, dass du wieder körperlich arbeitest."

„Kleiner Bruder, willst du ein paar hinter die Löffel?" Sebi bedachte ihn mit einem finsteren Blick. „Dich halbe Portion puste ich sofort weg."

Elias kam nicht umhin, ihm recht zu geben. Gegen Sebastian hätte er auch in Bestform keine Chance gehabt. Er war schon immer der große schlaksige Typ gewesen, Sebi hingegen war extrem muskulös, zwar dennoch schlank, aber man sah ihm an, dass er täglich hart arbeitete. Und jetzt hatte Elias in den letzten Monaten nochmals abgenommen und war wohl neben seinem Bruder wirklich eine halbe Portion.

„Dann erwarte ich jetzt ein ordentliches Frühstück für den neuen Ranchmitarbeiter." Elias lehnte sich zurück und sah Sebi erwartungsvoll an.

„Mal sehen, ob Mary den Kühlschrank gefüllt hat." Sebastian inspizierte den Inhalt und wandte sich seinem Bruder zu. „Du hast Glück, ich mach uns mal eine große Portion Rührei mit Speck, dann sehen wir nach dem Rechten und du kannst dich ein wenig nützlich machen."

Nach dem Frühstück zogen sie sich warm an, denn es war heute ein unfreundlicher, nasskalter Tag und sie machten einen Rundgang über die Farm. Es war eine Weile her, seit Elias da gewesen war. Meistens kam Sebi nach Deutschland und gerade fragte er sich, weshalb er ihn nicht öfter besucht hatte. Einfach mal rauskommen und sich in der Schönheit der Natur, der Ruhe und in Gesellschaft der Tiere fallen zu lassen. In seinem alten Beruf hätte er das durchaus öfter einplanen können. Aber es war ihm nie in den Sinn gekommen.

Das beruhigende Mähen von Sebis zahlreichen Schafen begleitete sie, ebenso die zwei Hofhunde, die sich an ihrem neuen Gast erfreuten. Ab und an streunte eine Katze vorbei. Elias wurde von seinem Bruder verdonnert, die Eier für den Eigenbedarf aus dem Hühnerstall zu holen, damit für das morgige Frühstück gesorgt wäre. Trotz des schlechten Wetters war es einfach nur herrlich und Elias atmete tief die erdige Luft ein.

Am Nachmittag zog er sich zurück und wollte allein die Umgebung erkunden.

„Zu Fuß oder doch lieber zu Pferd?“, fragte Sebi spöttisch, der genau wusste, dass Elias nicht reiten konnte.

Dieser zog die Augenbraue nach oben. „Es reicht doch schon, dass mich die MS außer Gefecht setzt, da fehlt mir echt ein gebrochenes Bein.“

Sebastian lachte und erwiderte: „Meinst du nicht, das Pferd könnte dir behilflich sein? Falls deine Beine ausfallen, ersetzen sie diesen Dienst.“

„Irgendwann setzte ich mich schon mal auf einen deiner Gäule, aber nicht heute.“ Elias grinste, als sein Bruder empört über seine Wortwahl die Stirn runzelte.

„Du hast ja recht, ich sollte besser dabei sein und auf dich aufpassen. Wer weiß, was du mir sonst mit meinen armen Tieren anstellst.“

Elias klopfte ihm auf die Schulter und verließ das behagliche Gebäude. Sebi hatte vorhin ein gemütliches Kaminfeuer angemacht, aber er wollte die restliche Zeit noch nutzen, solange es noch hell war.

Es war wirklich toll, dass man sofort in der Natur war, sobald man das Haus verlassen hatte. Er folgte einem kleinen Trampelpfad, der ihn direkt hinter dem Haus in den Wald führte. Er musste sich nur den Weg einprägen. Keinesfalls wollte er Sebi die Steilvorlage bieten, dass der Stadtjunge sich verlief und sein Bruder ihn suchen musste.

Es war so unfassbar ruhig, nur die Geräusche eines knackenden Astes, wenn er drauftrat oder ein paar Tiergeräusche waren zu hören. Wann war er das letzte Mal an einem so verlassenen Ort gewesen? Er konnte sich nicht erinnern. Wunderschön, einsam und beeindruckend war es hier. Er freute sich schon, die Gegend zu erkunden und ertappte sich dabei, dass er diesen Moment gern mit Meli teilen würde. Ganz in der Nähe gab es zahlreiche Seen. Zwar wäre es im Sommer bestimmt noch spektakulärer, aber momentan war Elias heilfroh, dass auf Sebis Farm kein Hochbetrieb herrschte. Er genoss es, seinen Bruder für sich zu haben und nicht ständig mit Fremden Small Talk halten zu müssen. Zwar wollte er die Zeit nutzen, um sich ein wenig auf andere Gedanken zu bringen und sich abzulenken, aber vor allem, um wieder zu sich zu finden. Seine Mitte neu zu entdecken, seinem Leben eine sinnvolle Richtung zu geben. Und er war sich sicher, wenn ihm das an irgendeinem Ort auf der Welt gelingen sollte, dann hier. Fernab von jeglichem Druck oder Verpflichtungen konnte er einfach an sich selbst denken, ohne schlechtes Gewissen oder Ablenkungen.

In den kommenden zwei Wochen setzte er sich tatsächlich auf ein Pferd und er fühlte sich im Sattel so wohl, dass Sebi und er von nun an jeden Tag eine Runde ausritten. Elias lernte es zu schätzen, die Umgebung auf dem Rücken des Pferdes zu erkunden. Da Sebi gut ausgebildete, brave Pferde besaß, war es kein Problem, dass er nicht reiten konnte und keinerlei Ahnung von den Tieren besaß. Der Westernsattel machte es ihm einfach, sich oben zu halten. Und Daisy, sein Pferd, war das reinste Kinderpferd, wie Sebi nicht müde wurde zu betonen. Allerdings wuchs Elias' Respekt vor seinem Bruder gewaltig, als er ihn und seine Mitarbeiter dabei beobachtete, wie sie vor einem Unwetter die

Pferdeherde zur Ranch trieben. Es sah sehr beeindruckend aus, wie er sein Pferd nur mithilfe seines Gewichtes und der Beine lenkte, da er immer wieder seine Arme benötigte, um ein Seil zu schwingen, um die Pferde zusammenzutreiben. Als sie endlich die Herde beisammenhatten, sah es wie ein Kinderspiel aus, sie in den geräumigen Paddock zu treiben. Elias hatte auf das Spektakel verzichtet, zwar war er mitgeritten, aber Daisy war stoisch am Rand stehen geblieben und hatte ihn das Treiben ansehen lassen.

Während sie abends gemütlich ein Bier tranken und die müden Glieder ausstreckten, nahm Elias seit Tagen das erste Mal sein Handy zur Hand. Irgendwann hatte der Akku versagt und Elias hatte darauf verzichtet, das Handy wieder zu aktivieren. Es fühlte sich so gut an, auf jegliche technische Geräte zu verzichten. Sogar Sebis Fernseher kam abends selten zum Einsatz, weil sie erst gemütlich beisammensaßen und dann zumeist zeitig ins Bett gingen, da der Tag frühmorgens begann.

Einmal hatte er sich bei Markus gemeldet, weil ihm plötzlich eingefallen war, dass sein Kumpel gar nichts von seinen Reiseplänen wusste. Das letzte Mal hatte er ihn zwar freundlich, aber dennoch bestimmt aus der Wohnung geworfen und seitdem hatten sie keinen Kontakt gehabt. Zum Glück war Markus nicht angefressen gewesen, sondern hatte wie so oft Verständnis für seine Allüren gezeigt. Ansonsten war Meli die einzige Person, mit der er gern in Kontakt geblieben wäre. Aber er musste sein Leben endlich selbst in den Griff bekommen und zwar langfristig und nicht immer nur in Blitzaktionen, die sich schneller in Luft auflösten als jede Rauchwolke. Meli konnte ihm auf dem beschwerlichen Weg unterstützen und zur Seite stehen, aber die ersten Schritte musste er allein gehen.

Meli war wie ein bunter Falter inmitten eines Schwarz-Weiß-Gemäldes, bestäubte es und verfärbte es dadurch in wundervolle Farben. Kaum war sie weg, erlosch der Zauber. Er konnte nicht verlangen, dass sie immer wieder von vorne anfing, sein Leben bunter zu machen. Den Anfang musste er endlich selbst machen.

„Na, interessante Neuigkeiten?"

Elias schrak so heftig zusammen, dass ihm beinah das Smartphone aus der Hand fiel. Er hatte seinen Bruder gerade komplett ausgeblendet.

„Hast du was gesagt?", lenkte er schnell ab, ärgerte sich aber, dass sein Bruder ihn davon abhielt, seine Nachrichten zu checken, denn er hatte gesehen, dass Meli ihm geschrieben hatte. Sein Herz klopfte gerade dermaßen laut, dass es ihn wunderte, dass es seinem Bruder nicht auffiel.

„Meli?", fragte Sebi und nickte vielsagend Richtung Telefon. Elias spürte, wie er rot wurde. Man, er benahm sich ja schlimmer als jeder Teenager.

„Ja, du Schlauberger und ich würde ihre Nachricht gern in Ruhe lesen." Mit diesen Worten erhob er sich und musste sich verkneifen, seinem Bruder den Mittelfinger zu zeigen.

Sebastians Lachen verfolgte ihn bis in sein Schlafzimmer. Elias musste selbst grinsen, als ihm auffiel, dass er sich total albern benahm. Aber er brauchte jetzt keinesfalls einen Bruder, der ihm ständig dazwischen quatschte und ihm am Ende noch das Telefon entwendete, um zu lesen, was Meli geschrieben hatte.

Hastig warf er sich aufs Bett und ignorierte sämtliche anderen Nachrichten. Sie hatte ihm schon vorgestern geschrieben und gerade verfluchte er sich für seine saublöde Idee, das Handy auszulassen.

Hey Elias!
Ich hoffe, dir geht's gut und du hast viel Spaß beim Cowboyspielen. Schick doch mal ein paar Bilder. Ich denke jeden Tag an dich und beneide dich gerade ziemlich. Bisher konnte ich kaum reisen und Kanada war schon immer ein Traum von mir. Aber ich wäre schon froh, wenigstens mal nach Italien zu kommen ;-)
Ich habe mir wie versprochen ein paar Gedanken über deine berufliche Zukunft gemacht, vielleicht ist ja was für dich dabei.
Computerspezialist, Hacker, Bürokaufmann, Jurist, Reisekaufmann, Reiseführer schreiben (du bist doch schon so viel rumgekommen), Model, kannst du zufällig singen? Dann vielleicht Sänger, das Aussehen dazu hättest du in jedem Fall, da verdienst du auch eine Menge Geld. Oder falls alles nichts wird, zumindest Callcenter-Service.
Bald schreibe ich dir die nächsten Vorschläge.
Ich vermisse dich, deine Meli

Hallo Meli,
sorry, mein Akku war leer und ich habe mein Handy die letzten Tage gar nicht benutzt. Die Ruhe tut mir echt gut und ich habe gerade keinerlei Symptome. Irgendwie ist man hier in einer vollkommen anderen Welt. Der Drang, ständig auf sein Handy zu schauen, in der Angst, etwas zu verpassen, wird hier völlig nebensächlich. Die Arbeit auf der Ranch ist hart, macht aber unglaublich Spaß, obwohl

ich mit dem Wetter bisher nicht allzu viel Glück hatte. Hier regnet es in den Wintermonaten einfach ziemlich viel, aber das trübt meine gute Laune nicht im Geringsten.

Danke für deine Tipps, die sind wirklich klasse. Ich freue mich schon auf die nächsten. Notfalls bleibe ich einfach von Beruf Sohn und wir reisen die nächsten Jahre durch die Welt ;-)

Ich vermisse dich auch und ertappe mich immer wieder, wie ich mir in besonders schönen Momenten wünsche, dass du bei mir bist. Das kann ein wunderschöner Sonnenaufgang sein oder aber auch das stetige Prasseln des Regens gegen mein Dachfenster oder der sagenhafte Ausblick auf eine der zahlreichen Seen. Irgendwann besuchen wir gemeinsam meinen Bruder, das verspreche ich dir.

In den kommenden Tagen ließ er sein Handy aus, nur vormittags, sobald Elias seinen Verpflichtungen auf der Farm nachgekommen war, zog er sich zurück und schaltete es für eine Weile ein, um mit Meli zu schreiben. Obwohl die Zeit auf der Farm mit all den neuen Eindrücken und Erfahrungen unglaublich bereichernd war, freute er sich besonders auf diese Stunde, die nur Meli und ihm gehörte. Zu der kein anderer Zutritt hatte, diese kleine verklärte Blase gab ihm Halt und Zuversicht, dass sie es schaffen könnten. Es lag einzig und allein an ihm. Er hatte es in der Hand, ob sein Schmetterling bei ihm blieb und sein Leben bunter machte. Meli würde ihn von sich aus niemals verlassen. Wenn es zu Beginn sein maßgebliches Ziel gewesen war, es sich gut gehen und die Seele baumeln zu lassen, so begann er mittlerweile vermehrt, sich durch Melis Denkanstöße Gedanken über seine berufliche Zukunft zu machen. Während er zuerst völlig planlos Brainstorming betrieben hatte, kristallisierten sich zunehmend ein paar Gedanken zu einer losen Idee, die sich lohnte, weiterverfolgt zu werden.

36

Meli

Endlich waren die fünf Wochen vorüber. So langsam war die Zeit noch nie vergangen. Jeder einzelne Tag hatte sich wie Kaugummi gezogen. Die ersten beiden Wochen waren noch halbwegs flott vergangen, weil Melis und Luises Staatsexamen stattgefunden hatte. Dank Luises Hilfe hatte Meli ein ganz gutes Gefühl. Natürlich würde sie niemals mit solch einem glänzenden Ergebnis wie Luise abschneiden, aber sie hoffte, dass sie nicht nur gerade so bestanden hatte. Wenn sie in den Staatsdienst wollte, sollte sie einen gewissen Punktedurchschnitt erreichen. Sie hatte beschlossen, sich nicht verrückt zu machen, jetzt konnte sie sowieso nichts mehr ändern. Als die Semesterferien begonnen hatten, wurde es richtig langweilig. Zwar hatte sie ein paar Tage auf Franzi und Lena aufgepasst, aber Michaels und Arianes dezent neugierige Nachfragen hatten sie unter Druck gesetzt. Sie wusste nicht, was sie ihnen sagen durfte. Deshalb war sie erleichtert gewesen, als der Job vorüber gewesen war, auch wenn es eine Ablenkung dargestellt hatte. Hatte Elias sie über ihren Beziehungsstatus in Kenntnis gesetzt und wie sah der überhaupt aus? Deswegen versuchte sie sich möglichst herauszureden, ohne lügen zu müssen.

Luise und Henry waren für zwei Wochen in die Sonne geflogen, sie gönnte es den beiden von Herzen, aber somit hatte sie noch weniger Ablenkung. Immerhin war Sophie so nett gewesen und hatte sich zweimal erbarmt, mit ihr Sport zu machen. Meli wunderte sich, dass Sophie sie nicht gleich als hoffnungslosen Fall abgestempelt, sondern durch nette Worte motiviert hatte.

Nachdem sie ihr komplettes Zimmer schon gestern auf Vordermann gebracht hatte, beschloss sie nun, in der Küche weiterzumachen. Sie rechnete nicht damit, dass Elias sich heute melden würde. Wenn er ankam, war er bestimmt erledigt und würde sich erst mal schlafen legen. Der Jetlag war nicht zu unterschätzen. *Als ob ich da mitreden könnte.* Meli schüttelte grinsend den Kopf, während sie begann, die Schränke auszuräumen. Ihre Geschwister waren in der Schule, deswegen war es unnatürlich ruhig im Haus. Die seltene Freizeit hatte dazu geführt, dass Meli sich vermehrt Gedanken um ihre Geschwister gemacht hatte. Jürgen redete so gut wie gar nicht mehr mit ihr und trieb sich ständig mit seinen Kumpels rum, die ihr ein wenig suspekt waren. Aber sie hatte beschlossen, ihm zu vertrauen. Und Marie zog sich in letzter Zeit auch vollkommen zurück. Auf ihre Nachfragen reagierte sie immer mit einem Lächeln, das aber gequält wirkte. Meli hatte behutsam versucht herauszufinden, ob es an ihrem Freund lag, den sie komischerweise immer noch nicht zu Gesicht bekommen hatten, aber auch das dementierte ihre kleine Schwester. Wahrscheinlich machte sie sich viel zu viele Gedanken, ihren Eltern fiel schließlich auch nichts auf.

Plötzlich klingelte es an der Tür und Meli schrak aus ihren Gedanken auf. Sie warf einen Blick auf die Uhr. Für den Postboten war es noch ein wenig früh. Sie sprang vom Stuhl und ging zur Wohnungstür.

„Hallo?", rief sie in die Sprechanlage.

„Hey Meli, ich bin's Elias. Lässt du mich rein?"

„Was machst du hier?!" Es klang entsetzter als beabsichtigt. Aber sie hätte nicht in den kühnsten Träumen damit gerechnet, dass er vor ihrer Tür stand. Jetzt! Er musste geradewegs vom Flughafen zu ihr gefahren sein. Fahrig strich sie sich eine Haarsträhne hinters Ohr, die dort natürlich nicht blieb. Wie sie aussah. Schlabberlook, ungeschminkt und unattraktiv. Hatte sie überhaupt schon Zähne geputzt? Ja, Gott sei Dank.

„Meli, geht es dir gut? Ich hoffe, du bist nicht umgekippt."

„Ich war nur überrascht. Und sprachlos."

„Lässt du mich trotzdem rein?", fragte er leise.

Ohne nachzudenken, drückte sie den Türsummer. Während er nach oben fuhr, raste sie in ihr Zimmer, riss ein paar Klamotten aus dem Schrank und warf sie aufs Bett.

„Meli?", hörte sie ihn im Flur rufen und mit einem letzten bedauernden Blick auf die Klamotten beschloss sie, dass ihre Sehnsucht, endlich wieder in seinen Armen zu liegen, größer als ihre Eitelkeit war.

„Ich komme", rief sie und trat ihm entgegen. Seine Augen strahlten sie an. Zwar sah er auf den ersten Blick aus wie immer, aber er wirkte erholt und die dunklen

Augenringe waren verschwunden. Sie konnte nicht genug von diesem tiefgehenden Blick bekommen. Sie liebte es, ihn einfach nur anzusehen, aber als er auf sie zutrat, wurden ihre Knie weich und ihr entfuhr ein kleiner Seufzer, als er sie zu sich heranzog.

Ihre Lippen trafen sich sacht wie der zarte Flügelschlag eines Schmetterlings. Dann wurden Elias' Lippen etwas forscher und er küsste sie leidenschaftlicher. Ihr Mund öffnete sich, um seinen Kuss besser erwidern zu können. Dieser Kuss hatte es in sich, fuhr ihr in den Bauch, wärmte sie von innen, heizte ihr gehörig ein und die Wärme schoss weiter zwischen ihre Beine. Gott, sie wollte ihn so sehr. Am liebsten auf der Stelle, mitten im Flur.

„Wow, das war toll", entfuhr es ihr, als sie sich nach einer kleinen Ewigkeit endlich lösten. Elias' Hand ruhte immer noch auf ihrem Rücken und er schien nicht vorzuhaben, sie wieder loszulassen. Kurz darauf nahm er sie jedoch an der Hand, als sie keine Anstalten machte, ihn in einen gemütlicheren Raum zu bitten. Erst als er loslief, dirigierte sie ihn zu ihrem Zimmer.

Nun schien er auch ihren Aufzug wahrzunehmen und ein Lausbubengrinsen stahl sich in sein hübsches Gesicht.

„Ich wusste ja nicht, dass du vorbeikommst. Mit dir habe ich frühestens morgen gerechnet. Wenn überhaupt." *Den Zusatz hätte ich mir wirklich sparen können.*

„Süße, mir ist es so was von egal, was du trägst. Hauptsache, ich darf dich endlich wieder spüren. Noch lieber hätte ich dich gern unbekleidet." Während er sprach, schloss er die Tür und Meli löste ihre Hand mit einem Ruck, um ein wenig Abstand zwischen sie zu bringen.

Sie verschränkte die Arme vor der Brust und Elias verzog sein Gesicht und brummte: „So ernst gleich?"

„Elias, wie stellst du dir das vor? Du hast mich rausgeworfen, wolltest mich nicht mehr an deiner Seite haben. Ja, wir haben geredet, dass wir es probieren wollen und ja, wir haben uns regelmäßig geschrieben. Aber findest du es nicht ein wenig merkwürdig, wenn du nun tust, als wäre nie etwas passiert? Wir haben keine Beziehung, wir haben keine Affäre, wir haben vielleicht ein ganz dünnes Fundament für einen Neubeginn. Aber wir sollten nichts überstürzen."

Er rümpfte die Nase und Meli musste sich zusammenreißen, um nicht noch was Blödes zu sagen.

„Es hat gerade nicht so ausgesehen, als würde es dir nicht gefallen."

Meli konnte nicht anders als loszuprusten. „Du klingst gerade wie ein bockiges Kind." Sie lachte noch ein bisschen mehr, als sie sah, wie sich seine Züge verfinsterten. Kurz verlor sie sich wieder einmal in seinen Augen, die irgendeinen magischen Einfluss auf sie zu haben schienen. Dann wurde sie wieder ernst und sagte leise: „Elias, darum geht es gar nicht und das weißt du genau. Natürlich hat es mir gefallen. Am liebsten hätte ich gar nicht mehr aufgehört und mir würde auch gefallen, wenn wir jetzt zusammen ins Bett gehen. Aber das wäre einfach nicht richtig. Wir müssen miteinander reden. Ich brauche Sicherheit, denn ich würde es nicht ertragen, wenn du mich anschließend wieder von dir stößt."

Kurz sah es so aus, als wollte er sie erneut zu sich ziehen, er streckte den Arm aus, um ihn kurz darauf wieder zurückzuziehen und sich auf Melis Schreibtischstuhl fallen zu lassen. Die Geste irritierte sie ein wenig, vor allem, als er begann, sich damit im Kreis zu drehen. Sie legte den Kopf ein wenig schief und sah ihn herausfordernd an. Nach der dritten Runde bremste er, sah sie an und seufzte.

„Natürlich kann ich deine Vorbehalte verstehen. Ich bin ein Idiot. Überfalle dich hier und meine, wir vergessen einfach alles, was zwischen uns vorgefallen ist." Erneut drehte er ein paar Runden, anscheinend half ihm das beim Nachdenken. Zwar hatten sie über WhatsApp in Kontakt gestanden, aber ihre Nachrichten waren eher oberflächlich geblieben.

Dann sprang er so behände auf, dass Meli erschrocken zwei Schritte zurückwich. Elias verringerte den Abstand und griff nach ihren Händen, die eiskalt waren. Anscheinend bemerkte er es, denn er rieb sie vorsichtig zwischen seinen großen Händen, bevor er den Blick auf sie richtete.

Wieder ging es ihr nah. Zu nah, zu tief. Er durchleuchtete ihr komplettes Inneres. Wie konnte sie glauben, irgendetwas von ihren Gefühlen für sich behalten zu können? Anscheinend sah er das, was er zu sehen hoffte, denn kurz darauf öffnete er den Mund und Melis Gleichgewicht erhielt einen herben Schlag.

„Meli. Ich liebe dich. So sehr, dass es hier wehtut." Sachte nahm er eine ihrer Hände, um sie auf sein Herz zu legen, das heftig schlug. „Du bist alles, was ich mir je erträumt habe. Ohne dich ist meine Welt dunkel und trist. Du bist nicht nur meine Sonne, sondern schaffst es durch dein Lächeln, durch deine positive Einstellung mein Leben bunt anzumalen. Du bist ein Engel. Mein Engel, wie könnte ich dich nicht lieben?" Seine Stimme klang vollkommen fest, ohne den Hauch eines Zitterns, als würde es ihn überhaupt keine Überwindung kosten. Die Zeit mit seinem Bruder hatte ihn anscheinend wirklich gefestigt und zu einer inneren Stärke verholfen.

Melis Wangen glühten und sie hatte das Gefühl, dass die Raumtemperatur schlagartig um mindestens zwanzig Grad gestiegen sein musste. Seine Worte drangen in ihren Organismus ein, um ihn durch die Intensität lahmzulegen. Gerade fühlte sie sich total high, willenlos und nicht in der Lage, auch nur einen klaren Gedanken zu fassen. *Das kann er doch nicht ernst meinen. Hallo, ich bin es Meli, die Durchschnittsfrau, die mal so gar nichts mit einem Engel gemein hat?*

Sie starrte ihn aus großen Augen an und kam sich gerade total bescheuert vor. Warum machte sie nicht endlich ihren Mund auf, um etwas zu erwidern? Elias sah sie so erwartungsvoll an und sie fühlte, wie sie zu schwitzen begann. Aber seine Augen sahen sie eindringlich und aufrichtig an und Meli spürte, dass er ihr nichts vormachte. Alles, was er gerade gesagt hatte, meinte er auch so. Dennoch gab es das Stimmchen in Melis Kopf, das ihr zuflüsterte, für wie lange er das so sah. Wann kam die Kehrtwende, die alles kaputtmachte? Er hatte sie so oft von sich gestoßen. Hatte sich wirklich etwas geändert?

Seine Hand strich vorsichtig über ihre Wange und er murmelte: „Bitte, sag doch was und lass mich nicht wie einen Idioten vor dir stehen."

„Ich weiß nicht, was ich sagen soll", brachte sie schließlich unglaublich originell über die Lippen.

„Glaubst du mir nicht?", fragte er behutsam und streichelte ihre Hand.

Sie atmete tief durch und versuchte das Zittern, das sie überfallen hatte, zu unterdrücken.

„Ich glaube dir. Und ich denke an meinen Gefühlen für dich hast du nie gezweifelt. Zumindest hoffe ich, dass ich dir das die ganze Zeit über deutlich machen konnte. Aber ich weiß nicht, ob es ausreicht. Schaffen wir das?", fragte sie ihn so flehentlich, dass er sie in die Arme nahm.

„Ich werde dich nie wieder wegschubsen. Vielleicht bin ich mal schlecht drauf oder will meine Ruhe, aber ich werde dich nie wieder wegschicken oder an uns zweifeln. Das verspreche ich dir."

„Egal, wie schlecht es dir geht?"

Er nickte so vehement, dass sie ihm wirklich glaubte. „Du weißt, dass es nie an mir scheitern wird", hauchte sie erstickt. Er drückte ihren Kopf sanft an seine Brust und hielt sie einfach fest.

„Das weiß ich. Und dieser Gedanke gibt mir unglaublich viel Kraft. Du bist so stark, daran versuche ich mich zu orientieren."

Im Nachhinein konnte sie nicht sagen, wie lange sie so dastanden und sich einfach festhielten. Irgendwann löste sich Meli aus seinen Armen und meinte bedauernd: „Ich muss noch die Küche aufräumen. Ich habe da ein totales Chaos hinterlassen."

Elias nahm ihr Gesicht zärtlich zwischen die Hände und hauchte ihr einen Kuss auf die Stirn.

„Ich muss auch heim. Zwar habe ich vorhin so große Töne gespukt, aber in Wahrheit muss ich ganz dringend schlafen." Er stockte plötzlich und ließ von ihr ab. Verlegen sah er zu Boden und die nächsten Worte schienen ihn Überwindung zu kosten. „Es ist wichtig, dass ich mich nicht überanstrenge. Momentan befinde ich mich in der Probierphase, aber da ich stabil bin, kann ich nicht genau sagen, ob das Zufall ist oder auf meinen gesunden Lebensstil zurückzuführen ist. In Kanada habe ich mindestens drei Stufen zurückgeschaltet und entschleunigt."

Nun war es an Meli, ihn zu sich heranzuziehen und nochmals zu küssen, allerdings etwas leidenschaftlicher als sein keuscher Kuss zuvor.

„Dann geh jetzt, bevor wir es uns noch anders überlegen." Sie zwinkerte ihm zu und sah ihm an, dass er erleichtert über ihre Reaktion war. Elias hatte noch viel zu lernen, es fiel ihm so unfassbar schwer, seine Schwächen zu zeigen.

„Sobald ich ausgeschlafen habe, rufe ich dich an. Ich habe eine Überraschung für dich", rief er ihr vom Flur aus zu, bevor er die Wohnung verließ und in den Aufzug stieg.

„Du bist gemein", rief Meli ihm hinterher und hörte noch sein Lachen, bevor sein geliebtes Gesicht hinter der Tür verschwand. Meli blieb noch einen Moment mit einem glückseligen Grinsen stehen, bis sie sich zusammenriss und endlich die Küche fertig putzte.

Am Abend lag sie träumend in ihrem Bett. Sie hatte sich leise Musik von Coldplay angemacht und schwelgte in Gedanken an Elias. Noch vor wenigen Wochen war ihr eine Beziehung mit ihm ausweglos erschienen. Er war so angeschlagen, innerlich so zerrissen gewesen, dass er ihre Hilfe nicht hatte annehmen können. Natürlich konnte sie verstehen, dass er erst einmal Zeit benötigt hatte, den Gedanken krank zu sein, überhaupt zuzulassen und sich mit den Konsequenzen auseinanderzusetzen. Aber die ganzen Monate, die sie sich nun kannten, hatten aus einer Berg- und Talfahrt bestanden. Kaum hatten sie ein Stückchen des Steilhanges bewältigt, wurden sie auch schon wieder zu Boden gerissen. Immer noch konnte sie nicht glauben, dass Elias mit ihr zusammen sein wollte. Wollen war vielleicht das falsche Wort, aber war er dazu in der Lage? Sie musste ihm und seinen Worten, die in ihren Ohren sehr ehrlich und reflektiert geklungen hatten, einfach Glauben schenken. Sie musste lernen, ihm wieder zu vertrauen. Denn obwohl sie jede seiner Handlungen und verletzenden Gesten ihr gegenüber nachvollziehen konnte, hatten sie doch gehörige Spuren hinterlassen. Sie waren da und ließen sich nicht einfach ignorieren, auch wenn sie das gern tun würde.

Trotzdem hatte sie die kurze Zeit heute mit ihm förmlich inhaliert. Sie war süchtig nach Elias. Nach seinen zarten Berührungen, die sie jedes Mal in Ekstase versetzten, nach seinen wilden und fordernden Küssen und wenn sie ehrlich war, konnte sie es kaum noch erwarten, endlich wieder mit ihm zu schlafen. Noch nie hatte es ein Mann geschafft, sie derart zum Schweben zu bringen. Noch nie hatte sie sich so begehrt gefühlt wie in Elias' Armen. Sie seufzte wohlig auf und spürte, wie die Lust sie überkam. Hoffentlich hatte Elias nach ihrer Ansprache nicht beschlossen, es langsam angehen zu lassen. Denn seine liebevollen Worte hatten ihre Vorbehalte komplett ausradiert. Meli musste ein Kichern unterdrücken, als sie sich vorstellte, wie sie Elias verführen musste, damit sie an ihr Ziel kam.

Irgendetwas lenkte sie ab. Meli lauschte, sie hatte ein Geräusch gehört, das sie irritiert hatte. Unwillig öffnete sie die Augen und stand auf, um die Musik auszustellen. Wieder konzentrierte sie sich und da war es wieder. Es klang nach einem Weinen. Melis Körper spannte sich an und sie öffnete leise die Tür zum Flur. Alles war ruhig und dunkel. Anscheinend waren auch ihre Eltern schon ins Bett gegangen. Neben ihr hatte Marie ihr Zimmer, das sie sich aber mit Johanna teilen musste. Meli war sich sicher, dass es Marie war, die sich gerade in den Schlaf weinte. Behutsam öffnete sie die Tür und schlich ins Zimmer.

Ein kurzer Blick auf Johanna sagte ihr, dass sie tief und fest schlief. Gleich darauf ließ sie sich an Maries Bett nieder, die ihre Bettdecke über den Kopf gezogen hatte, um die Schluchzer zu dämmen.

„Marie", flüsterte sie in der Hoffnung, ihre Schwester nicht zu erschrecken. Trotz ihrer Bemühungen zuckte sie heftig zusammen und ihr entwich ein leiser Aufschrei, den sie unterdrückte, indem sie sich die Decke in den Mund stopfte.

„Süße, was hast du denn? Wenn du Kummer hast, kannst du doch immer zu mir kommen", wisperte Meli beruhigend, obwohl ihr Innerstes gerade in Aufruhr war. Was war nur los mit ihrer ansonsten so aufgeweckten Schwester?

„Du musst dir keine Sorgen machen. Ich bin nur traurig, weil mit Andi Schluss ist." Wieder weinte Marie und Meli konnte sie kaum verstehen.

„Du kommst jetzt mit und kannst bei mir schlafen", schlug sie vor.

„Nein, ich möchte lieber allein sein."

„Du wirst Johanna noch aufwecken."

Marie seufzte, stand dann aber widerwillig auf und folgte ihrer großen Schwester in deren Zimmer. Dort setzte sie sich neben Meli auf die Bettkante und zog es anscheinend vor zu schweigen.

„Du musst nicht mit mir darüber reden, wenn du nicht möchtest. Schlaf einfach bei mir im Bett, dann bist du wenigstens nicht allein. Der erste Liebeskummer ist wahrscheinlich der Schlimmste. Bist du dir denn sicher, dass Schluss ist? Vielleicht könnt ihr noch mal reden?", versuchte Meli sie ein wenig aus der Reserve zu locken.

„Nein, es ist aus. Sorry, dass ich dich geweckt habe, morgen geht's mir bestimmt besser", wiegelte Marie ab und auch Melis forschem Blick hielt sie stand. Meli seufzte innerlich. Marie wirkte manchmal so erwachsen, dass es sie erschreckte und doch war sie noch fast ein Kind.

Sie sagte nichts mehr, immerhin hatte sie ihrer Schwester das Versprechen gegeben, sie in Ruhe zu lassen, auch wenn es ihr schwerfiel.

„Aber wenn du jemanden zum Reden brauchst, dann kommst du zu mir. Verstanden?"

Marie nickte und damit musste sie sich erst mal zufriedengeben.

37

Elias

Nachdem er gestern Mittag todmüde ins Bett gefallen war, wurde er gegen sechs Uhr morgens wieder wach. Er hatte tatsächlich fast achtzehn Stunden durchgeschlafen. Nachdem er die Augen geöffnet hatte und halbwegs in der Wirklichkeit angekommen war, riss er panisch die Bettdecke weg. Zwar war es nicht noch einmal vorgekommen, dass er sich eingenässt hatte, denn mittlerweile nahm er Medikamente und versuchte vor dem Schlafengehen nichts mehr zu trinken und vor allem regelmäßig auf Toilette zu gehen, dennoch saß ihm der Schock von damals noch in den Knochen. Erleichtert ließ er sich aufs Kissen sinken und lauschte seinem pochenden Herzschlag. Der Vorfall hatte ihn komplett aus der Bahn geworfen und er würde alles dafür tun, dass so etwas nicht noch einmal vorkam.

Ein paar Minuten später stand er auf, um sich unter die Dusche zu stellen. Gestern war er nach seinem Besuch bei Meli so fertig gewesen, dass er einfach nur ins Bett gefallen war. Ja, es fiel ihm immer noch unglaublich schwer zu akzeptieren, dass er nicht mehr der Alte war, der ohne Probleme eine Nacht durchmachen konnte, dem keine Anstrengung zu viel wurde. Er benötigte seine Pausen und musste sie sich auch genehmigen, wenn er halbwegs mit der Krankheit klarkommen wollte. Außerdem litt er immer noch unter den Nebenwirkungen der Medikamente. Aber das sollte sich in einigen Wochen hoffentlich legen, laut seines behandelnden Arztes.

Mit einer Kaffeetasse in der Hand setzte er sich an den Laptop, um noch mal die Daten zu überprüfen. Er konnte es kaum erwarten, Meli zu überraschen. Während er rasch eine Schale Müsli aß, nahm er sein Handy und rief sie an.

Sie vereinbarten, dass sie nachher bei ihm vorbeikommen würde.

Die Zeit, bis sie kam, nutzte er, um seinen Koffer auszupacken, das würde er sonst wieder wochenlang aufschieben. Nachdem er eine Ladung Wäsche angeschaltet hatte, klingelte es schon an der Tür und augenblicklich wurde Elias nervös. Sein Magen schien einige Salti zu schlagen. Hoffentlich freute sich Meli über seine Überraschung. Bei ihr konnte er nicht einschätzen, inwieweit ihr Stolz sie sein Geschenk annehmen ließ.

„Hey, Süße." Er lächelte sie erwartungsvoll an und ihre Gesichtszüge wurden weich, als sie es erwiderte. Sie ließ sich von ihm in seine Arme ziehen und auf seinen Kuss reagierte sie unverhofft leidenschaftlich. Sie öffnete ihren Mund, um ihm Einlass zu gewähren, eine Aufforderung, der er nur allzu gern nachkam. Ein leises Stöhnen entwich ihren Lippen und er spürte, wie sie sich in seinen Armen etwas verkrampfte. Sacht strich er ihr über den Rücken, während seine Zunge weiterhin ihre umspielte. Langsam wurde sie wieder weich und nachgiebig.

Als er sich behutsam von ihren Lippen löste, hielt er sie weiterhin im Arm. Ihr Kopf ruhte an seiner Schulter, weil sie doch ein Stück kleiner war als er. Vorsichtig griff er nach ihrer Hand und flüsterte ihr ins Ohr: „Wollen wir nicht lieber ins Wohnzimmer gehen? Hier ist es doch arg ungemütlich."

„Hmm", brummte sie nur und schien gedanklich bei ihrem heißen Kuss festzuhängen.

Er lachte und löste sich von ihr, um sie anzusehen. Sie hielt immer noch die Augen geschlossen und erst, als er sie an den Schultern griff, um sie aus seiner Umarmung zu lösen, reagierte sie unwillig.

„Ins Wohnzimmer?", schlug er nochmals vor und diesmal nickte sie zustimmend, woraufhin Elias ihre Hand griff und sie mit auf die Couch zog.

„Jetzt erzähl mal, wie war es denn auf Sebastians Ranch? Ein bisschen was hast du geschrieben, aber ich bin doch so neugierig. Weißt du, wie sehr ich dich beneidet habe?", fragte Meli atemlos zwischen zwei heißen Küssen.

„Versuchst du gerade von meinen Verführungskünsten abzulenken?", neckte Elias sie. Meli gab ihm einen Klaps auf die Schulter und meinte ein wenig herablassend: „Ach, das war ein Verführungsversuch? Sorry, dann mach mal schnell weiter."

Elias lehnte sich beleidigt zurück und verschränkte die Arme. „Jetzt habe ich keine Lust mehr." Dabei zwinkerte er ihr zu und Meli lehnte sich an seine Schulter an.

„Das nächste Mal kommst du einfach mit, ich habe schon mit Sebi ausgemacht, dass ich ihn spätestens im Sommer wieder besuchen komme."

„Das klingt wunderbar, aber ich befürchte, es wird ein Traum bleiben. Der Flug ist doch schrecklich teuer."

Meli lächelte ihn an und schien sich über die Geste zu freuen. Es war typisch für sie, nicht betrübt zu reagieren, sondern die Tatsache einfach hinzunehmen.

„Du hast doch bei meinem Bruder bestimmt gut verdient", sagte Elias und sah sie eindringlich an.

Meli konnte seinem Blick nicht standhalten. Verlegen murmelte sie: „Das meiste Geld habe ich meinen Eltern gegeben. Immerhin lebe ich auf ihre Kosten. Nur weil ich studiere, müssen sie mich ewig durchfüttern."

Ganz kurz sah sie auf, als ob sie seine Reaktion ablesen wollte. Ihm ging wieder einmal auf, aus welch komplett unterschiedlichen Welten sie stammten. Er hatte sich während seiner Ausbildung, die ihm seine Eltern finanziert hatten, niemals darüber Gedanken gemacht, dass er ihnen auf der Tasche lag. Sie hatten Geld im Überfluss, da wäre er niemals auf die Idee gekommen, nebenbei zu jobben. Fast schämte er sich vor Meli, derart privilegiert und weltfremd aufgewachsen zu sein. Er hatte immer den einfachsten Weg wählen können und sogar jetzt, wo es ihm gesundheitlich nicht mehr möglich war, seinen Beruf auszuüben, hatte er keinerlei Existenzängste, weil seine Familie immer für ihn sorgen würde. Auch wenn das nicht sein Lebensziel war, gab es unendlich viel Sicherheit.

„Bist du nun enttäuscht, dass ich nicht mit dir kommen kann?", fragte Meli vorsichtig, als er nicht reagierte.

„Ich war gerade damit beschäftigt, mich zu schämen, weil ich mein ganzes Leben lang niemals mit echten Problemen zu kämpfen hatte. Und als ich eins bekam, war ich darauf nicht vorbereitet, weil ich zeitlebens verhätschelt und umhegt wurde." Er räusperte sich etwas verlegen, bevor er fortfuhr: „Meli du bist der liebenswerteste, selbstloseste Mensch, den ich kenne und dafür liebe ich dich. Immer stellst du die anderen in den Fokus. Sogar mein Wohl stellst du vor dein eigenes."

„Das stimmt doch gar nicht", widersprach sie mit glühenden Wangen. Trotzdem schien sie sich über seine Worte zu freuen.

„Und genau aus diesem Grund habe ich eine Überraschung für dich. Weil du es verdient hast. Weil du eine Auszeit benötigst. Und vielleicht ein ganz kleines bisschen aus reinem Egoismus, weil ich eine schöne Zeit mit dir verbringen will", sprudelte es aus Elias heraus.

„Du sprichst in Rätseln." Sie blinzelte ihn erheitert an.

Wieder nahm er ihre Hand und führte sie zu seinem Mund, um ihr einen kleinen Kuss zu geben. Während er sich in ihren warmen Augen verlor, begann sein Innerstes zu glühen. Warum hatte er so lange nicht erkennen wollen, wie gut ihm Meli tat? Wie sehr er sie an seiner Seite brauchte. Ohne sie war er ein Nichts.

„Ich habe eine Reise für uns gebucht. Wir fliegen in die Dominikanische Republik. An der Südküste ist jetzt die beste Reisezeit. In fünf Tagen geht es los. Pack deine Badesachen ein. Dort ist es ziemlich warm."

Melis Gesichtszüge schienen eingefroren zu sein. Sie starrte ihn an und mit jeder Sekunde, die sie reglos dasaß, verschwand das wärmende Gefühl in seinem

Bauch und machte einem unangenehmen Klumpen Platz. Hatte er sie überrumpelt? Empfand sie es als anmaßend? Bevor er nachfragen konnte, öffnete sie den Mund und meinte stotternd: „Das ist ... das ist total süß von dir und ich freue mich ... sehr. Aber ich kann es nicht annehmen. Es tut mir leid." Betrübt sah sie ihn an und er nahm ihr Gesicht zärtlich in seine Hände und gab ihr einen kleinen Kuss auf die Stirn.

„Warum?", fragte er ganz sachlich.

„Ich kann doch meine Eltern nicht mit den Kindern allein lassen. In den Semesterferien verlassen sie sich auf mich. Nach der Schule kümmere ich mich um die Kleinen und auf Jürgen sollte ich auch ein Auge haben. Der kapselt sich gerade ziemlich ab und zu Marie dringe ich gerade überhaupt nicht durch."

So sehr er Meli für ihre Haltung bewunderte, so sehr machte es ihn wütend, dass ihre Eltern ihre Gutmütigkeit ausnutzten. Was würden sie denn machen, wenn Meli einen Ausbildungsberuf gewählt hätte und wie ihre Schwester nie zu Hause wäre? Aber er konnte sich das Argument gerade noch verkneifen, weil er Meli nicht vor den Kopf stoßen wollte.

„Das habe ich doch schon längst geklärt", sagte er daher sanft.

Sie riss die Augen auf und starrte ihn an. „Was hast du geklärt?"

„Ich habe mit deinen Eltern gesprochen. Natürlich möchten sie dir nicht im Weg stehen. Sie bekommen es hin. Deine Mutter hat noch Resturlaub aus dem Vorjahr, den sie nehmen wird."

Meli schüttelte so vehement den Kopf, dass ihre Haare flogen und er konnte nicht beurteilen, ob das jetzt ein schlechtes Zeichen war. Sie beugte sich zum ihm vor und küsste ihn auf den Mund.

„Danke. Das ist der Wahnsinn. Ich weiß gar nicht, was ich sagen soll." Aufgeregt hopste sie auf dem Sofa hoch und runter und schien sich gar nicht mehr einzukriegen.

„Freust du dich?"

„Freuen? Das ist die Untertreibung des Jahrhunderts." Sie klatschte vor Begeisterung in die Hände. „Ich könnte ausrasten vor Glück. Ich bin noch nie geflogen und dann gleich in die Dominikanische Republik. Das muss ein Traum sein, kneif mich doch mal." Sie streckte ihm ihren Unterarm hin, aber anstatt sie zu kneifen, küsste er sie so leidenschaftlich, dass sie anschließend erst mal tief Luft holen musste.

„Ich weiß gar nicht, wie ich mich dafür jemals bei dir revanchieren kann", gab sie ein wenig später leicht betrübt von sich.

„Ist das dein Ernst? Du musst mir doch nichts zurückgeben. Du hast so viel für mich getan, das kann ich mit einer kleinen Reise niemals abgelten. Also hör auf, dir darüber Gedanken zu machen. Ich bin überglücklich, dass du mit mir verreist. Allein macht das doch keinen Spaß."

Meli schenkte ihm ein kleines Lächeln, das er so liebte und erwiderte: „Ich denke ja eher, du machst das mir zuliebe. Weil du gerade erst aus Kanada zurückkommst, wird sich deine Reiselust in Grenzen halten."

„Dort war es arschkalt. Ich sehne mich nach Strand und Palmen."

Eng aneinander gekuschelt schmiedeten sie Urlaubspläne und sahen sich Bilder an. Natürlich wollten sie die Hauptstadt Santo Domingo besuchen, den bekannten Nationalpark und vor allem an den wunderschönen Stränden relaxen und ausspannen. Kurzzeitig hatte es einen Schreckensmoment gegeben, als Meli einfiel, dass sie keinen Reisepass besaß, aber Elias konnte sie beruhigen, dass ein vorläufiger ausreichte.

„Ich fliege in die Karibik, ich glaube es einfach nicht." Meli lächelte ihn glückselig an und gerade war es vollkommen. Er fühlte sich vollkommen. Ein seltener Augenblick, den es galt, auszukosten und tief in sich aufzubewahren. Er würde Meli gern noch viel mehr Freuden bereiten, wenn es jemand verdient hatte, dann wohl sie.

38

Meli

Zehn Tage voller Glück. Voller Harmonie und Dankbarkeit. Meli war schon wach, obwohl es noch nicht mal sechs Uhr morgens war. Durchs offene Fenster hörte sie das Meeresrauschen, das sie wohlig aufseufzen ließ. Ein Seitenblick sagte ihr, dass Elias noch friedlich schlummerte. Zumindest sagte ihr das sein leises Schnarchen.

Es zauberte ihr ein Lächeln auf ihr Gesicht und sie konnte nicht glauben, wie schnell ihre gemeinsame Zeit verflogen war. Hatte Elias sie nicht gerade erst mit den Tickets überrascht?

Die Tage vor dem Abflug waren dann so stressig gewesen, dass sie an Meli vorübergeflogen waren. In der Dominikanischen Republik hatten sie viel Spaß gehabt, die Zeit war verflogen und nun war leider schon der letzte Tag angebrochen. Heute Abend ging es wieder nach Hause. Wahrscheinlich war sie deshalb schon wach. Ihre Aufregung stieg, sobald sie an den Heimflug dachte. Es war die erste Flugreise ihres Lebens gewesen und der zehnstündige Flug hatte sie an ihre Grenzen gebracht. Ständig hatte sie Elias am Arm gepackt oder sich an seiner Schulter versteckt und ihr war so übel gewesen, dass sie nichts hatte essen können. Vor lauter Nervosität war ihr herausgerutscht, wie er das hatte beruflich machen können. Aber zu ihrer grenzenlosen Erleichterung hatte Elias gelacht und war nicht böse auf ihre taktlose Bemerkung gewesen. Es war ihr schneller rausgerutscht, als sie hatte nachdenken können, aber er hatte sie einfach beruhigend auf die Stirn geküsst und versucht abzulenken.

Er hatte ihr so viel Halt gegeben auf ihrer ersten Reise und ganz ohne ihre Familie. Melis Gedanken schweiften ab. Was würde sie zu Hause erwarten?

Vor ihrer Abreise hatte sie noch einmal versucht, das Gespräch mit Marie zu suchen, aber diese hatte abgewinkt und behauptet, dass sie schon an einem neuen Typen interessiert wäre. Meli war skeptisch gewesen, irgendwie glaubte sie Marie nicht. Deren Augen waren stumpf und ausgebrannt, aber sie wollte sich mit ihrer Skepsis auch nicht das Vertrauen ihrer Schwester verspielen. Natürlich hatte sie sich auch nicht bei ihr gemeldet, aber wenigstens auf Melis WhatsApp reagiert. Daraufhin hatte sie beschlossen, sich nicht mehr so viele Gedanken zu machen.

Plötzlich spürte sie, wie sich Elias' Hand unter ihre Bettdecke schob und ihren Bauch streichelte. Sie drehte ihren Kopf zur Seite und schrak leicht zusammen, als sie direkt in seine strahlenden Augen blickte, die sie eingehend betrachteten.

„Ich habe gar nicht mitbekommen, dass du wach bist", sagte sie verlegen. Immer noch konnte sie nicht fassen, dass sie Begehren und Leidenschaft in ihm wecken konnte. Und beides hatte sie gerade in seinem Blick erkannt.

Wortlos strich er ihr eine Haarsträhne aus dem Gesicht und küsste sie zart auf die Lippen. Beinah wäre ihr ein leises Stöhnen entkommen, das sie gerade noch unterdrücken konnte. Ihr eigenes Verlangen hatte sie ein wenig schockiert. Jede einzelne Nacht ihres Urlaubs hatten sie miteinander geschlafen und dennoch konnte Meli nicht genug von Elias bekommen. So etwas kannte sie nicht. In ihrer Beziehung mit ihrem Ex hatten sie die letzten Jahre manchmal wochenlang keinen Sex gehabt und sie hatte es überhaupt nicht vermisst. Irgendetwas hatte Elias mit ihr angestellt. Sie verzaubert, willenlos gemacht, von ihm abhängig. So leidenschaftlich kannte sie sich nicht. Nun reichten seine sanften Berührungen auf ihrem Unterbauch aus, um ihre Mitte sich freudig zusammenziehen zu lassen und sie spürte, wie sie feucht wurde.

„Ich komme gleich wieder", murmelte Elias an ihrem Ohr, nachdem er ihren Hals mit zahlreichen Küssen liebkost hatte.

Meli schloss die Augen, während sie auf Elias wartete. Das Ritual kannte sie mittlerweile, sobald er wach wurde, suchte er die Toilette auf. Aber sie konnte sein leicht zwanghaftes Verhalten nach dem damaligen Desaster wirklich gut nachvollziehen. Vor Kurzem hatte er erstmals darüber gesprochen und ihr gestanden, dass er nichts mehr in seinen Beinen gespürt hatte und somit wohl wie ein Gelähmter den Harndrang nicht gespürt hatte. Seitdem er medikamentös eingestellt war und alle Tipps umsetzte, war es nicht mehr vorgekommen, aber er wollte auch unter allen Umständen vermeiden, einen Katheter benutzen zu müssen.

Meli schob die unromantischen Gedanken resolut zur Seite, als Elias' verwuschelter Schopf wieder im Türrahmen auftauchte. Sein verwegenes Grinsen ließ ihre Mitte in freudiger Erwartung zucken.

„Bis zum Frühstück haben wir noch ein wenig Zeit. Irgendwelche Vorschläge, wie wir die Zeit überbrücken könnten?", meinte er amüsiert.

„Gegen ein wenig Matratzensport hätte ich nichts einzuwenden. Und anschließend eine gemeinsame Dusche?", schlug Meli vor, während sie sich im Bett rekelte.

In Elias' Augen trat ein erregter Glanz und er warf sich beinah zu ihr ins Bett, so eilig schien er es zu haben.

Diesmal küsste er sie fordernder und Meli erwiderte den Kuss genauso ungestüm. Seine seidenweichen Lippen fühlten sich einfach so unfassbar gut an und jeder seiner unzähligen Küsse ließ die Ameisen in ihrem Bauch emsig werkeln. Die Hitze breitete sich rasant aus und als Elias' Hand sich langsam von ihrer Hüfte zwischen ihre Beine vorarbeitete, fühlte sie schon, dass ihr Slip schwamm.

Mittlerweile war es ihr nicht mehr peinlich, derart auf seine Liebkosungen zu reagieren, da sie die Vorteile zu schätzen wusste. Auch heute war ihr nicht nach einem langen Vorspiel zumute. Ihr Freund sah das anscheinend genauso, nachdem er ihre Vulva mit der Hand stimuliert hatte und ihr Stöhnen vernommen hatte, hörte er kurz auf, um sich rasch zu entkleiden. Meli beschloss, es ihm gleichzutun und schlüpfte aus ihrem Oberteil, die lästige Hose hatte Elias schon beseitigt.

Als er mit seinen Händen zuerst leicht, dann etwas energischer ihre Nippel rieb, hielt sie es nicht mehr aus und ihr entfuhr: „Jetzt fang schon an."

Elias sah sie amüsiert an. „Da kann wohl jemand nicht genug von mir bekommen."

Meli wurde rot und murmelte: „Bilde dir bloß nicht so viel darauf ein."

Elias verschloss ihren Mund wieder mit einem heißen Kuss, der ihr den Atem raubte. Währenddessen kniff er sie leicht in eine ihrer Knospen.

Endlich ließ er von ihr ab und zog sich ein Kondom über.

Als er sich über ihr positionierte und sie die Beine öffnete, um ihn zu empfangen, hätte sie am liebsten Gott dafür gedankt, diesen großartigen Mann in ihr Leben geschickt zu haben.

Die zweite Runde hatten sie unter die Dusche verlegt und Melis Wangen glühten immer noch, als sie sich das Frühstück schmecken ließen. Währenddessen ließ sie verträumt ihren Blick über den traumhaften Strand und die wunderschönen Palmen gleiten. Das hier war das Paradies. Am liebsten würde sie für immer hierbleiben.

Elias legte seine Hand auf ihre und sie sah ihn an. „Es ist so wunderschön. Ich bin gerade wunschlos glücklich. Habe ich mich eigentlich schon bei dir für den unbeschreiblichen Urlaub bedankt?"

„Ungefähr hundertmal", sagte er verschmitzt. Elias griff nach seinem Glas Orangensaft und wollte einen

Schluck trinken. Dabei entglitt ihm das Glas und fiel um. Der Saft breitete sich über den ganzen Tisch aus.

„Scheiße", rief er unterdrückt und Meli sah, wie er hart schluckte. Den herbeieilenden Kellner schickte er ein wenig unwirsch weg und versuchte die Bescherung mit einer Serviette aufzuwischen. Meli sprang auf, um noch ein paar weitere zu holen und half ihm wortlos. Das Glas war unbeschädigt geblieben, aber Elias' bleiches Gesicht sagte ihr, dass es nicht einfach nur Unachtsamkeit gewesen war. Kraftlos setzte sie sich wieder. Sofort war die alte Angst wieder da. Ihr Magen zog sich schmerzhaft zusammen und sie bereute, so reichlich gefrühstückt zu haben.

„Was ist los?", fragte sie leise, weil sie einfach nicht wusste, wie sie angemessen reagieren sollte.

„Was soll schon los sein? Dein Loserfreund stellt sich gerade wieder besonders dämlich an."

Sein gewitterumwölktes Gesicht sollte ihr eigentlich eine Warnung sein, aber sie beschloss, sich nicht mehr von ihm abschrecken zu lassen.

„Hör auf, so zu reden. Es ist eine Krankheit. Hättest du Krebs oder Ähnliches, würdest du doch auch nicht so abfällig über die Symptome reden, oder? Also sag schon, was ist mit deiner Hand? Ist sie taub?"

Sie sprach in völlig neutralem Ton, denn sie durfte keinesfalls wie er emotional werden, sonst würde die Situation wohl gleich eskalieren.

Elias schnaufte durch und sie sah, dass er sich beruhigte. Natürlich wusste sie, dass seine Wut vor allem durch die Angst vor dem Unbekannten geschürt wurde. Aber er musste lernen, sich nicht jedes Mal vollkommen aus der Bahn werfen zu lassen. Nur konnte sie ihm das wohl so direkt kaum sagen.

In seinem Gesicht zuckte es und es dauerte einen Moment, bis er antwortete: „Ja, ich habe kaum Gefühl. Egal, es wird schon wieder weggehen." Er sah sie an und geriet ins Stocken. Dann schien er sich ein Herz zu nehmen und fuhr fort. „Entschuldige bitte, dass ich so unbeherrscht reagiert habe. Aber die ganzen letzten Wochen ging es mir so gut, dass ich die Krankheit beinah vergessen hätte. Und jetzt hat es mich gerade eiskalt erwischt."

Meli schenkte ihm ein kleines Lächeln, obwohl ihr eher zum Heulen zumute war, als sie seinen kläglichen Versuch wahrnahm, die Stimmung zu retten.

„Mir würde es sicherlich nicht anders gehen. Kann ich etwas für dich tun? Oder musst du zum Arzt?"

Jetzt lächelte er sogar, während sie ihn hilflos ansah.

„Nein, ich muss nicht jedes Mal zum Arzt rennen, wenn ich ein Symptom verspüre. Aber du bist süß. Du tust mir gut." Er beugte sich über den Tisch und küsste sie auf den Mund. Weder keusch noch kurz, sondern intensiv und wild.

Als er sich von ihr löste, nahm Meli den einen oder anderen amüsierten Blick der anderen Touristen wahr, die sie beobachteten.

Den restlichen Tag verbrachten sie am Strand und machten einen längeren Spaziergang. Obwohl sich Elias bemühte, unbeschwert und fröhlich zu wirken, spürte sie genau, dass der Schatten seiner Krankheit sie wie eine bedrohliche Gewitterwolke verfolgte. Aber sie wollte nicht ständig besorgt nachfragen und seine Beeinträchtigung somit in den Fokus rücken. Sie war einfach so verdammt unsicher im Umgang mit seiner Krankheit. Denn sie wollte keinesfalls, dass er dachte, sie interessiere sich nicht für sein Wohlbefinden.

Nachdem ihr aufgefallen war, dass er alles mit der linken Hand erledigte, war ihr klar, dass das Taubheitsgefühl immer noch anhielt.

Als sie das Gepäck zum Taxi trugen und sie ihm eine schwere Tasche abnehmen wollte, fuhr er sie an, dass er das gerade noch selbst schaffte. Sie hielt ihre Klappe und sah ihm hilflos dabei zu, wie er sich mit einer Hand abmühte.

Im Taxi drohte das Schweigen, sie zu erdrücken und sie ließ ihren Blick aus dem Fenster schweifen, während Elias auf sein Handy starrte. Aber sie sah nichts von der schönen Landschaft. Irgendwann hielt sie es nicht mehr aus und lehnte vorsichtig den Kopf an seine Schulter und schmiegte sich an ihn. Immerhin rückte er nicht weg oder machte ihr anderweitig klar, dass er ihre Nähe nicht wollte. Nach wenigen Minuten hörte sie ihn flüstern.

„Es tut mir leid. Ich wollte dich nicht so blöd anmachen."

„Schon vergessen." Sie drückte sich ein wenig enger an ihn und er küsste sie auf den Scheitel.

Den Flug verbrachte sie glücklicherweise größtenteils schlafend und Elias verhielt sich die restliche Zeit wieder normal, obwohl er ihren Verdacht bestätigte, dass er seine Hand immer noch nicht spürte.

Sie landeten um acht Uhr morgens Ortszeit, Meli fror erbärmlich und fühlte sich todmüde, weil es nach dominikanischer Zeit noch mitten in der Nacht war. Während Elias am Gepäckband stand und auf ihre Koffer wartete, nutzte Meli die Zeit, ihr Handy wieder einzuschalten. Ihr Blut gefror und ihr Herz schien für einen Moment stillzustehen, als sie die Nachrichten las. Anschließend schlug es umso heftiger und Meli keuchte auf. Ihr Blick wanderte von ihrem Handy zu Elias und vor lauter Angst verschwamm ihre Umgebung zu einer undeutlichen Masse. Sie musste sich jetzt augenblicklich zusammenreißen. Kurz schloss sie die Augen, zwang sich ein paarmal durchzuatmen, damit die Enge in ihrer Brust ein wenig nachließ. Nachdem sie das Gefühl hatte, endlich wieder etwas Luft zu bekommen, ging sie mit wackligen Schritten zu Elias.

„Na, willst du dich vergewissern, ob ich allein mit dem schweren Gepäck klarkomme?" Er lächelte sie an und sie erkannte trotz ihres desolaten Zustandes, dass er es nicht ernst gemeint hatte.

„Ich muss weg. Kommst du alleine klar?", quetschte sie hervor.

Elias zog die Augenbrauen hoch und griff nach ihrem Arm, als sie sich schon abwenden wollte.

„Was ist denn passiert? Du siehst aus, als hättest du ein Gespenst gesehen." Sein besorgter Gesichtsausdruck tat ihr zwar gut, dennoch konnte es ihre Angst nicht eindämmen.

„Marie liegt im Krankenhaus. Ich weiß nichts Näheres, nur dass ich sofort kommen soll, sobald ich wieder zu Hause bin." Hilflos baumelten ihre Arme an ihrem Körper und sie fühlte sich gerade komplett überfordert.

„Ich fahr dich ins Krankenhaus." Elias griff nach ihrer Hand und zog sie zum Ausgang. Sie stemmte die Füße in den Boden und schüttelte den Kopf. „Und was passiert mit unseren Koffern? Ich ruf mir schnell ein Taxi."

Als Elias protestieren wollte, küsste sie ihn kurz und nahm sich die Zeit, ihn zu umarmen. „Danke, das ist lieb von dir. Aber meine Familie ist im Krankenhaus und steht mir bei und dann müsstest du die ganze Zeit allein dort rumsitzen. Wer weiß, wie lange es dauert und du solltest dich ausruhen nach dem Flug. Ich komme schon klar."

„Bist du dir sicher?" Sein skeptischer Blick ließ sie fast einknicken, aber sie musste sich jetzt um Marie kümmern und ihre Angst trieb sie von Elias fort.

Sie nickte und hob die Hand, während sie sich umdrehte.

„Ruf mich an, wenn du mich brauchst, ich komme sofort", rief er ihr nach und Meli musste sich nun wirklich die Tränen verkneifen.

Kaum, dass sie im Taxi saß, hatte sie Elias vergessen und ihre Gedanken kreisten um ihre Schwester. Ihre Mutter hatte über den Grund ihres Krankenhausaufenthaltes kein Wort verlauten lassen, aber der instabile Zustand ihrer Schwester vor ihrer Abreise ließ ihren Magen nicht zur Ruhe kommen. Was war nur passiert? Kurzzeitig hatte sie Angst, sich im Taxi zu übergeben. Die Fahrt kam ihr wie eine halbe Ewigkeit vor und sie war froh, als das Taxi endlich an der Zieladresse hielt.

An der Anmeldung wurde sie zur Intensivstation verwiesen, mit dem Hinweis, sich dort anmelden zu müssen. Melis Magen drehte sich jetzt endgültig um. Intensivstation klang gar nicht gut. Mit zittrigen Fingern griff sie in ihre Handtasche, um nach dem Handy zu suchen. Vorhin hatten weder ihre Mutter noch ihr Vater auf ihre Anrufe reagiert. Vielleicht saßen sie bei Marie am Bett. Nun probierte sie es erneut. Keine Chance.

Zum Glück hatte die nette Rezeptionistin sie angemeldet und es dauerte nicht lange, da erschien eine junge Ärztin. Während ihr Herz raste, nahmen ihre verqueren Gehirnwindungen erstaunt wahr, dass die Frau nicht älter als sie aussah. Hatte sie etwa Marie behandelt?

„Sie sind die Schwester von Marie Heinrich? Ihre Eltern sind gerade bei ihr. Sie müssten warten, bis sie herauskommen. Ansonsten wird es für die Patientin zu viel." Sie verstummte und warf ihr einen mitfühlenden Blick zu.

„Was ist denn passiert? Ich bin gerade erst aus dem Urlaub gekommen und weiß überhaupt nichts." Hilflos zuckte sie mit den Achseln und sah die Ärztin ängstlich an.

„Ihre Schwester hat sich die Pulsadern aufgeschnitten. Aber sie wurde rechtzeitig gefunden und ist nun stabil. Sie wird durchkommen."

„Was?!", entfuhr es Meli mit lauter Stimme. Ihr Puls raste und ihr wurde kurz schwarz vor Augen. Die nette Ärztin griff nach ihrem Arm und führte sie zu einer nahe gelegenen Sitzgelegenheit. „Sie setzen sich jetzt erst mal. Nicht, dass Sie mir noch umkippen. Ich lass Ihnen ein Glas Wasser bringen. Und denken Sie daran, Marie geht es den Umständen entsprechend gut. Seien Sie jetzt für sie da." Aufmunternd nickte sie ihr zu und entschuldigte sich, da sie wieder auf die Station musste.

Meli hörte das Ticken einer Uhr, das sie in seiner Beständigkeit gerade wahnsinnig machte. Wie gern würde sie die Zeit zurückdrehen, um noch einmal alles richtig machen zu können und für Marie da zu sein.

Kurz darauf brachte ihr eine nette Schwester ein Glas Wasser. Meli hielt die Warterei kaum aus. Jede Minute kroch vorüber und sie bereute es, Elias' Hilfe abgewiesen zu haben. Wie gut würde ihr nun seine Anwesenheit tun. Hoffentlich tauchten ihre Eltern bald auf und erklärten ihr, was geschehen war. Melis Schuldgefühle wuchsen ungehindert an. Warum hatte sie nicht erkannt, wie unglücklich Marie gewesen war? Weil sie sich gern von ihr hatte täuschen lassen, um unbeschwert in den Urlaub fliegen zu können. Sie hatte sich dankbar von Maries beschwichtigenden Worten einlullen lassen, damit sie ihr bloß nicht in die Quere kam. Nun kullerten die ersten Tränen über ihre Wangen. Sie hätte niemals wegfahren dürfen. Sie hätte nicht so schnell aufgeben dürfen, zu Marie durchzudringen.

Die Automatiktür öffnete sich und ihre Eltern kamen heraus. Meli sprang hastig auf und lief ihnen entgegen.

„Was ist mit Marie? Wie geht es ihr?" Ihre Stimme klang schrill in ihren Ohren, fast hysterisch. „Ich bin so schnell ich konnte vom Flughafen hergekommen."

Melis Mutter umarmte sie und begann zu weinen. Meli war so schockiert, dass sie stocksteif stehen blieb und die Umarmung nicht erwiderte.

„Ihr geht es so weit gut. Sie ist stabil. Momentan schläft sie noch, wird aber demnächst aufwachen", erklärte ihr Vater müde.

Meli fühlte, wie Erleichterung ihre geschundene Seele streichelte. Marie würde wieder gesundwerden. Das war im Moment alles, was zählte.

„Kann ich zu ihr?"

Nun ergriff ihre Mutter erstmals das Wort, seit sie sich in den Arm genommen hatten. „Vielleicht ist es gut, wenn du da bist, wenn sie aufwacht. Du hast einen guten Draht zu ihr und warst die Einzige, die bemerkt hat, dass es ihr nicht gut geht. Ich wollte es nicht hören, weil ich so erschöpft war und keinen Kopf hatte, mich mit den Problemen eines pubertierenden Teenagers auseinanderzusetzen." Ihre Schuldgefühle waren wohl nichts im Vergleich zu denen ihrer Mutter. Sie hatten alle versagt. Auf ganzer Linie. Ihr fielen keine tröstlichen Worte ein, sie konnte sich selbst nicht verzeihen, wie konnte sie da ihre Mutter beruhigen?

Deshalb strich sie Beate lediglich fürsorglich über den Rücken und löste sich dann aus der Umarmung.

„Ich gehe jetzt zu Marie, wenn ich darf."

Ihre Eltern nickten zustimmend, nachdem sie geklingelt hatte, reichte es zu ihrer Verblüffung aus, sich die Hände zu desinfizieren und sie durfte endlich zu ihrer Schwester.

Ihr Herz zog sich krampfhaft zusammen. Obwohl sie versucht hatte, sich mental auf die Situation vorzubereiten, fühlte sich ihr Herz vollkommen überfordert. Marie so zu sehen, zerriss Meli gerade in tausend Einzelteile. Sie sah so klein, zart und kindlich aus, als sie dort im Bett lag. Ihre Handgelenke waren eingegipst, wie sie gerade erfahren musste, hatte Marie nicht nur die Hauptschlagader, sondern auch noch eine Sehne erwischt. Ein Monitor überwachte ihren Herzschlag, da sie ziemlich viel Blut verloren hatte, war sie noch sehr geschwächt.

Meli setzte sich vorsichtig an ihr Bett und streichelte mit den Fingerspitzen über ihre Hand. Ganz sacht, um ihr nicht wehzutun. Dann wartete sie, während sie mit Marie sprach und ihr in ihrer Verzweiflung von ihrem Urlaub erzählte.

Als sie schon drei Stunden an ihrem Bett saß, bemerkte Meli, dass ihre Schwester zu sich kam.

Sie beugte sich vor und strich ihr sacht über die Wange. „Marie, kannst du mich hören? Mach bitte die Augen auf.“

Ihre Schwester blinzelte einige Male, bis sie die Augen aufschlug und sie reglos anstarrte.

„Süße, ich bin so froh, dass du wieder bei uns bist.“ Sie sah ihre Schwester zärtlich an.

Ohne sie aus den Augen zu lassen, öffnete Marie den Mund, als wolle sie sprechen.

„Schh, alles gut. Es kommt gleich ein Arzt, um nach dir zu sehen“, beruhigte Meli sie schnell.

„Ich bin also nicht im Himmel?“, fragte die Kleine plötzlich resigniert und Meli strich ihr über den Kopf.

„Nein, zum Glück nicht. Du kannst mich doch nicht einfach allein lassen.“

Marie drehte den Kopf zur Seite und reagierte nicht mehr, bis ein Arzt kam, um sie zu untersuchen.

39

Elias

Unruhig lief er durch die Wohnung, unfähig, irgendetwas mit sich anzufangen. Zwar kannte er Marie nicht persönlich, aber sie war Melis Schwester und somit gehörte sie zur Familie. Wer Meli wichtig war, sollte auch ihm wichtig sein. Er machte sich nicht nur Sorgen um Maries Zustand, sondern wäre jetzt gern an Melis Seite. Sie hatte so viel für ihn getan, nun wäre es das Mindeste, ihr etwas zurückzugeben. Auf seinen Anruf meldete sich nur die Mailbox, wahrscheinlich hatte sie das Handy ausgeschaltet. Seine Sorgen wuchsen ins Unermessliche. Schließlich wusste er, wie viel Meli ihre Geschwister bedeuteten. Sie machte sich bestimmt schlimme Vorwürfe, dass es ausgerechnet passiert war, als sie einmal weggefahren war.

Als er zum wiederholten Mal auf sein Telefon starrte, sah er, dass Markus sich gemeldet hatte und nachfragte, wie der Urlaub gewesen war. Achtlos ließ er das Smartphone auf den Couchtisch fallen, er hatte gerade absolut keinen Nerv, sich mit irgendjemandem zu befassen, der nicht Meli hieß.

Eine Stunde, drei Tassen Kaffee und fünf Anrufversuche später zog sich Elias Jacke und Schuhe an und beschloss eine Runde Fahrrad zu fahren. Er hielt es einfach nicht mehr in der Wohnung aus und benötigte ein wenig Ablenkung.

Zuerst war er versucht gewesen, ins Krankenhaus zu fahren, aber Meli war am Flughafen so abweisend gewesen, dass er sich nicht sicher war, ob sie ihn dahaben wollte. Außerdem saß sie bestimmt bei Marie am Bett und er konnte ihr sowieso nicht beistehen.

Er trat heftig in die Pedale und der kühle Fahrtwind tat ihm gut. Während er an der Alster entlang radelte, vibrierte sein Handy in der Jackentasche und er vollführte eine Vollbremsung, bei der er sich beinah auf die Nase gelegt hätte.

Entschuldige bitte, dass ich mich erst jetzt melde, aber ich war die ganze Zeit bei Marie. Sie ist gerade eingeschlafen und nun habe ich Gelegenheit, mich bei dir zu melden. Sie ist so weit stabil, muss aber noch im Krankenhaus blieben.

So froh er war, dass Meli sich endlich gemeldet hatte, so wenig konnte er mit ihrer Nachricht anfangen.

Danke fürs Bescheid geben. Was ist denn mit deiner Schwester? Magst du nachher vorbeikommen? Ich wäre gern für dich da.

Danke, das ist lieb von dir. Aber ich sollte lieber bei Mama und Papa bleiben. Die brauchen mich jetzt.

Fast schien es, als wollte ihm Meli nicht schreiben, was ihre Schwester hatte. Das kam ihm zwar komisch vor, aber er mochte nicht noch mal nachfragen. Meli würde es ihm erzählen, wenn sie sich bereit fühlte. Hauptsache, die Kleine war nicht lebensbedrohlich verletzt. Etwas beruhigter beschloss er heimzufahren und sich nach einer erfrischenden Dusche aufs Ohr zu legen. Der Reisestrapazen, der Sport und die Sorge um Meli hatten ihn ziemlich erschöpft.

Am nächsten Tag war von seiner kurzzeitig wiedererlangten Ruhe nichts mehr übrig geblieben. Wieder hatte sich Meli den ganzen Tag nicht gemeldet. Zwar hatte er versucht, sich einzureden, dass es nichts bedeutete, und sich ablenken wollen, indem er seine berufliche Perspektive konkretisierte, aber irgendwann gab er frustriert auf und knallte den Laptop zu. Ein rascher Blick aufs Handy sagte ihm, dass sie seine Nachricht vom Morgen nicht einmal gelesen hatte. Irgendetwas stimmte hier nicht und er würde alles daransetzen, um herauszufinden, was los war. Wahrscheinlich ging es Marie wieder schlechter und Meli hatte keinen Kopf, sich um ihn zu kümmern. Aber der Gedanke, dass sie gestern so komisch reagiert hatte, ließ ihn nicht mehr los. Entschlossen nahm er das Telefon und versuchte sie anzurufen. Wieder erreichte er nur die Mailbox.

Meli, bitte melde dich bei mir. Geht es Marie schlechter? Ich würde gern wissen, was los ist. Soll ich ins Krankenhaus kommen?

Eine nervenaufreibende Stunde später meldete sie sich endlich. Er rannte beinah in die Küche, wo er das Smartphone hatte liegen lassen.

Ich kann gerade nicht. Marie braucht mich. Gesundheitlich macht sie Fortschritte. Ich melde mich dann bei dir.

Aus lauter Angst, dass sie gleich nicht mehr online sein würde, tippte er rasend schnell eine Antwort.

Und bei was macht sie keine Fortschritte? Meli, rede doch bitte mit mir. Was ist los?!

Sein Herz raste, während das Display ihm anzeigte, dass Meli ihm schrieb. Würde sie ihm nun endlich sagen, was sie belastete?

Ich kann nicht. Verzeih mir, aber ich benötige ein wenig Zeit für mich. Bitte respektier das!

Elias stieß einen frustrierten Schrei aus und warf das Handy im hohen Bogen weg. Krachend kam es einige Meter weiter auf dem Holzboden auf und zersprang zu seiner Überraschung nicht in tausend Einzelteile. Achtlos ließ er es liegen, denn was sollte er Meli antworten? Natürlich würde er ihren Wunsch nicht respektieren, zumindest so lange nicht, bis sie ihm endlich verriet, was hier los war. Erschöpft ließ er sich auf die Couch fallen und stützte die Ellenbogen auf die Knie auf.
Nachdem er eine Weile gegrübelt hatte, wie er weiter vorgehen sollte, fiel ihm plötzlich ein, dass Melis Mutter ihn vor der Reise angerufen hatte, um zu bestätigen,

dass sie Urlaub bekäme. Damals hatte er einfach an der Tür geklingelt, als er wusste, dass Meli nicht zu Hause war und hatte Beate seine Nummer dagelassen.

Deutlich energiegeladener als zuvor stand er auf, hob sein Handy auf und öffnete den Ordner. Hastig tippte er die Nummer an. Es klingelte ewig, aber gerade, als er auflegen wollte, hörte er eine atemlose Stimme rufen: „Heinrich."

„Hallo, Beate, hier spricht Elias", überfiel er sie und ließ ihr keine Zeit zum Antworten. „Ich versuche Meli zu erreichen, aber sie reagiert nicht. Wie geht es denn Marie?"

„Hallo Elias, es tut mir leid, dass euer Urlaub so abrupt geendet hat." Sie verstummte und wusste scheinbar nicht, was sie sagen sollte. „Marie hat sich die Pulsadern aufgeschnitten", brach es so plötzlich aus ihr heraus, dass er das Telefon fast fallen ließ.

„Scheiße, warum hat sie das getan?", rief er fassungslos. Wie kam eine Fünfzehnjährige dazu, so etwas Schreckliches zu tun? Vor allem, wie verzweifelt musste Marie gewesen sein?

Er hörte Melis Mutter leise schluchzen und fühlte sich verdammt hilflos. „Wie geht es ihr denn jetzt?", fragte er leise.

„Körperlich ist sie stabil, aber seelisch ..."

Die entstehende Pause tat Elias fast körperlich weh, als er sich vorstellte, wie sich ein Suizidversuch für eine Mutter anfühlen musste.

„Meli ist bei ihr, ich bin mir sicher, sie tut Marie gut", warf er unsicher ein.

Beate schniefte noch ein wenig, bevor sie antwortete: „Sie ist jede Minute, die sie darf, bei Marie. Zwar war

Sandra für einen Tag da, aber Meli wollte sich von ihr nicht ablösen lassen. Morgen wird Marie wahrscheinlich in die psychiatrische Jugendklinik überwiesen. Dann darf sie erst mal keinen Besuch empfangen."

An Melis andere Schwester hatte er gar nicht mehr gedacht. Es musste auch für sie ein Schock gewesen sein. Hoffentlich konnte wenigstens Sandra ihr ein wenig beistehen.

„Dort wird ihr bestimmt geholfen. Da ist sie in sicheren Händen." Kurz wusste er nicht, wie er das Thema wechseln sollte, ohne unsensibel zu wirken. „Kannst du mir sagen, warum Meli nicht mit mir sprechen will? Sie geht mir aus dem Weg und will mich gerade nicht sehen", sagte er schließlich leise, während er langsam auf einen Stuhl sackte, weil seine Beine ein wenig zitterten.

Melis Mutter seufzte tief. „Elias, du bist ein guter Kerl und Meli weiß das auch. Aber momentan ist alles ein bisschen viel für sie. Sie muss dir das selbst sagen. Ich möchte mich da nicht einmischen oder ihr in den Rücken fallen. Es reicht schon, dass ich bei einer Tochter versagt habe", schloss sie verbittert.

Elias fühlte Mitleid. Wie furchtbar musste es für Beate sein, diese Schuldgefühle zu verspüren? Leise sagte er zu ihr: „Gib dir keine Schuld. Marie wollte oder konnte sich euch nicht anvertrauen. Es ist schwierig, so etwas zu erkennen. Sei nun für sie da, das hilft ihr am meisten."

Kaum hatte er aufgelegt, fühlte er, wie alle Kraft aus seinem Körper entwich. Was war passiert? Warum stieß Meli ihn von sich? Maries Suizidversuch konnte nicht der einzige Grund sein. Da steckte mehr dahinter. Zwar wusste er nun, was mit Marie geschehen war,

aber er war kein bisschen schlauer als vorher, was Meli
betraf.

Seine Beine zitterten stärker, anscheinend hatte ihn
gerade eine spastische Reaktion überfallen. Ausgerechnet jetzt konnte er körperliche Beeinträchtigungen gar
nicht gebrauchen. Mühsam schleppte er sich zum Sofa
und ließ sich fallen. Die unerklärliche Unruhe wegen
Melis seltsamen Verhalten ließen ihn erstmals seine
Angst vor der Krankheit nicht gewinnen. Er musste
herausfinden, was mit Meli los war. Nichts anderes
hatte gerade Priorität. Er schloss die Augen und überlegte. Meli liebte ihre Schwester und vor allem fühlte
sie sich für ihre Geschwister verantwortlich. Konnte es
sein, dass sie sich ebenso Vorwürfe machte wie ihre
Mutter? Weil sie zum Zeitpunkt der Tat verreist war?
Mit ihm? Die Enge in seinem Hals nahm zu und er
schnaufte so fest, als hätte er gerade einen Sprint ein-
gelegt. Gab sie etwa indirekt ihm die Schuld, weil er sie
eingeladen hatte?

Wütend schlug er sich auf die Beine, als er die Augen
öffnete und sie ihn immer noch im Stich ließen. Das Zittern ließ einfach nicht nach. Vielleicht war es besser,
nicht wie üblich mit dem Kopf durch die Wand zu wollen und etwas zu erzwingen. Sein körperlicher Ausfall
sollte ihn nachdenklich stimmen. Vielleicht war er ausnahmsweise für etwas gut. Beate hatte gemeint, dass
Marie morgen in die Klinik kam, dann sollte er Meli
heute nicht die knappe Zeit mit ihrer Schwester steh-
len, bevor sie sich wochenlang nicht sahen. Vielleicht
fand sie dann auch die nötige Ruhe, um endlich mit
ihm zu sprechen.

So schwer es ihm auch fiel, er würde die Füße stillhalten und bis morgen abwarten. Kurz prustete er los, trotz der angespannten Situation, als ihm die Komik seines Wortspiels bewusst wurde.

Er wartete bis zum Abend des nächsten Tages, bevor er sich aufmachte, um Meli hoffentlich zu Hause abzupassen. Zum Glück war die Spastik nach einer Weile verschwunden. Er fühlte sich etwas schwach auf den Beinen, konnte aber fast ohne Beeinträchtigung laufen. Seine Sehnsucht nach Meli wuchs ins Unermessliche. Seit ihrem Urlaub war er noch süchtiger als zuvor nach ihr. Es war so wunderschön gewesen, jeden Tag neben ihr aufzuwachen und er hatte jede einzelne Minute an ihrer Seite genossen. Nie war sie ihm genug. Er liebte sie so sehr. Und genau aus diesem Grund hielt er es kaum aus, nicht zu wissen, wie es ihr ging und dass er ihr nicht beistehen durfte.

Zum Glück musste er nur ein paar Hundert Meter von der Bushaltestation laufen, denn heute hatte er es sich nicht zugetraut, mit dem Auto zu fahren. Lieber nahm er die anstrengende Wegstrecke in Kauf. Lächerlich, dass ihn die paar Meter so anstrengten. Gestern Mittag war er noch ohne Probleme eine große Runde geradelt und heute machte er nach einem kurzen Spaziergang schlapp. Erst jetzt unter der körperlichen Belastung merkte Elias, wie geschwächt er war. Nicht die beste Voraussetzung für das Gespräch. Warum hatte er nicht den nächsten Tag abgewartet? Er schüttelte resigniert den Kopf. Weil ihn diese Ungewissheit fertigmachte. Er glaubte kaum, dass es ihm morgen besser ginge. Solange er nicht wusste, was los war, würde er keine Ruhe finden.

Schweißgebadet stand er endlich vor dem Wohnblock und drückte die Klingel.

Während er Kindergeschrei im Hintergrund hörte, fragte eine gestresste Stimme: „Ja, bitte?"

„Hier ist Elias. Ist Meli zu Hause?"

Der Türsummer ertönte und erleichtert betrat er das Innere, um den Aufzug zu benutzen. Das nervenaufreibende Warten brachte ihn zwar an seine Grenze, aber er würde die zahlreichen Treppen heute nicht schaffen.

Endlich stand er Melis Mutter gegenüber. „Meli ist in ihrem Zimmer, aber ich weiß nicht, ob sie dich sehen möchte. Vielleicht frage ich sie lieber." Beate trug eine Schürze und schien gerade beim Kochen zu sein, während die beiden Kleinsten ein Geschrei fabrizierten, das seinen Kopf zum Vibrieren brachte. Im Flur lagen allerlei Kleidungsstücke der Kinder auf dem Boden verteilt.

Dass Meli sich nicht um ihre Geschwister kümmerte, machte ihn zusätzlich stutzig. Am liebsten hätte er Johanna und Sven gepackt und auf den Spielplatz verfrachtet, aber zum einen fühlte er sich heute wirklich nicht in der Lage, auf sie aufzupassen und zum anderen musste er endlich mit Meli sprechen. Aber Beates blasses und müdes Gesicht weckte in ihm ein schlechtes Gewissen.

„Die beiden sind ganz schön aufgedreht", stellte er mit einem Nicken in die Richtung der Kinder fest, die ihn noch nicht gesehen hatten.

„Und jetzt beginnen auch noch die Frühlingsferien. Ich weiß wirklich nicht, wie ich das hinbekommen soll.

Aber irgendwie wird es schon gehen. Wenigstens hilft Jürgen etwas mehr, seit Marie ..." Sie verstummte und sah zu Boden. Elias hielt sie auf, als sie zu Melis Zimmer gehen wollte. „Bitte lass mich mit ihr sprechen. Sonst wimmelt sie mich wieder ab."

Seinem bittenden Blick konnte sie anscheinend nichts entgegensetzen. Sie machte ihm im Gang Platz und wies einladend zu Melis Tür.

Er schenkte ihr ein dankbares Lächeln und klopfte kurz darauf nervös an Melis Tür. Geistesabwesend strich er sich durch die Haare und wartete auf ihr *Herein*.

Vorsichtig öffnete er die Tür und sah Meli auf dem Bett liegen. Als sie ihn erblickte, wurden ihre Augen kugelrund und sie setzte sich hastig auf. „Elias, was machst du hier?"

Nun strich auch sie sich durchs Haar, als müsste sie sich vergewissern, dass sie halbwegs passabel aussah. Dann schien sie sich der Absurdität bewusst zu werden und seufzte leise.

Bedächtig schloss er die Tür und holte noch einmal tief Luft, bevor er langsam auf sie zutrat und sich zu ihr auf die Bettkante setzte.

„Deine Mutter hat mir erzählt, was mit Marie passiert ist", begann Elias und wurde umgehend von Meli unterbrochen.

„Was hat sie getan?!" Der fassungslose Blick brachte ihn ein wenig aus dem Konzept.

„Dass Marie einen Selbstmordversuch begangen hat?"

„Ach das", sagte Meli in so seltsamem Tonfall, dass er kurzzeitig an ihrer geistigen Verfassung zweifelte. Sie schien zu bemerken, wie sehr ihn ihre Reaktion irritierte und sie wurde rot. „Ich habe gedacht, sie hätte dir *alles* erzählt", murmelte sie verlegen.

„Genau deswegen bin ich hier. Ich möchte endlich wissen, warum du mich auf Distanz hältst. Warum lässt du mich dir nicht beistehen? Bin ich dir denn keine Stütze?"

Meli sprang vom Bett auf und brachte etwas Abstand zwischen sie, als wäre seine Nähe unerträglich für sie. Als er einen Schritt auf sie zutrat, hob sie die Hand. „Bitte, Elias. Ich brauche Zeit. Momentan fühle ich mich so verwirrt. Dräng mich bitte nicht."

Am liebsten hätte er sie angeschrien, weil sie ihn mit ihrer rätselhaften Art rasend machte, aber dann bezwang er seine Wut. Mit einem Ausraster wäre keinem geholfen, er musste jetzt besonnen bleiben, wenn er endlich wissen wollte, was hier los ist.

„Liegt es daran, weil ich dich eingeladen habe und du deshalb nicht da warst, als Marie dich gebraucht hat?", wagte er einen Sprung ins kalte Wasser.

Melis Augen wurden trüb und er wusste, sie würde gleich zu weinen beginnen. Rasch wandte sie sich ab und sah aus dem Fenster. Dabei verschränkte sie die Arme vor der Brust und schien zu frösteln.

„Marie hat versucht, sich das Leben zu nehmen, weil ihr etwas Ähnliches wie mir passiert ist. Nur noch viel schlimmer und perfider."

Elias wurde abwechselnd heiß und kalt. Jetzt überfiel ihn ebenfalls eine Gänsehaut und er fragte erstickt: „Was ist passiert?"

„Selinas Rache", gab Meli tonlos zurück.

Hatte er gerade richtig gehört? Das konnte doch nicht wahr sein. Er befand sich gerade in einem fiesen Albtraum, aus dem er hoffentlich gleich aufwachen würde. Wie in Trance stolperte er zu Meli, seine Beine erwiesen ihm immer noch keinen freundlichen Dienst und er legte ihr die Hand auf die Schulter.

„Wie kann das sein? Was hat sie getan?"

Meli drehte sich so rasch um, dass er fast das Gleichgewicht verlor. Mühsam versuchte er, es zu überspielen und sah in ihr aufgebrachtes Gesicht.

„Anscheinend hat sie deine Abfuhr nicht ertragen. Selina ist es nicht gewohnt zu verlieren. Deshalb hat sie ..." Meli verstummte und räusperte sich. Sie konnte nicht weitersprechen. Wieder hob er die Hand, um ihr behutsam über den Rücken zu streicheln. Sie in den Arm zu nehmen, traute er sich nicht. Sie sah so steif und distanziert aus. Vielleicht wollte sie seine Nähe gerade nicht.

„Andi ... Der Andi von damals, er ... er hat sich an sie rangemacht. Keine Ahnung, warum er das getan hat, damals bei mir habe ich es noch verstanden, das Los fiel auf ihn, und so viele gut aussehende Jungs gab es damals in unserer Klasse nicht, aber was schuldet er Selina? Warum hat er wieder mitgemacht?"

Melis etwas konfuses Gestammel drang in sein Gehirn ein und breitete sich dort wie fiese Metastasen aus. Dieser Arsch musste doch in Melis Alter sein.

„Er hat sich an eine Fünfzehnjährige rangemacht?" Er hörte selbst, wie fassungslos er klang.

„Schlimmer", gab Meli so leise von sich, dass er sie kaum verstand.

Sein Blut gefror zu Eis und der Hass auf Selina und dieses Arschloch wurde so groß, dass er sie eigenhändig erwürgen würde, wenn er sie in die Finger bekäme.

„Er hat mit ihr …“

„Es hat Marie natürlich geschmeichelt, dass ein richtiger Mann und nicht nur ein kleiner Junge an ihr interessiert war. Marie war schon immer reifer und erwachsener als andere Mädchen. Aber ich hätte nicht gedacht, dass sie sich auf einen Achtundzwanzigjährigen einlässt.“ Melis Stimme zitterte und sie sah ihn immer noch nicht an. „Sie hat mir von ihrem Freund erzählt und ich blöde Kuh habe mich zwar gewundert, warum sie ihn nie vorstellt, mir aber keine weiteren Gedanken gemacht. Sobald er endlich bekommen hatte, was er wollte, hat er ihr klargemacht, dass es nur darum ging, mir eins reinzuwürgen. Weil er es mit mir damals nicht zu Ende bringen konnte, musste sie herhalten. Weil ich mich nicht an Selinas Drohung gehalten habe, musste meine Schwester dafür büßen.“

Nun drehte sie sich so rasch um ihre eigene Achse, dass sie sich am Schreibtischstuhl festhalten musste.

„Es war ein Fehler, mich auf dich einzulassen.“

Elias erstarrte und in seinem Hals saß plötzlich ein riesiger Frosch.

„Mich von dir einlullen zu lassen, dass du alles im Griff hast. Lieber hätte sie meine Fotos, mein Video veröffentlicht, als dass sie Marie dafür benutzt hätten. Sie wollten das Video wie bei mir in der Schule rumgehen lassen, nur mit dem Unterschied, dass sie tatsächlich Sex hatten. Sie haben sie damit erpresst, dass sie seinen

Freunden zu Willen sein muss, sonst würden sie es ihren Klassenkameraden zeigen. Daraufhin sah sie keinen anderen Ausweg mehr."

Meli zitterte mittlerweile am ganzen Körper und sie schluchzte lautstark, aber als er sie in den Arm nahm, stieß sie ihn von sich. „Ich kann das nicht. Verstehst du nicht? Ich bin schuld daran, dass Marie so benutzt worden ist. Wie kann ich da einfach so weitermachen, als wäre nichts passiert? Wie kann ich meine Liebe auf so ein Unglück aufbauen?"

Ihr Leid mitzuerleben, ließ ihn fast aufstöhnen. Und er fühlte sich gerade komplett überfordert. Ihre Lage war aussichtslos und er wusste nicht, was er sagen sollte. Er konnte nichts ungeschehen machen und konnte ihr auch nicht widersprechen. Seine Arme hingen schlaff an seinem Körper und er stand einfach nur steif da. Ihre Abwehr und ihr Angriff taten weh. Es schmerzte so sehr, als hätte sie ihn körperlich angegriffen.

„Du gibst mir die Schuld?", fragte er schließlich mit kraftloser Stimme.

„Wenn du Selina nicht unter Druck gesetzt hättest ..." Sie schlug sich die Hand vor den Mund und sah ihn bittend an.

Anscheinend war es ihm nicht gelungen, seine Emotionen zu verstecken. Denn jedes ihrer Worte traf ihn so hart wie ein Faustschlag mitten ins Gesicht.

Melis starrer Gesichtsausdruck veränderte sich und es trat Resignation auf. „Nein, ich gebe mir die Schuld. Ich hätte dir nicht von Selina erzählen dürfen. Ich hätte einfach aus deinem Leben verschwinden sollen. Bald darauf wäre ich in Vergessenheit geraten. Marie hätte niemals leiden müssen.“

Elias fuhr sich durchs Haar und schüttelte den Kopf.

„Es war einfach eine Verkettung unglücklicher Umstände. Du kannst doch deshalb unsere Liebe nicht infrage stellen“, gab er fassungslos von sich.

„Du willst es nicht kapieren, oder? Meine Schuldgefühle drohen mich zu ersticken. Wie kann ich da fröhlich und unbeschwert mit dir zusammen sein? Wo doch genau darin die Ursache des Bösen liegt.“ Erst war ihre Stimme lauter geworden, zum Ende hin konnte er sie kaum noch verstehen. Die Qual schien ihr gerade die Stimme versagen zu lassen.

Elias begriff, dass er heute nicht weiterkam. So sehr es ihm wehtat, wie Meli ihn von sich stieß, das, was sie sich aufgebaut hatten, einfach mit Füßen trat, so sehr konnte er sie auch verstehen. Sie befand sich in einer Zwickmühle, aus der es gerade keinen Ausweg gab. Aus ihrer Sicht hatte sich ihre Schwester versucht umzubringen, weil sie Marie diese Rolle auferlegt hatte. Sie fühlte sich schuldig, weil Selina sich eigentlich an ihr rächen wollte. Marie war nur Mittel zum Zweck gewesen. Und davor hätte Meli sie beschützen müssen. Er drückte mit Daumen und Zeigefinger auf seinen Nasenrücken, als würde er dadurch die alles entscheidende Eingebung erhalten. Aber das Einzige, was er verspürte, waren rasende Kopfschmerzen. Nicht nur sein Kopf tat ihm weh, gerade fühlte es sich an, als würde sein gesamter Körper unter Strom stehen. Scheiße, ausgerechnet jetzt brauchte er keinen weiteren Schub. Wahrscheinlicher war, dass der Vorherige gerade wieder aufblühte und noch gar nicht abgeklungen war. Er benötigte dringend eine Pause.

„Ich wäre so gern für dich da, aber wenn du mich nicht ertragen kannst, gehe ich jetzt besser." Er konnte einfach nicht verhindern, dass er bitter klang. Eigentlich lag ihm nichts ferner, als Meli in ihrer desolaten Verfassung noch mehr Kummer zu bereiten. Genau aus diesem Grund versuchte er, sich auch nicht anmerken zu lassen, wie beschissen es ihm gerade ging.

„Es geht doch nicht darum, dass ich dich nicht ertragen kann. Aber ich halte meine Schuldgefühle nicht aus und die stehen nun einmal in direktem Zusammenhang mit dir." Meli verschränkte abweisend die Arme vor der Brust.

„Lass uns bitte reden, wenn ein wenig Gras über die Sache gewachsen ist."

„Das macht alles ungeschehen oder was? Marie hat dann immer noch versucht, sich wegen mir umzubringen."

Ihre Stimme überschlug sich beinah. Sein Kopf dröhnte immer mehr und gerade machte er sich ernstlich Sorgen, wie um Himmels willen er jemals nach Hause kommen sollte. Ergeben hob er die Hände und knurrte etwas ungehalten: „Dann lassen wir es halt. Bade ruhig weiter im Selbstmitleid. Ich lass dich schon in Ruhe."

„Hau bloß ab. Warum bist du überhaupt hergekommen?" Mittlerweile hatte Meli wieder zu schluchzen begonnen, dermaßen außer sich hatte er sie noch nie erlebt. Mühsam riss er sich zusammen und ging mit bedächtigen, kleinen Schritten auf sie zu und nahm sie in den Arm. Für einen kurzen Moment legte sie ihren

Kopf ab und er entspannte sich. Leider hielt der Frieden nicht lange an, denn Meli stieß ihn erneut weg und rief: „Ich kann einfach nicht mehr. Lass mich allein."

Elias geriet durch den Schubs ins Taumeln und diesmal gelang es ihm nicht mehr, das Gleichgewicht wiederzuerlangen, da seine Beine wieder einmal von Muskelzittern betroffen waren. Eigentlich wäre ihr Stoß vollkommen harmlos gewesen, aber so ging er unrühmlich zu Boden, was ihm einen weiteren Schlag in die Magengrube bescherte. Meli quiekte erschrocken auf und sah ihm ganz kurz in die Augen. Dann wanderte ihr Blick zu seinen Beinen und sie schien zu begreifen, dass er gerade unter massiven Problemen litt.

Er versuchte sich aufzurappeln, aber gerade verließ ihn die Kraft. Die nötige Energie, die er den ganzen Tag mühselig zusammengeklaubt hatte, schien aufgebraucht zu sein.

Meli ließ sich auf die Knie fallen und griff mit ihren Händen nach seinem Gesicht und kam ihm ganz nah. Ihre Berührung tat ihm so gut, dass er einfach die Augen schloss und sie wirken ließ. Sofort ließen die Kopfschmerzen nach, während der Schmerz in seinem restlichen Körper immer noch wütend tobte.

„Elias, sieh mich an. Was ist los mit dir? Hast du Schmerzen?"

Wahrscheinlich waren ihr die Schweißperlen auf seiner Stirn aufgefallen, als sie ihn so nah vor sich hatte. Gerade fiel er in ein dunkles Loch. Unaufhaltsam und schnell. Und zugleich hatte er das Gefühl, der Sturzflug endete nie. Er konnte sich kaum auf Melis Worte konzentrieren.

Ganz vorsichtig öffnete er die Augen und sah Melis besorgten und zugleich verzweifelten Blick.

„Es geht schon wieder. Ich habe seit unserer Rückkehr vermehrt Probleme." Seine Stimme klang dünner als der Inhalt seiner Aussage. „Stress und Aufregung vertragen sich mit der MS nicht so gut." Er schenkte ihr ein klägliches Lächeln und hätte sich gleich darauf in den Hintern beißen können, als Meli sich schockiert die Hand vor den Mund schlug.

„Es tut mir so leid. Ich war so egoistisch. Die ganze Zeit habe ich nur an Marie gedacht. Und du hast recht, ich habe im Selbstmitleid gebadet. Ich habe überhaupt keinen Gedanken daran verschwendet, wie du dich fühlst und wie es dir gesundheitlich geht."

Er schaffte es, seinen Händen zu befehlen, sie zu sich heranzuziehen und diesmal ließ sie es zu. An seine Schulter gelehnt, murmelte sie: „Ich kann euch nicht beiden gerecht werden. Und das zerreißt mich gerade. Ich kann dir nicht beistehen, wie ich es dir versprochen habe. Es geht einfach nicht."

„Schon gut. Beruhige dich. Du bist nicht verantwortlich für meinen Zustand."

Ihr tiefer Seufzer sagte ihm, dass sie das anders sah. Warum machte sie sich für alles verantwortlich? Sie konnte nichts dafür, dass er MS hatte und genauso wenig war sie dafür verantwortlich, dass Selina so ein perfides Miststück war.

Elias zog umständlich sein Handy aus der Hosentasche und tippte auf eine Nummer in seinem Adressbuch.

„Michael? Könntest du mich bitte bei Meli abholen? Mir geht's nicht so gut, ich komme allein nicht nach Hause."

Wenigstens fragte sein Bruder nicht näher nach, sondern versprach einfach zu kommen.

Während sie am Boden sitzend warteten, ließ es Meli zu, dass er sie weiterhin im Arm hielt. Tief in seinem Inneren verspürte er trotz all der ganzen Scheiße, dass sie es schaffen würden. Irgendwann! Irgendwie!

40

Meli

Kraftlos war sie auf den Schreibtischstuhl gesackt und hatte dort reglos verharrt. Wie hatte sie ihn nur gehen lassen können? Ihre Sorgen um Elias wuchsen gerade ins Unermessliche. Was war mit seinen Beinen? Er hatte niemals davon gesprochen, dass er Schmerzen litt. Sie war viel zu naiv an die Sache herangegangen. Zwar hatte sie recherchiert, aber vor allem waren ihr die körperlichen Beeinträchtigungen im Gedächtnis geblieben. Wie oft hatte er schon Schmerzen gehabt und es ihr verschwiegen? Meli biss sich auf die Unterlippe und grübelte verzweifelt, wie sie diesem Hamsterrad entkommen konnte. Müde rieb sie sich die Augen. Sie hatte ihr Versprechen gebrochen. Aber wie konnte sie in der momentanen Situation für ihn da sein? Sie war gerade selbst ein emotionales Wrack, das versuchte, mehr oder weniger jede einzelne Stunde zu überstehen.

Irgendwie schaffte sie es, sich bettfertig zu machen und nach einer schlaflosen Nacht war sie zumindest in den Morgenstunden in einen unruhigen Schlaf gesunken. Als sie aufwachte, zeigte der Wecker schon neun Uhr an.

Mechanisch stand sie auf und zog sich an. Sie hatte nicht mal die Kraft, um zu duschen.

Seit sie aus dem Urlaub zurückgekommen waren, stand ihre gewohnte Weltordnung kopf. Marie war so gebrochen, so verzweifelt. Sie war so unfassbar enttäuscht und ausgenutzt worden. Da hatte es auch nicht geholfen, ihr begreiflich zu machen, dass sie nur ein Spielball in einem hinterlistigen, perversen Kampf gewesen war. Ihr Vertrauen war aufs Übelste missbraucht worden. Das Mädel war doch noch ein halbes Kind. Zudem triggerte Meli der Vorfall extrem. Sie fühlte sich wieder in die damalige Zeit zurückversetzt und konnte Maries Schmerz und Ausweglosigkeit so gut nachvollziehen. Nur, dass sie bei ihrer Schwester noch eine Schippe skrupelloser vorgegangen waren. Wieder drehte sich alles in ihrem Kopf und sie drohte verrückt zu werden. Eilig sprang sie von ihrem Stuhl auf und ging beherzt zur Zimmertür und fand ihre Mutter in der Küche.

Ihre Mutter hatte sich krankschreiben lassen, weil sie sich außerstande sah, sich um die Kunden und deren Bedürfnisse zu kümmern, während ihr Vater die Flucht in der Arbeit zu suchen schien.

„Meli, mein Schatz, wie geht es dir?" Aufmerksam suchte Beate in ihren Gesichtszügen, um sich ein Bild über ihren Gemütszustand zu machen. Immerhin wusste ihre Mutter, wie groß die Vorwürfe waren, die sie sich unermüdlich machte.

„Hast du was von Marie gehört?", lenkte Meli schnell das Thema von sich weg.

Beates sorgenvolle Züge entspannten sich ein klein wenig und sie erklärte: „Gerade hat der Polizeibeamte angerufen, der den Fall betreut. In der ganzen Aufregung habe ich seinen Namen vergessen. Sie haben verschlüsseltes Videomaterial auf dem Laptop von diesem Andi gefunden. Damit ist bewiesen, dass er eine Straftat begangen hat."

Meli fühlte Erleichterung aufsteigen, dass das Arschloch zumindest dafür, dass er mit einer unter Sechzehnjährigen Sex gehabt hatte, eine Anklage erhielt, wenn man ihm ansonsten schon nichts nachweisen konnte. Komischerweise hielt er auch darüber dicht, dass Selina die treibende Kraft gewesen war. Meli hatte aufgegeben herauszufinden, welche geheimen Mächte diese Frau besaß. Entweder erpresste sie ihn ebenfalls oder es waren die Waffen einer wunderschönen Frau, die ihn benebelten. Eigentlich könnte es ihr egal sein, wenn es nicht bedeuten würde, dass Selina wieder einmal ungeschoren davonkam.

„Meine arme Kleine. Warum ist sie denn nicht zu mir gekommen?"

Meli schwieg und unterdrückte die Worte, die ihr auf der Zunge gelegen hatten. Zu sehr fühlte sie sich an ihre eigene Geschichte erinnert. Sie wusste noch genau, wie sehr sie sich damals geschämt hatte, ihren Eltern diese Schmach zu gestehen. Marie war immer die liebe und unkomplizierte Tochter gewesen, die niemals Sorgen bereitete, wahrscheinlich hatte sie einfach keine Worte gefunden, um es ihrer Mutter zu beichten. Vielleicht hatte sie auch gedacht, Ärger zu bekommen, weil sie sich auf einen älteren Mann eingelassen hatte.

„Wenigstens etwas", gab Meli bedrückt von sich. „Hast du schon mit einem Arzt aus der Klinik sprechen können?"

„Marie geht es wohl so weit gut. Doktor Brandner meint, es tut ihr gut, komplett abgeschirmt zu sein, um wieder zu sich zu finden. Sie ist unter Gleichaltrigen, die alle eine schwierige Zeit hinter sich haben. Das schweißt zusammen und öffnet den Blickwinkel für andere Schicksale", betete ihre Mutter wohl die Worte der Ärztin runter.

Meli hoffte, dass die Ärztin recht hatte. Sie zumindest hielt es kaum aus, ihre Schwester wochenlang nicht sehen zu dürfen. Aber die Therapeuten wussten schließlich am besten, was Marie guttat.

Meli sah ihrer Mutter dabei zu, wie sie einen Kuchen zubereitete. Sie lächelte, als ihr aufging, dass ihre Mutter nicht still sitzen konnte. Obwohl sie krankgeschrieben war, musste sie immer irgendetwas erledigen.

Erst jetzt bemerkte sie die Stille in der Wohnung. Diese ungewöhnliche Ruhe hätte sie schon viel früher stutzig machen müssen. Aber gerade funktionierten ihre Antennen der Wahrnehmung nicht sonderlich gut oder waren beschädigt.

„Was machen Johanna und Sven eigentlich? Ich sehe mal nach, was sie für einen Unsinn anstellen. Wenn sie so ruhig sind, kann das nichts Gutes heißen."

Meli war schon halb zur Küchentür raus, als ihre Mutter sie aufhielt. „Die beiden sind gar nicht da."

Verblüfft drehte sie sich um und fragte perplex: „Wo sind sie denn?"

„Sie haben ab heute im Feriencamp einen Platz erhalten. Du weißt schon, das Indianercamp, in das sie schon immer wollten."

„Das ist doch total teuer. Außerdem muss man das schon Monate im Voraus buchen", stellte Meli misstrauisch fest.

Beate grinste so unbeschwert, wie sie ihre Mutter schon lange nicht mehr erlebt hatte.

„Dein Elias hat das hingekriegt. Er hat da angerufen und sich für unsere Notsituation eingesetzt und wir haben tatsächlich auf die Schnelle zwei Plätze bekommen."

Meli plumpste auf einen Stuhl. Wieder einmal spielten ihre Gehirnzellen verrückt. Elias hatte gestern komplett neben sich gestanden und völlig erschöpft gewirkt. Wie hatte er es unter diesen Voraussetzungen geschafft, das Unmögliche möglich zu machen? Entgegen den Erklärungen ihrer Mutter glaubte sie nicht daran, dass Elias' Überredungskünste dafür ausgereicht hatten. Wahrscheinlich hatte er eine ordentliche Spende springen lassen. Aber allein die Tatsache, dass ihm aufgefallen war, wie schlecht es ihrer Mutter und ihr ging und wie sehr die Kleinen darunter litten, ließ ihr Herz wie eine Horde Glühwürmchen leuchten. Das erste Mal seit der Geschichte fühlte sie Wärme in sich aufsteigen, die sie innerlich umhegte. Endlich verspürte sie wieder so etwas wie einen Hauch Glück, der den Kummer ein wenig vertrieb.

„Ich hätte es dir eigentlich nicht sagen sollen", meinte ihre Mutter verschmitzt und zwinkerte ihr zu.

Elias war einer der Guten und genauso verdiente er es auch, behandelt zu werden. Aber war sie die Richtige für diese Aufgabe? Momentan waren ihre Zweifel noch zu groß. Sie schienen die Rollen getauscht zu haben. Jetzt, wo er sich endlich geöffnet und sein Herz von dem versperrten Schloss befreit hatte, machte sie einen Rückzieher und stieß ihn von sich. Obwohl ihr Verstand immer noch darauf pochte, dass sie ihr Glück nicht auf Maries Schicksal aufbauen konnte, sprach ihr Herz erstmals eine andere Sprache. Endlich empfand sie so etwas wie einen kleinen Hoffnungsschimmer, dass ihre Liebe stark genug sein würde, die bösartigen Tornados zu vertreiben, die alles, was ihnen heilig war, zerstören wollten.

Dieser Gedanke spendete ihr Trost und Energie und sie würde jetzt die Gunst der Stunde nutzen, um Luise anzurufen und ihr alles zu erzählen. Ihre Freundin hatte Meli in der letzten Zeit schmählich vernachlässigt.

In den letzten zwei Wochen hatte sie sich häufig mit Luise getroffen. Es tat ihr gut, dass ihre Freundin ihr einfach zuhörte und sie reden ließ. Luise gab ihr keine klugen Ratschläge, das Einzige, was sie anmerkte, war, dass sie nicht zulassen durften, dass diese Schlampe Selina ihren Willen durchsetzte und damit ihre Beziehung zerstörte. Aus diesem Blickwinkel hatte Meli es noch nie betrachtet. Ihr Verstand sagte ihr, dass Luise recht hatte. Aber ihr verdammtes Herz war so überlastet von all den Schuldzuweisungen und Vorwürfen, die ihre Liebe zu Elias nicht nur zudeckten, sondern komplett unter sich begruben.

Trotzdem hatte sie ihm dafür gedankt, sich um die Kinderbetreuung gekümmert zu haben. Denn das hatte eine große Erleichterung für ihre Mutter dargestellt. Nun hatte die Schule wieder begonnen und für Meli und Luise startete bald das Referendariat. Meli würde am Amtsgericht beginnen. Vor Kurzem hätte sie dafür keinen Kopf gehabt, aber jetzt freute sie sich auf die neue Herausforderung. Das 1. Staatsexamen hatte sie mit knapp acht Punkten bestanden, das war viel besser als erwartet. Luise hatte fünfzehn Punkte erreicht, eine unglaubliche Leistung.

Zwar fühlte sie Nervosität in sich aufsteigen, bei der Vorstellung, bald vor Gericht zu stehen, aber gerade stand ihr eine viel größere Herausforderung bevor.

Sie befand sich auf dem Weg zu Maries Klinik. Die Therapeutin hatte durch Marie die kompletten Zusammenhänge erfahren und fand es wichtig, dass Meli an einer Sitzung teilnahm. Immerhin bedrohte diese unselige Geschichte auch ihre bis dahin gute Geschwisterbeziehung. Natürlich würde sie alles tun, damit es Marie besser ging und sie freute sich unbändig, sie wiederzusehen. Dennoch fühlte sie bei dem Gedanken, dass in ihrer Vergangenheit herumgestochert wurde, Panik in sich aufsteigen. Das Thema hatte sie bis zu ihrer Begegnung mit Selina abgehakt und nun war es wieder mit voller Wucht über ihr hereingebrochen.

Nachts wachte sie oftmals schweißgebadet auf. Entweder träumte sie, ihre Schwester wäre gestorben oder sie durchlebte ihren eigenen Leidensweg erneut.

Ihre Hände zitterten, als sie sich anmeldete. Kurz darauf holte sie eine freundlich lächelnde Frau aus dem Wartebereich ab.

„Frau Heinrich? Ich freue mich, sie persönlich kennenzulernen." Nachdem die Ärztin sich vorgestellt hatte, murmelte Meli eine kurze Begrüßung, da übernahm Frau Doktor Brandner auch schon das weitere Reden: „Schön, dass Sie sich heute die Zeit nehmen. Marie spricht sehr häufig von Ihnen, Sie scheinen eine wichtige Bezugsperson für sie zu sein. Normalerweise befürworten wir eine Kontaktsperre, aber in Ihrem Fall sieht es anders aus." Die Ärztin warf ihr im Gehen einen Seitenblick zu, den Meli ignorierte. „Sie sind von dieser Geschichte ebenfalls betroffen und deshalb wäre es wichtig, wir arbeiten es gemeinsam mit Marie auf. Ist das für Sie in Ordnung?"

Wieder fühlte Meli eine bedrohliche Enge im Hals und sie hätte am liebsten *Nein* gerufen. Aber sie riss sich zusammen und lachte künstlich. „Natürlich. Ich tue alles, was Marie weiterhilft."

Frau Doktor Brandner musterte sie skeptisch, kommentierte ihre Aussage aber nicht. Lächelnd klopfte die Ärztin an eine Tür und öffnete sie, während sie ausrief: „Marie, deine Schwester ist da."

Meli hörte ihre Schwester ein freudiges Quietschen ausrufen und das beruhigte sie augenblicklich. Auf den ersten Blick schien es ihr gut zu gehen. Ihre Augen hatten den stumpfen Ausdruck verloren und sie sah wie ein ganz normaler Teenager aus.

„In zehn Minuten beginnt unser Gespräch. Seid bitte pünktlich." Mit diesen Worten schloss die Therapeutin die Tür und ließ ihnen kurz Zeit, ungestört miteinander zu sprechen.

Meli schloss ihre Schwester in die Arme und drückte sie fest an sich. „Ich freue mich so, dich zu sehen, Kleines."

„Ich bin nicht klein." Marie reckte sich und war somit fünf Zentimeter größer als ihre ältere Schwester. Schlagartig wurde sie ernst und ihre großen dunklen Augen sahen besorgt aus. „Danke, dass du gekommen bist. Ich hatte Angst, du könntest sauer sein, wenn ich dein Geheimnis auspacke."

Maries Kinn bebte und Meli hatte Angst, sie würde gleich zu weinen beginnen. Der Anblick ihrer emotionalen Schwester brachte sie selbst aus dem Tritt und sie rief hastig aus: „So ein Unsinn. Egal, was du tust, ich werde nie sauer auf dich sein. Das musst du mir glauben." Sie legte einen Arm um Maries Schultern und drückte sie an sich. „Du sollst nichts verschweigen, sonst kann dir die Ärztin nicht helfen."

Ihre Schwester lächelte sie dankbar an und Meli stellte erleichtert fest, dass ihr Blick wieder klar war. Während sie sich auf den Weg zum Therapieraum machten, erzählte Marie ein wenig über ihren Klinikalltag. Sie hatte eine nette Freundin gefunden, die wegen Magersucht behandelt wurde. Ansonsten verliefen die Tage allesamt nach dem gleichen Schema, nur am Wochenende fanden keine Therapiesitzungen statt.

Eine Stunde später rauchte Melis Kopf, aber sie war froh, es hinter sich gebracht zu haben. Sie hatte zugegeben, sich schuldig an Maries Selbstmordversuch zu fühlen. Und es hatte ihr gutgetan, mit Marie darüber zu sprechen. Mit der ausgebildeten Expertin an ihrer Seite, die das Gespräch in die richtigen Bahnen lenkte.

Gerade hatte sie sich unter Tränen von Marie verabschiedet, aber Frau Doktor Brandner hatte angedeutet, dass Marie vielleicht schon in zwei Wochen nach

Hause durfte. Nun wollte sie noch kurz mit Meli unter vier Augen sprechen, was ihre persönliche Nervositätsskala sogleich in ungeahnte Höhen schnellen ließ.

„Aus therapeutischer Sicht war das heutige Gespräch für Marie sicherlich hilfreich. Ich möchte Ihnen nicht zu nahetreten, aber mir scheint, es wäre auch für Sie wichtig, Ihre Vergangenheit aufzuarbeiten und vor allem Ihre Schuldgefühle bezüglich Marie. Ich habe heute das Gefühl gehabt, dass Sie den Tätern die ganze Verantwortung abnehmen und sich selbst aufbürden."

Melis Schutzschicht hatte die Therapeutin einfach so weggewischt. Mit wenigen Sätzen war sie in ihr Innerstes vorgedrungen, um dort heftig zu graben. Als würde sich ihr Körper verflüssigen und davonfließen. Ohne Schutzmauer waren ihre Körperfunktionen ausgeschaltet. Wahrscheinlich würde sie gleich verschwinden, sich in Tausende kleine Stückchen auflösen, bis nichts mehr von ihr übrig blieb.

Am Rande nahm sie wahr, dass die Psychologin ihr ein Glas Wasser reichte, das sie mit zittrigen Händen nahm und in einem Zug leerte.

„Danke. Vielleicht haben Sie recht. Bisher war ich der Meinung, mit der Vergangenheit abgeschlossen zu haben. Es ist lange her. Heute bin ich erwachsen und sollte darüberstehen. Aber jetzt hat es mich kalt erwischt. Das Wissen, dass Marie dieses Unheil nur wegen mir zugestoßen ist, fühlt sich unerträglich an. Natürlich gebe ich mir die Schuld."

„Sie haben nichts getan. Im Gegensatz zu den Tätern."

„Ich habe sehr wohl etwas getan. Ich habe mich nicht an Selinas Drohung gehalten und wenn Elias sie nicht unter Druck gesetzt hätte, wäre das nie passiert. So leicht will und kann ich es mir einfach nicht machen.“ Meli umklammerte ihr Glas fester, als könne sie sich daran festhalten.

Frau Doktor Brandner ging auf diese Äußerung nicht ein, sondern stellte ihr eine Frage, die sie noch mehr aus dem Gleichgewicht brachte. „Wie hat sich die Geschichte auf Ihre Beziehung ausgewirkt?“

Nur unter Aufbietung aller Willenskraft konnte sie die Tränen unterdrücken. Sie musste mehrmals schlucken, bis sie sich sicher war, sprechen zu können, ohne zu heulen.

„Es war sowieso schwierig zwischen uns. Jetzt habe ich gerade den Kontakt abgebrochen. Wie kann ich mit ihm glücklich sein, wenn ich doch weiß, dass wir der Ursprung von Maries Leid sind?“

„Hätten Sie sich auch von Elias getrennt, wenn Marie zu Ihnen ins Auto gestiegen wäre und er einen Unfall verursacht hätte, bei dem sich Marie verletzt hätte?“

Meli spannte sich an und verschränkte die Arme vor der Brust. „Das kann man doch nicht miteinander vergleichen. Nein, das hätte ich wohl nicht gemacht.“

„Ich finde schon. Denn beides geschähe ohne böse Absicht. Es war nicht absehbar, dass Selina ihren Racheakt fortführen würde. Das konnten Sie nicht wissen. Und es ist gut, dass Sie sich nicht haben einschüchtern lassen.“

Meli seufzte, die Therapeutin hatte schlagkräftige Argumente und es tat ihr gut, sie zu hören, aber momentan war sie noch nicht bereit, sie in ihr Herz vordringen zu lassen. Sie blieben in ihrem Kopf zurück, versteckt, um sie in Ruhe noch einmal Revue passieren zu lassen.

Der zarte Hoffnungsschimmer leuchtete durch das Gespräch ein wenig sichtbarer und farbenfroher. Vielleicht würde sie nicht morgen mit Elias reden und auch nicht nächste Woche, aber sie spürte, dass die Bande zwischen ihnen zu stark waren, als dass sie durch diese Tragödie reißen würde. Allenfalls angeritzt, aber niemals ernsthaft bedroht. Das wurde ihr mit einem Mal klar.

Kurz darauf verabschiedete sich die sympathische Frau von ihr, nicht ohne ihr noch zwei Adressen von Kollegen mitzugeben und der eindringlichen Bitte, über eine Therapie nachzudenken.

41

Elias

Er hatte sein Versprechen gehalten und Meli in Ruhe gelassen. Seit über zwei Wochen hatte er keinen Kontakt mehr zu ihr. Allerdings hatte er es sich nicht nehmen lassen, Luise anzurufen, die zu seiner großen Erleichterung Bescheid wusste und sich um Meli kümmerte.

Lange hatte er überlegt, ob er sich noch einmal einmischen sollte, aber dann konnte er es doch nicht unterlassen. Keine Ahnung, ob es vernünftig war, aber er musste dieser Bitch noch mal verdeutlichen, was er von ihr hielt. Da sie ihm bei ihrem damaligen Aufeinandertreffen ihre Adresse aufgezwungen hatte, wusste er, wo sie wohnte und beschloss kurzerhand, ihr einen Besuch abzustatten.

Sein Schub war vollständig abgeklungen und gerade ging es ihm gut. Mal sehen, ob er die Begegnung mit dieser Schlampe unbeschadet überstand. Grimmig machte er sich auf den Weg, momentan konnte er problemlos Autofahren.

Wenig später stand er mit einer gehörigen Portion Wut im Bauch vor Selinas Tür.

„Elias, wie schön von dir zu hören."

Als ihre Stimme ertönte, wuchs sein Hass auf sie so rasant an, dass er fast Angst vor dem Aufeinandertreffen hatte. Hoffentlich würde er sich im Griff behalten.

Schon drückte sie den Türsummer und er blieb für einen Moment wie angewurzelt stehen. Wieder einmal hatte sie es geschafft, ihn zu überrumpeln. Keine misstrauische Nachfrage, was er von ihr wollte. Kein Abwimmeln. Nein, sie tat einfach so, als wäre es vollkommen normal, dass er vor ihrer Tür stand. Vielleicht war sie ein wenig verrückt.

Als er endlich an ihrer Wohnung ankam, stand sie lässig mit einer Kaffeetasse in der Hand da, als hätte sie diese Pose unermüdlich trainiert.

Selina war tatsächlich so unverfroren, ihm einfach einen Kuss auf die Wange zu drücken. Wieder überrumpelte ihn ihre Dreistigkeit, mit der sie vorging.

„Lass das!" Ein wenig rüde schubste er sie von sich. Er ertrug ihre Nähe einfach nicht und wollte keine Sekunde länger als nötig in ihrer Gesellschaft verbringen.

Anstatt darauf zu reagieren, drehte sie sich um, ging in die Küche und als er ihr folgte, hielt sie ihm eine Kaffeetasse vor die Nase. Er verschränkte die Arme vor der Brust und schüttelte mit finsterer Miene den Kopf.

„Darling, warum hast du denn so schlechte Laune?"

Wenn sie mit ihrem Schauspiel nicht bald aufhörte, konnte er nicht mehr dafür garantieren, dass er ihr nicht in den nächsten Minuten den Hals umdrehte.

„Jetzt lass den Scheiß und tu nicht so, als wären wir gute Freunde, die sich einen Höflichkeitsbesuch abstatten", fuhr er sie aufgebracht an.

„Ich habe nie behauptet, dass wir gute Freunde sind. Zwischen uns herrscht diese glutvolle Leidenschaft und triebgesteuerte Lust, die uns den anderen nicht vergessen lässt."

Elias prustete los und konnte gar nicht mehr aufhören zu lachen. Selina zog eine Augenbraue hoch und begutachtete ihn skeptisch.

„Schön, dass ich dich zum Lachen bringe, auch wenn das keineswegs beabsichtigt war."

„Hör doch mal mit dem grottenschlechten Schauspiel auf", sagte er, als er sich wieder gefangen hatte. „Du weißt ganz genau, dass ich wegen Marie hier bin. Ist dir eigentlich klar, was du angerichtet hast? Nur wegen deinem blödsinnigen Rachefeldzug gegen Meli hätte sie sich fast umgebracht. Dann hättest du sie auf dem Gewissen gehabt. Verdammt, Selina, sie ist noch ein halbes Kind. War es das wirklich wert?"

Kurzzeitig sah sie ihn verunsichert an, er hatte tatsächlich einen wunden Punkt getroffen. Vielleicht hatte sie das wirklich nicht gewollt, aber sie hätte sich über die Tragweite ihres Tuns bewusst sein müssen.

„Ich habe nicht mit ihr geschlafen. Wie kommst du darauf, dass ich dahinterstecke? Ich dachte, Andi findet die Kleine wirklich toll. Woher sollte ich wissen, wie alt sie ist und dass sie Melis Schwester ist?" Selina schien gemerkt zu haben, dass sie sich beinah verraten hatte und versuchte die Kurve zu bekommen, was Elias' Blutdruck erst recht in die Höhe schnellen ließ.

„Selina, hör doch auf mit dem Bullshit. Ausgerechnet Andi, ich bitte dich. Das wäre schon ein verdammt großer Zufall. Außerdem hat er vielleicht gegenüber den Bullen dichtgehalten, aber Marie hat er es gesteckt. Sie kennt dich gar nicht, woher sollte sie das sonst wissen?"

„Und wenn schon. Du kannst mir gar nichts beweisen. Meli hätte sich einfach nur von dir fernhalten müssen. Sie ist doch sonst auch so ein Duckmäuschen, das tut, was man ihr sagt. Ehrlich, Elias, seit wann leidest du unter solchen Geschmacksverirrungen? Ich frage mich echt, was sie getan hat, damit du sie anfasst."

Elias ging einen Schritt auf sie zu und packte sie grob am Arm. „Hör auf, so über Meli zu reden. Was ich für sie empfinde, ist Liebe. Ein Gefühl, das du gar nicht kennst, weil du nur damit beschäftigt bist, Neid und Missgunst zu verspüren. Du vergeudest dein Leben damit, dich ständig mit anderen zu vergleichen, alle zu übertrumpfen und schlecht zu machen. Warum hält es denn kein Mann lange mit dir aus? Weil dich jeder noch so große liebeskranke Idiot nach kurzer Zeit durchschaut. Fang an, an dir zu arbeiten, dann klappt es vielleicht irgendwann mal mit der Liebe."

Die Ohrfeige hatte er zwar kommen sehen, aber zu spät. Er konnte ihren anderen Arm nicht mehr abfangen.

„Du bist ein gottverdammtes, arrogantes Arschloch. Hör auf, über mich zu urteilen."

„Ach, ich dachte, die Rolle übernimmst schon du."

Selina riss sich los und trat zwei Schritte zurück. Ihre Augen verengten sich und sie kniff die Lippen zusammen.

Warum zum Teufel habe ich sie jemals attraktiv gefunden? Ich muss echt blind gewesen sein.

„Schlaf mit mir, dann werde ich vergessen, was du zu mir gesagt hast und Meli in Ruhe lassen."

Elias zuckte zusammen. Hatte er gerade richtig gehört? Er rieb sich übertrieben übers Ohr. „Sag mal, mir war, als hätte ich gehört, dass du mit mir schlafen möchtest. Das ist doch ein Scherz."

„Sehe ich so aus, als würde ich scherzen?"

Wieder schüttelte er über ihre Dreistigkeit den Kopf. „Dir geht es echt nur darum zu gewinnen. Du willst Meli unter die Nase reiben, dass du mich ins Bett bekommen hast. Mich willst du doch gar nicht. Wie erbärmlich!"

„Deine Entscheidung", erwiderte sie hochmütig.

„Was ist eigentlich mit deinem Bruder? Wandert der gern in den Knast?"

Sie lachte und tätschelte ihm erheitert die Wange. „Ts, glaubst du echt, ich habe mich nicht vorbereitet? Mein Bruder ist schon vor Wochen untergetaucht. Für wie blöd hältst du mich eigentlich? Geh zurück zu deiner kleinen Schlampe und richte ihr aus, dass ich noch lange nicht mit ihr fertig bin."

Elias überkam Gänsehaut, als er die Tragweite ihres unmoralischen Verhaltens erkannte. Hatte er sich zu weit aus dem Fenster gelehnt?

„Vielleicht sollte sich ihre Familie überlegen, ob sie wieder umziehen wie damals. Und sag ihr, dass ich Marie bald einen Besuch abstatten werde. Vielleicht schicke ich ihr auch mal wieder Männerbesuch vorbei. Und ganz vielleicht kann es sein, dass ich noch eine Kopie des brisanten Videos besitze. Sag Meli, sie und ihre

Schwester sollen sich nicht in Sicherheit wiegen." Wie eine Furie hatte Selina ihre giftigen Worte ausgespuckt, um sie Elias um die Ohren zu hauen.

Wie in einem schlechten Film kam er sich gerade vor. Wie konnte ein Mensch nur derart hasserfüllt sein? Dennoch erwachte langsam ein Gefühl der Genugtuung. Erst winzig klein, dann wurde es wie eine gut umhegte Pflanze immer größer.

„Weißt du, Selina. Eigentlich hatte ich vor, dich von meinen Spezies überwachen zu lassen. Irgendwann hättest du einen Fehler gemacht. Aber du bist doch blöder, als ich dachte. Dein Temperament ist gerade mit dir durchgegangen und du hast zugegeben, dass du dafür verantwortlich bist. Du hast Meli bedroht. Und ich habe alles auf Band."

Triumphierend zog er sein Handy aus der Tasche und hielt es in die Luft. Selina trat einen Schritt auf ihn zu und versuchte, es ihm aus der Hand zu schlagen. Dabei sah sie so lächerlich aus, dass Elias laut lachte.

„Für wie bescheuert hältst du mich? Diese Aufzeichnung wurde automatisch weitergeleitet und an einem sicheren Ort gespeichert. Du kannst dich gern an meinem Telefon austoben, aber das hilft dir gar nichts."

Selina hatte sich bei seinen Worten in eine Salzsäule verwandelt und starrte ihn sprachlos an. Kurz bevor er die Wohnung verließ, rannte sie ihm hinterher und legte einen tränenreichen Auftritt hin. Sie warf sich ihm sogar zu Füßen und begann zu betteln.

„Selina, du enttäuscht mich. Ich dachte, du nimmst deine Niederlage mit Fassung hin." Er konnte sich ein triumphales Grinsen nicht verkneifen, als er die Wohnung verließ und hörte, wie Selina die Tür zuknallte.

Drei Tage später hatte er gerade seine Bewerbungsunterlagen fertiggemacht. Zufrieden lehnte er sich im Bürostuhl zurück und verschränkte die Arme hinter dem Kopf. Elias sinnierte über seine Zukunft. Zwar war sie ungewiss, aber er würde nicht aufgeben zu kämpfen.

Sein Telefon klingelte. Hastig griff er danach und sein Puls beschleunigte sich, als er sah, dass Meli ihm geschrieben hatte.

Tief durchatmend öffnete er die App und seine Augen huschten über den Text, um sofort zu erfassen, ob es sich um eine gute oder negative Nachricht handelte. Sie wollte ihn sehen, um sich mit ihm auszusprechen. Pure Freude strömte durch seine Adern und ließ ihn in die Luft springen. Meli hatte einen Treffpunkt an der Alster vorgeschlagen. Ihm war alles recht, Hauptsache, er sah sie endlich wieder. Kurz schloss er die Augen, um sich ihr liebreizendes Antlitz vorzustellen. Schon konnte er sie riechen, schmecken, fühlen und sein Innerstes zog sich wohlig zusammen.

Gleich heute Nachmittag würde er sie wiedersehen. Nachdem er zugesagt hatte, begann er sich umzuziehen. In seiner bequemen Jogginghose wollte er ihr dann doch nicht begegnen, sondern sich von seiner besten Seite präsentieren. Auch wenn ihm klar war, dass Meli seine Kleidung sicherlich egal wäre.

Noch eine Stunde, bis er aufbrechen konnte. Was sollte er nur mit sich anfangen? Ruhelos lief er durch die Wohnung und beschloss schon früher an die Außenalster zu fahren, um dort noch ein wenig spazieren zu gehen.

Jeder Schritt, den er zurücklegte, half ihm, etwas ruhiger zu werden. Er zwang sich, immer wieder stehen zu bleiben, um die schöne Landschaft zu genießen. Nach einer Weile drehte er um, damit er pünktlich am Treffpunkt wäre und Meli nicht warten lassen musste.

Ein Blick auf die Uhr sagte ihm, dass sie jede Sekunde auftauchen musste. Plötzlich wurden seine Knie weich und er fühlte entsetzliche Schwäche in seinen Gliedern aufsteigen. *Verdammt, jetzt bloß nicht schlappmachen, Elias.*

Zum Glück sah er eine Parkbank in der Nähe, von der er einen guten Blick auf den Treffpunkt an der Brücke hatte. Erleichtert ließ er sich nieder und augenblicklich fühlte er sich ein wenig besser. Trotzdem verspürte er Atemnot, als er sich ausmalte, was geschehen würde, wenn Meli ihm gleich erklären würde, dass es mit ihnen vorbei wäre, bevor es überhaupt richtig angefangen hatte.

Obwohl er sich um eine ruhige Atmung bemühte, ließ der Druck auf seiner Brust nicht nach und er bekam viel zu wenig Sauerstoff.

Und in diesem Augenblick erblickte er sie. Meli! Die Frau seines Herzens! Seine große Liebe, ohne die er nie wieder sein wollte. Aber ging es ihr genauso?

Er wollte sich erheben. Ihr entgegengehen, aber seine Beine ließen ihn im Stich. Diesmal war aber nicht seine Krankheit dafür verantwortlich, sondern seine verdammte Aufregung. Sie legte seine Körperfunktionen lahm und ließ sein Gehirn aussetzen. Meli hatte ihn noch nicht entdeckt und kam näher heran. Elias starrte sie gebannt an, noch war sie zu weit entfernt, als dass er irgendetwas aus ihren Gesichtszügen herauslesen konnte. Aber ihre leichten, federnden Schritte, mit denen sie ihm immer näherkam, ließen ihn schlagartig ruhiger werden. Sie sagten ihm, dass sie energisch auftrat, dass sie genau wusste, was sie wollte. Wenn sie eine Hiobsbotschaft für ihn bereithielt, würde sie doch sicherlich langsamer, bedächtiger und schwerfälliger laufen. Vielleicht war es ein lächerlicher, naiver Strohhalm, an den er sich klammerte, aber es schenkte ihm Kraft. In diesem Moment blieb Meli stehen und sah sich suchend um. Dann hob sie die Hand und winkte ihm. Endlich schaffte er es, sich zu erheben, zeitgleich setzte sich Meli in Bewegung. Elias fühlte sich wie in Watte gepackt, wie in einer Luftblase, in der es nur ihn, Meli und ihre Liebe gab.

Später wusste er nicht mehr, wie er zu ihr gekommen war. Aber plötzlich trennten sie nur noch wenige Meter voneinander. Wenige Meter bis zu ihrem gemeinsamen Glück. Da blieb Meli stehen und er tat es ihr voller Schrecken gleich. Als könne er ihren Willen nicht missachten. Als würde sie ihn ebenfalls dazu zwingen. Die Welt stand still, Elias hörte weder das fröhliche Gezwitscher der Vögel, die sich über die warme Frühlingsluft freuten, noch die Stimmen der anderen Spaziergänger und schon gar nicht nahm er das Geräusch des plätschernden Wassers wahr. In seinem Kopf rauschte es so laut, dass er kurzzeitig ernstlich an seinem Verstand zweifelte. Er suchte Melis Blick. Verlor sich darin. Fand sich in ihr. Entdeckte die Wahrheit. Ihre Augen leuchteten und glänzten voller Freude.

Als sie zu lächeln begann, brach der Bann und Elias' Glücksgefühle explodierten in einem Feuerwerk der

Farben. Die Welt war mit all ihren Facetten so unglaublich intensiv, lebendig und bunt. Lange Zeit hatte seine Welt nur aus dunklen, tristen Farben bestanden. Meli hatte es geschafft, den grauen Wolkenschleier zu vertreiben. Wie ein Wirbelsturm war sie in sein Leben getreten und hatte als kleiner Sonnenschein einen Regenbogen entstehen lassen, der ihm Hoffnung geschenkt hatte. Jetzt gerade explodierte dieser Regenbogen und ließ all seine bunte Vielfalt auf sie regnen. Ihr gemeinsames Leben würde nicht nur schillernd sein. Die dunklen Schattierungen gehörten dazu, aber die Wolken würden es nicht schaffen, die kräftigen, leuchtenden Farben fortzuwischen. Niemals mehr!

Elias und Meli setzten sich zeitgleich in Bewegung und fielen sich genau in der Mitte der Brücke in die Arme und in einen innigen Kuss. Der Moment war vollkommen. Elias fühlte sich vollkommen. Meli war vollkommen. Sie war sein kostbarster Schatz, den er nie wieder loslassen würde.

Epilog

Vier Wochen später

Meli schmiegte sich in Elias' Arme, nachdem er sich wieder zu ihr auf die Couch gesetzt hatte. Er gab ihr ein kleines beruhigendes Küsschen auf die Stirn.

Seit ihrer Aussprache auf der Brücke hatte Meli jeden Tag und jede Nacht bei ihm verbracht. Elias würde es gern sehen, dass sie bei ihm einzog, aber Meli wollte erst Maries Rückkehr in die Familie abwarten. Die erste vorsichtige Prognose der Therapeutin hatte sich leider nicht bestätigt und Marie hatte sicherheitshalber doch noch ein paar Wochen länger in der Klinik bleiben müssen. Frau Doktor Brandner hatte kein Risiko eingehen wollen.

Nun war es so weit und sie durfte die Klinik verlassen. Sobald sie sich wieder im Alltag eingelebt hatte und stabil war, würde Meli zu Elias ziehen, worauf sie sich schon unbändig freute. All die Jahre hatte sie davon geträumt, ihr eigenes Reich zu haben, ihre Familie hinter sich zu lassen, und nun war es bald so weit. Und doch war die Wirklichkeit noch viel schöner als in ihren Träumen. Denn nun würde sie mit dem Mann, der ihr die Welt bedeutete, zusammenleben. All die endlos langen Wochen ihrer Trennung hatte sie gegrübelt, ob sie jemals unvoreingenommen mit ihm zusammen sein konnte. Und dann war der Tag gekommen, als sie ihn wiedergesehen hatte. Schon bevor sie ihn erblickt hatte, hatte sie seine Anwesenheit gespürt und die Gewissheit, das Richtige zu tun, hatte sie förmlich mitgerissen und angetrieben. In seine Arme gedrängt. Als sie ihm endlich gegenübergestanden und in seine warmen, freundlichen Augen geblickt hatte, wäre sie vor lauter Liebe fast übergelaufen. Noch nie hatte sie so etwas verspürt. Am liebsten hätte sie vor Glück geschrien, um irgendein Vakuum für ihren Gefühlsorkan zu finden. Und am Ende hatte seine liebevolle Umarmung ausgereicht, um sie zu erden. Um sie zu beruhigen. Die Gewissheit, dass Elias und sie zusammengehörten, hatte sie mit sich selbst in Einklang gebracht. Ihre Liebe würde über alle Widrigkeiten siegen. Nun hoffte sie inständig, dass sie recht hatte.

„Und?", fragte sie zögerlich, als sie Elias' Blick nicht deuten konnte.

„Es wird eine Anklage geben. Selina hat sich wohl bei ihrer Aussage verplappert und somit ein Geständnis abgegeben. Auch wenn sie es widerrufen hat, wird sie angeklagt."

Vor Melis Augen drehte es sich ganz kurz, dann sprang sie auf und riss die Arme in die Luft. „Ja."

Elias grinste, als er ihren Aufschrei vernahm, stand dann ebenfalls auf und zog sie wieder in die Arme.

„Gott sei Dank. Es gibt doch noch so etwas wie Gerechtigkeit", stieß sie aus, während sie sich in seinen sicheren Halt kuschelte.

„Selina wird dafür büßen, was sie dir und Marie angetan hat", grollte Elias mit dunkler Stimme.

„Das wird Marie in ihrem Genesungsprozess sicherlich bestärken. Wer weiß, vielleicht melden sich auch noch weitere Frauen, ich kann mir nicht vorstellen, dass Selina so etwas nicht öfter abgezogen hat."

Meli hatte zuerst verunsichert reagiert, als Elias ihr gestanden hatte, dass er sich wieder einmal ungefragt eingemischt hatte. Aber er hatte schließlich etwas wiedergutzumachen. Und er hätte alle Hebel in Bewegung gesetzt, um Selina dranzukriegen. Dass es schlussendlich so einfach gewesen war, hätte er selbst nicht erwartet.

Elias küsste Meli, um sie abzulenken. Seine Lippen tanzten mit ihren einen heißen Tanz, der sie ganz benommen machte.

„Wow, das war schön", murmelte sie ein wenig lustverschleiert, als sie den Kuss beendeten.

Elias löste sich aus der Umarmung, was zur Folge hatte, dass Meli protestierend die Augen öffnete.

„Du kannst mich doch nach so einem leidenschaftlichen Kuss nicht einfach stehenlassen. Erst anheizen und dann verschwinden ist nicht, mein Lieber."

Sie wollte ihn erneut zu sich heranziehen, aber er wich ihr lachend aus. „Ich habe noch eine Neuigkeit für dich. Das ist gerade wichtiger als Sex."

Meli runzelte die Stirn und warf ein: „Was bitte ist jetzt wichtiger als Sex?"

„Meine berufliche Zukunft."

Okay, damit hatte er jetzt ihre volle Aufmerksamkeit. Sie riss die Augen auf und trat auf ihn zu. „Jetzt machst du es aber spannend. Ich wollte dich mit meinen ständigen Nachfragen nicht nerven oder unter Druck setzen. Aber es freut mich, wenn du etwas gefunden hast."

„Versprich mir aber, nicht zu lachen."

„Warum sollte ich das tun?“, fragte sie ernsthaft erstaunt.

Elias zuckte verlegen mit den Schultern. „Weil es vielleicht eine Schnapsidee ist. Aber eine, die mir im Laufe der Zeit immer mehr zugesagt hat. Und jetzt habe ich meine Bewerbungsunterlagen fertiggestellt und ich bin mir sicher, dass ich eine Zusage erhalten werde.“

„Jetzt sag schon.“ Meli hielt gespannt die Hände vor die Brust und begann zu hopsen.

„Ich studiere Lehramt“, druckste er schließlich heraus.

Meli legte den Kopf schief und lächelte ihn an.

„Warum bin ich nicht selbst darauf gekommen? Immerhin habe ich mir ja zahlreiche Jobs überlegt. Du kannst so toll mit Kindern umgehen.“

Er sah weg, als ob er ihr nicht in die Augen blicken konnte. „Vielleicht, weil mein Gesundheitszustand dafür nicht besonders zuträglich ist. Ein Lehrer, der ständig ausfällt, wäre nicht so prickelnd. Deshalb habe ich mich auch dagegen entschieden, Grundschullehramt zu studieren. Die Kleinen benötigen ihre feste Bezugsperson. Die größeren haben sowieso wechselnde Lehrkräfte, da wäre es nicht so schlimm. Und dass ich nicht verbeamtet werde, kann ich mir Gott sei Dank leisten. Aber ich brauche eine Aufgabe, für die ich brenne. Jetzt studiere ich erst mal, ob ich dann jemals arbeiten werde, wird die Zukunft zeigen.“

Kurz verdunkelte sich sein Blick und er sah bedrückt aus, dann aber lächelte er und Meli umarmte ihn.

„Ich finde es ganz wunderbar. Die Schüler werden dich lieben.“

Elias lehnte seine Stirn an ihre und kurz gestatteten sie sich einen Blick in die Zukunft. Dann suchte er wieder ihren Blick und grinste sie schief an. „Ich werde mir wahrscheinlich mit meinen achtundzwanzig Jahren ziemlich blöd neben meinen Kommilitonen vorkommen, aber damit kann ich leben."

Meli wuschelte ihm durchs Haar. „Ich bin mir sicher, damit wirst du keine Probleme haben."

„Mit dem Blödvorkommen?", fragte er belustigt.

„Damit auch, aber ich meinte eher mit dem Alterskomplex."

Elias kniff sie in die Seite und Meli quiekte auf. Er unterband ihren Aufschrei mit seinen weichen Lippen, die so unfassbar gut schmeckten, auf ihrem Mund. Als seine Hände unter ihrem T-Shirt verschwanden und hauchzart ihre Haut streichelten, entwich ihr ein leises Stöhnen.

„Jetzt stehe ich dir vollumfänglich für dein zuvor gezeigtes Interesse zu Verfügung", wisperte er ihr verheißungsvoll ins Ohr.

Für einen Moment ließ sie seine Liebkosungen noch zu, dann drückte sie ihn entschieden von sich.

„Wirf mal einen Blick auf die Uhr. Dafür bleibt leider keine Zeit. Wir müssen los."

Elias wurde schlagartig ernst, zog sie nochmals heran und drückte ihr ein Küsschen auf den Scheitel.

„Dann lass uns keine Zeit verlieren." Er nahm ihre Hand und diese kleine Berührung löste eine solche Geborgenheit in ihr aus, dass sie vor Freude hätte weinen können.

Lächelnd machten sie sich auf den Weg in ihr neues Glück. In ihre gemeinsame Zukunft. Sie machten sich

auf den Weg, um Marie abzuholen und nach Hause zu
bringen.

Ende